Kem Nunn

Wellenjagd

Roman DuMont

Kem Nunn
Wellenjagd

Aus dem Englischen von Herbert Schuster

Der Roman erschien 1990 unter dem Titel *Nacht über Surf City* in deutscher Übersetzung von Herbert Schuster im Ullstein Verlag. Für die vorliegende Ausgabe wurde die Übersetzung durchgesehen und geringfügig korrigiert.

Die Originalausgabe erschien 1984
unter dem Titel *Tapping the source* bei Delacorte Press, New York

Erste Auflage 2002

Ausstattung und Umschlag: Groothuis, Lohfert, Consorten (Hamburg)
Gesetzt aus der Haarlemmer
Gedruckt auf säurefreiem und chlorfrei gebleichtem Papier
Satz: Greiner & Reichel, Köln
Druck und Verarbeitung: Clausen & Bosse, Leck
Printed in Germany
ISBN 3-8321-5074-9

Für meine Eltern

Besonderer Dank an Oakley Hall
für seine Beharrlichkeit in meiner Sache

Teil 1

1

Ike Tucker war gerade dabei, die Kette der Harley Davidson nachzustellen, als der Fremde nach ihm fragte. Es war ein sonniger Tag, und der Boden hinter der Tankstelle war heiß unter seinen Füßen. Die Sonne stand im Zenit und tanzte in dem glänzenden Metall.

»Besuch für dich«, rief Gordon ihm zu.

Ike legte den Schraubenschlüssel hin und sah seinen Onkel an. Gordon trug einen verschmierten Overall und hatte eine Baseballmütze mit dem Schriftzug der Giants auf dem Kopf. Er lehnte am Türrahmen und blickte über den Hof zu ihm herüber. »Bist du jetzt auch taub geworden?« fragte er. Er meinte stumm ebenso wie taub. »Ich sagte, Besuch für dich. Jemand will mit dir über Ellen reden.«

Ike wischte sich die Hände an der Hose ab und ging die Treppe hinauf, an Gordon vorbei und in das Gebäude, das eine Tankstelle und ein kleiner Laden in einem war. Er spürte Gordon in seinem Rücken, groß, rund und hart wie ein Baumstumpf, wie er ihm an den Regalen mit den Konservendosen und dem Tresen vorbei folgte. Ein halbes Dutzend alter Männer drehten sich auf ihren Hockern um und blickten ihm nach, und er wußte, daß sie, wenn er draußen war, weiter hinter ihm herstarren würden, ihre traurigen Gesichter der Drahtgittertür und der kühlen durchhängenden Veranda zugewandt, wo sich die Fliegen vor der Hitze verkrochen.

Auf dem Schotterweg bei den Zapfsäulen wartete, an einen weißen Camaro gelehnt, ein Junge auf ihn. Ike schätzte, daß der Junge ungefähr in seinem Alter war, siebzehn vielleicht oder achtzehn. Ike selbst war achtzehn. Noch in diesem Sommer würde er neunzehn werden, doch die Leute hielten ihn oft für jünger. Er war nicht besonders groß, eins zweiundsiebzig vielleicht, und schmächtig. Erst vor einem Monat war er auf dem Weg nach King City von einer Highway-Streife gestoppt und nach seinem Führerschein gefragt worden. Seit seiner Kindheit war er nicht mehr aus der Wüste herausgekommen, und Leute von außerhalb machten ihn verlegen. Der Junge auf der Auffahrt war von außerhalb. Er trug hellblaue Cordjeans und ein weißes Hemd. Seine teuer aussehende Sonnenbrille saß zwischen dichten blonden Locken in seiner Stirn. Auf dem Dach des Camaro waren zwei Surfbretter befestigt.

Ike nahm einen Stoffetzen von dem Zeitungsständer bei der Tür und wischte sich die Hände sauber. Der Fremde hatte bereits einen kleinen Auflauf verursacht. Ein paar kleine Jungs, Hanks Kinder von der Straßenseite gegenüber, sahen sich den Wagen an, und Gordons Hunde, zwei große rostfarbene Promenadenmischungen, waren gekommen, um an den Reifen zu schnuppern. Ein paar der alten Männer vom Tresen waren Ike nach draußen gefolgt, stellten sich in einer Reihe auf die Veranda und starrten in die Hitze.

Der Junge schien sich nicht sehr wohl in seiner Haut zu fühlen. Er löste sich von dem Wagen, als Ike, gefolgt von Gordon, die Treppe herunterkam. »Ich suche die Familie von Ellen Tucker«, sagte er.

»Da bist du richtig hier. Da steht er, der ganze Clan versammelt.« Es war Gordon, der das sagte.

Ike hörte ein paar der alten Männer in seinem Rücken leise lachen. Ein anderer räusperte sich und spuckte in den Schotter.

Ike und der Junge blickten einander an. Der Junge hatte einen spärlichen blonden Schnurrbart und trug eine dünne Goldkette um den Hals. »Ellen hat etwas von einem Bruder gesagt.«

»Ich bin ihr Bruder.« Ike hielt immer noch den Stoffetzen in der Hand. Er bemerkte, daß seine Hände feucht geworden waren. Ellen war jetzt fast zwei Jahre fort, und seit dem Tag, als sie weggegangen war, hatte Ike sie weder gesehen noch von ihr gehört. Es war nicht das erstemal gewesen, daß sie fortgelaufen war, aber jetzt war sie volljährig, ein Jahr älter als Ike; es war nicht zu erwarten gewesen, daß sie nach San Arco zurückkehrte.

Der Junge blickte Ike an, als brächte ihn irgend etwas in Verwirrung. »Sie sagte, ihr Bruder hätte mit Motorrädern zu tun, daß er selbst einen Chopper hätte.«

Gordon lachte lauthals darüber. »Klar hat er ein Motorrad«, sagte er. »Gleich da drüben hinterm Haus; das blitzblankeste Scheißmotorrad in der ganzen Gegend.« Er hielt inne und lachte vergnügt über seinen Witz. »Allerdings ist erst einmal damit gefahren worden. Los, erzähl ihm davon, Jungchen.« Er wandte sich an Ike.

Gordons jüngerer Bruder hatte ein Motorradgeschäft in King City, wo Ike am Wochenende arbeitete. Ikes Motorrad war eine '36er Harley Knucklehead, die er alleine aus Schrott wieder aufgemöbelt hatte. Allerdings war er bei seinem einzigen Versuch, sie zu fahren, auf dem Schotterplatz damit umgefallen und hatte sich eine Fußraste halb durch den Knöchel gebohrt.

Ike ignorierte Gordons Aufforderung. Er blickte weiter den Jungen an und dachte, daß es Ellen ähnlich sah, irgendeine Scheißstory zu erfinden. Sie konnte nie etwas wahrheitsgemäß erzählen, es war ihr einfach zu langweilig, hatte sie gesagt. Und sie hatte gute Lügengeschichten erzählt, aber schließlich war sie in so ziemlich allem gut gewesen außer darin, sich Ärger vom Leib zu halten.

»Bist du ihr einziger Bruder?« fragte der Junge, der noch immer reichlich bestürzt aussah. Er schaute zu, wie einer von Gordons Hunden das Bein hob und an das Hinterrad seines Wagens pißte, dann blickte er wieder zu Ike.

»Ich sagte doch, er ist alles, was von dem Clan übrig ist«, sagte Gordon. »Wenn du was über Ellen Tucker zu sagen hast, dann laß hören.«

Der Junge stützte die Hände in die Hüften. Er schaute einen Moment lang zurück auf die zweispurige Straße, die von der Stadt weg und zurück auf den Interstate-Highway führte. In dieselbe Richtung hatte Ike an dem Tag geblickt, als seine Schwester weggegangen war, und er schaute jetzt in die Richtung, als könne Ellen Tucker plötzlich aus dem Staub und dem Flirren der Sonne auftauchen und, einen Koffer am Arm, vom Stadtrand her auf ihn zukommen.

»Deine Schwester war in Huntington Beach«, sagte der Junge schließlich, als hätte er soeben einen Entschluß gefaßt. »Letzten Sommer ist sie nach Mexiko gefahren. Sie fuhr zusammen mit ein paar Typen aus Huntington. Die Typen sind zurückgekommen, deine Schwester nicht. Ich hab versucht herauszufinden, was passiert ist.« Er machte eine Pause und blickte Ike an. »Ich hab's nicht geschafft. Ich will sagen, vor den Typen, mit denen deine Schwester gefahren ist, nimmt man sich besser in acht. Ich habe langsam ein schlechtes Feeling bekommen.«

»Was genau meinst du mit schlechtes Feeling?« fragte Gordon.

Der Junge machte wieder eine Pause, ließ Gordons Frage aber unbeantwortet. »Ich bin abgehauen«, sagte er. »Ich hatte Angst, noch länger abzuwarten, aber ich wußte, daß Ellen hier draußen Familie hat. Ich hatte sie von einem Bruder reden hören, der Motorrad fährt, und ich dachte ...« Seine Stimme verlor sich, und er endete mit einem Achselzucken.

»Shit.« Der Ausruf kam von Gordon, in den Staub gespuckt. »Und du dachtest, ihr böser großer Bruder würde die Sache in die Hand nehmen. Du bist hier falsch, Partner. Vielleicht solltest du deine Geschichte den Cops erzählen.«

Der Junge schüttelte den Kopf. »Wohl kaum.« Er setzte sich die Sonnenbrille auf und stieg in den Wagen. Einer der Hunde sprang hinauf und legte die Pfoten auf die Tür, und der Junge scheuchte ihn weg.

Ike ließ Gordon stehen und ging über den Schotter zu dem offenen Wagenfenster. Die Sonne brannte ihm heiß auf Schultern und Rükken. Er stand am Fenster und sah sein Spiegelbild in der Sonnenbrille des Jungen. »Ist das alles?« fragte er. »Ist das alles, was du sagen wolltest?«

Die Brille schwenkte weg, und der Junge blickte auf das Armaturenbrett. Dann griff er ins Handschuhfach und holte ein Stück Papier heraus. »Ich wollte das hier jemandem geben«, sagte er. »Die Namen der Typen, mit denen sie gefahren ist.« Er sah den Zettel einen Moment lang an und schüttelte den Kopf, dann reichte er ihn Ike. »Schätze, du kannst ihn genausogut haben.«

Ike warf einen Blick auf den Zettel. Es war schwierig, ihn im gleißenden Sonnenlicht zu lesen. »Und wie finde ich diese Leute?«

»Sie surfen am Pier, morgens. Aber hör zu, Mann, es wäre dumm von dir, alleine hinzufahren. Ich meine, wenn du rumläufst und einen Haufen Fragen stellst, wirst du Ärger kriegen. Mit diesen Leuten ist nicht zu spaßen, okay? Und was du auch tust, laß dich nicht von dem Alten da überreden, zur Polizei zu gehen. Sie werden einen Dreck deswegen tun, und du würdest es bereuen.« Er hielt inne, und Ike sah die dünnen Rinnsale von Schweiß unter der dunklen Brille. »Hör zu«, sagte der Junge noch einmal, »es tut mir leid. Ich meine, wahrscheinlich hätte ich gar nicht herkommen sollen. Ich dachte bloß, nach dem, was deine Schwester gesagt hatte ...« Seine Stimme verlor sich.

»Du dachtest, die Sache liege anders.«

Der Junge ließ den Motor an. »Wahrscheinlich besser für dich, wenn du einfach abwartest. Vielleicht taucht sie wieder auf.«

»Glaubst du?«

»Wer weiß? Aber solange du dir keine echte Hilfe beschaffen kannst ...« Er zuckte wieder die Achseln. Und dann war er fort, und Ike stand in dem Staub des Camaro da und sah zu, wie die weißen Umrisse des Wagens im Flirren der Hitze kleiner wurden. Und als nichts übriggeblieben war als dieser Fleck aus Staub und Sonnenlicht, die allgegenwärtige Fata Morgana, die die Stadtgrenze markierte, wandte er sich um und ging über den Schotter zurück in den Laden.

Die alten Männer standen jetzt alle draußen auf der Veranda, flüsterten im Schatten und suckelten an ihren Budweiser-Flaschen. Gordon hielt Ike am Arm fest, als er an ihm vorbei wollte. »Ich hab die ganze Zeit gewußt, daß es so kommen würde«, sagte er. »Das Mädchen war auf dem Weg, ein schlechtes Ende zu nehmen, kaum daß sie laufen konnte. Shit, schon die Art, wie sie hier abgehauen ist, per Anhalter und in diesen engen Jeans bis rauf zum Arsch. Was zum Teufel erwartest du? Wir werden sie nicht wiedersehen, Junge, finde dich damit ab.«

Gordon ließ seinen Arm los, und Ike wandte sich mit einem Ruck ab. Er ging durch den Laden, und dann stand er hinten auf der Veranda und blickte hinunter in den Hof, wo er und seine Schwester früher einmal ihre Namen in den Boden gekratzt hatten. Sie hatten die Buchstaben mit Stöcken ausgehoben, und dann hatte Ellen Benzin in die Buchstaben gegossen und sie angesteckt, und das Feuer war außer Kontrolle geraten und hatte Gordons Pfefferstrauch und die Rückwand des Ladens angesengt, bevor es gelöscht werden konnte. Aber seine Schwester hatte gesagt, daß es nicht weiter schade sei und daß es ihr bloß leid tue, daß der Laden und der Rest der Scheißstadt nicht gleich mit verbrannt seien. Er hörte sie es noch sagen, als wäre es gestern gewesen, und als er die Augen schloß, konnte er noch die Hitze der Flammen auf der Haut spüren. Er ging die Treppe hinunter in den ölverschmierten Hof und fing an, sein Werkzeug einzusammeln.

2

Am selben Abend sagte er ihnen, daß er fortgehe, daß er sich auf die Suche nach Ellen machen würde. »Wie willst du weg hier?« wollte Gordon wissen. »Auf der Harley?«

Sie saßen am Küchentisch. Ike hörte Gordons Lachen, lauschte dem unaufhörlichen Rattern des alten Versandhaus-Kühlschranks. Der fette Geruch von Brathuhn stieg ihm in die Nase. »Jemand sollte hinfahren«, sagte er.

Seine Großmutter lugte ihn über ihre mit Straßsteinen besetzte Brille an. Sie war eine gebrechliche, abgehärmte Frau. Es ging ihr nicht gut. Mit jedem Jahr schien sie kleiner zu werden. »Ich wüßte nicht, wieso«, sagte sie, und ihr Tonfall machte deutlich, daß sie anderer Meinung war. Ike erwiderte ihren Blick nicht. Er stieß sich vom Tisch ab und zog sich in sein Zimmer zurück, um sein Geld zu zählen.

Es waren fast siebenhundert Dollar, in eine rostige Kaffeebüchse gestopft. Dahinter verbargen sich jetzt drei Jahre, daß er Motorräder reparierte, und es hatte nicht viel Gelegenheit gegeben, das Geld auszugeben. Der Buchladen in King City, das einzige Kino, in dem die meiste Zeit Filme in Spanisch statt in Englisch liefen, dann der Flipper, den Hank für die Tankstelle besorgt hatte. Und vor kurzem hatte er angefangen, der alten Dame ein bißchen Geld für die Miete zu geben. Es wäre wesentlich mehr gewesen, wenn er nicht soviel in die Harley gesteckt hätte. Er breitete die Geldscheine auf seinem Bett aus und zählte sie mehrere Male in dem fahlen gelben Licht. Er packte einen Koffer und ging zur Hintertür hinaus.

Es war jetzt dunkel draußen. Er ging den Stacheldrahtzaun entlang, der die Stadt von der Wüste trennte. Aus einem Fenster von Hanks Kneipe drangen Country-Musik und ein Keil gedämpftes gelbes Licht nach draußen, und als er hinüber zu den dunklen Umrissen der Berge hinter dem Zaun blickte, roch er, wie der Sommer in der

Wüste lauerte. Einer von Gordons Hunden kam unter dem Haus hervor und folgte ihm in den Laden.

Er hatte vor, ein Sixpack zu trinken, schläfrig zu werden und auf den Bus aus King City zu warten. Er nahm sich einen Sechserpack mit großen Dosen, ließ etwas Geld und eine Nachricht bei der Kasse zurück und ging hinaus in den Hof. Er zog die Zeltplane von der Knucklehead, setzte sich mit dem Rücken gegen die Wand des Ladens und betrachtete das im Mondlicht schimmernde Motorrad. Er hoffte, daß er es Gordon anvertrauen konnte, bis er wieder zurück war. Herrgott, er hatte nicht die leiseste Ahnung, was er tun oder wie lange es dauern würde. Er nahm an, daß man etwas dagegen tun sollte, wenn jemand einem die Schwester wegnahm. Er nahm an, daß eine Familie dazu da war. Ellens Pech war, daß er das einzige an Familie war, was sie hatte.

Es war still hinter dem Laden, wo die Musik aus Hanks Kneipe nur leise, wie aus weiter Ferne zu hören war. Er schloß die Augen und wartete, und er konnte das ferne Rattern eines Güterzuges ausmachen, der sich die Steigung nach King City hinaufarbeitete, und er dachte an die Zeiten, als er und Ellen genau hier gesessen hatten, um demselben Geräusch zu lauschen und sich vorzustellen, daß irgendein Versprechen in dem Geräusch dieser Züge läge, weil es das Geräusch von Bewegung, von Verreisen war, und er stellte sich vor, sie säße jetzt hier bei ihm, den Kopf nach hinten an die Wand gelegt, die Augen halb geschlossen, mit einer Bierdose auf einem ihrer mageren Beine. Er dachte daran, wie es die alte Dame immer auf die Palme gebracht hatte, daß Gordon sie Bier trinken ließ, aber schließlich brachte die alte Dame so ziemlich alles auf die Palme.

Dann wurde das Geräusch des Zuges leiser und verstummte, und jemand machte die Musik aus, so daß nur noch Schweigen herrschte, dieses ganz besondere Schweigen der Wüste, und er wußte, wenn er abwartete, dann würde eine Zeit kommen, da die Sterne blasser wurden und ein schmaler Lichtstreifen über den Horizont kroch, da das

Schweigen bis zur Unerträglichkeit anwuchs, bis es war, als werde das Land selbst es brechen und irgendein inneres Geheimnis hinausschreien.

Er erinnerte sich noch, wie dieses Gefühl zum erstenmal über ihn gekommen war. Es war Sommer gewesen, und er hatte wegen einer Sommergrippe mit Fieber im Bett gelegen, und er war mitten in der Nacht aufgestanden und in Pyjama und Turnschuhen nach draußen gegangen, und er hatte sich an den Stacheldrahtzaun gestellt, der Gordons Land einzäunte. Er hatte auf eine Brise gehofft, doch es war windstill gewesen. Nichts hatte ihn umgeben als die leere Weite, die schwarzen Umrisse der fernen Berge, die sich hart gegen den schwarzen Himmel abzeichneten, und eine überwältigende Stille, die mit einemmal wie etwas Lebendiges war, das ihn niederdrückte, etwas, das der Nacht und dem Land angehörte, etwas, dem es zu entfliehen galt. Und er war geflohen, zurück ins Haus in Ellens Zimmer statt in sein eigenes. Doch als er versucht hatte, ihr davon zu erzählen, hatte sie nur gelacht und gesagt, es käme von seinem Fieber und er hätte einfach vor zu vielen Dingen Angst, Angst vor der Wüste, vor der Nacht, vor den anderen Jungs in King City.

Ein anderes Mal hatte sie ihm gesagt, daß er in der Wüste verrotten, hier festwachsen würde wie eine verrostete Maschine, genau wie die Alte, die Nase in irgendein Scheißbuch gesteckt. Und er wußte jetzt, daß er davor immer Angst gehabt hatte, Angst vor dem Bleiben und gleichzeitig Angst vor dem Fortgehen, so wie er immer noch Angst hatte vor dieser unerklärlichen Stunde in der Nacht und vor einer Stimme, die er nie gehört hatte. Herrgott, es paßte zu ihm, daß er feige war und sie nicht. Es war total verdreht, daß er sie suchte und nicht umgekehrt.

Er trank etwa das halbe Sipack, dann stand er auf, zog die Plane wieder über das Motorrad und ging die zweispurige Straße hinunter zur Stadtgrenze, dorthin, wo er den weißen Camaro in der mittäglichen Fata Morgana hatte verschwinden sehen, wo auch seine Schwester verschwunden war, verschluckt von diesem Flecken aus Sonne und Staub, um nicht wieder aufzutauchen.

In dieser Nacht wartete keine Fata Morgana auf ihn. Es gab nichts dort als den Rand der Wüste, flach und hart im Mondlicht, die Straße, wie ein Asphaltband unter seinen Füßen, und das Pochen seines Blutes in seinen Schläfen. Und dann bemerkte er die sich nähernde Gestalt, Gordon, der schwerfällig die alte Straße heraufkam, einen Moment lang im Licht der letzten beiden Straßenlaternen der Stadt sichtbar war und dann in die Dunkelheit überging, doch seine Schritte wurden lauter, bis er schließlich neben seinem Neffen stand und die zwei, beide halb betrunken, einander im Mondlicht von der Seite ansahen.

Gordon hatte eine volle Flasche Jim Beam bei sich. Er zog sie aus seiner Gesäßtasche und schlug sie sich hart auf den Handballen, seine übliche Methode, das Siegel zu knacken.

»Du willst also wirklich weg?«

Ike nickte.

Gordon nickte ebenfalls und sah Ike von oben bis unten an, als wollte er ihn genau in Augenschein nehmen, dann nahm er einen Schluck aus der Flasche. »Nun ja, vielleicht wird es Zeit«, sagte er. »Du bist aus der Schule raus, und du hast einen Beruf. Teufel, das ist mehr, als ich in deinem Alter hatte. Ich hatte mir allerdings gedacht, du würdest vielleicht mit den Motorrädern weitermachen. Jerry sagt, er hätte noch keinen Jungen gesehen, der so mit Werkzeug umgeht wie du. Was soll ich ihm sagen?«

»Daß ich zurückkommen werde.«

Gordon lachte und nahm noch einen Schluck. Das Lachen klang ungläubig und spöttisch. »Das letztemal, daß ich deine Mutter gesehen habe, war genau hier, wußtest du das?« fragte Gordon, dann trat er mit der Stiefelspitze ein bißchen Erde lose, während Ike den Kopf schüttelte und im Geiste auch seine Mutter auf die Liste derjenigen setzte, die von diesem Flecken Sonnenlicht verschluckt worden waren. »Yeah. Sagte, im Herbst wäre sie zurück bei euch Kindern. Shit. Ein Blick auf diesen Knackarsch, mit dem sie abgehauen ist, und ich wußte, sie lügt.«

Ike war in jenem Sommer fünf Jahre alt gewesen. Seinen Vater hatte er überhaupt nie gekannt, bloß irgendeinen Typen, mit dem seine Mutter für ein paar Jahre immer mal wieder zusammengelebt hatte.

»Ich bin nicht dein Vater«, sagte Gordon, »und ich hab nie versucht, es zu sein, aber ich hab euch Kindern ein Dach über dem Kopf gegeben, und das bleibt so, wenn du zurückkommen willst. Aber ich würde mir keine Hoffnungen machen wegen deiner Schwester. Sie war ein haltloses Ding, Ike, wie ihre Mutter. Sie könnte sich auf alles mögliche eingelassen haben, verstehst du? Übernimm dich nicht, wenn du nach ihr suchst.«

Ike wartete. Er war es nicht gewohnt, daß Gordon sich dafür interessierte, was er tat. Es hatte eine Zeit gegeben, als er genau das gewollt hatte, aber jetzt? Er nahm an, daß diese Zeit vorbei war. Immerhin, Gordon war gekommen. Das Dumme war nur, daß Ike nichts zu sagen einfiel. Er sah zu, wie Gordon noch einen Schluck nahm, dann blickte er hinüber nach King City, wo die Lichter der Stadt es kaum fertigbrachten, ein Stückchen Wüstenhimmel mit einem matten Schimmer zu überziehen.

Während er wartete, dachte er über Gordons Worte nach, daß Ellen ein haltloses Ding sei wie ihre Mutter, und er mußte an seine Mutter denken. An viel konnte er sich nicht erinnern. Es gab ein Foto – er war sich sicher, das einzige von ihnen allen zusammen. Sie saßen auf der Treppe vor dem Haus seiner Großmutter, ihre Mutter zwischen ihm und Ellen; Ellen hatte einen ihrer dürren Arme um die Schultern ihrer Mutter gelegt, und den anderen hatte sie gehoben und ausgestreckt, um der Kamera den Finger zu zeigen, während sie alle drei in die Sonne blinzelten, so daß ihre Gesichter nur schwer zu erkennen waren. Was er von dem Foto vor allem noch in Erinnerung hatte – abgesehen davon, daß Ellen sich über Gordon lustig gemacht hatte – war das Haar seiner Mutter, schwarz und dick, wie elektrisiert im Sonnenlicht. Er glaubte sich zu erinnern, daß sie immer lange dagesessen und es mit rhythmischen Bewegungen gebürstet hatte, oder daß sie es mit zwei Kämmen aus Elfenbein, die die Form von langen schlanken Alligatoren hatten, zusammensteckte. Und in jenem Sommer, bevor sie fortgegangen war, hatte sie die Kämme Ellen geschenkt – das einzige, soweit er sich erinnerte, was sie je einem von ihnen geschenkt hatte. Die Kämme waren eine von Ellens liebsten Habseligkeiten geworden, sogar noch bis zu der Zeit, da sie selbst fortgegangen war. Und jetzt schien es ihm, als hätte sie sie auch an jenem Tag getragen, als wären sie mit ihr in dem Flirren der Hitze verschwunden. Er schloß die Augen, um sich besser zu erinnern, und das Bier machte ihn schwindlig. Es tat ihm plötzlich leid, daß er angefangen hatte, nach Erinnerungen zu kramen. Es deprimierte ihn immer, und er hätte es besser wissen sollen. Andere Erinnerungen tauchten jetzt auf, doch er kämpfte dagegen an. Er richtete seine Aufmerksamkeit auf den Schotter zwischen seinen Füßen und wartete, daß das Brummen eines Greyhound-Busses die Stille durchdrang.

Er wartete noch, als er bemerkte, daß sich noch jemand zu ihnen auf die Straße gesellt hatte. Gordon mußte es ebenso bemerkt haben, denn er wandte sich einmal um und sah über die Schulter dorthin, wo sich das Licht der Straßenlaterne zwischen den Eichen verlor. Sie trat nicht ins Licht, sondern blieb dort in der Dunkelheit, und es war etwas an der Art, wie sie dort stand, das ihn an sie alle drei zusammen denken ließ – seine Großmutter, seine Mutter und seine Schwester. Denn es hatte Momente gegeben, da er sie beide, seine Mutter und seine Schwester, im Gesicht der alten Frau gesehen hatte, in einer bestimmten Art, wie sie manchmal den Kopf wandte, oder in einem Zug um ihren Mund. Die Ähnlichkeit war immer sehr flüchtig, wie ein Schatten, der über ausgedörrten Boden hinwegstreicht. Doch was genau ihn ausgedörrt hatte – die Zeit, die Krankheit –, konnte er nicht sagen. Er nahm an, die Tatsache, daß sie fromm geworden war, hatte es nicht besser gemacht.

Sie wartete, bis die Scheinwerfer des Busses zwischen den verkrüppelten Ästen aufschimmerten, dann trat sie vor – klein und steif, wie aus irgendeinem harten Material geschnitzt, als gehörte sie zu den windgebeugten Bäumen, die dort angepflanzt waren, um die Stadtgrenze zu markieren. Und als sie dann sprach, war ihre Stimme wie eine Waffe, wie der scharf gezackte Rand einer abgebrochenen Flasche. Die Stimme schien die kalte Luft und das tiefe Röhren des Motors mit Leichtigkeit zu durchdringen. Aber Ike hatte keine Lust, dazubleiben und zuzuhören. Er stieg rasch die Stufen hinauf und ging den engen Mittelgang hinunter, während er tief die abgestandene Luft aus der Klimaanlage einsog und den Blicken der anderen Fahrgäste auswich, von denen einige die Hälse reckten, um zu sehen, was draußen für ein Tumult war. Aber während er darauf wartete, daß sie losfuhren, und sogar noch, als sie sich in Bewegung gesetzt hatten und die Lichter sich entfernten und verblaßten, schien es ihm, daß er sie deutlich hörte, und daß sie sie beide verfluchte, ihn dafür, daß er fortging, Gordon dafür, daß er ihn ziehen ließ, daß sie Zeugnis ablegte und die Bibel zitierte. Was war es? Etwas wie Leviticus 20,17 vielleicht – eine ihrer Lieblingsstellen: »Wenn jemand seine Schwester nimmt, seines Vaters Tochter oder seiner Mutter Tochter, und ihre Blöße schauet, und sie wieder seine Blöße, das ist eine Blutschande; die sollen ausgerottet werden vor den Leuten ihres Volks.«

3

Es waren fünf Stunden mit dem Bus von der Wüste nach L. A., weitere anderthalb von dort nach Huntington Beach. Das Bier war keine sonderlich gute Idee gewesen. Er hatte es auf leeren Magen getrunken, und es brachte ihn in einen Zustand, wo er weder schlief noch wachte. Er hatte Träume, doch sie waren allesamt schlecht, und sich von ihnen loszureißen war, wie aus einem tiefen Loch zu klettern. Und als sie sich schließlich im grellen Neonschein irgendeiner Imbißbude an einer Haltestelle im Norden von Los Angeles verloren, blieben Kopfschmerzen und ein Knoten im Magen zurück.

Und jetzt, nachdem er seinen Koffer im Busdepot in ein Schließfach getan hatte, weil es noch zu früh war, ein Zimmer zu suchen, stand er am Geländer des Piers von Huntington Beach und konnte kaum glauben, daß er wirklich da war. Doch es war so. Der Beton unter seinen Füßen war real, und darunter war ein Ozean. Vierundzwanzig Stunden zuvor hatte er sich kaum vorstellen können, wie ein Ozean aussehen, wie er riechen mochte. Nun hatte er einen vor sich, und seine Riesigkeit war atemberaubend. Die Wasserfläche hob und senkte sich unter seinen Füßen und dehnte sich wie eine große flüssige Wüste in drei Richtungen aus, und die Stadt mit ihren harten, flachen, farblosen Konturen hinter ihm, deren Ähnlichkeit mit einer Stadt in der Wüste ihn überraschte, hockte fast genauso am Rand der See, wie San Arco am Rand der Wüste hockte, zur Winzigkeit geschrumpft angesichts der gewaltigen Weite, die sich vor ihr auftat.

Hound Adams, Terry Jacobs, Frank Baker, das waren die Namen, die der Junge auf den Zettel geschrieben hatte. »Sie surfen am Pier«, hatte er gesagt, »morgens.« Es waren wirklich Surfer unter ihm zu sehen. Er schaute zu, wie sie sich auf ihren Surfboards reitend in der Dünung in Position zu bringen suchten. Er hätte nie gedacht, daß Wellen so sehr Hügeln ähnelten, sich bewegenden Hügeln aus Wasser. Und er war fasziniert davon, wie die Surfer die Vorderhänge der Wellen hinabglitten, wie sie ihre Körper den Konturen der Wellen anpaßten, bis es aussah, als tanzten sie mit dem Ozean. Er dachte daran, was der Junge ihm gesagt hatte, daß es dumm von ihm wäre, alleine herzukommen, daß er sich nur Ärger einhandeln würde, wenn er zu viele Fragen stellte. Das war also klar; er würde keine Fragen stellen. Er hatte sich entschieden, es so zu sehen: Zuallererst schien es am klügsten, das Schlimmste anzunehmen, nämlich daß seiner Schwester etwas Schlimmes zugestoßen war und daß die Typen, mit denen sie gefahren war, es vertuschen wollten. Er hielt es ebenfalls für ratsam, die Warnung des Jungen ernst zu nehmen: Mit diesen Leuten war nicht zu spaßen.

Unter diesen beiden Voraussetzungen wollte er nicht in die Stadt hineinplatzen und einen Haufen Fragen stellen. Ihm war der Gedanke gekommen, daß seine Schwester vielleicht noch andere Freunde gefunden hatte, daß es hilfreich sein könnte, jemanden zu finden, der sie gekannt hatte. Aber wie sollte er diesen Jemand finden? Angenommen, er erwähnte ihren Namen dem Falschen gegenüber? Und falls es hier Freunde gab, die ihm helfen konnten, warum sollte der Junge es dann für nötig gehalten haben, den weiten Weg nach San Arco zu machen, um Ellens großen starken Bruder zu suchen? Nein, es lief immer wieder darauf hinaus, daß er als erstes herausfinden mußte, wer diese Typen waren, ohne daß sie erfuhren, wer er war. Nachdem er sie kannte und eine Vorstellung davon hatte, was sie für Leute waren, würde er besser wissen, wie er vorzugehen hatte. Und das, sein weiteres Vorgehen, war natürlich das Knifflige an der Sache. Was würde geschehen, wenn er herausfand, daß seine schlimmste Befürchtung zutraf, daß sie tot war? Würde er dann zur Polizei gehen? Würde er versuchen, Rache zu nehmen? Oder würde er feststellen, daß er gar nichts machen konnte? Er erinnerte sich, wie der Junge ihn in der Hitze des Schotterweges angeblickt hatte. Würde es darauf hinauslaufen? Würde er herausfinden, was passiert war, und dann feststellen, daß er einen Dreck dagegen tun konnte? Die Angst vor dieser Entdeckung schwebte wie ein Schatten über ihm, und nicht einmal die aufgehende Sonne konnte sie vertreiben.

Er wußte nicht, wie lange er an dem Geländer stand, wie gelähmt von dem Gedanken an seine Angst und fasziniert von der Betrachtung dieses unbekannten Zeitvertreibs unter ihm, doch nach einer Weile wurde er sich der warmen Sonnenstrahlen auf seinen Schultern und des vermehrten Treibens um ihn herum bewußt. Er hatte die Stimmen der Surfer gehört, hatte gehört, wie sie einander riefen, doch es war ihm nicht gelungen, irgendwelche Namen aufzuschnappen, dazu war er auf dem Plankenweg zu weit von ihnen entfernt. Schließlich löste er sich von dem Geländer, wandte sich um und machte sich auf den Weg zurück in die Stadt.

Die Sonne stieg jetzt rasch höher und stand bereits weit über den harten, kantigen Umrissen der Gebäude, die den Coast Highway säumten. Und mit dem Aufsteigen der Sonne begann jede Ähnlichkeit mit den Städten in der Wüste, die ihm vorher aufgefallen war, zu verschwinden, denn Huntington Beach wachte auf, und die Straßen waren voll von Leuten, von Autos, die sich an roten Ampeln und Fußgängerüberwegen stauten, von Skateboards, die auf dem Beton surrten, von dem Geschrei der Möwen und von alten Männern, die vor den öffentlichen Toiletten aus Backstein die Tauben fütterten. Es waren Typen mit Surfboards unter dem Arm zu sehen, und Mädchen, mehr Mädchen, als er je auf einem Haufen gesehen hatte. Mädchen auf Rollschuhen und zu Fuß, ein einziges Gewirr von braungebrannten Beinen und sonnengebleichtem Haar, und Mädchen, die noch jünger waren als er selbst, saßen auf dem Geländer am Eingang zum Pier, rauchten Zigaretten und sahen gelangweilt, müde und abgekämpft im Morgenlicht aus, und als er an ihnen vorbeiging, sahen sie mitten durch ihn hindurch.

Auf der Inlandseite des Highways, als er zurück zum Busdepot ging, sah er die Motorräder; ein paar Harleys, eine 34er Honda Hardtail. Das erste, was er den ganzen Morgen über gesehen hatte, das ihm ein Gefühl von Zuhause gab. Eine der Harleys war tatsächlich eine alte Knucklehead in tadellosem Zustand, beinahe identisch mit seiner eigenen. Er beschloß, über die Straße zu gehen, um sie sich näher anzusehen. Die Motorräder standen am Bordstein aufgereiht, mit laufenden Motoren, und die Fahrer, die wie Rocker aussahen, saßen breitbeinig über riesigen Auspuffrohren und redeten mit ein paar Mädchen. Ihm fiel auf, daß einer der Motoren (es klang nach der Knucklehead) nicht im Takt lief, und er lehnte sich an die Wand eines Spirituosenladens, um näher hinzuhören.

»Was nicht in Ordnung?« wollte eine Stimme wissen. Es war das erstemal, daß jemand mit ihm sprach, seit die Kellnerin an der Bushaltestelle im Norden von L. A. seine Bestellung aufgenommen hatte. Er blinzelte in die Sonne und in den finsteren Blick eines der Rocker. Er stieß sich von der Wand ab und machte sich davon. Hinter sich konnte er sie lachen hören. Auf dem Überweg stieß er fast mit einem alten Penner zusammen, und der Mann blieb stehen, um ihm hinterherzufluchen, und hielt den Verkehr auf, so daß gehupt wurde und Reifen quietschten, als Ike schließlich auf der anderen Straßenseite ankam, und dort erblickte er sein Spiegelbild in der Fensterscheibe des Busdepots. Er musterte das verblichene Budweiser-T-Shirt, die schmierigen Jeans, die selbstgeschnittenen kurzen braunen Locken, die 60-Kilo-Figur, und er sah noch schmächtiger und unbrauchbarer aus, als er sich vorgestellt hatte. Jungchen, so hatte Gordon ihn immer genannt, und jetzt kam er sich vor wie ein lächerlicher Zwerg. Das Gelächter der Rocker klang ihm in den Ohren, und die Stimme des alten Mannes war irgendwie zur Stimme seiner Großmutter geworden, als wären ihre Worte ihm durch die Nacht gefolgt. Dann mußte er aus irgendeinem Grund an den Text dieses Liedes denken, eigentlich nur eine Zeile, an mehr erinnerte er sich nicht: *Suckers always make mistakes when they're far away from home.* Und dort auf der Straße, wo die Sonne heiß brannte und die Luft voll war von Abgasen und Lärm und einem komischen Dunst, der alles wie mit feinem grauem Staub überzog, wurde ihm klar, daß es leicht sein würde, in dieser Stadt auf die Schnauze zu fallen, und es wurde ihm von neuem bewußt, daß er verdammt vorsichtig sein mußte.

Im Laufe des Nachmittags fand er eine Unterkunft. Das Zimmer gehörte zu einem tristen Gebäude namens Sea-View-Apartments, einem großen klobigen Kasten, der mit einer Art kackbraunem Stuck versehen war. Die Vorderseite des Hauses lag dicht an der Straße und war von ihr nur durch einen Bürgersteig und einen schmalen rechteckigen Rasen voller Unkraut getrennt. Nach hinten hinaus befand sich ein weiteres verwildertes Rasenstück, zusammen mit ein paar verkrüppelten Palmen und einer einsamen Ölquelle. Die Ölquelle lag für sich in einer Ecke des Grundstücks, durch einen rostigen Maschendrahtzaun abgesondert.

Ikes Zimmer lag an der Westseite des Gebäudes in der oberen Etage, mit Blick auf die Ölquelle und das freie Gelände dahinter. Wären die Rückseiten der Gebäude längs des Coast Highway nicht gewesen, hätte das Sea-View seinem Namen Ehre gemacht, und er hätte den Pazifik sehen können, doch der Seeblick hätte ihn wahrscheinlich weitere hundert Dollar im Monat gekostet, und er hätte es sich sowieso nicht leisten können. Er hatte den größten Teil des Tages damit zugebracht, sich Zimmer anzusehen, und er hatte seine erste Lektion hinsichtlich der Ökonomie einer Stadt an der Küste erhalten. Zimmer, die in der Wüste für hundert Dollar im Monat vermietet worden wären, kosteten hier fünfzig die Woche, und das Sea-View mit seinen beiden schummerigen Fluren, einer über dem anderen, mit seinen schmutzigen Wänden und der betrunkenen Vermieterin in ihrem schmutzigen blauen Bademantel war das Billigste gewesen, was er finden konnte. Er brauchte nicht lange, um sich auszurechnen, daß er mit seinem Geld nicht so weit kommen würde, wie er gehofft hatte.

Er hatte vorgehabt, den Nachmittag über ein bißchen zu schlafen, aber er fand keine Ruhe und landete schließlich neben dem öffentlichen Telefon im Flur, wo er auf dem Boden saß und die Namen in dem dicken weißen Telefonbuch durchging. Es gab eine Menge Bakers, Jacobs und Adams, aber keinen Terry Jacobs und keinen Hound Adams. Es gab einen Frank Baker, allerdings nicht in Huntington Beach, sondern in einem Ort namens Fountain Valley. Nach dem, was der Junge gesagt hatte, hatte er angenommen, daß die Leute, die er suchte, in Huntington Beach wohnten. Allerdings hatte es der Junge nicht ausdrücklich gesagt, er hatte nur gesagt, daß sie am Pier surften. Shit, es war dumm von ihm gewesen, daß er nicht mehr Fragen gestellt hatte, daß er wie der Dorftrottel dagestanden hatte, während die Sonne ihm das Hirn ausdörrte. Und Hound Adams? Hound war sicherlich irgendein Spitzname, aber es waren zwei H. Adams im Telefonbuch aufgeführt, und einer davon wohnte in Huntington Beach, an der Ocean Avenue. Er starrte den Namen eine Weile an und verfluchte sich, daß er nicht gefragt hatte, als Gelegenheit dazu gewesen war. Schließlich schrieb er sich die Adresse heraus, suchte eine Tankstelle, kaufte sich einen Stadtplan und nahm den Bus zur Ocean Avenue; wenigstens hatte er etwas zu tun. Es waren mehrere Meilen landeinwärts, und die Adresse fand sich gegenüber einer Grundschule. Er setzte sich vor der Schule auf eine kalte Ziegelmauer, unschlüssig, was er als nächstes tun sollte. Er dachte sich, daß er einfach vor dem Haus herumhängen und zusehen könnte, was für Leute dort ein und aus gingen. Aber mindestens zwei Stunden lang ließ sich niemand blicken, und die Sonne stand schon tief und ein kühler Wind war aufgekommen, als endlich ein Licht in einem der Fenster anging. Als er die Straße überquert hatte und näher herangekommen war, sah er eine alte Frau, eingerahmt von geblümten Vorhängen. Es sah aus, als stünde sie vor der Küchenspüle. Es kam ihm in den Sinn, daß natürlich noch andere Leute dort wohnen konnten – ein Sohn vielleicht. Aber irgendwie war der Anblick nicht ermutigend, und es wurde zunehmend kälter. Er wandte sich um und ging zurück zur Straßenecke, um auf einen Bus zu warten.

So endete sein erster Tag in Huntington Beach. Es war dunkel, als er ins Sea-View-Apartment zurückkehrte. Und so wie die Stadt mit dem Sonnenaufgang zum Leben erwacht war, so war das Sea-View mit ihrem Untergang lebendig geworden. Als er fortgegangen war, war es dort still wie in einer Leichenhalle gewesen; jetzt war offensichtlich irgendeine Party im Gange. Viele der Türen standen weit offen über den fleckigen Linoleumböden. Eine Art von Musik, an die er nicht gewöhnt war, die er aber für Punkrock hielt, drang aus den Tiefen des alten Gebäudes hervor und schwirrte ihm um den Kopf, während er die Treppe hinaufstieg. Er ging direkt in sein Zimmer, machte die Tür zu und warf sich aufs Bett. Er hatte etwa fünf Minuten dort gelegen und gedöst, als es an der Tür klopfte.

Er öffnete sie und sah zwei Mädchen im Flur stehen. Die eine war klein und dunkel, mit kurzen schwarzen Haaren. Die andere war groß und hatte eine athletische Figur. Sie hatte rotblondes Haar, das ihr bis auf die Schultern fiel. Das dunkelhaarige Mädchen übernahm das Reden. Die Blonde lehnte sich an die Wand und kratzte sich mit dem Fuß am Bein. Sie wirkten beide angetrunken und ausgelassen, ein bißchen albern. Sie wollten wissen, ob er Blättchen hätte. Die Musik war lauter jetzt, da die Tür offenstand, und weiter den Flur hinunter konnte er noch andere Stimmen hören. Sie sahen enttäuscht aus, als er nein sagte. Die Dunkelhaarige steckte den Kopf in sein Zimmer und sah sich um. Sie wollte wissen, ob er ein Säufer sei oder so. Er sagte, das sei er nicht.

Die Mädchen kicherten und gingen fort. Ike schloß die Tür hinter ihnen und ging in sein Badczimmer. Der Mond schien jetzt durch das kleine rechteckige Fenster und schimmerte auf dem Porzellan und dem Silber des Spiegels, so daß er noch dunkel sein Spiegelbild sehen konnte. Aber das Spiegelbild war nur schwer zu erkennen. Es schien fortwährend die Form und den Ausdruck zu ändern, bis er nicht mehr sicher war, daß es sein eigenes Spiegelbild war, und dann wurde ihm klar, daß das Gefühl, das der Spiegel ihm einflößte, dem

Gefühl glich, das er angesichts des überwältigenden Schweigens der Wüste bekommen hatte, und er wandte sich mit pochendem Herzen rasch ab und schaute statt dessen hinunter in den Hof, wo eine einsame Ölquelle still im Mondlicht vor sich hin wichste.

4

Er vergeudete einen weiteren Tag damit, das Haus von H. Adams an der Ocean Avenue zu beobachten, immer noch in der Hoffnung, daß dort vielleicht noch andere Leute wohnten als die alte Frau. Doch dem war nicht so. Das H. stand, wie sich herausstellte, für Hazel, und Hazel Adams lebte allein. Ihr Mann war tot, und es gab einen Sohn in Tulsa und eine Tochter in Chicago, die nie anriefen. Ike erfuhr all das, weil er gerade vor der Grundschule herumsaß, als Mrs. Adams in dem dreirädrigen Elektrokarren, den sie fuhr, vor ihrer Einfahrt einen Unfall hatte. Sie kam gerade vom Supermarkt zurück, nahm die Kurve zu hart, und der Karren kippte um. Ike bekam alles mit und rannte über die Straße, um seine Hilfe anzubieten. Die alte Dame war aber unversehrt geblieben und lud ihn zu einem Stück Bananenbrot ein. Und auf diese Weise erfuhr er von ihrer Familie. Die alte Mrs. Adams, so schien es, hatte ein bißchen Zuwendung bitter nötig. Sie verbrachte ihre Zeit mit Gedanken an ihren verstorbenen Mann, an ihre Tochter, die nie anrief, ihren Sohn, den sie nie sah, und sie buk Bananenbrot für Besucher, die nie kamen. Sie sprach von dem Lärm und der Luftverschmutzung, von einem blauen Himmel, der die Farbe von Kaffeesatz angenommen hatte, von den Kindern in der Grundschule, die Gras rauchten und in ihrem Vorgarten im Gebüsch Unzucht trieben. Sie warnte Ike vor den Gefahren beim Trampen auf dem Coast Highway. Sie hatte ein ganzes Arsenal von Schauergeschichten auf Lager.

Es gab Banden von Punks, sagte sie, die high waren von Angeldust und seltsamer Musik und nur darauf warteten, junge Mädchen und Burschen wie ihn anzulocken, um sie zu zwingen, sich Hakenkreuze in Arme und Beine zu ritzen, oder um sie in Brand zu stecken. Ike saß da und hörte zu. Er sah zu, wie ihm ein weiterer Tag entglitt und sich zusammen mit der Sonne, die über dem dunklen Holz eines alten Eßtischs tiefer sank, auflöste.

Als er an diesem Abend mit dem Bus nach Hause fuhr, kam ihm plötzlich ein besonders deprimierender Gedanke: Er stellte sich mit einemmal vor, daß er nichts in Erfahrung bringen würde. Seine Ersparnisse würden für fettiges Essen und ein schäbiges Zimmer draufgehen. Sein Trip nach Huntington Beach würde am Ende auf nicht mehr als eine absurde Art von Urlaub hinauslaufen, und schließlich würde die Wüste erneut von ihm Besitz ergreifen. Es mußte so kommen. Er paßte nicht hierher. Alles hier war völlig neu für ihn, und alles entwickelte sich viel langsamer und weniger glatt, als er sich vorgestellt hatte. Das hier war nicht zu vergleichen mit San Arco, nicht einmal mit King City.

Er entdeckte ein kleines Café an der Straße gegenüber dem Pier, einen sonderbaren Laden, der sowohl von Rockern als auch von Surfern besucht wurde. Drinnen hielten sich die beiden Gruppen in verschiedenen Ecken des Lokals und blickten einander über kleine weiße Kaffeebecher finster an. Das Café machte ihn nervös. Es machte ihm nur allzu bewußt, daß er zu keinem der beiden Lager gehörte, doch es war ein guter Ort, um die Gespräche zu belauschen, und das Essen war billig. Und in dem Café hatte er einen ersten Erfolg.

Es war an seinem fünften Vormittag in der Stadt, und wie an den anderen Vormittagen seit seiner Busfahrt zurück von H. Adams' Haus war es ihm schwergefallen, aus dem Bett zu kommen, sich gegen die wachsende Lust zu wehren, alles hinzuschmeißen und abzuhauen und die Tatsache zu akzeptieren, daß sein Kommen eine Farce gewesen war, daß der Junge in dem Camaro recht gehabt hatte. Aber er hatte es geschafft. Er hatte sich im ersten Morgenlicht aus dem Bett gequält und war runter auf den Coast Highway und ins Café gegangen, immer auf der Suche nach irgend etwas, einem Wort, einem Namen, was auch immer. Und das war es, worauf er stieß, ein Name. Er hatte gerade sein Kaffee-mit-Doughnuts-Frühstück beendet und war zum Pinkeln aufs Klo gegangen, und dort war es passiert; als er, seinen Kolben in der Hand, vor dem Pißbecken stand und geistesabwesend die Schweinereien las, die in die Wand gekratzt waren, sprangen ihm zwei Wörter in die Augen. Ein Name: Hound Adams. Die Buchstaben waren in die Metallwand geritzt, die das Pissoir vom Waschbecken trennte. Sonst stand nichts dort, nur der Name.

Zugegeben, es war nicht gerade viel, aber trotzdem hatte er einen dünnen Schweißfilm auf der Stirn, als er das Café verließ und über die Straße ging. Es war etwas daran, diesen Namen anderswo als auf dem Zettel des Jungen zu sehen. Es bedeutete, daß es wirklich einen Hound Adams gab, irgendwo. Und zusammen mit dieser Erkenntnis kam ihm eine neue Idee. Sie kam ihm, als er auf dem Pier zum Ozean hinausging: Was wäre, wenn er surfen könnte? Er müßte es nicht gut können, nur gut genug, um sich im Wasser aufhalten zu können. Es war einleuchtend. Auf dem Pier war er zu weit vom Geschehen entfernt, und in Straßenklamotten am Strand herumzuhängen brachte es auch nicht. Er hatte es versucht, hatte versucht, an gewisse Gruppen heranzukommen, wenn sie aus dem Wasser kamen, aber er fiel zu sehr auf und zog immer zu viele Blicke auf sich, wenn er ihnen zu nahe kam. Wenn er aber surfen könnte? Wenn er mit ihnen im Wasser wäre, mit einem Board zum Draufsitzen und allem Drum und Dran? Shit, aber ja. Es lohnte sich, darüber nachzudenken.

Er dachte den ganzen Vormittag darüber nach, während er zusah, wie die Wellen kleine Gipfel bildeten und dann brachen, und je länger er darüber nachdachte, desto besser gefiel ihm die Idee, bis er sich schließlich eingestand, daß es um mehr ging als nur darum, näher am Geschehen zu sein. Es war etwas Faszinierendes an der Gestalt und der Bewegung der Wellen, an den glatten grünen, von Silber durchzogenen rollenden Hängen, während der Mond noch sichtbar über der Stadt stand. Man konnte sich dort verlieren, glaubte er, und er stellte sich kühle grüne Höhlen vor, gemeißelt aus dem Bauch eines flüssigen Gewölbes. Der Gedanke schien die Erregung, die er bereits verspürte, noch zu steigern, und als er schnell nach Hause ging, nahm er zum erstenmal richtig die Unmenge von Surf-Shops auf der Straße wahr, und all die neuen Boards, die hinter den Schaufensterscheiben auf ihn wirkten wie bunte leuchtende Zuckerstangen.

In dieser Nacht dachte er von neuem darüber nach. Er erinnerte sich daran, wie er versucht hatte, die Knucklehead zu fahren. Er erinnerte sich, wie er dort in der Sonne gelegen und wie sein Blut eine Pfütze im Schotter gebildet hatte, während Gordon den Pickup holen gegangen war. Seit der Zeit hatte er nichts dergleichen mehr versucht, aber hier gab es keine Motorräder, nur die Surfboards und die Wellen.

Es war eine lange Nacht, voller Träume im Halbschlaf und verrückter Bilder im Kopf, während die Musik in dem Gebäude die Wände seines Zimmers zum Beben brachte und die Ölquelle unter ihm quietschte, und irgendwann wurde er sich bewußt, daß ihn neben all dem andern noch eine neue Angst überkam, etwas, an das er noch nicht gedacht hatte. Es war seine fünfte Nacht in der Stadt, und die Angst stand in Zusammenhang mit einem neuen Verständnis dafür, was es bedeuten würde, aufzugeben, sein Geld zu verpulvern und zurück nach San Arco geschlichen zu kommen. Denn was immer ihm hier auch zu schaffen machte, gleichzeitig fühlte er sich auch von einer Energie erfüllt, wie er sie in der Wüste nie erlebt hatte. Es lag eine Gier nach Leben in der Luft. Nachts hörte er ihre Partys. Mädchen lächelten ihn jetzt auf dem Plankenweg an, über dem Sand, wo

Pärchen im Schatten des Piers vögelten. Und er wollte nicht weg. Er wollte dazugehören. Er dachte an den Laden seines Onkels, die Tür mit dem ramponierten Fliegengitter, die Musik, die sich aus dem Radio auf den Schotterweg ergoß, ein Country-Song nach dem andern, bis es ein und derselbe Song war, so andauernd und nervtötend wie der Wind, der aus King City und den öden Höhen dahinter blies, und mit einemmal hatte er das Gefühl, daß er jetzt vielleicht etwas von dieser Frau begriff, die Gordon hatte davongehen sehen, Arm in Arm mit einem Knackarsch, geködert von einem Versprechen.

Soweit er sich erinnerte, waren sie zurück in die Wüste, ins Haus seiner Großmutter gezogen, weil seine Mutter krank geworden war und einen Platz zum Ausruhen brauchte. An was er sich jetzt noch aus der Zeit vor San Arco erinnerte, war nicht viel, eine mehr oder weniger verschwommene Reihe von Erinnerungen, denen unzählige möblierte Zimmer und billige Motels gemeinsam waren. Gordon hatte ihm einmal erzählt, daß sie versucht hatte, Grundstücke zu verkaufen oder so etwas. Er wußte es nicht mehr; aber er wußte noch, daß sie eine Weile aus einem Wagen gelebt hatten, einem klapprigen alten Kombi. An was er sich am deutlichsten erinnerte, war das Warten. Im Wagen. In unzähligen Büros. In den Wohnungen fremder Leute. In seiner Erinnerung hatten alle Orte, an denen sie gewartet hatten, gewisse Dinge gemein. Sie waren immer heiß und stickig gewesen; sie hatten gestunken. Der Geruch hatte etwas mit überquellenden Aschenbechern und Klimaanlagen zu tun. Ellen war es gewesen, die das Warten erträglich gemacht hatte. Sie war immer bei ihm gewesen, hatte ihn mit selbsterfundenen Spielen unterhalten, mit Streichen, die den jeweiligen Erwachsenen, der da war, um auf sie aufzupassen, aufregen sollten. Sie war gut darin gewesen. Das Warten, dachte er, war leichter für sie gewesen. Aber später war die Wüste schlimmer für sie gewesen. Er sah sie noch vor sich, wie sie in dem heißen staubigen Hof hinter dem Laden wie eine Katze im Käfig auf und ab lief und Sachen sagte wie, daß sie hoffte, ihre Mutter wäre tot, daß der Schönling sie sitzengelassen hätte und daß sie sich schließlich in irgendeinem verstunkenen Hotelzimmer zu Tode gesoffen hätte – das alles, nachdem ihnen klargeworden war, daß sie nicht zurückkommen würde. Ellen hatte es ihrer Mutter nie verziehen. Sie hatte ihr nie verziehen, daß sie wegen ihr in San Arco waren. »Dieses verdammte Scheißnest«, hatte sie immer gesagt. »Ausgerechnet in diesem abgefuckten miesen vergammelten Scheißkaff festzusitzen.«

Für ihn selbst, so dachte er, war die Wüste leichter gewesen, zumindest am Anfang. Was jedoch seine Mutter betraf, waren seine Gefühle nicht so leicht zu ergründen. Zuerst hatte er etwas wie Verblüffung angesichts der Unermeßlichkeit ihres Verrats empfunden – eine Verblüffung, die so groß war, daß für Haß irgendwie kein Platz mehr gewesen war. Später war es zu einer Art Verlegenheit geworden, eine undeutliche Vorstellung, daß irgendein Makel in seinem eigenen Charakter diesen Verrat überhaupt erst möglich gemacht hatte. Er war sich nicht sicher, worin diese Charakterschwäche bestand, aber er war sich sicher, daß andere sie wahrnahmen, daß das Fortgehen seiner Mutter für sie weniger rätselhaft war. Er hatte nie viel über diesen Knackarsch, von dem Gordon gesprochen hatte, erfahren, oder wohin sie in diesem neuen Cabrio gefahren waren, aber er glaubte jetzt, im Dunkel seines Zimmers, während diese neue Welt um ihn herum pulsierte, zu verstehen, daß Zurückgehen wie Sterben sein konnte. Es war das erstemal, daß er es so betrachtete, und aus diesem Blickwinkel war der Verrat irgendwie nicht mehr so riesig.

5

Es war heiß und stickig, als er die Augen aufschlug. Er setzte sich im Bett auf und begann sofort damit, sich Gründe auszudenken, seinen Entschluß, ein Surfboard zu kaufen, aufzugeben. Dann sah er sich in seinem Zimmer um. Es war schmutzig darin. Seine Kleider stanken. Es sah aus, als ob der absurde Urlaub, den er vorausgesehen hatte, um ihn herum Gestalt annahm, und die neue Angst überkam ihn wieder, so stark, daß sie alles andere auslöschte.

Er war nicht sicher, wie viel ein gebrauchtes Board kosten würde. Er steckte sich vier 20-Dollar-Noten in die Tasche und ging aus dem Zimmer.

Es war ein heißer Tag, mit dem Geruch nach Sommer in der Luft, der Himmel war klar, der Ozean glatt und blau. In der Ferne konnte er die weißen Klippen der Insel ausmachen, die, wie ihm jemand gesagt hatte, sechsundzwanzig Meilen entfernt war. Ein leichter Wind ging auf die See hinaus und richtete die Wellen auf, die klein und regelmäßig, wie Edelsteine in der Sonne waren.

Die Stadt war voller Surf-Shops. Surf-Shops, Trödelläden und Kneipen schienen das Geschäftsleben in der City von Huntington Beach auszumachen. Er trieb sich vor den Schaufenstern von einem halben Dutzend Läden herum, bevor er sich für einen entschied und hineinging. Es war still in dem Laden. An den Wänden hingen verschiedene Arten von Surfer-Relikten: alte Surfboards aus Holz, Pokale, Fotografien. Ein Junge am Eingang war damit beschäftigt, die neuen Boards mit einem Lappen abzuwischen. Bis auf den Jungen und Ike schien der Laden leer zu sein. Der Junge nahm keine Notiz von ihm, und schließlich ließ er sich nach draußen treiben und ging in einen anderen Laden, der näher am Highway gelegen war.

Der zweite Laden war erfüllt von derselben Art Musik, die er im Hotel hörte, einem harten, hektischen Sound, der mit nichts, was er je in der Wüste gehört hatte, zu vergleichen war. In diesem Laden gab es keine Relikte zu sehen. Die Wände waren voll mit Postern von Punkbands. Ein hellblaues Surfboard voll kleiner roter Hakenkreuze hing im hinteren Teil des Ladens. In der Nähe des Eingangs war eine Theke. Ein paar junge Mädchen in sehr knappen Badeanzügen saßen auf der Glasplatte, zwei Jungen dahinter. Sie alle blickten Ike an, als er hereinkam, aber niemand sagte etwas. Für Ike sahen sie alle gleich aus: sonnenverbrannte Nasen, braune Leiber, sonnengebleichtes Haar. Er ging in den hinteren Teil des Ladens und sah sich die gebrauchten Surfboards an. Es dauerte nicht lange, und einer der Jungen, die er hinter der Theke gesehen hatte, kam zu ihm herüber.

»Auf der Suche nach einem Board?« fragte der Junge.

»Eins, auf dem ich lernen kann«, erwiderte Ike.

Der Junge nickte. Er trug eine dünne Kette aus weißen Muscheln um den Hals. Er drehte sich um und ging das Gestell entlang, blieb stehen, zog ein Board heraus und legte es auf den Boden. Ike folgte ihm.

Der Junge kniete sich neben dem Board hin und hob eine Kante an. »Für das hier kann ich dir einen guten Preis machen.«

Ike betrachtete das Board. Das Board sah aus, als wäre es mal weiß gewesen, doch jetzt war es von einer Art Gelb. Es war lang und schmal und lief an beiden Enden spitz zu. Der Junge stand auf. »Was hältst du davon?«

Ike kniete sich neben das Board, wie es der Junge gemacht hatte, und versuchte, so zu tun, als wüßte er, wonach er schaute. Um ihn herum vibrierte der Laden von dem hektischen Beat der Musik. Er bemerkte, daß eins der Mädchen vor dem Schaufenster zu tanzen angefangen hatte, sah ihren kleinen festen Arsch unter der Bikinihose zucken. »Ist das ein gutes Board, um drauf zu lernen?«

»Klar, Mann, das ist ein ganz heißer Stick. Und ich kann dir einen guten Preis machen. Hast du Bargeld?«

Ike nickte.

»Fünfzig Eier«, sagte der Junge, »und es gehört dir.«

Ike fuhr mit den Fingern die Kante des Boards entlang. Auf dem Deck war ein kleiner Aufkleber, die Silhouette einer Welle innerhalb eines Kreises – der Kamm der Welle ging in eine Flamme über – und darunter die Worte *An der Quelle.* Ike sah zu dem Jungen auf. Der Junge sah aus, als fände er das alles reichlich langweilig. Er blickte zurück zur Vorderfront des Ladens, wo das Mädchen tanzte. »Fünfzig Eier«, sagte er wieder, ohne Ike anzusehen. »Ein besseres Geschäft wirst du nicht machen.«

Es war das billigste Board, das Ike bisher gesehen hatte. »Okay«, sagte er, »ich nehm es.«

»Okay.« Der Junge nahm das Board und ging damit zur Theke.

Ike stand bei der Registrierkasse, während der Junge den Preis eintippte. Er war sich nur zu bewußt, daß eins der Mädchen ihn ansah, eine Art halbes Lächeln auf den Lippen. Die Musik war laut. Die Sonne drang durch das Schaufenster in die offene Tür herein und brannte auf seinem Profil. Als der Junge Ikes Geld in die Kasse gelegt hatte, holte er ein paar Würfel unter der Theke hervor und schob sie Ike hin.

»Was ist das?«

»Wachs.«

Das Mädchen, das auf der Glasplatte saß, verzog das Gesicht. »Du hast ihm Cool Waters gegeben«, sagte sie. »Ich glaube, er braucht Sex Wax.«

Der andere Junge lachte. Der Junge, der Ike das Board verkauft hatte, zog ein rundes Stück Wachs hervor und knallte es auf die Würfel. »Du reibst dein Board damit ein, bevor du rauspaddelst«, sagte er.

Ike nickte. Er erinnerte sich, daß er Surfer ihre Boards wachsen gesehen hatte. »Laß knacken«, hörte er eins der Mädchen sagen, als er nach draußen in das gleißende Licht trat. Er hörte einen der Jungen lachen, und er hatte nicht gedacht, daß ein Brett zu kaufen zu einer solch demütigenden Erfahrung werden könnte. Ach was, zur Hölle mit ihnen, dachte er; der Preis war trotzdem gut gewesen. Er rückte das Board unter seinem Arm zurecht und ging den Bürgersteig hinauf. Während er ging, kam er zu dem Schluß, daß der Verkehrslärm der Musik in dem Surf Shop vorzuziehen war.

Wieder in seinem Zimmer, machte er sich mit einer Schere an einer von seinen beiden Jeans zu schaffen. Er schnitt sie dicht über dem Knie ab und zog sie an. Er nahm sein Board, das kaum in dem kleinen Zimmer Platz fand, und versuchte, sich im Spiegel zu sehen. Eins war sicher: Er sah nicht so aus wie die meisten anderen Surfer, die er in der Stadt gesehen hatte. Seine Haare waren zu kurz, und sein Körper sah gegenüber dem dunklen Stoff der Jeans weiß und zerbrechlich aus. Er zuckte die Achseln, schlang sich ein Handtuch um den Hals, bugsierte das Board aus dem Zimmer und ging den Flur hinunter.

Er kam gerade die Treppe herunter und ging auf den schäbigen Rasenstreifen zu, als er fast eins der Mädchen, die in seinem Zimmer nach Blättchen gefragt hatten, umgerannt hätte. Es war die große mit der athletischen Figur, und die Sonne tanzte auf ihrem rotblonden Haar und ihrem weißen Hemdchen. Er war reichlich verlegen und fühlte sich nackt in dem grellen Licht. Er versuchte, sich so gut wie möglich hinter dem Board zu verstecken.

»Bist du ein Surfer?« fragte sie ihn.

Er zuckte die Achseln. »Ich versuche es zu lernen.« Er sah ihr ins Gesicht und wartete auf eine abschätzige Miene. Ihre Backenknochen waren ziemlich hoch und breit und ihre Brauen zart und anmutig geschwungen. Es war etwas an ihrem Gesicht, vielleicht der Bogen ihrer Brauen, das sie gelangweilt und hochmütig aussehen ließ. Aber irgendwie reichte dieser Gesichtsausdruck nicht bis in ihre

* Weißwasser – das weiß aufschäumende Wasser nach dem Brechen einer Welle (A. d. Ü.)

Augen hinüber, die ziemlich klein und hell wirkten und seinen Blick offen erwiderten. Auf ihrem Gesicht war der Anflug eines Lächelns, und er kam zu dem Schluß, daß es nicht so war wie das Lächeln der Mädchen in dem Surf Shop. Er ging den Bürgersteig hinunter, dann drehte er sich um und blickte zurück. Sie stand noch an derselben Stelle und sah ihm nach. »Viel Spaß«, rief sie. Er lächelte sie an und machte sich auf den Weg zur Main Street und zum Pazifischen Ozean.

6

Der Strand war voller Leute, und die Sonne brannte hell, doch der Wind in seinem Rücken war kühl, und als er in dem nassen Sand stand und zum erstenmal die Berührung des Pazifischen Ozeans an den Füßen spürte, so daß ihm Kälteschauer die Beine hinaufliefen, begann er zu verstehen, warum viele der Surfer Neoprenanzüge trugen. Trotzdem zögerte er nicht. Er hatte das Gefühl, daß jeder am Strand ihn beobachtete. Er watete in das weiß schäumende Wasser, trat beinahe sofort in irgendein Loch und spürte, wie sich seine Eier zusammenzogen, als das Wasser an seiner Hüfte vorbeirauschte. Er zog sich auf sein Board und fing zu paddeln an.

Er fand bald heraus, daß Wellen, die vom Pier aus klein wirkten, wesentlich größer wurden, wenn man sie vom Meeresspiegel aus sah. Hinauszugelangen war schwieriger, als er erwartet hatte. Zum einen rutschte er andauernd von dem Scheißboard runter. Er versuchte zu paddeln, wie er es bei den anderen beobachtet hatte, immer einen Arm nach dem andern durchziehend, aber sobald er sich in eine gerade Linie manövriert hatte, wurde er von einer Wand aus Weißwasser* getroffen, das Board kippte zur Seite, und er rutschte runter und mußte von vorne anfangen. Seine Arme und Schultern wurden rasch müde, und als er sich zum Strand umwandte, um zu sehen, wie er vorangekommen war, schien es, als wäre er nicht weiter draußen als zu Anfang.

Der Punkt, an dem die Wellen sich als glatte Hügel hoben, war mit jedem Augenblick schwerer auszumachen. Trotzdem paddelte er weiter, während sein Atem schwerer ging und seine Stöße schwächer wurden. Mit einemmal jedoch schien sich der Ozean zu glätten und sich wie ein riesiger See vor ihm auszubreiten. Er grub die Hände mit aller Kraft ins Wasser, und bald bewegte er sich mit den anderen Surfern in einer Reihe auf und ab.

Sein Gesicht brannte von der Anstrengung, und seine Lippen taten weh. Die anderen Surfer saßen rittlings auf ihren Boards, den Blick hinaus auf den Horizont gerichtet. Einige musterten ihn mit einem, wie es schien, spöttischen Blick. Es war erstaunlich, wie anders hier alles war als in Ufernähe. Die See war friedlich und glatt, genau wie er es sich vorgestellt hatte. Eine sanfte Grunddünung hob und senkte sich auf ihren Boards. Ein Pelikan glitt in seiner Nähe dicht über dem Wasser vorbei. Über ihm schrie eine Möwe, und die Sonne tanzte auf dem Wasser. In der Ferne konnte er die weißen Flecken von Segeln ausmachen und die Farben auf den fernen Klippen der Insel.

Er versuchte sich rittlings auf sein Board zu setzen, wie es die meisten anderen Surfer taten. Sein Board jedoch schien bei der geringsten Bewegung dramatisch ins Kippen zu geraten. Zweimal fiel er mit lautem Platschen runter und zog die Blicke der Leute in seiner nächsten Nähe auf sich.

Plötzlich waren von der ganzen Reihe der Surfer Pfiffe und Gejohle zu hören. Er blickte hinaus auf die See und sah eine neue Gruppe von Wellen, die in langen geraden Linien heranrollten. Diese Wellen schienen ihm wesentlich größer als die anderen. Er paddelte Richtung Horizont los, aus Furcht jetzt, denn er hatte Angst, daß die Wellen über ihm brechen und er sein Board verlieren würde; er fühlte sich zu erschöpft und durchgefroren, um danach zu schwimmen.

Die erste Welle erreichte ihn. Er paddelte den Vorderhang der Welle hinauf und schnellte über den Kamm, sah aber sogleich eine zweite Welle, noch größer als die erste, auf sich zurollen. Er paddelte wieder los, mit Armen weich wie Butter. Links von ihm und etwas voraus hörte ein anderer Surfer plötzlich mit Paddeln auf und schwenkte sein Board herum, so daß es zurück zum Strand zeigte. Ike wußte nicht, was er tun sollte. Nicht nur würde er offensichtlich voll von der Welle getroffen werden, der andere Typ kam jetzt den Vorderhang der Welle hinuntergeschossen, direkt auf ihn zu.

In letzter Sekunde, gerade als die Welle sein Board zu heben begann, versuchte er es ebenfalls herumzuschwenken. Inmitten des Brausens und Spritzens des explodierenden Weißwassers hörte er den anderen Surfer brüllen. Irgendwie geriet er mit der Kante seines Boards unter den Wellenkamm und flog kopfüber herunter.

Er tauchte nach Luft ringend und wild mit den Armen um sich schlagend wieder auf. Er war sicher, daß sein Board zum Strand geschwemmt worden war, doch als er sich umblickte, sah er es nur ein paar Meter hinter sich treiben. Wie es dazu gekommen war, blieb ein Rätsel, doch er war überaus erleichtert und fing an, darauf zuzuschwimmen. Als er das Board erreichte, bemerkte er, daß der andere Surfer auf ihn zugepaddelt kam, derselbe Typ, mit dem er von der Welle erfaßt worden war.

Ike hielt sich an seinem Board fest. Vielleicht wollte der andere Typ nachsehen, ob ihm nichts passiert war. Er strengte sich an, ein Grinsen aufzusetzen, doch sein Gesicht fühlte sich kalt und taub an, und dann sah er das Gesicht des Surfers deutlich und erkannte, daß irgend etwas absolut nicht in Ordnung war. Er versuchte etwas zu sagen, doch er kam nicht dazu. Er hatte kaum den Mund aufgemacht, als der Typ ihn schlug. Der andere Surfer lag auf seinem Board, deshalb steckte nicht sehr viel Wucht hinter dem Schlag, aber es tat trotzdem weh. Ike versuchte sich auf sein Board zu ziehen, doch der Typ schlug von neuem zu. Ein Schlag landete an seiner Schulter, ein weiterer traf ihn voll aufs Ohr. Alles schien gleichzeitig zu passieren. Er war noch desorientiert von seinem Sturz, das kalte Wasser schien sein Gehirn zu überschwemmen, der andere Surfer war überall. Später, als Ike sich genau zu erinnern versuchte, wie der Typ ausgesehen hatte, war es nur ein verschwommener Fleck, ein rotes Gesicht, weiße Fäuste, der Schmerz in seinem Ohr. Und dann rettete ihn eine Welle. Eine Wand von Weißwasser erfaßte ihn und riß ihn mit in Richtung Strand. Das Board kippte wieder um, doch er klammerte sich fest. Als er wieder auftauchte, befand er sich praktisch auf dem Strand, und der andere Surfer war verschwunden.

Er wußte nicht, wie viele Leute ihm zusahen, als er müde aus dem seichten Wasser watete; er nahm an, sie alle. Er nahm an, daß jeder am Strand gesehen hatte, wie er sich lächerlich gemacht hatte, wie er geprügelt und wie eine ertrunkene Ratte an Land gespült worden war. Er setzte sich mit dem Rücken zum Strand in den nassen Sand, den Blick fest auf den Horizont gerichtet, wo die Wellen immer noch in der Sonne funkelten. Er hatte es ohne Frage vermasselt, fast so schlimm vermasselt wie damals, als er versucht hatte, die Knucklehead zu fahren. Doch er war sogar zu erschlagen, um viel daran zu denken. Irgendwie kam er sich verraten vor, aber er war sich nicht ganz sicher, von was.

Eine Weile saß er so da, ohne den Mut zu finden, sich umzudrehen und vorbei an den Leuten, die womöglich alles mitbekommen hatten, wegzugehen. Er bemühte sich, seinen Körper dazu zu bringen, daß er zu zittern aufhörte. Aber gleichzeitig hatte er auch Angst, zu lange dazubleiben. Er machte sich Sorgen, daß der Typ aus dem Wasser an Land kommen und die Tracht Prügel zu Ende bringen würde. Also stand er schließlich auf. Er warf noch einen Blick auf die See hinaus, wo die anderen mühelos übers Wasser glitten, sich von den kleinen Wellen auf und nieder tragen ließen, eine Bruderschaft, deren Mitgliedschaft ihm verwehrt worden war.

Das Board hing schwer an seinem Arm, aber er versuchte, einen Anschein von Würde zu bewahren, als er durch den warmen Sand stapfte. Schließlich wurde das Board zu schwer zum Tragen, also ließ er den Bug in den Sand fallen und zog es hinter sich her, ohne sich noch darum zu scheren, was für einen Eindruck er machte. Und als er schließlich den Asphalt beim Pier erreichte, fühlte er sich, als müßte er gleich kotzen oder ohnmächtig werden, er wußte nicht genau, was von beidem. Er setzte sich auf den Bordstein in die Sonne, um sich auszuruhen, und dort sah er die Motorräder zum zweitenmal.

Er war sicher, daß es dieselben Motorräder waren, die er an seinem ersten Tag in der Stadt gesehen hatte. Es waren jetzt mehr, doch er erkannte die Knucklehead wieder, und der Motor lief immer noch außer Takt. Er saß nur ein paar Meter von ihnen entfernt. Das Sonnenlicht prallte aus verchromten Gabeln und Chopperlenkern zurück, daß es in den Augen schmerzte. Er spürte immer noch das Schlagen seines Pulses im Ohr. Er tippte mit den Fingern daran und fand ein bißchen Blut, aber alles war noch ziemlich taub. Er nahm nicht an, daß er sehr schlimm verletzt war.

Er hatte ein paar Minuten mit dem Board zu seinen Füßen dagesessen, als er anfing, die Stimmen in dem Dröhnen der Motoren zu unterscheiden. »Ich dachte, du hättest das Scheißding eingestellt«, brüllte jemand, und Ike sah, wie sich der Besitzer der Knucklehead von dem Motorrad schwang und dann auf dem Parkplatz stand.

»Ich hab's eingestellt, Mann.«

»Warum ist es dann immer noch im Arsch?« wollte der Fahrer wissen. Er ging um das Motorrad herum, weg von den anderen, und Ike bekam ihn besser zu Gesicht. Er war groß, größer noch als Gordon, vielleicht nicht so massig, aber breiter um die Schultern. Und seine Arme waren eindeutig dicker. Die verdammt dicksten Arme, die Ike je gesehen hatte, dicker als die von irgendeinem der Typen in Jerrys Motorrad-Shop. Und er hatte auch mehr Tätowierungen als irgendeiner von den Leuten in Jerrys Shop. Auf eine Schulter war ein großer amerikanischer Adler tätowiert, der irgendwie zu einer gewundenen Schlange wurde, die sich bis runter zu seinem Unterarm schlängelte, wo sie sich wie ein Armband um sein Handgelenk wand. Auf dem anderen Arm war ein Männerkopf, vielleicht so was wie der Kopf von einem Christus, denn er trug eine Art Dornenkrone, und Strahlen kamen aus den Dornen und breiteten sich aus bis hinauf in seine Schulter, wo sie sich in Eidechsen und Vögel verwandelten. Und entlang seiner Unterarme und Hände, zwischen den Tätowierungen, die aus Studios stammten, waren andere, solche, die Jerry Knast-Tätowierungen genannt hatte, solche, die man selbst mit einem Taschenmesser und Tinte anfertigte. Der Typ trug schmierige Jeans und hatte schwarze ausgetretene Motorradstiefel an, die dick und schwer genug aussahen, um damit sogar eine Harley zu Klump zu treten. Über den Jeans trug er ein verblichenes braunes ärmelloses T-Shirt, das zu klein aussah, und er hatte eine Pilotensonnenbrille mit Goldrand auf und ein rotes Halstuch um den Kopf geschlungen. Seine Haare waren schwarz, straff zurückgekämmt und gingen ihm bis über den Kragen, und in seinem einen Ohr steckte eine Krawattennadel mit einem Diamanten darin. Ike sah, wie sich das Licht darin fing wie in den dünnen goldenen Rändern der Sonnenbrille.

Der Rocker stand nur ein paar Meter von Ike entfernt, und als er sich herunterbeugte, um sich den Motor anzusehen, konnte Ike sehen, daß das dunkle Haar ein kleines Stück über dem roten Tuch dünner zu werden begann. Der Typ hockte sich hin und spähte in den Motor, doch Ike erkannte an der Art, wie er sich bewegte, daß er nicht wirklich wußte, wonach er suchte. Die anderen Rocker saßen auf ihren Maschinen und sahen zu. Mit einemmal stand der Typ auf. Er tat es allerdings ein bißchen zu schnell und schwankte etwas hin und her, und Ike merkte ihm an, daß er reichlich voll war. »Verdammte Scheiße«, schrie er niemanden im besonderen an, und Ike sah ein paar der Rocker grinsen. Plötzlich aber hob der Typ die Faust und ließ sie auf den Benzintank runterkrachen. Es sah nicht so aus, als hätte er für den Schlag weit ausgeholt, aber eine ziemlich große Beule wurde in dem schwarz lackierten Tank sichtbar, und das Grinsen, das Ike vor einem Augenblick noch gesehen hatte, verschwand aus den Gesichtern der anderen Rocker. Er hörte, wie jemand »Shit« sagte, und der Rocker, der der Knucklehead am nächsten war, schob sich mit seinem Motorrad ein Stück weg, als erwartete er jeden Augenblick eine Explosion. »Gottverdammte Scheiße noch mal.« Der Besitzer der Knucklehead schüttelte den Kopf, schwankte ein wenig, dann ging er außen um das Motorrad herum, baute sich davor auf und starrte darauf hinunter, wobei seine Pilotenbrille in Ikes Richtung zeigte, so daß Ike einen Moment lang das Gefühl hatte, daß der Rocker an seinem Motorrad vorbeisah und direkt ihn anblickte.

»Es liegt am Vergaser«, sagte Ike und war überrascht, seine eigene Stimme zu hören. Einen Augenblick trat Stille ein, während sich ein halbes Dutzend zottiger Köpfe in seine Richtung drehten.

»Was ist los?«

»Es ist der Vergaser.«

Der Rocker legte die Hände auf die Hüften und ging wieder um das Motorrad herum, um Ike besser sehen zu können. Er drehte den Kopf zur Sonne und lachte laut auf. Er zeigte auf Ike, dann blickte er zurück zu seinen Freunden. »Was soll das sein, Morris? Vielleicht dein kleiner Bruder?«

Die anderen lachten.

Ike setzte sich auf dem Bordstein zurecht. »Ich kann's dir in Ordnung bringen, wenn du einen Schraubenzieher hast.«

Der Rocker sah ihn nur an. Er schob sich die Sonnenbrille über das Halstuch in die Stirn.

»Shit«, sagte jemand, »ich würde ihn nicht mal in die Nähe lassen.«

Der Besitzer der Knucklehead hob die Hand. »Und wenn ich einen Schraubenzieher habe?« fragte er. »Was willst du machen, wenn du Scheiße baust?«

»Ich werde keine Scheiße bauen.«

Der Rocker grinste. »Komm her, Morris. Bring deinen Schraubenzieher her und guck dir an, wie's gemacht wird.«

Ein bulliger Rocker mit blonden Haaren kam herüber und warf Ike einen Schraubenzieher zu, begleitet von einem finsteren Blick. »Paß auf, daß du hier nicht auf die Schnauze fällst«, sagte er.

Ike ließ sein Board auf dem Bordstein liegen und kniete sich vor der großen Maschine hin, sog den vertrauten heißen Geruch nach Benzin und Metall ein. Er brauchte ungefähr drei Minuten, um das Gemisch einzustellen. »Das wär's«, sagte er. »Und diese Beule im Tank kann ich dir auch rausmachen.«

Der Rocker blickte ihn an, und Ike konnte nicht sagen, ob er sauer war oder nicht. Er schwang sich auf das Motorrad und brauste auf dem Asphaltweg, der vom Pier wegführte, davon. Ike wartete mit den anderen. Er fühlte sich jetzt besser; das Zittern hatte aufgehört. Er sah die anderen Rocker nicht an, sondern blickte in das Flirren der Hitze am anderen Ende des Parkplatzes und wartete, daß die Knucklehead zurückkam. Ein paar Minuten später tauchte sie wieder auf. Ike horchte auf die Fehlzündung, konnte sie aber nicht ausmachen.

»Da fick mich einer in den Arsch«, brüllte der Rocker gegen den Motorenlärm an, »das Ding läuft wie geschmiert. Der Kleine versteht mehr von einem Motor als du, Morris.«

Morris kam nur herüber und holte seinen Schraubenzieher. Er spuckte gefährlich dicht neben Ikes Fuß auf den Boden und ging gewichtig zurück zu seinem Motorrad.

Der Besitzer der Knucklehead machte den Motor aus und stieg ab. »Von wegen dieser Beule«, sagte er. »Wieviel?«

»Das Ausbeulen, Lackieren, das ganze Drum und Dran.« Ike rechnete rasch. »Fünfzig Eier.«

Der Rocker blickte die anderen an. »Nicht schlecht.« Er wandte sich wieder Ike zu. »Wohnst du hier in der Gegend?«

»Ich wohn drüben in der Second Street, im Sea-View. Das ist an der Ecke ...«

»Dieses Drecksloch? Yeah, ich weiß, wo das ist. Wo kommst du her?«

»Schon mal von San Arco gehört?«

»Dieses Dreckskaff? Yeah, ich hab schon von San Arco gehört. Ein mieses kleines Wüstenkaff am Arsch der Welt. Wo hast du gelernt, mit Motorrädern umzugehen?«

»Mein Onkel hat eine Werkstatt.«

Der Rocker war einen Augenblick still, dann machte er ein paar Schritte auf Ike zu. »Was zum Teufel ist mit deinem Ohr passiert?«

Ike zuckte die Achseln. »Jemand hat mir eine verpaßt.«

»Yeah, die Fäuste sitzen locker in Surf City.« Der Typ bückte sich, um es sich näher anzusehen, und mit einemmal blickte Ike aus nächster Nähe in dieses große, kantige Gesicht, und ihm fielen alle möglichen Einzelheiten auf: das halbe Dutzend kleiner Narben über der einen Augenbraue, der Drei-Tage-Bart, dem man ansah, daß er pechschwarz wie sein Haar und dicht werden würde, wenn er ihn wachsen ließ, die Nase, die von zu vielen Brüchen ein bißchen platt und schief war. Es war ein hartes Gesicht, wie man es bei den tätowierten Armen und den schweren Stiefeln erwarten würde, aber es war noch etwas daran, mit dem Ike nicht gerechnet hatte. Es war die Art von Gesicht, in dem man Augen wie schwarze Murmeln erwartet hätte, Augen so tot und gemein wie die einer Schlange, die Art von Augen, die einen auf der Stelle zu Stein erstarren lassen konnten. Doch die Augen paßten irgendwie nicht hinein, als hätten sie den Kontakt zu dem Körper, zu dem sie gehörten, verloren. Sie waren von einem sehr hellen Blau, nicht im mindesten stumpf und hart, und sie hatten etwas an sich, das einen aus der Fassung brachte. Mit dem Ausdruck, der darin lag, stimmte auch irgend etwas nicht, doch er konnte nicht genau sagen, was es war.

Der Rocker blickte von Ike zu dem Surfboard. Er kniete sich daneben und legte seine Hand auf das Deck. »Ist das dein Board?«

Ike sagte ja. Er konnte die saure Whiskeyfahne des Typen riechen, und es schien ihm, daß, während der Rocker das Board begutachtete, ein neuer Ausdruck in sein Gesicht trat, als wäre er drauf und dran, noch etwas zu fragen, würde es sich aber anders überlegen, und dann war der Ausdruck verschwunden. »Du bist also ein ziemlich heißer Surfer, was?« fragte der Rocker.

»Ich versuche bloß, es zu lernen.«

»Auf dem Gerät da?«

»Was stimmt damit nicht?«

»Das Gerät da ist ein Geschoß, das stimmt damit nicht. Auf so einem Geschoß lernt man nicht Surfen, das ist ein echt spezielles Board. Shit, du könntest mit dem Ding ein Sechs-Meter-Monster in Angriff nehmen. Wo hast du's her?«

Ike zeigte hinüber auf die andere Straßenseite. Er spürte, wie hinter dem Rocker ein paar der anderen anfingen, unruhig zu werden. »Los, Preston«, sagte jemand. »Hauen wir ab, Mann.«

Preston nahm keine Notiz von ihnen. Er stand auf und blickte mit zusammengekniffenen Augen über die Straße. »Dieser Laden neben Tom's Bar?«

Ike nickte.

»Typisch. Diese Scheißpunks.« Er hob die Hände über den Kopf und schrie in Richtung Highway: »Diese verstunkene Stadt ist voll von Scheißpunks.«

»Komm schon, Preston«, sagte einer der Rocker wieder, »hauen wir ab. Ich hab Marv gesagt, um eins wären wir da.«

»Es kotzt mich an«, sagte Preston. »Die Stadt ist voll von abgefuckten verschissenen Punks.«

»Scheiß drauf, machen wir, daß wir wegkommen.«

Mit einemmal wirbelte Preston zu den anderen herum. »Wenn du drauf scheißt, Mann, dann hau ab. Ich hab hier was zu erledigen.«

»Mann ...«

»Haut ab, hab ich gesagt.«

»Komm schon, Mann, er ist genervt.«

»Scheiß drauf, ob ich genervt bin. Fahrt ihr los, ich treff euch dann dort.«

Es gab noch etwas Hin und Her, weiteres Gegrinse, ein bißchen Gemurre. Die Motorräder drehten einen Kreis auf dem Parkplatz und brausten auf dem Highway davon; das Dröhnen der Motoren verlor sich bald im Summen des Verkehrs. Preston blickte ihnen nach, dann blickte er wieder Ike an. »Wie heißt du?« fragte er.

»Ike.«

»Okay, Ike. Du hast mir heute einen Gefallen getan. Jetzt werde ich dir einen Gefallen tun.«

Etwa eine Viertelstunde später stand Ike mit einem nagelneuen Surfboard unter dem Arm auf dem Bürgersteig an der Kreuzung Coast Highway und Main Street. Er würde das Gefühl nicht so schnell vergessen, wie er mit Preston an seiner Seite zurück in den Surf-Shop gegangen war. Und er würde nicht so schnell vergessen, was für ein Gesicht der Junge gemacht hatte, als er sie kommen sah. Es war derselbe Junge, der Ike das Board verkauft hatte, nur grinste er diesmal nicht. Er grinste nicht, als er sie hereinkommen sah, und mit Sicherheit grinste er nicht, als sie wieder gingen. Statt dessen war er, als sie gingen, damit beschäftigt, die ganzen Boards wieder aufzuheben, die Preston auf der Suche nach dem richtigen für Ike auf dem Boden verstreut hatte. Damit und mit dem Versuch wahrscheinlich, sich eine Erklärung für seinen Boss auszudenken, warum er ein 200-Dollar-Board für fünfzig verkauft hatte.

Als sie vor dem Sea-View ankamen, blieb Preston noch ein paar Minuten und erklärte Ike, warum dieses neue Board genau das richtige zum Lernen war. »Guck dir an, wie breit es ist. Guck dir an, wie breit es auch in der Heckpartie ist. Das gibt ihm Stabilität. Das hier wird nicht andauernd mit dir umkippen wie das andere.«

»Du surfst wohl eine Menge«, sagte Ike.

»Shit.« Preston stand auf und schob sich seine Sonnenbrille wieder vor die Augen. »Früher mal«, sagte er. »Jetzt nicht mehr. Früher hab ich das ganze Jahr über am Pier gesurft. Keine Leinen, keine Neoprenanzüge. Ein guter Winter-Swell, und wenn's hoch kommt, sechs Leute im Wasser. Jetzt ist es der reinste Zoo. Jede Schwuchtel von einem Punk und sein kleiner Bruder sind draußen, und alle wollen sie ganz heiß sein.« Er drehte sich jäh um und schlenderte zu seinem Motorrad hinüber. Er brachte sein ganzes Gewicht auf den Kickstarter nieder, und die große Maschine röhrte auf. »Was ist mit meinem Tank?« fragte er in dem Lärm. »Wann willst du's machen? Ich werd dafür sorgen, daß du Morris' Kompressor benutzen kannst.«

Ike zuckte die Achseln. »Jederzeit.«

Preston nickte. »Später«, sagte er und ließ die Knucklehead halsbrecherisch über den schütteren Rasen des Sea-View schleudern, so daß Erdbrocken und winzige gelbe Blumen hinter ihm hochflogen. Ike sah, wie sich die Muskeln unter diesen Knast-Tätowierungen spannten, wie sich das dunkle Haar und das rote Halstuch im Wind blähten, wie die Sonne auf dem Metall funkelte. Er hörte den Motor noch lange, nachdem das Motorrad außer Sicht war. Er blickte die Straße hinunter, vorbei an den tristen kleinen Gebäuden und Parkplätzen voller Unkraut, wo die Palmen gerade anfingen, sich im Wind zu bewegen, der gedreht hatte und jetzt nicht länger auf die See hinaus ging, sondern landeinwärts blies und den Geruch nach Salz mit sich trug. Er ging zurück zu seinem neuen Board. Er kniete sich daneben hin, wie Preston es getan hatte, und fuhr mit dem Finger die glatten, gerundeten Kanten entlang. Wahrscheinlich war es dumm von ihm, dachte er, doch es war etwas an dem alten Board gewesen, das er irgendwie vermißte. Dieses Board war flach und rund, wie ein großes Eis am Stiel. Das erste war dünn und schlank wie ein Raubfisch gewesen. Dieser Aufkleber hatte ihm ebenfalls gefallen, die Welle mit ihrem flammenden Kamm und die Worte *An der Quelle.* Er hatte keine Ahnung, was es bedeuten sollte, aber wie es sich anhörte, gefiel ihm einfach.

7

Das erstemal rannte Ellen weg, als sie zehn Jahre alt war. Ike nahm sie mit. Sie brachen morgens auf, mit Lunch, den sie in braune Papiertüten gepackt hatte, in die Richtung, in der ihrer Schätzung nach ungefähr San Francisco liegen mußte. Sie kamen bis zu der Ruine einer alten Glasfabrik irgendwo hinter King City. Sie verbrachten die Nacht zwischen Sandhaufen und Wellblechwänden. Es war Sommer, und es war warm draußen. Sie blieben die ganze Nacht auf und betrachteten den Himmel. Ellen redete. Wenn er später an diese Nacht zurückdachte, war es immer ihre Stimme, woran er dachte, wie sie sich mit dem Wind mischte, der sie von der Salzsteppe her anwehte und bis zum Morgengrauen anhielt. Am Morgen wurde es schon früh heiß, und die Hitzewellen flirrten zwischen Wolken aus rotem Staub. Ike war müde und hungrig. Er folgte ihr hinaus auf die Straße, wo der Asphalt so heiß war, daß sie es durch ihre Schuhsohlen spürten. Sie gingen auf dem Randstreifen. Sie hatten kein Wasser, und es tat Ike nicht leid, als sie hinter sich ein Auto langsamer werden hörten, sich umdrehten und Gordon hinter dem Steuer seines Pickups sahen. Ike dachte, Gordon würde stinksauer sein, doch das war er nicht. Er sagte, die alte Dame würde ihnen schon die Hölle heiß machen. Er ließ Ellen sogar neben sich sitzen und lenken. Er sagte ihnen, daß es alle möglichen verkommenen Subjekte und Herumtreiber gebe, die die Nacht in der Glasfabrik verbrachten, und daß sie verdammtes Glück gehabt hätten, daß sie keinen begegnet seien. Ike erinnerte sich, wie Ellen den Hals recken mußte, um übers Armaturenbrett zu sehen, und wie Gordon seinen massigen Arm um ihre Schultern und seine Hand auf ihr Bein gelegt hatte.

Es war fast fünf Jahre später, daß sie noch einmal wegrannten. Eines Nachts kam sie in sein Zimmer, und er sah sofort, daß etwas nicht in Ordnung war. Sie lief unaufhörlich am Fußende seines Bettes auf und ab, die Arme vor die Brust geschlagen, die Hände in die

Arme gekrallt. Er sah, wie die Knöchel weiß wurden, wenn sie zudrückte. Dann machte sie das Licht aus und setzte sich neben ihn aufs Bett. Sie sagte, bei Licht könnte sie es ihm nicht erzählen. Sie rückte dicht an ihn heran, und er konnte sie neben sich zittern fühlen. In all den Jahren hatte er sie niemals weinen sehen, aber dieses Zittern war dicht davor. Gordon, sagte sie, war in ihr Zimmer gekommen, betrunken, und er hatte sie betatscht. Ike erinnerte sich noch, wie er sich kalt und steif aufgesetzt hatte, und wie er mit Ekel daran gedacht hatte, wie damals in dem Pickup Gordons fleischige Hand auf Ellens Bein gelegen hatte. Sie war fast fünfzehn in der Nacht, als sie in sein Zimmer kam, und die Männer fingen an, sie zu beachten. Ike hatte es gesehen, hatte bemerkt, wie sie sie ansahen, wenn sie in die Stadt fuhren. Sie hatte eine magere, fast knabenhafte Figur, aber ihr Arsch war fest und rund, und wenn sie ihre engen verblichenen Jeans trug und die Cowboystiefel, die sie sich selbst zusammengespart hatte – dann hatte sie einfach etwas an sich. Es war etwas an der Art, wie sie im Gehen die Hüften bewegte und wie sie den Kopf zurückwarf, um sich das Haar aus der Stirn zu schütteln, oder wie sie es mit den Kämmen feststeckte, genau wie ihre Mutter es früher getan hatte.

Gordon hatte zwei Wagen. Er besaß einen alten Pontiac Coupé und einen offenen Dodge-Transporter mit Campingaufsatz. Ike und Ellen nahmen den Transporter, weil Gordon Ellen beigebracht hatte, ihn zu fahren. Als sie losfuhren, kam Wind auf, und bald konnten sie kaum noch etwas sehen. Sie verbrachten die Nacht nicht weit von der Glasfabrik, in der Nähe irgendeiner Kleinstadt am Rand der Salzsteppe. Sie schliefen in dem Campingaufsatz auf einer alten Matratze. Der Transporter schaukelte im Wind, und sie konnten die Sandkörner gegen den Wagen prasseln hören, während er in der Dunkelheit geschüttelt wurde. Es war nur eine Decke da, und sie krochen darunter und drängten sich eng aneinander gegen die Kälte, die der Wind herbeitrug. Sie zitterte in seinen Armen, und er fühlte ihren Atem auf seinem Hals, hörte sie flüsternd fragen, ob er Angst habe. Er sagte nein. Sie legte seine Hand auf ihre Brust, damit er ihr Herz spüren konnte. »Es pocht wie verrückt«, sagte sie. Sie hatte Jeans und ein altes Flanellhemd an, und sie drückte seine Hand zwischen den Falten des Stoffes an sich, so daß er ihr Herz spüren konnte, als hielte er es in der Hand. Und er konnte auch ihre Brust fühlen, rund und fest und so weich, und ihre Haut, die heiß war und etwas feucht, als hätte sie Fieber, und als er seine Hand bewegte, fühlte er die harte Wölbung ihres Nippels unter seinen Fingern. In der tiefen Dunkelheit konnte er die dunklen Formen ihrer Stiefel bei der Ladeklappe sehen, in denen sich schwach das Mondlicht spiegelte. Und er fühlte auch sich selbst jetzt zittern, beide zitterten sie und hielten einander fest, ihr Gesicht dicht an seins gepreßt und ihre Finger in seinem Nacken, und wenn er einatmete, konnte er ihren Atem spüren, konnte ihn in seine Lungen hinabsaugen, als nähme er sie in sich auf. Er liebte sie so sehr. Er küßte ihren Hals und ihr Gesicht. Er versuchte, ihren Mund zu finden. Aber dann plötzlich, als hätte sie ein Stromstoß durchfahren, erstarrte sie und machte sich mit einem Ruck von ihm los. »Nein«, sagte sie. »Ike, das geht nicht.« Und ihre Stimme klang irgendwie verletzt, wie er es noch nie von ihr gehört hatte. Sie drehte sich von ihm weg, bis sie mit dem Gesicht an der Metallwand des Transporters lag. Er sagte nichts. Er deckte sie zu und saß dann zitternd neben ihr, den Blick auf ihre Stiefel und die Dunkelheit draußen gerichtet, und wartete, daß es hell wurde.

Am Morgen war der Wind immer noch so schlimm, daß man kaum etwas sehen konnte. Überall auf der Straße lag Sand, und Steppenläufer, so groß wie Autos, fegten wie Gespenster in dem Sand vorbei. Er nahm an, daß es wegen einem dieser rollenden Büsche war, daß sie den Unfall bauten. Sie fuhren gerade durch die Stadt, als einer dicht bei Ellens Kopf gegen die Scheibe schlug, und sie riß das Steuer zu hart herum, so daß sie über einen Bordstein sprangen und direkt in die Wand eines Hauses krachten. Er konnte noch das Poltern der Backsteine hören, die auf die Motorhaube stürzten, während Ellens dünne Arme mit dem Lenkrad rangen. Und er erinnerte sich noch, wie er sich an jenem Morgen gefühlt hatte, benommen und dumpf, so daß er es kaum mitbekam, als er mit dem Kopf die Windschutzscheibe durchschlug.

Wie beim erstenmal kam Gordon sie holen. Aber diesmal kam er mit dem Pontiac, und die alte Dame saß auf dem Rücksitz. Ike saß mit seiner Großmutter im Wagen, während Gordon und Ellen mit dem Sheriff und dem Ladenbesitzer redeten und Gordon irgendwelche Papiere unterschrieb. Später fand eine Vernehmung statt. Die Fahrt nach Hause verlief sehr ruhig. Der Wind war völlig abgeflaut, und es war klar – so wie die Wüste nach einem Sturm ist, wenn jedes bißchen Farbe grell und scharf konturiert ist, so daß die Augen vom Hinsehen schmerzen. Der Himmel war riesig und blau, und auf dem schwarzen Asphalt der Straße hatte der Wind große weiße Sandverwehungen zurückgelassen. Der Sand stieg in weißen Wolken auf, wenn sie durch die Verwehungen fuhren, und tanzte dann wie kleine Hagelstürme hinter ihnen auf der Straße.

Wie er sich erinnerte, hatte Gordon danach eine Zeitlang nicht mehr getrunken. Das alles war während der Weihnachtsferien passiert, und als die Ferien vorüber waren, gingen sie wieder in die Schule. Eines Tages kam Ike auf dem Nachhauseweg am Laden vorbei und sah, wie Gordon draußen mit ein paar seiner Freunde eine Flasche rumgehen ließ. Er ging nach Hause und erzählte es Ellen. Sie nahm ihn mit in ihr Zimmer und zog eine Schublade auf. Es war eine Pistole darin. Er erinnerte sich noch, wie lang und hart der Lauf ausgesehen hatte und wie die Nachmittagssonne, die durch die Rolladen hereinfiel, darauf geschimmert hatte. »Er hat sie mir gegeben«, sagte Ellen zu ihm. »Sagte, wenn er mir jemals einen Grund dazu geben würde, sollte ich ihn erschießen.« Danach hörte er sie manchmal nachmittags draußen hinter dem Laden üben, Gordon und Ellen, wie sie Limonadeflaschen zu Glassplittern zerschossen, die hinterher glitzernd im roten Staub lagen.

Das waren einige der Dinge, an die Ike in der Woche dachte, nachdem er Preston getroffen hatte, nachdem Preston ihm den Tank zum Reparieren vorbeigebracht und dafür gesorgt hatte, daß er in Morris' Werkstatt arbeiten konnte. Es war etwas an der Art, wie Morris' Kompressor in der Spritzkabine mit den Blechwänden knatterte, das ihn an diese Pistolenschüsse erinnerte, ihn an die Wüste denken ließ.

Er war froh über die Arbeit; sie würde ihm nicht nur ein paar Dollar einbringen, sie würde ihn auch in Kontakt mit Preston halten. Er dachte immer wieder daran, was dieser Junge ihm in San Arco gesagt hatte, kurz bevor er fortgefahren war, über die Notwendigkeit, sich echte Hilfe zu beschaffen. Er dachte immer wieder, daß es nicht schlecht wäre, einen Typen wie Preston auf seiner Seite zu haben. Was er bei den Vorteilen der Arbeit nicht mit eingerechnet hatte, war die Zeit, die sie ihm zum Nachdenken gab.

Er nahm an, daß Gordon Ellen nie einen Grund gegeben hatte, die Pistole zu benutzen. Und er und Ellen sprachen nie über diese Nacht in der Salzsteppe. Aber nicht lange danach begannen die Dinge anders zu werden, und er fing an, sie zu verlieren. Sie fing an, sich mit anderen Typen zu treffen. Nicht bloß Jungs aus der Schule, sondern ältere Typen aus King City, Typen mit Autos. Der alten Dame gefiel es nicht, aber sie war zu der Zeit schon ziemlich krank, und deshalb konnte sie kaum mehr tun, als Ellen von dem Sessel aus, den sie auf der Veranda stehen hatte, anzuschreien, ihr zu sagen, daß sie nicht besser sei als ihre Mutter, ein Flittchen und eine dreckige Hure, oder ihr zu drohen, daß sie sie fortschicken würde, in eins dieser Heime, von denen schon die Rede gewesen war, als sie den Transporter kaputtgefahren hatte. Es steckte nicht viel hinter den Drohungen, weil es jetzt Gordon war, der sich um alles kümmerte und die Rechnungen bezahlte. Gordon, so hatte Ike gehört, war einmal verheiratet gewesen, nach dem Krieg. Aber dann hatte die Frau ihn verlassen, und er war zurück in die Wüste gekommen, um den Laden und die Tankstelle zu übernehmen. Gordon war ein sonderbarer Typ. Er sagte nie viel zu irgendwas, und als Ellen anfing, sich herumzutreiben, sagte er auch dazu nicht viel, aber schließlich, so dachte Ike, hätte er auch schwerlich viel dagegen sagen können.

Als dann der Sommer kam, blieb Ellen immer lange weg und kam zu unmöglichen Zeiten nach Hause. Sie ging viel mit einem Typen namens Ruben aus, der in einer Werkstatt in King City arbeitete und einen aufgemotzten '56er Mercury fuhr. Ike sah sie eines Nachmittags auf seinem Nachhauseweg zusammen – er arbeitete zu der Zeit selbst, fing gerade in Jerrys Laden an. Sie hingen mit ein paar anderen Leuten auf einem Baseballfeld am Stadtrand herum. Es war das erstemal, daß er sie mit jemand anderem zusammen sah. Ruben hatte den Wagen bis aufs Gras gefahren, und Ellen lag ausgestreckt vor dem vorderen Kotflügel, an Ruben gelehnt. Ihr Haar leuchtete schwarz in der Sonne. Sie hatte ein weißes Sommerkleid mit blauen Streifen an, und das Kleid schien ebenfalls im heißen Licht zu schimmern. Ike ging zu einem Maschendrahtzaun und beobachtete sie lange Zeit. Schließlich stand Ellen auf und kam über das Gras zu ihm herüber. Ihr Haar hing lose herab, ihr Gesicht war ein bißchen gerötet, und sie wirkte ein bißchen aufgeregt. Sie hob ihre Hand zu dem Zaun empor, und ihre Finger berührten sich durch den Maschendraht. Er sagte ihr, sie solle mit ihm kommen, aber sie wollte nicht. Sie sagte, sie sei mit ihren Freunden da, und dann hatte sie seine Hand gegen den kalten Draht gedrückt und war zurückgegangen. Aber er war weiter dort stehengeblieben. Er beobachtete sie, bis sie aufbrachen. Er sah zu, wie Ellen an der Beifahrertür einstieg und dann weit herüberrutschte und sich dabei umdrehte, damit ein anderes Pärchen den Sitz nach vorne drücken und hinten einsteigen konnte, und er konnte sehen, wie sich ihr Sommerkleid weit über ihre braunen Schenkel hochschob.

Sie kam oft spät nach Hause, aber in dieser Nacht kam sie gar nicht. Es war das erstemal. Und er lag im Mondschein wach, haßte sie alle und haßte sich selbst dafür, daß er so fühlte, haßte sich für jene Nacht in der Salzsteppe, haßte seine eigene verdrehte Eifersucht. Am Morgen war sie immer noch nicht zurück, und er ging hinaus, den kleinen Hügel hinter Gordons Hof hinauf, und wartete.

Schließlich sah er vom Stadtrand her eine Staubwolke näher kommen und dann das dunkle Blau des Mercury, der sich wie ein riesiges Insekt in dem Staub auf ihn zubewegte. Der Wagen spuckte sie vor dem Laden aus, und er wußte, daß sie versuchte, der alten Dame aus dem Weg zu gehen. Sie hatte immer noch das blau-weiße Kleid an, doch sie trug ihre Schuhe in der Hand. Er beobachtete sie, wie sie ums Haus herum nach hinten kam, und er sah ihre bloßen Füße kleine Wolken aus rotem Staub in die Luft treten. Sie ging nicht ins Haus, sondern zum Keller. Sie ging die Treppe hinunter und zog die Tür hinter sich zu – während er zurückblieb und das blasige, von der Sonne grau gewordene Holz anstarrte. Er stand auf und ging den Hügel hinunter. Er fühlte sich wie betrunken, als fände er mit den Füßen keinen festen Halt auf dem Boden. Er spürte die Sonne in seinem Nacken, und seine Kehle war heiß und ausgedörrt.

Die Kellertür war nicht verschlossen; er machte sie auf und ging hinunter, und auch jetzt noch, da er in dem unordentlichen Hinterhof von Morris' Werkstatt stand, wo ihn plattgedrückte Bierdosen und zerbrochene Flaschen zwischen dem Unkraut anblinkten und er das glatte Metall von Prestons Tank unter der Hand spürte, gab es nicht eine Einzelheit, an die er sich nicht erinnerte: das Fluten des Sonnenlichts auf der Treppe, Ellens Gesichtsausdruck, als sie ihn sah, überrascht und zugleich ärgerlich über sich selbst, daß sie die verdammte Tür nicht abgesperrt hatte, sogar das Flirren des Staubes, der im Licht hochwirbelte.

Es gab eine alte Werkbank dort unten und ein Waschbecken. Ellen stand vor dem Waschbecken. Ihre Schuhe lagen auf der Werkbank, und sie war nackt bis auf einen BH. Sie war nicht groß, aber sie war schlank, und ihre Beine sahen lang und braun aus außer weit oben, wo ihr Badeanzug ein weißes Muster gelassen hatte. Ihr Haar war lose und glänzte in dem Licht einer nackten Glühbirne, die über der Werkbank hing, und so, wie sie stand, hing die Glühbirne vor ihrem Gesicht und verdeckte es. Sie wandte sich einmal um und blickte ihn einen Moment lang an, dann nahm sie ihre Beschäftigung wieder auf; sie beugte sich über das Waschbecken und versuchte, irgendeinen Fleck aus ihrem Kleid zu entfernen. Ike sagte nichts. Er fühlte sich immer noch halb betrunken, und ihm war schwindlig und übel vom langen Sitzen in der Sonne. Er hatte sein Hemd auf dem Hügel gelassen, und seine Schultern fühlten sich heiß und wund an. Der Kellerboden war kalt unter seinen bloßen Füßen. Ellen fuhr fort, den Fleck zu bearbeiten, doch als er nahe genug war und sie innehielt, um ihn noch einmal anzublicken, sah er, daß ihre Augen rot und verquollen waren, und daß ihr Make-up zerlaufen war und dunkle Spuren über ihre Wangen gezogen hatte. Er wollte etwas sagen, aber er brachte nichts heraus. Statt dessen legte er einfach seine Arme um sie, und sie ließ das Kleid fallen, und sie standen zusammen da, ihre Brüste durch den dünnen Stoff an seine bloße Brust gedrückt, ihre Beine gegen seine gepreßt. Er küßte sie auf die Stirn und auf die Augen, sogar auf den Mund, doch er wollte sie nur festhalten, sie ganz fest an sich drücken und ihr sagen – ihr irgend etwas sagen, und die Worte formten sich schon auf seinen Lippen, als plötzlich alles vorbei war, denn die alte Dame hatte sie entdeckt. Sie stand oben auf der Treppe neben der aufgerissenen Tür im Sonnenlicht, das wieder heruntergeflutet kam – und der einzige Trost war nur, daß ihr der Schock die Sprache verschlagen hatte und sie nicht mehr fertigbrachte, als dort über ihnen hin und her zu wanken, schwarz und gebeugt vor dem blauen Hintergrund des Himmels.

Danach war es natürlich unerträglich für sie beide. Ike hatte seine Arbeit und die Schule. Ellen hatte ihre Freunde, und sie sahen nicht mehr viel voneinander. Das Auseinanderdriften, das kurz nach jener Nacht in der Salzsteppe begonnen hatte, setzte sich fort. Ellen hielt den Winter über noch durch, doch im Sommer war sie fort, alleine diesmal und für immer. Fast zwei Jahre lang hatte er nichts von ihr gehört, bis zu dem Nachmittag, als dieser Junge in die Stadt gekommen war in seinem weißen Camaro mit den beiden Surfboards auf dem Dach.

Am Ende der Woche kam Preston in Ikes Zimmer vorbei, um seinen Tank abzuholen. Ike hörte, wie die schweren Stiefel durch den Treppenschacht hämmerten, so daß man das Gefühl hatte, das ganze Haus würde gleich einstürzen, und er wußte, wer es war, bevor er die Tür aufmachte.

Preston sah aus, als wäre er gerade aus der Dusche gestiegen. Seine Haare waren noch naß und straff zurückgekämmt. Er hatte dasselbe alte T-Shirt und dieselben schmierigen Jeans an, doch sein Gesichtsausdruck war ein anderer, und Ike sah ihm an, daß er nüchtern war. Er sagte kein Wort zu Ike, sondern kam einfach herein und fing an, sich nach seinem Tank umzusehen. Er konnte kaum glauben, was Ike vollbracht hatte. »Jesus«, sagte er immer wieder, »es ist einfach umwerfend. Ehrlich, Mann, es ist der reinste Wahnsinn, was du fertiggebracht hast.« Er nahm den Tank mit zum Fenster, um ihn dort im Morgenlicht zu begutachten.

Ike sah ihm zu, wie er am Fenster stand und den Tank bewunderte, und er war übertrieben stolz auf sich selbst. Obwohl er wußte, daß er gute Arbeit machte, war er doch kein Lob gewohnt. Für Jerry war alles immer selbstverständlich gewesen. »Du bist ein verdammter Künstler«, sagte Preston.

Mit einemmal drehte sich Preston vom Fenster weg und blickte in Ikes Gesicht. Die Sonne schien hinter ihm ins Zimmer und ließ ihn noch größer als gewöhnlich aussehen, und der kleine Diamantknopf in seinem Ohr funkelte. »Was treibst du hier?« fragte er. »Warum wohnst du in diesem Dreckloch? Das hier ist nicht deine Szene, du bist noch viel zu jung dafür. Warum bist du nicht zu Hause in der Wüste und reparierst Motorräder?«

Ike war überrascht von der Frage, von der Tatsache, daß Preston überhaupt interessiert daran war. Einen Moment lang zögerte er. Er hatte vorgehabt, niemandem zu erzählen, warum er in Huntington Beach war. Aber Preston schien ihm an diesem Morgen so anders, mehr wie jemand, dem er vertrauen konnte, und im Hinterkopf hatte er immer noch die Vorstellung, sich Hilfe zu beschaffen. Vielleicht war jetzt der richtige Zeitpunkt. Er ging zu dem kleinen Tisch und nahm den Zettel mit den Namen darauf. Er gab Preston den Zettel, und während Preston ihn sich ansah, erzählte er ihm von dem Jungen in der Wüste, die Geschichte von einem Trip nach Mexiko, von drei Surfern aus Huntington Beach, die mit einem Mädchen über die Grenze gefahren und alleine zurückgekommen waren.

Ike stand nur einen knappen Meter von Preston entfernt, während er sprach, und es schien, als trete ein bestimmter Ausdruck auf Prestons Gesicht, eine Art von finsterem, grollendem Blick, ähnlich dem Ausdruck, der Ike damals, als Preston sein altes Board gesehen hatte, aufgefallen war. »Bist du deshalb im Wasser gewesen?« fragte Preston. »Hast du versucht, Hound Adams zu finden?«

Ike nickte; er fand es sonderbar, daß Preston nur einen Namen genannt hatte.

»Shit.« Preston sah jetzt wütend über irgend etwas aus. »Und was wolltest du tun, wenn du diese Leute gefunden hast?«

»Ich weiß es eigentlich nicht. Herumhängen, sehen, was ich herausfinden kann.«

»Herumhängen mit Hound Adams?«

Ike zuckte die Achseln.

»Mann, du hast vielleicht Vorstellungen. Hör zu, wenn du einen

Rat von mir willst, dann vergiß die ganze Sache und hau jetzt gleich ab. Geh zurück nach San Arco zu deinen Motorrädern. Wenn du das nicht tust, dann bleib wenigstens vom Pier weg. Wenn du surfen willst, dann tu's weiter im Norden bei den Klippen. Der Pier ist nur was für Leute aus der Szene.«

»Aber was ist mit Hound Adams?«

Preston gab ihm den Zettel zurück. »Wie ich schon sagte, wenn du clever bist, dann gehst du zurück in die Werkstatt von deinem Onkel.«

»Es geht um meine Schwester«, sagte Ike. »Ich bin der einzige Verwandte, den sie hat.«

»Was ist mit deinem Onkel?«

»Den kümmert es einen Dreck, deshalb bin ich hergekommen. Mein Onkel sagt bloß, daß sie ein haltloses Ding war und es sich selber zuzuschreiben hat, wenn sie in Schwierigkeiten geraten ist.«

»Vielleicht hat er recht.«

»Und vielleicht auch nicht. Ich meine, jemand sollte es wenigstens herausfinden.«

Preston blickte ihn bloß für einen Moment an. »Yeah. Nun ja, mach, was du willst, Kumpel, aber hör auf mich und bleib vom Pier weg. Besser für dich, wenn du Hound Adams nicht im Wasser triffst.« Damit packte sich Preston seinen Tank unter den Arm und ging zur Tür hinaus.

Ike folgte ihm in den Korridor. »Warte einen Augenblick«, sagte er.

Preston drehte sich um.

»Hound Adams. Wer ist das?«

Preston stand im Flur. Er blickte auf ein bißchen Sonnenschein auf dem Boden, der aus dem Treppenschacht empordrang, und schüttelte den Kopf. Dann schaute er wieder Ike an. »Das ist dein Problem, Kumpel. Verstanden?« Dann hatte er sich umgedreht, stampfte durch den Flur, die hölzerne Treppe hinunter und hinaus auf die Straße.

Ike folgte ihm bis zur Treppe. Er war hin und her gerissen zwischen dem Wunsch, ihm hinterherzurennen, und Bedauern, daß er überhaupt den Mund aufgemacht hatte. Es war nur, daß Preston ihn mit diesen verdammten Fragen überrumpelt hatte. Ihm fiel wieder der Vers aus diesem Song ein, daß Trottel nichts als Fehler machen, wenn sie fern der Heimat sind. Er fühlte sich jetzt wie der Trottel, wie der dumme kleine Junge vom Lande. Shit, wie war er bloß auf den Gedanken gekommen, jemand wie Preston würde ihm helfen wollen? Und jetzt hatte er den Schlamassel. Was, wenn Preston und Hound Adams sogar Freunde waren oder so? Allerdings hatte Preston sich nicht so benommen, als ob sie Freunde wären; er hatte sich benommen, als ob ihn die Sache aus irgendeinem Grund stinksauer machte. Das Problem mit Preston war, daß er nicht der Typ war, den man unter Druck setzen konnte. Es ging einfach nicht. Dazu stand er die ganze Zeit einfach zu dicht vor dem Explodieren. Ike knirschte mit den Zähnen und ging zurück in sein Zimmer. Er knallte die Tür hinter sich zu und lehnte sich dagegen. Er schloß die Augen, und als er sie fest genug zudrückte, sah er zwei dünne staubige Beine, die an einem Nachmittag in der Wüste heiße rote Staubwolken in die Luft traten, und es war nicht wahrscheinlich, daß er das je vergessen würde.

8

Es wurde wieder schlimm danach, nach seinem Gespräch mit Preston. In gewisser Weise wurde es sogar schlimmer als zuvor. Er wußte jetzt, daß es wirklich einen Hound Adams gab, daß er in der Stadt war, und daß Preston wußte, wer er war. Aber Preston hatte all seine Ungewißheit wieder aufleben lassen. Er hatte das Gefühl, daß jeder Schritt, den er als nächstes tun würde, auf jeden Fall der falsche wäre.

Den folgenden Tag verbrachte er allein in seinem Zimmer, und am Abend ging er hinaus in die Stadt, getrieben von dem Gedanken, daß er vielleicht Preston über den Weg laufen würde und sie reden könnten. Es kam nicht so, und am Ende landete er ganz am Ende des alten Piers, wo er mit einer Handvoll mexikanischer Fischer herumsaß, während der Abend unter einer dichten Nebeldecke kühl und feucht wurde. Die Eisengeländer und lackierten Bänke wurden naß, und die gelben Lampen längs des Plankenwegs warfen Zeilen aus Licht auf ihre glitschigen Oberflächen. Trotzdem blieb Ike noch eine Weile dort sitzen und blickte hinüber zum Highway und zur Stadt, die von hier aus nicht mehr als ein dünnes Lichterband unter einem mondlosen Himmel waren. Immer wieder dachte er an Preston, daran, wie Ikes Geschichte ihn wütend gemacht hatte. Diese Wut verwirrte ihn, und doch, auf eine sonderbare Weise spendete sie ihm auch Trost. Vielleicht war es egoistisch von ihm, so zu denken, aber es schien ihm, daß diese Wut wie ein Werkzeug war, das bereitlag, um benutzt zu werden, sobald er nur besser damit umgehen konnte. Und obwohl ihm klar war, daß dazu einige Zeit nötig sein würde, war er dagegen, Preston schon abzuschreiben. Das Klügste, so dachte er, würde sein, sich noch ein bißchen zu gedulden. Und in der Zwischenzeit konnte er mit seinem Plan, surfen zu lernen, fortfahren. Aber er würde auf Prestons Rat hören und vom Pier wegbleiben, zumindest so lange, bis er besser war. Bis auf weiteres würde er sich danach richten, was Preston gesagt hatte.

Er fand etwas Trost darin, über diese Dinge nachzudenken und einen Entschluß zu fassen. Seine Schwester oder Gordon hätten vielleicht gesagt, er sei zu vorsichtig, und vielleicht war er das auch. Es war nur so, daß er es nicht schon gleich zu Anfang vermasseln wollte.

Es war schon spät, als er den Pier verließ. Er überquerte den Coast Highway und ging landeinwärts Richtung Main Street. Er wußte nicht, wie spät es war, registrierte aber, daß die Bars geschlossen und die Straßen leer waren. Als er sich der Kreuzung Walnut und Main Street näherte, fuhr ein tiefer gelegter Chevy mit verchromten Felgen vorbei, dessen Reifen auf dem nassen Asphalt ein leises surrendes Geräusch machten. Er konnte nicht erkennen, wie viele Leute in dem Wagen saßen, weil die Fenster getönt waren, doch er fuhr ein paar Meter vor Ike über die Kreuzung und schien ein bißchen langsamer zu werden, so als nähme ihn jemand unter die Lupe. Er hatte in die Walnut Street einbiegen wollen, doch dann wäre er in dieselbe Richtung wie der Wagen gegangen, und ihm fiel plötzlich Hazel Adams' Warnung ein, und er entschied sich dagegen. Statt dessen ging er hinter dem Wagen über die Straße und weiter die Main Street hinauf, mit raschen Schritten, die Hände tief in die Taschen seiner Jeans geschoben.

Am Ende des nächsten Blocks befanden sich ein unbebautes Grundstück und ein paar Bäume. Er wartete dort einen Moment im Halbdunkel, um sich zu vergewissern, daß der Wagen ihm nicht hinterherkam. Es schien nicht so zu sein, und er wollte gerade weitergehen, als ihm etwas anderes auffiel. Parallel zur Main Street gab es eine Gasse, die direkt hinter den Häusern, die zur Straße hin lagen, verlief, und von seiner Position am Ende des Blocks konnte er über das Grundstück ein gutes Stück die Gasse hinunterblicken. Und auf diese Weise sah er zufällig das Motorrad.

Er trat unter den Bäumen hervor und ging langsam die Ostseite des Grundstücks entlang. Das Motorrad war eine große Maschine, und als er sich der Einmündung der Gasse näherte, sah Ike, daß es Prestons Knucklehead war. Dann sah er auch Preston. Er stand am Rand der Gasse, an einer Stelle, die wie der Anfang einer Auffahrt aussah, nur daß dort keine Auffahrt war, bloß die Hinterseite eines Gebäudes – grobe geschwärzte Backsteine und eine nackte Glühbirne, die vielleicht drei Meter über dem Boden hing. Die Glühbirne brannte und warf ein fahles Licht auf den Asphalt und den Schotter unter ihr.

Preston hatte den Arm ausgestreckt und gegen die Wand gestemmt, während er mit einem anderen Typen sprach. Ike konnte nicht viel von diesem anderen Typen sehen, weil Preston ein ziemliches Stück größer war und Ike die Sicht versperrte. Ike sah eigentlich nicht mehr von dem anderen Mann als einen hellen Fleck blondes Haar über Prestons ausgestrecktem Arm. Ike hatte jedoch den Eindruck, daß Preston das Reden übernahm und der andere Typ ihm zuhörte. Es war etwas an der Art, wie der blonde Kopf zur Seite gelegt und etwas geneigt war, das Ike auf diesen Gedanken brachte, aber er war zu weit entfernt, um etwas hören zu können, und er wollte nicht das Risiko eingehen, näher heranzugehen oder zu lange an der Einmündung der Gasse stehenzubleiben, wo jeder der beiden Männer sich plötzlich umdrehen und ihn entdecken konnte.

Es war etwas an der Szene, das es ihm besser erscheinen ließ, wenn er auf Distanz blieb. Das Beunruhigendste jedoch war die Lage des Gebäudes, hinter dem sie standen. Soweit Ike es beurteilen konnte, war es die Rückseite des ersten Surf-Shops, in den er an dem Tag gegangen war, als er sein Board gekauft hatte.

Für all das konnte es natürlich mehr als eine Erklärung geben, und das Nachdenken darüber reichte aus, um den Frieden, den er am Ende des Piers gefunden hatte, zu stören. Er grübelte darüber nach, als er sich von der Gasse entfernte und in die Nacht eintauchte, und es ließ ihn bis in die ersten grauen Morgenstunden nicht los. Fürs erste jedoch blieb sein Entschluß bestehen, und mit der Dämmerung stand er auf, zog seine abgeschnittenen Jeans und ein ausgefranstes Sweatshirt an, schlang sich ein Handtuch um den Hals und klemmte sich sein Board unter den Arm. Eine schlaflose Nacht hinter sich, machte er sich auf zum Coast Highway und zu den Stränden im Norden der Stadt.

Es war anders im Norden. Es gab dort nicht das Spiel von Licht und Bewegung, das man am Pier erleben konnte. Vom Strand aus konnte man weder den Highway noch die Stadt sehen. Es gab nur die nackten felsigen Klippen, gekrönt von dem grauen quietschenden Wald der Öltürme und der schwarzen ölbespritzten Erde. Es war eine Landschaft, die bestimmt wurde von Grau- und Blautönen, von mattem Braun und vergilbtem Ocker, von rußigen Lagerfeuerringen und Müll. Und auf jedem erreichbaren Brocken Fels waren aufgesprayte Botschaften, Hakenkreuze, Namen mit mexikanischem Klang, denn man hatte ihm erzählt, daß die nördlichen Strände nach Sonnenuntergang das Territorium der Gangs aus dem Hinterland waren, Gangs, die aus den von Land umschlossenen Badlands hinter Long Beach und Santa Ana kamen. Es war ein Strandabschnitt, für den sich bei Nacht nicht einmal die Cops interessierten, und es kursierten unter den Surfern Schauergeschichten von gräßlichen Entdeckungen im Morgengrauen. Ein Surfer, mit dem Ike gesprochen hatte, behauptete, ein menschliches Bein gefunden zu haben, das aufgeschwemmt und gräßlich entstellt im seichten Wasser trieb. Am Morgen jedoch waren die Strände leer. Es waren nur die aufgesprayten Botschaften zu sehen, der Müll und die rußigen Feuerringe, die wie Steinaltäre wirkten, und Ike machte keine schrecklichen Entdekkungen.

Er gewöhnte sich langsam an einen gewissen Widerspruch, den er hier festgestellt hatte, einen Gegensatz zwischen der Eintönigkeit der Landschaft und der Schönheit des Ozeans. Es gab Zeiten, da die See wie das Land war, flach, öde, von einer Farbe wie Beton. Doch es gab andere Zeiten, da der Meeresspiegel voller Licht war, Zeiten, da die Faces* der Wellen wie glattgeschliffener Stein waren und das Weißwasser im Licht der aufgehenden Sonne zu glühen schien. Und nirgendwo trat dieser Gegensatz deutlicher zutage als an den Strän-

* Face (Surferjargon) – das »Gesicht«, die ungebrochene Vorderseite einer Welle

den unterhalb der Klippen. Trotz der Geschichten, die er gehört hatte, und dem Zeugnis, das der menschliche Dreck im Sand ablegte, begann er diese Strände zu lieben, wenn sie im ersten Morgenlicht bis auf das Rauschen der Brandung und die Schreie der Möwen leer und still dalagen. Er ging zum erstenmal an dem Morgen dorthin, nachdem er Preston in der Gasse gesehen hatte, und dann an jedem weiteren Morgen für den Rest der Woche. Er genoß diese Morgen sehr, genoß es, dicht am Rand die Klippen entlangzugehen, wenn der Ozean glatt und glasig unter ihm lag und die Luft sanft und weich und doch getränkt von der salzigen Feuchtigkeit der See über sein Gesicht strich. Doch was er am meisten genoß, war dieser bestimmte Rausch, der einsetzte, wenn er sich einen Weg suchte und hinabzusteigen begann, im Hinabsteigen dann das Heben und Senken der Dünung beobachtete und sich auf diese erste zerreißende Kälte gefaßt machte, auf die erste Weißwasserwand, die über ihn hinwegbrach und alles fortspülte bis auf den Augenblick selbst.

Die Wellen unterhalb der Klippen hatten die Eigenart, sehr weit draußen zu brechen. Dann rollte das Weißwasser in langen schäumenden Linien zum Strand. Es gab jedoch einen Punkt, wo das Weißwasser sich neu zu formieren begann, zu einer neuen Welle anschwoll, die weiterlief und nur wenige Meter vom Ufer entfernt erneut brach. In dieser zweiten, inneren Brandung übte Ike Surfen. Er paddelte bis knapp hinter die Uferbrandung hinaus, ließ sich mit seinem Board von einer Weißwasserwand erfassen und versuchte dann, sich hinzustellen, wenn die Welle sich neu formierte. Gewöhnlich fiel er runter, kaum daß die innere Welle sich zu bilden begonnen hatte. Sein Bord schoß in gerader Linie die kleine Welle hinab, und er wurde vorne runtergeschleudert, oder er drückte bei dem Versuch zu wenden die Kante des Boards unter Wasser und rutschte an der Seite herunter. Dann, eines Morgens, erlebte Ike etwas Neues. Er geriet in das Weißwasser einer großen äußeren Welle. Sie erfaßte sein Board und schob es auf dem Wasser vorwärts. Ike stand auf. Er hatte mehr Speed drauf als gewöhnlich, doch er stellte fest, daß es das höhere Tempo tatsächlich leichter machte, sich auf dem Deck zu halten. Die Wasserwand wurde etwas langsamer, begann sich dann neu zu formen. Ike lehnte sich in die Welle, und das Board scherte ohne Schwierigkeiten unter ihm aus. Eine Weißwasserwand stieg vor ihm auf, ihre Oberfläche glasig und glatt, weiß gesträhnt. Er kurvte sie entlang. Sein Board holperte nicht mehr im Weißwasser wie stets zuvor, sondern glitt schnell und weich dahin. Er ritt die Welle. Die Wand stieg rasch höher, begann an Schub zu verlieren, die innere Kante seines Boards geriet unter Wasser, und er flog kopfüber in die Uferbrandung, während das Board hinter ihm her in die Luft katapultiert wurde.

Er mußte ans Ufer schwimmen, um sein Board zu holen, aber die ganze Zeit, während er schwamm, wollte er anhalten und schreien, die Arme hochrecken und seine Fäuste schütteln. Jetzt wußte er, was es mit dem Johlen und dem Geschrei, das er von den Surfern am Pier gehört hatte, auf sich hatte. Er hatte eine Welle geritten. Er rannte durch das seichte Wasser und trat mit den Füßen große auseinanderstiebende Fontänen in die Luft. Er paddelte nicht gleich wieder raus. Er setzte sich auf den Bug seines Boards in den nassen Sand, blickte hinaus auf die Reihen von Weißwasser, die gerade anfingen, sich im Licht der aufgehenden Sonne golden zu färben, und versuchte sich an jede Einzelheit des Gefühls, das er dabei gehabt hatte, zu erinnern.

Er dachte den ganzen Tag daran und ging jede Empfindung noch einmal durch, als er an den leeren Grundstücken und zerzausten Palmen vorbei nach Hause schlenderte. Zäune taten sich ihm auf wie grüne Wasserwände. Er vollführte mit großem Geschick eingebildete Surf-Manöver, und hin und wieder duckte er sich unter den Kamm einer Hecke, die Hand gehoben, um unsichtbare Gischt abzuwehren.

Er hatte Lust, mit jemandem darüber zu reden, und so entschloß er sich, nach Preston zu suchen. Er hatte ihn seit jener Nacht in der Gasse nicht wieder gesehen.

Er fand ihn draußen vor Morris' Werkstatt. Morris war fort, und Preston war allein im Hinterhof. Er saß auf dem Rad eines alten Motorrad-Trailers und blickte auf die Gasse. Er kehrte der Auffahrt den Rücken zu, und als Ike näher kam, sah er ein Sixpack mit großen Dosen an Prestons Seite.

Preston blickte auf, als Ike um den Zaun herumkam, der die Auffahrt von dem Hof trennte. Er sah zu, wie Ike um den Zaun herumging, dann blickte er zurück auf die Gasse. »Guck an, wer da kommt«, sagte er. »Billy the Kid.« Ike ging hinter der Spritzkabine vorbei und hinauf zu dem Trailer. Er registrierte, daß die leeren Dosen eines anderen Sixpacks bereits vor Preston auf dem Boden lagen. »Durst?« fragte Preston und warf ihm dann eine Dose zu, ohne eine Antwort abzuwarten. Ike schnappte sie und riß den Ring auf. Das Bier schäumte weiß und kalt heraus, rann an der Dose herunter und über seine Finger. Er nahm einen Schluck und sah dann Preston an. Preston blickte immer noch auf die Gasse.

»Ich hab auf deinen Rat gehört«, sagte Ike. »Ich bin weiter nördlich gewesen, bei den Klippen.«

»Mein Rat war, daß du hier abhaust.«

Ike nahm noch einen Schluck und blickte auf diesen Christus-Kopf auf Prestons Unterarm, auf die blutige Dornenkrone, der strahlenförmig Vögel und Eidechsen entsprangen. Das Bier brannte in seiner Kehle. »Ich hab heute einen Ritt geschafft, Mann. Ich meine, einen ziemlich anständigen.«

»Yeah?« Preston blickte einäugig zu ihm auf. Er goß sich den Rest seines Bieres die Kehle runter. Er hatte eine bestimmte Art, es zu tun; er machte den Mund auf, hielt die Dose ein paar Zentimeter entfernt darüber und schüttete es einfach hinein, als kippte er Öl in ein

Kurbellager. Als er sie leer hatte, warf er die Dose auf den Boden, trat sie mit dem Fuß platt, schob sie auf den Haufen neben seinen Füßen und langte nach einer neuen.

»Du hattest recht mit diesem Board, es ist wesentlich stabiler.«

Preston nickte bloß wieder und saß da, den Blick über den Hof gerichtet. Ike stellte sich neben ihn. Er war versucht, etwas darüber zu sagen, daß er Preston in der Gasse gesehen hatte, aber er ließ es bleiben. Es war Prestons Angelegenheit, und er nahm nicht an, daß Preston der Typ war, der viel dafür übrig hatte, wenn man ihm nachspionierte.

»Es gefällt dir also da draußen«, sagte Preston schließlich. Es war mehr eine Feststellung als eine Frage, doch Ike antwortete trotzdem.

»Yeah, es gefällt mir. Es ist anders. Ich denke viel darüber nach. Wenn ich arbeite zum Beispiel oder was anderes mache, dann denke ich plötzlich über die Wetterverhältnisse nach, darüber, wie die Gezeiten gerade sind oder woran ich das nächstemal arbeiten werde, wenn ich draußen bin. Ich brauche noch ein paar Sachen. Ich will mir einen Neoprenanzug und eine Fangleine für mein Board kaufen.«

»Kauf dir den Neoprenanzug, scheiß auf die Leine. Lerne, dein Board festzuhalten.«

»Das ist aber hart.«

»Hör auf, Mann. Ich dachte, du wärst Billy the Kid. Ich dachte, du wärst hier, um Hound Adams fertigzumachen. Das ist aber hart«, äffte er Ike nach, jedoch mit einer hohen und weinerlichen Stimme. Er sah zu Ike auf, nachdem er es gesagt hatte, irgendwie einäugig, wie er es vorher gemacht hatte. Er hatte die Augen zusammengekniffen, weil die Sonne ihm ins Gesicht schien, aber Ike hatte den Eindruck, daß er dabei auch grinste. »Bist du soweit für ein neues Bier?«

Ike schüttelte den Kopf. »Ich hab noch was.« Er nahm noch einen Schluck. »Allmächtiger«, hörte er Preston sagen. »Was ist also mit Hound Adams?« fragte Ike. Er bemühte sich, so beiläufig wie möglich zu klingen. »Kennst du ihn schon lange?«

»Lange genug. Ich weiß zufällig, daß er nie eine Leine benutzt.« Preston schien es aus irgendeinem Grund lustig zu finden. Er lachte leise und schüttete noch etwas Bier seine Kehle runter – es sah aus wie die halbe Dose. »Du willst also wirklich hierbleiben. Du meinst es mit diesem ganzen Scheiß also ernst?«

Ike nickte. Er legte den Kopf zurück und goß den Rest von seinem Bier hinunter. Er bog seine Dose in der Mitte durch und drückte sie zusammen, dann warf er sie auf den Haufen vor Prestons Füße. Preston gab ihm eine neue.

»Wovon willst du also leben? Willst du dir einen Job suchen?«

»Ich denke schon.«

»Was?«

Ike zuckte die Achseln. »Irgendwas.«

»Yeah, Shit. Es gibt reichlich Arbeit für dich. Fang in dieser Stadt an, Motorräder zu reparieren, und du könntest Morris hier das Geschäft vermasseln. Natürlich würde Morris wohl kaum drauf abfahren, aber so gesehen hat er sowieso nicht allzuviel für dich übrig.«

Ike zuckte noch einmal die Achseln.

»Ich sag dir was«, begann Preston, doch bevor er weiterreden konnte, wurde er durch das Röhren eines Motorrads unterbrochen – Morris kam die Auffahrt hoch. »Hier kommt seine Hoheit persönlich«, sagte Preston. Er stand auf und trank sein Bier aus, warf die Dose weg und zog sich die schmutzigen Jeans hoch. Er nahm seine Sonnenbrille von dem Trailer und setzte sie auf. »Wer weiß«, sagte er und schlug Ike leicht mit dem Handrücken vor die Brust, »vielleicht kann ich selbst was zu dem heimtückischen alten Schweineficker sagen. Ein gutes Wort für dich einlegen oder so.« Er zwinkerte ihm zu und ging weg.

Ike sah ihm nach, wie er übertrieben langsam zu Morris hinüberschlenderte, der vor seiner Maschine kniete und eine Handvoll Ersatzteile auswickelte, deretwegen er offensichtlich weggewesen war. Ike konnte sie ein paar Sekunden lang leise reden hören. Dann hörte er Prestons Stimme deutlich. »Ich weiß, daß du diese Shovelhead ausschlachten mußt.«

Schließlich stand Morris auf und wischte sich die Hände ab. Er sagte etwas zu Preston, dann kam er zum Zaun herüber und sprach durch den Maschendraht mit Ike. »Ich nehme nächste Woche eine Karre auseinander«, sagte er. »Interessiert?«

Ike nickte. »Sicher«, sagte er. »Natürlich.«

Morris sah ihn nur eine Minute lang an, als versuche er, dahinterzukommen, ob er einen Fehler gemacht hatte oder nicht, dann drehte er sich um und ging zurück zu seinem Motorrad. Preston sagte noch etwas, das Ike nicht mitbekam, dann drehte er sich selbst um und ging auf Ike zu, der um den Zaun herumkam.

»Danke«, sagte Ike.

Preston hielt seine Hand hoch. »Nur dreh ihm nicht den Rücken zu«, sagte er und lachte dann laut heraus bei der Aussicht auf diese neue Partnerschaft.

Ike stand einen Moment lang da und wartete. Ein steifer Wind fegte die Auffahrt hinunter, und als Ike schließlich etwas sagte, war es über die Brandung. »Muß jetzt ziemlich abgefahren sein da draußen«, sagte er.

Preston nickte, und als Ike ihn anblickte, sah er, wie sich der Himmel in Prestons Sonnenbrille spiegelte. »Was du brauchst, ist eine gute Punktbrandung«, sagte Preston. »Seetang draußen auf dem Wasser, damit die Wellen weicher kommen. Huntington ist nicht die einzige Gegend mit einer Brandung. Shit, du weißt ja nicht, was ich für Reviere gesehen habe.« Er blickte weg, zur Gasse hin. »Es gab mal eine Zeit, wo kein Tag vergangen ist, wo ich's nicht ausgecheckt habe.« Er streckte sich und spannte seinen Bizeps an – er blieb in dieser Pose, als wartete er darauf, fotografiert zu werden. »Shit, ich sollte mit dir runtergehen und es mir ansehen«, sagte er, doch er machte keine Anstalten, die Auffahrt zu verlassen. Ike dachte, daß es Zeit für ihn war, sich auf den Weg zu machen. Er wollte sich nicht gerne in Morris'

Gegenwart unterhalten. Für den Augenblick reichte es ihm zu wissen, daß Preston noch auf seiner Seite stand, daß sie wieder miteinander reden konnten. Er verabschiedete sich und machte sich zur Straße auf, doch Preston rief ihn, und er drehte sich noch einmal um.

»Du wirst niemandem erzählen, was du mir erzählt hast, oder?«

»Nein, werde ich nicht. Habe ich auch nicht.«

»Gut«, sagte Preston. »Laß es.«

Ike stand einen Moment lang da und wartete, um zu sehen, ob Preston vielleicht mehr sagen oder sich entschließen würde, doch mit runter zum Pier zu kommen, aber Preston rührte sich nicht. Er blieb bei Morris vor dem Eingang zur Werkstatt. Morris hatte sein Hemd ausgezogen und sich eine Sprühmaske übergezogen. Die Maske hing ihm um den Hals, und sein dicker behaarter Bauch wölbte sich über den Gürtel, so daß die Schnalle verdreht war und auf den Boden zeigte. Preston schlug Morris mit dem Handrücken vor die Brust, wie er es vor einer Weile bei Ike getan hatte. »Der Junge hat heut seine erste Welle geritten, Morris. Was sagst du dazu?«

»Ganz vorne in der Uferbrandung«, warf Ike ein. Er war immer noch ziemlich euphorisch wegen seinem Ritt.

Morris hatte sich bereits die Maske vors Gesicht gezogen. Jetzt riß er sie sich wieder herunter und blickte Ike darüber weg finster an. »Echt scheißgroße Sache«, sagte er.

9

Morris ließ ihn nachmittags arbeiten, so daß er die Vormittage frei zum Surfen hatte. Die ersten paar Tage arbeiteten sie an der Shovelhead. Die Arbeit und die Notwendigkeit, mit Morris auszukommen, erforderten Konzentration, und am Abend war er wie erschlagen. Er ging müde nach Hause und schlief. Er hatte sich darauf gefreut, noch mehr mit Preston zu reden, doch die Woche verging und Preston ließ sich nicht blicken. Mitte der Woche begann er wieder, sich Sorgen zu machen.

Es gab noch mehr für ihn zu tun, und er verbrachte seine Nachmittage damit, in die riesigen Ventile von Shovelheads und Panheads zu blicken und mit Morris' neuer Badger-Spritzpistole an Fat-Bob-Tanks zu arbeiten, während sich hinter ihm ein Regenbogen aus eisernen Spinnweben, silbernen Fäden und bonbonblauen Flämmchen ausbreitete. Die Vormittage verbrachte er immer noch im Wasser. Aber er machte sich jetzt Gedanken über die Zeit – zwei Wochen, seit er in seinem Zimmer mit Preston geredet hatte, ein Monat, daß er in der Stadt war, und immer noch wußte er nicht einmal, wie Hound Adams, Frank Baker oder Terry Jacobs aussahen. Er hatte Preston gesagt, daß er den Mund halten würde, aber nun geschah einfach nichts. Es wurde schwerer für ihn, sich auf die Arbeit zu konzentrieren. Er brauchte einen weiteren Erfolg. Und dann kam die fünfte Woche – neunundzwanzig Tage, seit er am Straßenrand im Schotter gestanden und sich von Gordon verabschiedet hatte. Es war die fünfte Woche, die den Swell* brachte.

Es begann mit dem Geräusch, einem fernen Donnern von irgendwo hinter dem Highway, das sich in regelmäßigen Abständen wiederholte und ihn in der Nacht aufweckte, so daß er sich einen Moment lang umdrehte, um zu horchen, und sich wunderte, bevor er wieder einschlief. Aber am Morgen, als das Geräusch im grauen Frühlicht immer noch da war, und lauter als zuvor, brauchte er sich kein zweites Mal zu wundern. Er zog sich an und rannte aus dem Zimmer, die Holztreppe hinab und über den Rasen, vorbei an der Ölquelle und die Gasse hinunter, dann südlich auf der Main Street Richtung Ozean, und er konnte das schäumende Weißwasser sehen, bevor er noch den Highway überquert hatte.

* Swell – Dünung, rollende ungebrochene Wellen

Das erste, was ihm an dem Swell auffiel, war, wie er allem ein anderes Aussehen gab. Ike hätte in einer anderen Stadt sein, auf einem anderen Pier stehen, auf einen Strand hinausblicken können, den er nie zuvor gesehen hatte.

Die Wellen stiegen nicht einfach in wälzenden Reihen aus dem Ozean empor, wie sie es normalerweise taten. Diese hier schienen vom Horizont heranzurollen, als hätten sie die gesamte Breite des Pazifiks zurückgelegt, um gegen diesen bestimmten Strand zu schlagen. Das Wasser war aufgewühlt, grau und schwarz, von weißen Strähnen durchzogen. Hinauszupaddeln schien unmöglich. Die ersten fünfzig Meter Wasser sahen aus, als wären sie aus einer Waschmaschine geflossen. Schaumlachen lagen wie Schneeverwehungen über den nassen Sand verstreut. Als er auf den Plankenweg hinausrannte, schien das gesamte Gerüst mit jeder neuen Welle unter ihm zu beben.

Er war allein mit dem Swell. Weit den Strand hinunter konnte er den gelben Jeep der Lebensretter sehen. Der Morgen war still und grau, die Sonne von schweren Wolken verhangen. Er ging weiter auf den Pier hinaus, und dort sah er sie; er war doch nicht allein. Zuerst konnte er es nicht glauben; niemand konnte bei dieser Brandung hinausgelangt sein. Er rannte weiter. Er verlor sie aus den Augen, entdeckte sie dann wieder. Es gab keinen Zweifel. Er machte einen aus, dann zwei weitere, einen vierten und einen fünften. Die Höhe des Swells machte es schwer, sie zu sehen. Manchmal verschwanden sie vollständig hinter den Wellen. Er krallte sich am Geländer fest, das feucht von Gischt unter seinen Händen war. Sie waren dort draußen, aber er war sich ziemlich sicher, daß bis jetzt noch keiner von ihnen eine Welle geritten hatte.

Er war jetzt fast auf gleicher Höhe mit ihnen und konnte sie deutlicher ausmachen: sechs Surfer an der Südseite des Piers. Sie blieben zusammen und schossen wie ein Fischschwarm umher, offensichtlich in dem Versuch, sich inmitten der riesigen Wellenberge in Position zu bringen. Hin und wieder sah es so aus, als würde einer von ihnen gleich starten, doch im letzten Moment zog er sich zurück, und die Welle türmte sich ungeritten auf, brach und donnerte unter dem Pier hindurch und weiter zum Strand.

Die Surfer schienen alle Mühe zu haben, sich in Position zu bringen. Welle auf Welle kam herangerollt, hob sie empor und verdeckte sie und warf dann Vorhänge aus Gischt sechs Meter hoch in die Luft, wenn sie auf die Pfeiler des Piers traf. Und jeder neue Set* schien von weiter draußen zu kommen und zwang sie, weiter hinauszupaddeln. Ike fragte sich, ob überhaupt einer von ihnen einen Start fertigbringen würde, als er wieder einen Surfer dicht vor einem Berg aus grauem Wasser paddeln sah. Er paddelte mit aller Kraft. Das Board begann, sich von der Welle getragen zu heben. Und mit einemmal stand der Surfer auf seinem Board. Es war schwer zu sagen, wie hoch die Wellen tatsächlich waren, doch der Kamm dieser Welle reichte dem Surfer weit über den Kopf.

Der Surfer raste das Face der Welle hinunter und vollführte unten einen wuchtigen Turn**, der das Wasser in weitem Bogen vom Heck seines Boards spritzen ließ. Er fuhr das Face der Welle wieder hinauf, wurde beinahe von dem jäh herabstürzenden Wasser verdeckt. Dann war er aus dem Tunnel heraus, dicht unter dem Wellenkamm und jagte, sein Board in schnellen kleinen Turns manövrierend, auf der Welle Richtung Pier. Und dann war es vorbei, er war in letzter Sekunde über den Wellenkamm hinausgeschossen, unmittelbar bevor die Welle gegen die Pfeiler des Piers schlug. Einen Moment lang verlor Ike ihn in der Gischt aus den Augen, und dann sah er ihn wieder, auf seinem Board liegend und mit kräftigen Stößen Richtung Horizont paddelnd.

* Set – Gruppe von Wellen, meist 3 bis 9 an der Zahl und typisch für einen »Swell«

** Turn – kurvendes Manöver mit dem Surfboard in der Brandung

Zu der Zeit, als sich die Sonne durch die schwere Wolkendecke gebrannt hatte, waren vielleicht ein halbes Dutzend weiterer Surfer im Wasser. Sie schafften es nach draußen, indem sie sich an der Nordseite des Piers hielten und die Pfeiler als Schutz vor dem Swell benutzten, der aus Süden kam. Aber es war immer noch riskant, und Ike sah mehr als einen Surfer umkehren, mehr als ein Board, das an den Pfeilern zerschmettert wurde.

Obwohl nur wenige ins Wasser gingen, kamen doch viele, um zuzusehen, und bald säumte eine lärmende, johlende Menge die Geländer des Piers. Die Leute johlten und jubelten, wenn eine Welle geritten wurde. Ike jubelte bald unwillkürlich mit. Es waren jetzt auch Kameras auf dem Pier aufgebaut, vielleicht ein Dutzend davon, einige mit Filmteams in T-Shirts mit Werbeaufdrucken für verschiedene Surf-Shops und Surfboard-Hersteller. Auf dem Strand standen weitere Kameras, noch mehr Zuschauer und weitere gelbe Jeeps, so daß sich bis zum späten Morgen eine gewisse Zirkusatmosphäre in dem Teil der Stadt breitgemacht hatte, der an den Pier grenzte und den weißen Sandstrand säumte.

Ike sah den blonden Surfer, denselben, der die erste Welle geritten hatte, immer wieder spektakuläre Ritte machen, die ihm den Jubel der Menge eintrugen. Er hatte vielleicht eine Stunde lang zugesehen, als eine vertraute Stimme seine Aufmerksamkeit von den Surfern ablenkte. Er wandte sich um und sah Preston hinter sich. Er hatte das schmierige T-Shirt an und das alte rote Halstuch um den Kopf geschlungen. Er wirkte fehl am Platz zwischen den Kamerateams und den Surfern auf dem Pier. Man sah eine Masse sonnengebleichter Haare und sauberer Gliedmaßen. Preston sah mit seinen riesigen tätowierten Armen und dem kantigen Rumpf eher aus wie eine Verlängerung des Motorrads, das zwischen seinen Beinen schimmerte. Seine Sonnenbrille funkelte, so daß Ike seine Augen nicht sehen konnte, aber sein Mund war zu einem breiten arroganten Grinsen verzogen, als wäre irgendeine komische Szene im Gange, von der Ike nichts merkte, deren Hauptakteur er vielleicht sogar selbst war. »Ich dachte, ich hätte dir geraten, die Stadt zu verlassen«, sagte Preston. Ike grinste unwillkürlich zurück, nicht sicher, was er sagen sollte, aber froh darüber, daß Preston aufgetaucht war. Seit er nach Huntington Beach gekommen war, war Preston wohl der einzige für ihn, den er annähernd als Freund bezeichnen konnte. Preston wußte, warum er hier war, und das schuf eine Verbindung zwischen ihnen, wenigstens in Ikes Augen.

»Echt groß, die Welle«, sagte Ike.

Preston sah an ihm vorbei auf die Wellen. »Erster Süd-Swell der Saison«, sagte er. »Man braucht schon einen Tag wie heute, um seine Ruhe da draußen zu haben; die Punks schaffen's nicht bis nach draußen.«

»Hast du sie jemals so groß erlebt?«

»Sicher. Größer. Ich hab größere gesurft. Aber das hier ist ein guter Swell.« Mit einemmal nahm Ike ein anderes Geräusch außer dem Lärmen der Menge und dem Tosen der Brandung wahr. Die Leute im Wachtturm hatten offensichtlich Preston entdeckt, und eine klagende Stimme drang aus dem Lautsprecher. »Der Pier ist für Motorräder gesperrt«, sagte die Stimme. »Bitte wenden Sie Ihr Motorrad und schieben Sie es vom Pier.« Preston beugte sich nach hinten und streckte seinen Mittelfinger Richtung Turm aus. Die blecherne Stimme wiederholte: »Bitte wenden Sie Ihr Motorrad und schieben Sie es vom Pier.«

Preston schüttelte nur den Kopf und begann, seine Maschine zu wenden. Die Zuschauer in ihrer Nähe drehten sich um und blickten sie an, blieben aber darauf bedacht, daß Preston reichlich Platz für sein Manöver hatte. »Die Stimme der Vernunft«, sagte Preston. »Ich glaube, ein und derselbe Typ sitzt seit zwanzig Jahren da oben in dem Turm. Für mich hat es sich immer wie dieselbe Stimme angehört.«

Ike blickte hinauf zu den getönten Scheiben hoch über dem Plankenweg. Er beschloß, selber zurückzugehen und zu frühstücken, aber es fiel ihm schwer, sich vom Geländer loszureißen, und er wandte sich noch einmal zum Ozean um – gerade rechtzeitig, um zu sehen, wie der Surfer, den er den ganzen Morgen über beobachtet hatte, wieder eine Welle ritt. Der Typ war leicht auszumachen. Er war groß und blond, und während die meisten anderen durchgehende Neoprenanzüge trugen, hatte er nur eine Badehose und eine Surfjacke an. »Dieser eine Typ da ist echt gut«, sagte Ike und zeigte ihn Preston.

»Dein Idol, was?« sagte Preston, und das Grinsen machte einem etwas schiefen Lächeln Platz. Es verging ein Moment, während Ike hinaus auf den Ozean blickte und dann wieder Preston ansah. »Paß nur auf, daß du nicht zu sehr auf ihn abfährst«, sagte Preston. »Das ist dein Mann. Und dieser andere Typ da drüben« – er zeigte auf eine dunkle Gestalt in einem durchgehenden schwarzen Neoprenanzug mit, wie es aussah, roten Streifen an der Seite, der weiter südlich und weit draußen auf seinem Board saß –, »das ist noch einer von deinen Leuten. Terry Jacobs. Kommt aus Samoa, normalerweise der größte Kerl da draußen.« Preston stemmte seine schweren Stiefel in den Pier und fing an, sich mit seinem Motorrad in die Mitte des Plankenwegs zu schieben, wo die Leute auseinandergingen, um ihn vorbeizulassen.

Ike ging hinter ihm her. Preston sagte nichts mehr; er schob sich einfach weiter mit seinem Motorrad durch die Menge. Als er neben dem Wachtturm angelangt war, zog er sich an den Lenkern hoch und trat den Kickstarter durch. Der Motor sprang nicht an, und er wuchtete sich von neuem hoch. Ike streckte die Hand aus und packte ihn am Arm. Er packte ihn genau am Bizeps, über der tätowierten Schlange, und es fühlte sich an, als hielte er ein dickes Eisenrohr umfaßt. Preston ließ sich auf den Sitz sinken und blickte auf seinen Arm, auf Ikes Hand. Er tat es sehr langsam, und Ike ließ seinen Arm los. Er blickte in Prestons Sonnenbrille. »Warte mal«, sagte er. »Du kannst nicht einfach so abhauen.«

Preston schaute ihn bloß an. »Kann ich das nicht?«

Ike zögerte. »Nun, was ist mit ihnen?« fragte er schließlich.

»Was soll das heißen? Was soll mit ihnen sein? Das sind sie, Kumpel. Zwei von ihnen jedenfalls. Was willst du von mir, daß ich rausschwimme und ein Wörtchen mit ihnen rede?« Preston trat hart auf den Starter, und die große Maschine röhrte auf. Genau über ihnen tönte eine weitere Anweisung aus dem Lautsprecher – irgend etwas darüber, das Motorrad vom Pier zu *schieben,* doch die Stimme ging im Dröhnen des Motors unter. Eine fahle Rauchwolke hing in der Luft, und Ike stand mittendrin und blickte Preston an.

»Hör zu«, brüllte Preston ihn an. »Laß uns eins klarstellen. Ich hab darüber nachgedacht, was du mir erzählt hast. Laß mich noch ein bißchen darüber nachdenken. Bis dahin tu, was ich dir gesagt hab, und behalt deine Geschichte für dich. Wenn ich irgendwas rauskriege, das du meiner Meinung nach wissen solltest, sag ich's dir. Aber vergiß eins nicht. Du gehörst nicht zur Szene, ist dir das klar? Du weißt nicht, was hier läuft. Und noch eins. Komm nie wieder an und pack mich so am Arm. Es könnte passieren, daß ich dir deinen Scheißkopf abreiße.« Damit ließ er die Kupplung der riesigen Maschine los und jagte mit dröhnenden Auspuffrohren und glitzerndem Chrom genau in der Mitte des Plankenwegs davon, daß die Leute wie Blätter im Wind vor ihm auseinanderstoben.

10

Der Swell hielt den ganzen Rest der Woche über an. Mit jedem Tag aber wurde die See etwas ruhiger, und während die Zuschauer sich vom Pier wieder auf den Strand zurückzogen und die Zirkusatmosphäre sich langsam auflöste, wuchs die Zahl der Surfer, die ins Wasser gingen. Am Ende der Woche waren die Wellen zu einer immer noch ansehnlichen Höhe von zwei Metern geschrumpft und von mehr Surfern belagert, als Ike es je erlebt hatte. Prügeleien waren durchaus nichts Ungewöhnliches, sowohl im Wasser wie an Land. Ike ging hin, um zuzuschauen. Erstens waren die Wellen zu groß für ihn, und außerdem wollte er nun, da er endlich zwei der Leute auf dem Zettel identifiziert hatte, sie sich näher ansehen. Wenn er mit seinem Surfen schon weiter gewesen wäre, hätte er sich vielleicht in der Nähe des Piers hinausgewagt, aber so postierte er sich auf dem Pier und schaute von oben zu.

Die beiden Männer, die Preston ihm gezeigt hatte, waren jeden Morgen dort: Hound Adams und Terry Jacobs. Hound Adams war groß, hager, aber muskulös. Und Preston hatte recht gehabt, was den Samoaner anging; er war, so hatte es den Anschein, immer der größte Kerl draußen – vielleicht ein bißchen kleiner als Hound, aber mit einem Brustkasten wie ein Kühlschrank. Sie waren beide hervorragende Surfer, vor allem Hound Adams. Terry schien zwar ohne große Mühe zu surfen, aber er hatte nichts von Hounds fließender Eleganz. Seine Ritte waren kein Tanz mit dem Ozean, sondern ein Kräftemessen. Er konnte über unglaubliche Strecken brechender Wellen hinwegreiten, wie ein Footballspieler, der eine Abwehrreihe durchstößt, und er sah dabei einfach zu massiv und unerschütterlich aus, um von seinem Board geschleudert zu werden. Auch auf dem Strand war er eine ehrfurchtgebietende Erscheinung mit seiner wilden, ausladenden Afro-Frisur, die im Gehen auf und ab hüpfte.

Sie surften grundsätzlich bei Tagesanbruch, mit dem Frühtrupp, wie der Junge ihm in der Wüste gesagt hatte. Doch solange der Swell anhielt, surften sie am Abend ebenfalls, und so machte Ike es sich zur Gewohnheit, nach der Arbeit hinzugehen. Er hatte auf die Richtung achtgegeben, die sie einschlugen, wenn sie den Strand verließen, und er spielte mit dem Gedanken, ihnen zu folgen. Er war sicher, daß Preston diese Idee nicht gutgeheißen hätte, aber schließlich hatte sich Preston seit dem ersten Tag des Swells nicht mehr blicken lassen.

Er sah vom Pier aus zu, bis die Sonne in den Ozean tauchte und die Lampen über dem Plankenweg zu flackern und zu summen anfingen, dann drehte er sich um und ging rasch zurück zum Highway. Gewöhnlich gingen sie vor Tom's Bar über die Straße, bogen dann links ab und gingen weiter Richtung Norden der Stadt. Er wartete vor Tom's Bar. Als sie an ihm vorüber waren, ging er hinter ihnen her.

Er blieb zu weit zurück, um etwas von ihrer Unterhaltung aufzuschnappen, aber er konnte sie gestikulieren und lachen sehen. Eine Zeitlang hinterließen ihre bloßen Füße nasse Abdrücke auf dem staubigen Bürgersteig. Vor dem Capri-Room warfen die Neonleuchten einen rosa Schimmer auf den Beton und leuchteten im Chrom von einem halben Dutzend Choppern, die am Bordstein aufgereiht standen. Er sah, wie Hound eine Geste in Richtung der Motorräder machte, und hörte Terry Jacobs lachen.

Die Leute traten beiseite, wenn sie vorübergingen. Bei einem Del-Taco-Laden bogen sie rechts ab und gingen eine schwach erleuchtete Straße entlang. Ike blieb hinter ihnen. Er fühlte seinen Puls jetzt schlagen, oben in der Kehle, und seine Hände waren feucht von Schweiß. Bis auf ihn waren sie die einzigen Leute auf der Straße. Er ging etwas langsamer und ließ ihren Vorsprung größer werden.

Sie gingen noch drei Blocks weiter, dann bogen sie auf den Rasen eines zweistöckigen Hauses ein. In einem Fenster im oberen Stock war Licht an, und es warf einen gelben Kreis auf das dunkle Gras und spielte in den flüsternden Wedeln einer alten Palme, die im Vorgarten stand. Ike konnte sie wieder reden hören, während sie ihre Neoprenanzüge auszogen. Er hatte vorgehabt, weiterzugehen und nach Möglichkeit wie ein zufälliger Passant zu wirken, aber mit einemmal wollte er mehr. Das Haus nebenan war dunkel, der Rasen davor schwarz im Schatten alter Bäume. Eine dichte Hecke wuchs zwischen den beiden Grundstücken, und Ike duckte sich dahinter. Und dann schlich er sich die Hecke entlang, tief geduckt in einer Art Kauern, während er dachte, wie dumm es wäre, erwischt zu werden.

Doch das Haus lag dunkel und still da, und die Fenster waren zugezogen. Durch die Hecke hindurch konnte er sie reden hören, während ein Wasserschlauch lief. Er kniete sich hin und kroch weiter, bis er eine Stelle in der Hecke fand, wo er hindurchsehen konnte.

Sie standen in Badehosen im Vorgarten. Hound spritzte die Neoprenanzüge ab. Während Ike sie beobachtete, trat ein anderer Mann hinaus auf die Veranda. Er hatte Shorts und ein T-Shirt an. Er war kleiner als Hound oder der Samoaner, ziemlich dünn, aber sehnig. Er hatte welliges blondes Haar, das glatt zurückgekämmt war und naß aussah, als wäre er gerade aus dem Wasser gestiegen. Er führte die Hand an den Mund und nahm einen Zug von einem Joint, wie es aussah, wobei er den Kopf ein bißchen auf die Seite legte, und es war etwas an dieser Geste, der Winkel, in dem er den Kopf hielt, vielleicht oder das Licht auf seinem Haar, das Ike an die Gasse hinter dem Surf-Shop denken ließ. Er war sich fast sicher, daß es der Typ war, den er dort mit Preston gesehen hatte, und ein Name kam ihm in den Sinn. Er flüsterte ihn vor sich hin.

»Du solltest wieder mal rauskommen, Brother.« Es war Terry, der zu dem Mann auf der Veranda sprach. Der Typ zuckte die Achseln und reichte Terry den Joint. »Morgen«, sagte er. Terry nickte, ging die Treppe hinauf und verschwand im Haus. Der neue Mann und Hound Adams blieben allein im Garten zurück. Die beiden Männer schwiegen eine Weile. Hound hängte die Neoprenanzüge zum Trocknen auf eine Leine, die von der Veranda zu einem Baum im Garten gezogen war. Schließlich war es Hound Adams, der das Schweigen brach, und Ike hörte seine Stimme zum erstenmal deutlich. »Echt ein guter Swell«, sagte Hound. Er hatte eine weiche, ruhige Stimme. »Müßte eigentlich ein guter Sommer werden. Ich kann's fühlen, verstehst du?« Der blonde Mann nickte, dann setzte er sich auf die Veranda. Hound stellte sich vor ihn hin, nahm den Joint von ihm entgegen, gab ihn dann zurück. Sie sprachen weiter über die Brandung, über Stürme und Swells, und wie sie in Zyklen abliefen, und daß dieses Jahr ein gutes Jahr war. Ike hörte zu. Der Boden war etwas feucht unter seinen Händen und Knien, und er roch das modrige Grün der alten Hecke. Ein Auto fuhr auf der Straße vorbei, doch die Scheinwerfer waren zu weit weg, um ihn zu erreichen. Und dann kam ihm etwas in den Sinn. Es war vielleicht sonderbar, so etwas zu denken, aber er tat es trotzdem. Er konnte nichts dagegen machen. Es kam ihm in den Sinn, wie gut sie waren, vor allen Dingen Hound, wie sie Bescheid wußten über Zyklen und Stürme und eine ferne Energie, und wie sie alleine in dem hohen Swell gewesen waren, als er geglaubt hätte, niemand könnte hinausgelangt sein, und wie Hound Adams die erste Welle geritten hatte. Er dachte zurück an diese auf den Zettel gekritzelten Namen, und einen Moment lang fragte er sich – warum mußten gerade sie es sein?

Jemand machte das Licht in dem oberen Fenster aus, und das Schattenmuster auf dem Rasen erlosch. Aber Ike konnte sie immer noch durch die Hecke hindurch sehen: Hound, der jetzt aufstand, und den anderen Typen, der die Boards unter das Dach der Veranda trug. Hound stand, die Hände auf den Hüften, einen Moment lang alleine da und blickte in den dunklen Garten, dann drehte er sich um und ging hinein. Die Haustür schlug in der Dunkelheit zu. Ike wartete ein paar Minuten, dann richtete er sich auf. Seine Hose war an den Knien naß, und er wischte sie mit den Händen ab. Er ging langsam die Hecke entlang zurück und trat auf den Bürgersteig.

Es war jetzt wieder Licht an in dem Haus, in einem Zimmer, das wie die Küche aussah, und er konnte sie durch die Fensterscheibe sehen: Hound Adams und Terry Jacobs vor etwas sitzend, das ein Tisch sein mußte, obwohl es zu niedrig war, als daß er ihn hätte sehen können. Sie hatten den Oberkörper immer noch frei, die Gesichter gesenkt und konzentriert auf das, was auch immer vor ihnen war. Einen Moment lang wurde Ike wieder von dem Gedanken, den er hinter der Hecke gehabt hatte, eingenommen, doch dann war es vorbei, und es blieb nur der sonderbar metallische Geschmack von Angst tief in seinem Mund und seiner Kehle. Als er den Bürgersteig entlanggging und an dem Haus vorbeikam, warf er noch einen Blick zurück. Es war ein anderer Blickwinkel, und er konnte sie noch besser sehen. Die beiden Männer saßen leicht vornübergebeugt, und ihre Gesichter waren hart und wie gemeißelt in dem gelben Licht, Gesichter, die mit einemmal arrogant und verschlagen wirkten; Mörder hinter einem Mauervorsprung.

Es durchzuckte ihn jäh, und er wandte sich um und tauchte in die Dunkelheit der Straße ab. Aber später, allein in seinem Zimmer, ging er in Gedanken alles noch einmal durch. Er dachte auch an Ellen Tucker. Obwohl kein Tag verging, an dem er nicht an sie dachte, war es der Arbeit und dem Swell doch gelungen, seine Gedanken von ihr loszureißen. Aber nicht so heute nacht. Heute nacht stand es alles vor ihm, wie damals in der zweiten Woche, während er an Prestons Tank gearbeitet hatte. Aber jetzt hatte er sie gesehen, wußte, zu welchen Leuten die Namen auf diesem Zettel gehörten, und er dachte wieder daran, was der Junge ihm gesagt hatte, daß mit diesen Leuten nicht zu spaßen sei, und daß, solange er sich nicht echte Hilfe beschaffen könnte … Und zum erstenmal, seit er hergekommen war, kämpfte er auf eine neue Weise gegen das an, was Gordon ihm gesagt hatte, daß er sich damit abfinden solle, daß er sie nicht wiedersehen würde. Er hörte die Worte jetzt wieder, als sprächen die Wände sie zu ihm, und er kämpfte die ganze Nacht dagegen an, bis das erste graue Licht auf der Decke mit dem rissigen Putz zu schwimmen begann. Und es war, als wüßte er schließlich, im Dämmer eines unruhigen Schlafes, mit Augen, die heiß waren und juckten, als hätte er in einen Wüstenwind geblickt, daß die Worte wahr waren. Er wußte es mit schrecklicher Gewißheit, und mit erneut über ihn hereinbrechender Angst dachte er an diesen Mann, den er mit Preston in der Gasse gesehen hatte – derselbe, den er heute abend gesehen hatte: Frank Baker. Er mußte es sein. Und er fragte sich, was sie miteinander geredet hatten in jener Nacht in der Gasse hinter dem Shop.

11

Einige Zeit später erwachte er durch Stiefelschritte auf der Treppe. Die Stiefel gehörten zu Preston, und er machte sich nicht die Mühe anzuklopfen, sondern stürmte einfach herein, und Ike sah auf den ersten Blick, daß etwas anders an ihm war. Ike stemmte sich auf den Ellbogen und rieb sich das Gesicht. Was hauptsächlich anders an ihm war, war das Hemd. Es war ein lächerliches Hemd, voller leuchtend blauer Pelikane und fliegender Fische, die Art von Hemd, wie man sie bei einem aufgedunsenen Touristen mit einer Kamera vor dem Bauch erwarten würde, und es war das erstemal, daß er Preston mit etwas anderem als dem schmutzigen T-Shirt bekleidet sah. Er hatte noch die Motorradstiefel und die schmierigen Jeans an, aber dieses Hemd machte einen neuen Menschen aus ihm.

Aber dann sah Ike, daß es mehr als das Hemd war. Sein Gesicht sah frisch und nüchtern aus, wie an dem Tag, als er seinen Tank abgeholt hatte, und auch sein Haar war wieder naß, als wäre er gerade unter der Dusche gewesen, und es war straff zurückgekämmt. Er rieb sich die Hände und tigerte vor Ikes Bett auf und ab. »Hör schon auf, faul rumzuliegen und mit deinen Eiern zu spielen«, sagte Preston, »los, gehen wir surfen.«

Ike wälzte sich aus dem Bett und setzte die Füße auf den kalten Boden. Die Erinnerung an gestern nacht war noch lebendig in ihm. Er fühlte sich erschlagen in dem grauen Licht, verkatert, obwohl er nichts getrunken hatte. Er zwinkerte heftig mit den Augen und versuchte, sich auf Prestons Begeisterung einzustellen, die nicht recht zu der Stimmung des Morgens passen wollte, sondern eher gezwungen und ein bißchen mechanisch wirkte. Er massierte mit den Fingern seine Nasenwurzel. Das Zimmer war voll von blauen Pelikanen und fliegenden Fischen.

»Los, komm schon«, sagte Preston. Er hatte aufgehört herumzulaufen und stand jetzt vor Ikes Bett. Die Hände hatte er in die Hüften gestützt, eine Pose, die Ike an Hound Adams erinnerte. Genauso hatte Hound Adams gestern abend auf seiner Veranda gestanden und in seinen dunklen Garten geblickt. Er dachte einen Moment daran, Preston davon zu erzählen, überlegte es sich dann aber anders. Er beschloß, bei allem, was Preston vorhaben mochte, mitzuspielen und zu sehen, wohin es führte. Außerdem, ob gezwungen oder nicht, es war die umgänglichste Art und Weise, mit der der Typ ihm je begegnet war, und so bald wollte er diese neue Stimmung nicht verderben. Er stand auf und hielt Ausschau nach seinen abgeschnittenen Jeans. Dann entsann er sich, daß er Morris dabei helfen sollte, Moons Shovelhead zu überholen. »Ich hab Morris versprochen, ihm noch mal bei einer Shovelhead zu helfen«, sagte er.

Preston blickte ihn an und schob sich seine Sonnenbrille in die Stirn. »Ich dachte, du wolltest surfen lernen.«

»Das will ich auch.«

»Dann scheiß auf Morris. Laß ihn seine Shovelhead alleine auseinandernehmen. Willst du dein Leben lang für irgend jemand den Nigger machen?«

»Es geht um Moons Shovelhead«, erwiderte Ike. Er setzte sich auf den Bettrand, um sich seine kurzen Jeans anzuziehen. Aber er wurde jetzt langsam wach, und etwas von Prestons Begeisterung begann auf ihn abzufärben. Er schaute zu Preston hoch und grinste ihn an. »Ich dachte, du wärst im Ruhestand.«

»Shit. Ich versetz gleich deinen Arsch in Ruhestand, wenn du dich nicht bald entscheidest. Ich geh surfen. Willst du mitkommen, ja oder nein?«

Ike stand auf und knöpfte sich die Hose zu. »Wo gehen wir hin?« fragte er.

Preston grinste und schob sich die Sonnenbrille wieder vor die Augen. »Wo's gut ist, Kumpel, wo's gut ist.«

Unten an der Treppe war Ike überrascht, einen alten Chevy Pickup zu sehen. Der Transporter war mit grauer Grundierfarbe gestrichen. An den vorderen Kotflügeln waren Spuren davon zu sehen, daß die Karosserie ausgebessert worden war. Ein selbstgebauter Campingaufsatz war auf die Ladefläche montiert, und Harley-Davidson-Flügel schmückten das Fenster hinten in dem Campingaufsatz. Preston hob die Heckklappe an, so daß Ike sein Board hineinschieben konnte, und dabei sah Ike das andere Board und die Campingausrüstung. Prestons Board sah alt aus und war ein bißchen vergilbt an den Rändern, und bevor Ike sein eigenes Board draufschob, bemerkte er den Aufkleber auf dem Deck von Prestons Board, eine Welle innerhalb eines Kreises und die Worte *An der Quelle.*

Sie fuhren den ganzen Vormittag, und Ike fragte nicht mehr danach, wo sie hinfuhren. Er war zu Preston ins Führerhaus gestiegen, und sie waren Richtung Norden aufgebrochen, zwischen den Öltürmen hindurch, oberhalb der Klippen, wo Ike seine erste Welle geritten hatte. Preston kurbelte das Fenster herunter, und die Morgenluft peitschte ihnen um die Ohren. Die Luft war rein und kühl, und Ike war froh darüber. Er fing jetzt an, sich wirklich wach zu fühlen, und er fragte sich, wo sie hinfuhren und was Preston vorhatte, und er dachte ebenfalls über dieses Board nach, das er hinten gesehen hatte. Aber er stellte keine weiteren Fragen. Er sah zu, wie die Straße auf sie zugerast kam, während die ersten leuchtenden Sonnenstrahlen das Grau des Morgens zu durchdringen begannen.

Sie hielten einmal an, um an einem kleinen Doughnut-Stand auf der Seeseite des Coast Highway Kaffee zu trinken. Sie standen mit Styroportassen in der Hand hinter dem Stand und schauten zu, wie sich tief unter ihnen die Wellenlinien über den Ozean bewegten. Als sie wieder in dem Transporter saßen, lehnte sich Preston aus dem Fenster und johlte laut. »Es wird super werden, Kumpel«, sagte er, und dann beugte er sich herüber und schlug Ike aufs Knie. Ike fühlte, wie sein Bein unter dem Schlag nachgab, und obwohl er wußte, daß

Preston bloß Spaß machte, tat es doch reichlich weh. Er blickte auf die gewundene Schlange, die sich Prestons Arm hinunterschlängelte und im Ärmel seines verrückten Hemdes verschwand, und er fragte sich unwillkürlich, was das alles sollte. Irgend etwas an Prestons Begeisterung schien ihm immer noch nicht ganz astrein zu sein. Er wollte über Hound Adams reden. Er wollte Preston nach dem blonden Typ fragen, mit dem er ihn in der Gasse gesehen hatte. Aber er hielt sich zurück, wie schon vorher in seinem Zimmer. Er wollte nicht das labile Gleichgewicht dieses Vormittags stören. Also hielt er den Mund und blickte auf das Armaturenbrett, wo von einem der Knöpfe ein rostiger Schlüssel an einer Lederkordel herabbaumelte. Er sah zu, wie der Vormittag an ihnen vorüberglitt, und er fing an, seinen Spaß an der Sache zu haben. Jetzt, wo er darüber nachdachte, fiel ihm auf, daß es praktisch das erstemal in seinem Leben war, daß ihn jemand irgendwohin mitnahm – abgesehen von all der Herumfahrerei mit seiner Mutter, als er und Ellen klein gewesen waren, aber das konnte man wohl nicht zählen. Er dachte zurück an die Jagdausflüge, die Gordon hin und wieder gemacht hatte, wie er immer mitgewollt hatte, aber immer zurückgelassen worden war – weil Gordon gesagt hatte, er sei zu jung dazu oder zu klein. Er fragte sich, was Gordon wohl sagen würde, wenn er ihn jetzt sehen könnte, auf dem Beifahrersitz eines alten Pickups mit Harley-Davidson-Flügeln hinten drauf und einem Typen wie Preston neben sich. Er setzte sich in seinem Sitz auf und legte wie Preston seinen Arm auf den Rahmen des offenen Fensters. Er dachte, daß es ihm womöglich scheißegal war, wo sie hinfuhren oder warum, jedenfalls für den Augenblick. Teufel noch mal, es war immerhin ein Ausflug. Sich einfach zurücklehnen und dem Summen des Highway lauschen.

Gegen Mittag waren sie in Santa Barbara. Das Sonnenlicht überflutete die rotgedeckten Dächer und weißgetünchten Wände einer Straße namens South State. Es waren ein Haufen Mexikaner und Penner zu sehen, die im Sonnenschein herumhingen, und Tramper, die im Schneidersitz auf dem Grünstreifen am Rand des Highway saßen.

Preston fand ein heruntergekommenes mexikanisches Café, wo sie Burritos mit Reis aßen. Preston bestellte einen Krug Bier, und eine alte Mexikanerin brachte zwei Gläser, ohne Ike nach einem Ausweis zu fragen.

»Wir schlagen den Nachmittag in der Stadt tot«, sagte Preston. »Ich will erst hin, wenn's dunkel ist.«

»Wenn's dunkel ist?«

»Der einzige Nachteil an diesem Revier. Die Wellen sind super, aber es ist ein Privatgrundstück. Sie schießen dir den Arsch ab, wenn sie dich beim Surfen erwischen.«

Ike blieben seine Bohnen im Hals stecken, und er brauchte einen großen Schluck Bier, um sie runterzuspülen. Preston grinste ihn an und machte den Krug leer, ohne sich die Mühe zu machen, das Bier vorher in ein Glas zu gießen.

Später gingen sie in eine Billardhalle, die Preston kannte, und dann mit einem Sixpack hinaus auf einen grasbewachsenen Hügel, um zuzusehen, wie die Sonne in den Ozean tauchte. Schließlich stand Preston auf und wischte sich die Hände an der Hose ab. Er warf eine Flasche in hohem Bogen den Hügel hinunter. Sie warteten auf das Geräusch von zersplitterndem Glas, aber es blieb aus; es ging irgendwie in dem Wind und dem fernen Tosen der See unter. Preston nahm seine Sonnenbrille ab, klappte sie zusammen und steckte sie in seine Hemdtasche. »Also gut«, sagte er. »Auf geht's.«

Sie fuhren zwischen einer Reihe grüner Hügel hindurch, auf einem holprigen Feldweg, der sich die Hügelkämme entlangzog. Der Mond ging fett und gelb auf und spähte zwischen den Hügeln auf sie herunter. Aus heiterem Himmel bogen sie um eine Kurve und blieben vor einem breiten Eisentor stehen. Preston schnappte sich den Schlüssel vom Armaturenbrett. Ike sah ihn mit den Augen zwinkern, und einen Moment lang hielt Preston Ike den Schlüssel vors Gesicht. »Guck dir mal ein echtes Erbstück an«, sagte Preston. »Wegen Schlüsseln wie diesem ist schon Blut vergossen worden. Du kannst dich glücklich schätzen, einen Burschen zu kennen, der noch einen hat.«

»Wo hast du ihn her?«

Preston ließ den Schlüssel in die Luft schnellen und schnappte ihn mit seiner großen Faust. »Das zu wissen, ist meine Sache, es herauszufinden, deine.« Er sprang nach draußen, und Ike konnte ihn leise im Mondlicht vor sich hin lachen hören.

Nachdem sie das Tor passiert hatten, fuhren sie noch zehn Minuten, dann bogen sie vom Weg ab, und Preston steuerte den Wagen in eine Art Senke, wo sich ein paar spärliche, krumme Bäume in der Dunkelheit verloren. Das Gras stand hoch hier. Es raschelte um ihre Hüften in der leichten Brise, die nach Ozean roch. »Ab hier gehen wir zu Fuß«, sagte Preston.

Die Nacht war nicht sonderlich kalt, doch Ike fing bald zu zittern an, während er an der Ladeklappe des Transporters stand und Preston ihre Ausrüstung auslud. Es waren zwei Kartons mit Konservendosen und Wasserflaschen, außerdem die Neoprenanzüge und die Boards. Sie luden sich die Sachen auf und machten sich durch das hohe Gras auf den Weg. Auf der Straße wandte sich Ike um und stellte fest, daß von dem Transporter nichts mehr zu sehen war.

Die Nacht war erfüllt vom Gesang der Insekten, dem erdigen Duft nach Gras und Salbei, dem feuchten Salzgeruch der See. Der Mond leuchtete auf die Straße und warf ein silbriges Licht auf die Grashalme und die glatten Kanten der Boards. Sie gingen für Ikes Gefühl sehr lange. Seine Arme schmerzten, und jeder fühlte sich ein gutes Stück länger an, als sie endlich alles absetzten. Sie rollten die Schlafsäcke auf einem Hügel zwischen den Wurzeln einiger dicker Bäume aus. Der Boden fiel ab und verlor sich in der Dunkelheit zwischen weiteren Bäumen. Der Mond stand jetzt genau über ihnen. In der

Ferne konnte Ike die Brandung hören. »Wellen«, flüsterte Preston. »Es ist lange her.« Und das war das erste, was Ike ihn an diesem Tag sagen hörte, das sich nicht anhörte, als gehöre es zu einer Rolle, die Preston spielte.

Am Morgen sah Ike, daß der Abhang des Hügels höher und steiler war, als er in der Nacht vermutet hatte. Eine Baumgruppe versperrte die Sicht direkt vor ihnen, doch weiter links fiel der Boden ab und gab den Blick frei auf andere Hügel, große Wiesen voller Senf und wilden Blumen, grünes Gras und dunkle Bäume, und unterhalb von allem die See.

Die Strände hier waren anders als die, an die Ike gewohnt war. Die Strände in Huntington waren breit und flach, mit einem Minimum an Farben. Hier war die Landschaft wild, die Farben üppig und abwechslungsreich. Lange Reihen von Hügeln fielen sanft zur See ab und wurden dann jäh zu steilen schroffen Klippen, ein Flickenteppich aus Rot- und Brauntönen. Unterhalb der Klippen lagen schmale weiße Buchten und felsige Landspitzen, die weit in den Pazifik hinausreichten. Es gab keinen Verkehrslärm hier, keine menschlichen Stimmen, nur das Geschrei der Vögel, den Wind im Gras und das Tosen der Brandung tief unter ihnen.

In der frischen Morgenluft zogen sie sich Badehosen und Neoprenanzüge an. Sie knieten sich auf den felsigen Boden unter den Bäumen und wachsten ihre Boards. Der Geruch nach Gummi und Kokosnuß mischte sich mit dem Geruch nach Erde und Gras. »Wir werden die ruhige Morgenbrandung surfen«, sagte Preston. »Wir surfen bis zehn, elf Uhr, dann kommen wir hierher zurück zum Essen und Schlafen, und bei Sonnenuntergang surfen wir wieder.«

Sie versteckten die Schlafsäcke und den Proviant und stiegen den Hang hinunter. Ike sah, daß sich unter ihnen am Rand des Sandes Eisenbahnschienen durch die Hügel schlängelten.

»Es ist eine Ranch«, sagte Preston mit einer Geste über die Hügel hinweg. »Die Besitzer haben was gegen Eindringlinge, aber normalerweise ist niemand da außer den Cowboys, die hier arbeiten. Wenigstens war es so, damals in den alten Tagen.« Er blickte Ike an und grinste, und es schien Ike, daß Preston heute morgen einiges von seiner Rocker-Attitüde abgelegt hatte. Vielleicht lag es nur daran, daß er einen Neoprenanzug trug und ein Board unter dem Arm hatte, doch es war mit einemmal schwer vorstellbar, daß er derselbe wilde Mann war, den Ike auf einen Benzintank hatte einschlagen sehen. Er wirkte jünger heute morgen, als wäre er selbst noch ein Junge, als er Ike durch das hohe Gras hinunterführte und von Cowboys und vollkommenen Wellen redete. »Die Cowboys sind unberechenbar«, sagte Preston. »Manchmal tun sie rein gar nichts, und manchmal doch. Ein Freund von mir hat mal sein Board verloren und mußte an Land schwimmen, um es zu holen. Es stellte sich heraus, daß ein Haufen Cowboys am Strand auf ihn wartete.« Preston machte eine Pause. »Es war kein schöner Anblick«, sagte er. Ike wartete, daß er mehr sagte, aber sie gingen schweigend weiter.

Als sie die Bäume hinter sich gelassen hatten, blieben sie stehen und schauten hinunter. »Guck dir das an«, sagte Preston zu ihm, und Ike sah es sich an: den unberührten Halbmond aus weißem Sand, die felsige Landspitze, die vollkommenen, fließenden Linien, die darauf warteten, geritten zu werden, und er dachte sich, daß er jetzt vielleicht wußte, warum sie hergekommen waren. Er berührte Preston am Arm, als sie sich nach unten aufmachten. »Danke«, sagte er. »Danke, daß du mich mitgenommen hast.« Preston lachte nur und ging voran, und sein Lachen schallte zwischen den Hügeln wider.

Sie gingen in der Mitte des halbmondförmigen Strandes ins Wasser. Ike folgte Preston, und als sie sich durch die Uferbrandung geschoben hatten, richtete Preston sein Board auf die Landspitze hin aus. Der Horizont vor ihnen war eine gerade blaue Linie. Die Sonne funkelte auf dem Wasser, und das Wasser war wie Glas, so glatt und klar, daß man unter sich kleine Fischschwärme und die Ranken von Seegras, die sich zur Sonne reckten, sehen konnte. Bald paddelten sie über ungebrochene Wellen und wurden auf und nieder getragen, und Ike fühlte sein Herz gegen das Deck seines Boards hämmern. Er war nie zuvor so weit hinausgepaddelt oder in Wellen wie diesen hier gewesen.

Schließlich streckte Preston die Beine ins Wasser, zog sich hoch und setzte sich rittlings auf sein Board. Ike machte es ihm nach, und gemeinsam blickten sie zurück auf die grünen Hügel und den weißen Strand. Es sah alles sehr weit entfernt aus. Sie konnten von hier aus wesentlich mehr von der Küste sehen, und Ike machte eine Stelle aus, wo die Vegetation am dichtesten zu sein schien. Die Stelle lag ein gutes Stück landeinwärts inmitten der Hügel, und zuerst war alles, was er bemerkte, die Vegetation. Dann sah er das Haus, kein vollständiges Haus, denn das meiste davon war verdeckt, bloß eine Ecke eines rotgedeckten Daches über einem leuchtenden weißen Fleck. Er wollte gerade Preston nach dem Haus fragen, doch Preston sprach vor ihm.

»Das hier ist das einzig Wahre«, sagte Preston. »Weißt du, Reviere wie das hier gab's früher überall an der Küste. Stellen, wo man mit seinen Freunden alleine war. Alle weg jetzt. Scheißimmobilienmakler. Idioten. Diese Wichser werden früher oder später in ihrem eigenen Müll ersaufen, wart's nur ab.« Er wirkte ein bißchen außer Atem vom Paddeln, als hätte er es lange nicht mehr gemacht. Er holte weit mit den Armen aus und rollte seinen dicken Nacken von einer Seite zur anderen, dann spähte er auf die See hinaus, wann sich der nächste Set draußen zu formieren begann. Ike dachte nicht mehr an die Küste und fing zu paddeln an. Es sah für ihn aus, als wären sie immer noch nah am Land, aber Preston rief ihn zurück: »Bleib einfach bei mir, Kumpel; mach's, wie ich dir sage.«

Ike machte es, wie Preston ihm sagte. Der Set lief jetzt an ihnen vorbei, und Preston begann angestrengt nach links zu paddeln, um näher an den Brechungspunkt heranzukommen. Ike paddelte hinter ihm her. Jede Welle, die sie erreichte, trug sie hoch in die Luft, und wenn sie weiterlief, sprühte feine weiße Gischt nach dem Brechen zurück, und Regenbogen tanzten in der Gischt. Mit einemmal wandte sich Preston zu ihm um und schrie: »Deine Welle, Kumpel. Paddel ran.«

Ike schwenkte sein Board herum und fing zu paddeln an, und fast im selben Moment, ohne daß er Zeit für einen zweiten Gedanken hatte, wurde er von der Welle erfaßt. Hinter sich konnte er Preston brüllen hören. Er hörte den Wind und ein komisches, zischendes Geräusch. Er packte die Kanten seines Boards und schwang sich hinauf, und dann war er oben, die Welle ein großer, sich bewegender Hügel unter ihm, und er war erstaunt über die Höhe, erstaunt, wie anders das hier war als die kleinen steilen Faces, die er in Huntington geritten hatte. Er fuhr jetzt hinunter ins Tal und wurde immer schneller. Sein Magen wurde hoch in seinen Brustkasten gedrückt. Das Face der Welle wurde steiler, eine grüne Wand, die nicht enden zu wollen schien. Das Board drückte sich gegen seine Fußsohlen. Von unten spürte er Druck, wie auf dem Boden eines beschleunigenden Aufzugs. Und dann war es vorbei. Er versuchte einen Turn am Fuß der Welle, doch es war nicht genug. Eine Kante seines Boards geriet unter Wasser, und das Board schien augenblicklich zum Stillstand zu kommen. Er flog wie katapultiert vom Board, rutschte kurz mit Gesicht und Bauch übers Wasser, bevor er unterging, und dann stürzte der gesamte Pazifische Ozean auf ihn nieder. Er hatte keine Ahnung, wo er sich im Verhältnis zur Wasseroberfläche befand. Sein Kopf füllte sich mit Salzwasser. Er spürte, wie die Fangleine, die seinen Knöchel mit dem Board verband, ihn unter Wasser zog. Er versuchte, sich zu entspannen, schlaff zu werden, doch die ganze Zeit hatte er vor Augen, wie Preston ihn finden würde, aufgequollen und entstellt, von Krabben angefressen, eingeklemmt zwischen den Felsen. Er fing an, sich mit beiden Händen an die Oberfläche zu kämpfen, und mit einemmal war er über Wasser; um ihn herum war die See eine wirbelnde Masse von Weißwasser, die Sonne tanzte auf dem Schaum, und er sog gierig die Lungen voll mit Luft, zwinkerte sich das Salz aus den Augen und staunte, wie wunderschön der Himmel war.

Er ließ sich eine Weile im seichten Wasser dicht hinter der Uferbrandung an sein Board geklammert treiben, hin und her gerissen zwischen der Angst vor versteckten Cowboys, die drauf warteten, ihn zu verprügeln, wenn er an Land ging, und der Furcht, zu ertrinken, falls er wieder hinauspaddelte. Er sah Preston weit draußen auf seinem Board sitzen, und er dachte sich, daß es vielleicht die Angst vor Preston war, die schließlich die Oberhand behielt. Er fürchtete sich davor, was Preston von ihm denken würde, wenn er aufgab. Er richtete sein Board zum Horizont hin aus und fing zu paddeln an.

Er sah zu, wie Preston eine Welle ritt, und obwohl seine Bewegungen manchmal ein bißchen ruckartig wirkten, machte er eine gute Figur, wie er hinunterraste und durch das Wasser schnitt, dann wieder mit hohem Tempo hinauffuhr, und er dachte, daß es eine Zeit gegeben haben mußte, als Preston sehr gut gewesen war, so gut vielleicht wie Hound Adams heute. Schließlich ließ sich Preston über den Wellenkamm hinausschnellen, so daß er bereits wieder draußen war, als Ike bei ihm ankam. Er nahm den Mund voller Wasser, als Ike zu ihm hinpaddelte, und spritzte es hoch in die Luft wie ein Wal-Baby, dann lachte er Ike an und schnitt eine Grimasse. »Du schaffst es, Kumpel«, sagte er. »Denk beim nächstenmal nur dran, den Turn zu machen. Beug dich oben weiter vor, und drück hinten den Fuß weiter durch.«

Sie surften, bis die Sonne im Zenit stand und Ikes Arme so müde waren, daß er sie kaum aus dem Wasser heben konnte. Aber er hatte angefangen, die Wellen richtig zu nehmen, auf sie loszupaddeln, hinabzuschießen und den Turn zu machen. Es war ihm ebenfalls klargeworden, daß seine Stürze ins Wasser ihn nicht umbringen würden, nicht heute und nicht in diesen Wellen.

Sie machten es, wie Preston vorgeschlagen hatte, sie surften bis zum Mittag und kehrten dann in ihr Camp zurück, wo sie Pfirsiche aus der Dose aßen und Wasser tranken und dann, die Hügel und den Ozean ausgebreitet unter sich, im Schatten der Bäume schliefen. Bei Sonnenuntergang surften sie noch einmal. Das Wasser glitt wie geschliffenes Glas unter ihren Boards hinweg. Einmal wandte Ike sich um und sah Preston vielleicht fünfzig Meter entfernt auf seinem Board sitzen. Die See war dunkel, und rings um ihn glitzerten Splitter von Sonnenlicht auf dem Wasser und verschwanden dann wie ein davonstiebender Fischschwarm. Am Horizont fing die Sonne zu schmelzen an, rot über einem purpurfarbenen Ozean. Es war Ebbe, und die Wellen wandten steife schwarze Faces dem Ufer zu, während Dunstschleier in zarten goldenen Bogen von ihren feingefächerten Kämmen aufstiegen. Die Bogen stiegen auf zum Himmel, stoben auseinander und fielen dann zurück ins Meer, wo sie wie flammende Scherben ihr Licht auf dem Wasser versprühten. All das, das Spiel des Lichts, das Auf und Ab der Brandung, hatte etwas Zyklisches an sich. Es war ein unglaublicher Augenblick, und er fühlte sich plötzlich vernetzt mit allem, als wäre er auf eine organische Art und Weise Teil davon. Das Gefühl schuf ihm ein Bewußtsein für neue Möglichkeiten, einen neuen Rhythmus. Er wollte laut lachen oder laut schreien. Er reckte die Hand in die Luft und winkte Preston über die dunkle weite Fläche zu. Es war ein verrücktes Winken – mit dem ganzen Arm, so daß seine Hand an seinem Arm hin und her schwang, voll von kindlicher Ausgelassenheit. Und während er hinüberblickte, hob Preston seinen Arm und winkte zurück.

12

Die Sonne ging hinter ihnen unter. Es war dunkel, als sie den Strand erreichten. Ike kniete sich in das seichte Wasser, um seine Leine abzumachen. Das Wasser fühlte sich jetzt warm an, während es sanft gegen seine Beine schlug. Als er aufblickte, sah er, daß Preston grinsend vor ihm stand. Ike wollte etwas sagen, darüber reden, was er empfand, und er hätte es vielleicht auch versucht, doch das Geräusch eines Wagens irgendwo auf dem Strand ließ ihn verstummen.

»Cowboys«, flüsterte Preston. Sie duckten sich, legten sich flach auf den Bauch in das dunkle Wasser. Zuerst hörten sie den Motor. Das Geräusch schien aus verschiedenen Richtungen gleichzeitig zu kommen, dann sahen sie die Scheinwerfer. Ein einzelner Pickup holperte oben, in der Nähe der Eisenbahngleise am Fuß der Klippen, den Strand entlang. Ike konnte Prestons Atem neben sich hören. Sie beobachteten den Transporter schweigend. Der Pickup fuhr vorbei, ohne anzuhalten oder umzudrehen. Als er weg war, huschten sie zurück in die Dunkelheit des Hügels und hinauf zu ihrem Lager.

Sie zündeten ein kleines Feuer an, machten sich Bohnen und Hotdog-Brötchen warm und redeten über Wellen. Preston erzählte von den großen Zeiten, von vollkommenen Tagen mit vollkommenen Wellen. Er sprach von Revieren wie Cotton's Point, Swamies, Luna-da Bay, dem Huntington-Pier. Er sprach von den fernen Orten, wo er nie gesurft hatte, der Punktbrandung von Queensland und Südafrika, den Riffs von Neuseeland. Er sagte Ike, daß es Leute gebe, die ihr Leben damit verbrachten, mit Herumreisen und mit Surfen; sie surften nur an Stellen wie der Ranch, Reviere, die voller Leute waren, ließen sie links liegen.

»Was ist mit den Profis?« fragte Ike, weil er in den Zeitschriften Wettkampflisten gesehen hatte.

»Yeah, die Profis reisen rum. Das ist eine Methode, aber das ist auch eine ganz andere Szene. Das, worin du wirklich gut bist, ist dein

Beruf. Man kann so ziemlich überall genug Geld zum Leben verdienen, hinfahren, wo's gut ist, rumreisen. Auf diese Weise wird man jedenfalls gut, indem man an vielen verschiedenen Stellen surft. Denk mal drüber nach.«

Ike dachte darüber nach, und es kam ihm plötzlich in den Sinn, daß Preston nicht versuchte, ihn zu etwas zu überreden, er versuchte, ihm etwas auszureden. Er versuchte, ihm auszureden, nach Ellen zu suchen. Das Gefühl überkam ihn plötzlich und war sehr stark, und er spürte, daß es Preston ebenfalls bewußt war, daß ihm klar war, was er sagte. Ike blieb still, und Schweigen machte sich zwischen ihnen breit.

Es war Preston, der es schließlich brach. »Wir können genausogut drüber reden«, sagte er und richtete sich auf. Er hatte auf den Arm gestützt dagelegen. Jetzt ging er in den Schneidersitz und blickte in die Flammen. Er tat es auf eine Weise, als erfordere es große Anstrengung. »Ich hab nachgedacht über das, was du mir erzählt hast«, sagte er langsam, den Blick immer noch ins Feuer gerichtet. »Und es gibt da ein paar Sachen, die mir nicht gefallen. Erstens, die Geschichte von diesem Jungen. Er sagt, deine Schwester wäre nach Mexiko gefahren, mit Hound Adams und Frank und Terry, und zwar letzten Sommer. Richtig?«

Ike nickte; der Rauch trieb ihm jetzt in die Augen und brachte sie zum Tränen nach einem Tag in Sonne und Salzwasser.

»Okay. Kann sein. Aber ich treib mich schon eine ziemliche Weile in Huntington rum, und für gewöhnlich macht Hound Adams so einen Trip im Winter, so um Weihnachten rum. Macht seinen Laden dicht und verzieht sich für ungefähr einen Monat. Warum sagt dieser Junge also, es wäre im Sommer gewesen? Es könnte natürlich ein anderer Trip gewesen sein, aber es könnte auch ganz was anderes gewesen sein. Denk mal über folgendes nach: Ich weiß zufällig, daß Hound Adams einen Haufen Dope dealt. Und er ist durchaus der Typ, der mal jemanden linkt, vor allem irgendeinen harmlosen Jungen. Nehmen wir also mal an, es wäre so gewesen. Was will der Junge dagegen machen? Er wird kaum hingehen und Hound Adams verprügeln. Höchstwahrscheinlich würde er gar nichts machen. Aber angenommen, er kannte dieses Mädchen, hatte sie von ihrem großen starken Bruder reden hören, und was, wenn dieses Mädchen abhaut und dieser Junge denkt, er weiß einen Weg, um Hound Adams Ärger zu machen. Verstehst du, worauf ich hinauswill?«

Ike dachte darüber nach. Er dachte über die Möglichkeit nach, daß der Junge sich alles ausgedacht hatte. Prestons Theorie schien ihm auf ziemlich wackligen Beinen zu stehen. »Ich weiß nicht«, sagte er. »Ich meine, würde dieser Junge nicht denken, daß ...«

»Einen Moment mal, Mann, einen Moment«, sagte Preston; er wurde ungeduldig und redete jetzt schneller, als würde er gleich wieder sauer werden. »Du verstehst nicht, was ich meine. Ich sage nicht, daß es so gewesen ist. Woher zum Teufel soll ich wissen, wie's gewesen ist? Was ich sagen will, ist, daß die Geschichte von diesem Jungen ziemlich weit hergeholt klingt. Ich sage, er irrt sich in der Zeit. Was ich sagen will, ist, daß du nicht jeden Scheiß glauben sollst, den dir jemand erzählt. Die Leute versuchen, dir alles mögliche einzureden, klar? Vor allem in dieser Stadt.« Er zeigte mit dem Daumen zu den Bäumen, nach Süden, in Richtung von Huntington Beach. »Jeder hat irgendeine Masche. Wenn du nichts weiter hast als die Geschichte von diesem Jungen, dann ist das nicht gerade viel.«

»Aber wenn es doch noch einen Trip gegeben hat? Was, wenn der Junge die Wahrheit gesagt hat?«

»Na schön, nehmen wir an, es wär so. Das bringt mich auf eine zweite Sache, die mir nicht gefällt. Du hast mir damals in deinem Zimmer gesagt, du wolltest nichts weiter tun als herumhängen, sehen, ob du Hound Adams ausfindig machen kannst, und dann sehen, ob du nah genug an ihn rankommst, um was rauszufinden. Nun, nichts für ungut, Kumpel, aber die ganze Idee ist beschissen. So wie ich die Sache sehe, hast du zwei Möglichkeiten. Entweder deine

Schwester ist einfach weitergezogen, was sehr gut möglich ist, oder ihr ist irgendwas Schlimmes zugestoßen. Aber nehmen wir mal das Schlimmste an. Nehmen wir an, sie ist tot, und du findest es raus. Was willst du dann machen? Du mußt schon handfeste Beweise haben, um die Bullen einzuschalten, und die werden nicht so leicht zu kriegen sein. Ich meine, ich will dir keine Angst einjagen, aber wenn sie wirklich mit diesen Typen nach Mexiko gefahren ist ...« Er hielt einen Augenblick inne und rieb sich mit dem Daumen das Gesicht. »Sie könnte irgendwo mitten in der Wüste begraben sein, Mann. Niemand wird es je erfahren. Du siehst also, worauf ich hinauswill. Du kannst in Huntington Beach bleiben, und vielleicht wirst du sogar was hören, aber solange du sie nicht tatsächlich gefunden hast, wirst du es nicht wissen. Du könntest allen möglichen Scheiß hören, aber es wären nur Geschichten, Gerüchte, nichts, womit du zu den Bullen gehen könntest. Ich weiß zufällig auch, daß Hound Adams ein paar wichtige Freunde hat, Leute mit Kohle, genug Kohle, um Leute zum Schweigen zu bringen.« Preston hielt wieder inne und setzte sich zurecht. Ike sah, daß sein Gesicht mit Erde beschmiert war, wo er es sich gerieben hatte. »Die Sache ist die«, sagte er. »Wenn das Schlimmste eingetroffen ist, dann wirst du es wahrscheinlich nie erfahren, und selbst wenn du es erfahren würdest, könntest du nicht viel machen. Oh, du könntest ihn dir selber vornehmen. Ich meine, du könntest dich nachts auf einem Dach verstecken und Hound Adams einen Ziegelstein auf den Kopf werfen. Das Beste, was wahrscheinlich für dich dabei rauskäme, wär einige Zeit in der Kiste.« Preston machte eine Pause und sah Ike durch das Feuer hindurch an. »Ich bin in der Kiste gewesen«, sagte er. »Es würde dir nicht gefallen.«

Ike sagte nicht gleich etwas dazu. Preston nahm einen Stock vom Boden und fing an, damit im Feuer zu stochern. »Da ist noch was«, sagte er. »Eins noch, für den Fall, daß du nicht selbst schon dran gedacht hast – danach bin ich still. Du sagst, deine Schwester wäre weggerannt.

Wenn sie also weggerannt ist, woher weißt du dann, daß sie überhaupt will, daß du nach ihr suchst? Dein Plan ist eine Niete, Mann, wie du's auch drehst und wendest. Entweder deine Schwester treibt sich irgendwo rum, alleine, und will dich nicht dabeihaben, oder sie ist tot und es gibt verdammt wenig, was du dagegen tun kannst. Ich weiß, daß es eine Scheißsituation für dich ist, aber so seh ich's nun mal. Und so oder so, wenn deine Schwester nicht in Huntington Beach ist, was zum Teufel dann? Ich meine, H. B. ist eine verdammte Kloake, Mann. Treib dich lange genug drin rum, und du könntest leicht drin ersaufen.

Verstehst du also, was ich dir sagen will? Ich will dir hier keine Predigt halten, ich versuche nur, dir ein paar Tatsachen vor Augen zu führen.« Preston war es mittlerweile gelungen, das Ende des Stockes in Brand zu setzen, und er hatte angefangen, damit zu spielen, auszuprobieren, wie dicht er seine Hand an die Flamme halten konnte. »Hör zu«, sagte er, nachdem er einige Momente lang seine Handfläche angesengt hatte, »das Cleverste, was du tun kannst, wäre, einfach abzuhauen. Jedenfalls brauchst du dir keine Gedanken zu machen wegen diesem Job mit Morris. Shit, ich hätte ihn erst gar nicht dazu überreden sollen. Ich glaube, ich war halb zugesoffen an dem Tag.« Er hielt inne und deutete mit einem Arm ein Achselzucken an. »Ich bleibe jedenfalls da. Du könntest in Verbindung mit mir bleiben; wenn sich irgendwas ergibt, kann ich dir Bescheid geben. Wie, sagst du, war noch ihr Name?«

»Ellen.«

»Ellen.« Preston wiederholte den Namen, dann warf er den Stock zu rück ins Feuer.

Ike legte sich zurück auf den Boden und schloß die Augen; er spürte, wie der Name seiner Schwester zwischen ihnen schwebte, in der Nachtluft, über den orangeroten Flammen. Was war unter der Oberfläche von Prestons Worten verborgen? Preston hatte selbst gesagt, daß jeder irgendeine Masche hatte. Was war also seine? Warum hatte er überhaupt angefangen, sich für Ike zu interessieren? Ihn hierher mitgenommen? War es so einfach, wie er gesagt hatte, daß Ike ihm einen Gefallen getan hatte und er ihn erwidern wollte, daß er nur versuchte, Ike dazu zu bringen, daß er Huntington Beach verließ und eine aussichtslose Sache aufgab? Er hätte es gerne geglaubt. Aber so einfach war es nicht für ihn – selbst wenn alles, was Preston gesagt hatte, richtig war, war es doch nicht so einfach. Er war Ellen etwas schuldig. Lange Zeit war sie alles gewesen, was er hatte. Und schließlich, als sie ihn gebraucht hatte, war er nicht wirklich für sie dagewesen – nicht auf die richtige Weise. Als sie ihn in jener Nacht in der Salzsteppe gebraucht hatte, hatte er es zugelassen, daß sein eigenes Verhalten zwischen sie trat, und danach war es nie mehr wie vorher gewesen. Wenn er sich damals anders verhalten hätte, hätten sich die Dinge vielleicht nicht so entwickelt, wie sie es dann taten. Und vielleicht war das der eigentliche Grund, warum er hergekommen war – nicht was die alte Dame gedacht hatte, und nicht einmal, weil sie seine Schwester war, sondern weil er sie im Stich gelassen hatte und ihr etwas schuldig war. Er konnte nicht so ohne weiteres verduften. Und doch wußte er im Moment nicht, was er Preston sonst sagen sollte. Seine Schuldgefühle, das spürte er, waren Privatangelegenheit.

Er lag eine Weile da, ohne zu reden oder sich näher auf Prestons Angebot einzulassen. Er dachte wieder daran, was er in der Gasse gesehen hatte – wie Preston mit dem blonden Surfer geredet hatte. Aber irgendwie schien es ihm sinnlos, das jetzt zur Sprache zu bringen. Preston hatte seinen Standpunkt klargemacht. Sie war weitergezogen, oder sie war tot. In beiden Fällen gab es nicht viel, was er tun konnte. All das war ihm natürlich selbst schon durch den Kopf gegangen. Aber jetzt wirkte es besonders deprimierend, vielleicht weil er es von jemand anderem, zum erstenmal laut ausgesprochen, hörte. Er schloß die Augen und versuchte angestrengt, sich an dieses Gefühl, das er aus dem Ozean mit an Land genommen hatte, zu erinnern, an die Wellen, das Heranrollen der glatten Faces im letzten Licht, das Gefühl von Kameradschaft, das der gemeinsam verbrachte Tag zwischen ihnen geschaffen hatte. Er drehte den Kopf und sah Preston immer noch vor den Resten des Feuers sitzen. Der rötliche Schein der Glut kroch seine tätowierten Arme hinauf bis in sein Gesicht, das über das verkohlte Holz gebeugt war. Er war nicht wie die anderen Rockertypen, denen Ike in Jerrys Motorradwerkstatt begegnet war. Er konnte laut und gewalttätig sein, wie Ike an jenem ersten Tag auf dem Parkplatz erlebt hatte, doch darunter gab es noch etwas anderes, etwas, das wie seine Augen irgendwie nicht zu der übrigen Aufmachung paßte, und plötzlich wollte Ike etwas von ihm wissen. »Warum hast du aufgehört?« fragte er. »Warum fährst du nicht an diese Surf-Reviere, von denen du mir erzählt hast? Du könntest es doch noch.«

Preston schien einen Moment darüber nachzudenken. »Ich nehme an, es hat was damit zu tun, daß man die Sachen auf eine bestimmte Art und Weise haben will«, sagte er. »Und wenn sie nicht so sein können, dann will man sie gar nicht mehr.«

Ike dachte darüber nach. Er hätte gerne gefragt, wodurch sie anders geworden waren, aber er ließ es bleiben. Er nahm an, daß man nach dergleichen nicht fragen sollte, daß es etwas Privates war wie seine Schuldgefühle.

»Es ist einfach anders jetzt«, fuhr Preston fort. »Ich hab zu viele gute Erinnerungen, zu viele gute Wellen.« Er stocherte mit einem neuen Stock in der Asche. Ike betrachtete ihn, wie er in sich gekauert in die Asche starrte, und irgendwie hatte er nicht das Gefühl, daß Preston an gute Zeiten zurückdachte. Er sah für Ike eher wie jemand aus, der etwas verloren hatte und keine Möglichkeit sah, es zurückzubekommen. Vielleicht war er einfach bloß müde, aber Ike glaubte nicht, daß das alles war. Und dann wurde ihm klar, was an diesem Gesicht, an diesen Augen nicht stimmte, wie es ihm an jenem ersten Tag aufgefallen war – es lag eine Art Verzweiflung darin, beinahe, als hätte Preston vor irgend etwas Angst. Und vielleicht war es das, was nicht paßte. Angst paßte genausowenig zu diesem Körper wie die Augen. Aber sie war da. Oder vielleicht war sie nur in Ikes Kopf vorhanden, ein Produkt seiner überreizten Fantasie, aber er glaubte es eigentlich nicht, und mit einemmal fragte er sich, was Preston denken würde, wenn er versuchte, ihm von diesem Gefühl zu erzählen, von dieser bestimmten Zeit kurz vor Tagesanbruch, wenn die Stille zu groß wird und es ist, als müßte das Land selbst gleich aufschreien. Und obwohl er ihm nicht davon erzählte, weil es ihm etwas zu sein schien, das nicht in Worte zu fassen war, glaubte er doch nicht, daß Preston darüber lachen würde, wie Ellen es getan hatte. Er hatte das verrückte Gefühl, daß Preston es verstehen würde. Er legte sich wieder hin und blickte zum Himmel empor, der von den dunklen Zweigen über seinem Gesicht durchschnitten war. Er schloß die Augen und sah endlose Reihen von Wellen von einem fernen Horizont her auf sich zukommen, und er wartete darauf, daß sie ihn in den Schlaf wiegten.

Irgendwann in der Nacht fuhr er jäh auf. Er konnte nicht sagen, was ihn geweckt hatte oder wie lange er geschlafen hatte. Das Feuer war ausgegangen; die Asche sah kalt und tot im Mondlicht aus. Ike setzte sich in seinem Schlafsack auf und blickte um sich. Prestons Schlafsack lag vielleicht zehn Meter entfernt ausgerollt auf dem Boden, aber Preston war nicht da. Ike starrte angestrengt in die Dunkelheit, die das Camp umgab. Er horchte, aber es waren nur die Geräusche des Waldes und sein eigener Herzschlag zu hören. Einen Moment lang spürte er, wie etwas wie Panik sich in seiner Brust breitmachte. Er legte sich wieder hin und zwang sich, gleichmäßig zu atmen. Er war sicher, daß Preston zurückkommen würde. Vielleicht war er nur mal pissen gegangen. Er zwang sich, die Augen zu schließen, und schlief schließlich wieder ein. Als er wieder aufwachte, war der Himmel grau, und Preston lag schlafend neben dem Kreis aus Asche.

Der zweite Tag verlief ziemlich genauso wie der erste; sie surften bis zum späten Vormittag, schliefen und aßen am Nachmittag und surften noch einmal bei Sonnenuntergang. Sie sahen wieder Cowboys, diesmal vom Wasser aus, ein roter Pickup am Rand der Klippen. Sie paddelten um die Landspitze herum, außer Sicht, und warteten, bis der Transporter weg war.

Am zweiten Nachmittag erforschte Ike, während Preston schlief, einen Pfad, den sie auf ihrem Weg runter zum Strand gekreuzt hatten. Er kam zu einer Stelle, wo sich der Pfad gabelte; die eine Abzweigung führte hinunter, die andere hinauf, Ikes Schätzung nach zum Rand der Klippe, die die Landspitze überragte. Er glaubte nicht, daß Preston damit einverstanden gewesen wäre, daß er sich umsah, aber er hatte nicht vor, lange wegzubleiben, und der Pfad lag weit entfernt von der Stelle, wo sie den Transporter gesehen hatten.

Es war ein warmer Nachmittag. Insekten sangen im Gebüsch. Eine leichte Brise flüsterte im hohen Gras, und auch die Hügel schienen sich im Wind zu bewegen, sich leicht zu kräuseln, als wären sie lebendig. Wilder Senf schlug gelbe Schlitze in weite grüne Flächen. Er ging den schmalen Pfad entlang. Der Boden war heiß unter seinen bloßen Füßen, wo er glatt und der Sonne ausgesetzt war, kühl und feucht, wo er unter den knorrigen Ästen der wuchtigen dunklen Bäume hindurchführte, die in Gruppen überall auf den Hügeln wuchsen.

Der Pfad führte nicht sehr weit, und bald fand er sich, als er aus einer dichten Baumgruppe hervortrat, auf einer großen Lichtung am Rand einer Klippe wieder. Er betrat die Lichtung, doch dann zog er sich wieder zwischen die Bäume zurück. Irgend etwas war ungewöhnlich an dieser Lichtung, und er hatte plötzlich das Gefühl, als wäre er in die Privatsphäre von jemandem eingedrungen. Er stand im Schatten der Bäume und blickte auf den kreisförmigen Flecken glatter, fester Erde. In der Mitte der Lichtung befand sich ein Ring aus Steinen. Die glatte Erde und die leichte Steigung des Bodens ließen es aussehen, als stiege die Erde hier in einer großen Halbkugel vor dem Himmel empor. Der Steinring war schwarz von Ruß und Asche. Eine Reihe seltsamer Symbole waren in den Stein gekratzt, und das alles erinnerte ihn an die Lagerfeuerringe unterhalb der Klippen, an die Graffiti der Gangs aus dem Hinterland. Die Ringe dort jedoch waren aus Beton. Dieser Ring hier war aus einzelnen Steinen zusammengesetzt, und als er genauer hinschaute, sah er, daß die Steine mit Mörtel zusammengefügt waren, der an manchen Stellen noch rauh, beinahe frisch aussah, als wäre der Ring erst vor kurzem gebaut worden. Als er die weitere Umgebung des Kreises in Augenschein nahm, sah er, daß am hintersten Rand, ganz dicht an der Klippe und dem Ozean, anscheinend vor kurzem die Erde ausgehoben worden war – zu einer Art Graben, mit dunklen Erdhaufen an der Seite.

Er betrat wieder die Lichtung, um diesen Graben näher zu untersuchen. Dabei blickte er zufällig über die Schulter und stellte fest, daß er jetzt das Haus sehen konnte, das er am ersten Vormittag vom Wasser aus kurz erblickt hatte. Es war besser von hier aus zu sehen, und er stand, den Blick auf das Haus gerichtet, da und lauschte auf das Schwirren der Hitze im Gebüsch, auf das Rollen der Brandung, das von den Stränden unter ihm herauftrieb. Das Haus war immer noch sehr weit weg, doch er konnte Fenster und etwas, das wie ein Balkon aussah, erkennen. Und während er hinsah, fiel ihm ein winziger Fleck auf, der sich auf dem Balkon bewegte. Eine weißgekleidete Gestalt? Ja, er war sich ganz sicher. Irgend jemand war dort. Er duckte sich rasch zurück auf den Pfad und hoffte, daß er für die Person dort oben nicht ebenfalls zu sehen gewesen war. Er wartete einige Augenblicke, lauschte der Brandung. Viel war von dem Pfad aus nicht zu sehen, aber er wollte es jetzt nicht riskieren, noch einmal auf die Lichtung zu treten. Schließlich drehte er sich um und machte sich auf den Weg hinunter, zurück zu ihrem Camp.

Preston war wach, als er zurückkehrte, und Ike erzählte ihm von der Lichtung. Er erzählte ihm von dem Haus und der winzigen Gestalt in Weiß. Preston hörte zu, einen finsteren Ausdruck auf dem Gesicht, den Blick auf den Boden gerichtet, während er mit einem spitzen Stock Kreise in die Erde kratzte. »Es ist lange her, daß ich das letztemal hier gewesen bin«, sagte Preston. »Die Dinge haben sich geändert. Vielleicht treiben sich jetzt mehr Leute hier rum.«

Ike fragte sich, ob es klug war, noch länger zu bleiben. An beiden Tagen hatten sie jetzt Rancharbeiter gesehen. Irgend jemand hielt sich in dem Haus auf.

»Der Swell ist noch gut«, sagte Preston. »Einen Tag noch. Wir bleiben noch einen Tag.«

13

Am Ende des dritten Tages hatte Ike das Gefühl, als wären sie seit Ewigkeiten da. Seine Haut war dunkelbraun, und seine Haare waren vom Salz verklebt und an den Enden fast blond von der Sonne. Sein Rücken und seine Schultern taten weh vom langen Paddeln, aber dieses Gefühl der Vernetzung mit allem hatte angehalten. Er fühlte sich auf eine neue Weise lebendig und selbstbewußter als je zuvor in seinem Leben. Gelegentlich hatte er immer noch Zweifel, warum sie hergekommen waren. Vielleicht war es so einfach, wie Preston gesagt hatte: Sie waren wegen der Wellen gekommen.

Der dritte Tag verging ohne Zwischenfälle. Es war abgemacht, daß sie noch eine Nacht bleiben und am Morgen losfahren würden. Ike schlief nach dem Essen rasch ein; das letzte, was er von Preston sah, war, wie er, einen Joint an den Lippen und das dunkle Haar lose auf die Schultern fallend, vor dem Feuer saß, so daß er Ike an bestimmte aufgespritzte Bilder erinnerte, die er auf den Benzintanks von Motorrädern und den Titelblättern von Zeitschriften gesehen hatte: der finstere Gesichtsausdruck unter den langen Haaren, die massigen tätowierten Schultern und Arme im orangeroten Licht des Feuers. Er sah aus wie eine Gestalt aus ferner Vergangenheit, ein Drachentöter.

Und wieder, wie in der ersten Nacht, erwachte Ike in tiefer Dunkelheit und sah, daß er allein und das Feuer ausgegangen war, während Prestons Schlafsack ausgerollt, aber leer dalag. Diesmal jedoch hatte Ike das Gefühl, daß ihn irgend etwas geweckt hatte, daß er ein Geräusch gehört hatte. Er lauschte angestrengt in die Stille, das leise Summen der Insekten, das ferne Tosen der Brandung. Dann hörte er es wieder: das Bellen eines Hundes. Er kroch aus seinem Schlafsack und stand in der Mitte der kleinen Lichtung. Er war unschlüssig, was er tun sollte. Er zog sich Turnschuhe an und trat an den Rand ihres Camps, starrte den Pfad hinunter, der zum Strand führte und sich zur Lichtung hin gabelte. Konnte Preston losgegangen sein, um sich die Lichtung selbst anzusehen? Wäre es dumm von ihm, das Camp zu verlassen? Ein zur Hälfte zerschmolzener Mond stand hoch über den Bäumen. Wieder hörte er den Hund. Er würde nicht lange bis zur Lichtung brauchen. Er hatte sich gerade den Pfad hinunter auf den Weg gemacht, als plötzlich ein neues Geräusch zu hören war: eine Stimme. Die Stimme eines Mannes gellte durch die Nacht. Er fing zu rennen an.

Irgendwie schien der Pfad in der Nacht länger zu sein. Oft blockten Äste das wenige Licht ab, und an einer Stelle rannte er gegen einen niedrigen Ast, der über den Pfad ragte. Er wandte im letzten Augenblick das Gesicht ab und bekam den Schlag gegen den Kiefer, und die Haut seiner Wange prallte gegen seine Zähne. Blutgeschmack sickerte in seinen Mund. Er blieb stehen, um sich auszuruhen, die Hände auf den Knien, ein lautes Dröhnen im Kopf. Wieder war die Stimme zu hören. War es dieselbe Stimme? Oder kam diese jetzt von hinten und schnitt ihm den Weg ab? Er war nicht sicher. Sein Kopf tat weh. Wieder hörte er den Hund, eine Stimme, dann eine zweite, und plötzlich war die Nacht voller Geräusche, voller Gewalt. Ein Licht zuckte irgendwo zwischen den Bäumen an der Landseite des Pfades auf, ein einzelner Lichtstrahl, der auf und nieder sprang, auftauchte und wieder verschwand, jemand, der rannte. Ike nahm den Kopf runter und rannte wieder los, aus Panik jetzt, auf die Lichtung zu, weil er sich nicht zurück ins Camp traute, sein Atem brannte wie Feuer in seiner Kehle. Er rannte einen steilen Abschnitt des Pfades, an den er sich nicht erinnerte, hinauf, und plötzlich war er wieder am Rand der Klippe, auf der Lichtung, und Preston war dort, aber nicht allein.

Preston stand Ike fast gegenüber, den Rand der Klippe im Rücken. Und zwischen Ike und Preston war ein anderer Mann, ein großer Typ mit breitem Rücken und einem riesigen Kopf voller schwarzer Haare, und einen verrückten Moment lang stand Ike wie angewurzelt da, wie ein Kaninchen im Scheinwerferstrahl, die Augen wie ein Idiot weit aufgerissen, während er sich zu erinnern versuchte, wo er diesen Rücken, diese Haare schon mal gesehen hatte, bis ihm dann schlagartig bewußt wurde, daß es derselbe Rücken war, dem er erst vor drei Tagen durch die Straßen von Huntington Beach gefolgt war. Und während er noch dastand, sich erinnerte und die Schlußfolgerung zog, trafen Terry Jacobs und Preston in der Nähe des Steinrings aufeinander. Es war ein dumpfer Schlag zu hören, dann Fluchen und Ächzen, während die beiden Männer auf die Seite fielen. Und dann waren sie auf den Beinen, Jacobs vornübergebeugt, während Preston ihn in einer Art Kopfzange hielt, den einen Arm unter Terrys Kinn geklemmt, um ihm die Luft abzuschneiden, den anderen in seinem Nacken, während Terry mit gewaltiger Anstrengung versuchte, den Griff zu sprengen. Bei einem dieser Versuche hob er Preston vollständig vom Boden hoch und drängte ihn gegen den Steinring. Prestons Rücken prallte mit solcher Wucht gegen den Stein, daß Ike zusammenzuckte. Aber Preston ließ nicht los, und Ike sah jetzt, wie er zerrte, den Rucken durchdrückte, seinen Unterarm näher an Jacobs' Kehle schob. Er hörte Jacobs keuchend und spuckend nach Luft ringen, und dann hörte er noch etwas anderes: Stimmen auf dem Pfad, der jetzt unter ihm lag, und obwohl es so aussah, als könne Preston gewinnen, ging es doch zu langsam. Es würde nicht genug Zeit bleiben.

Soweit Ike wußte, hatte keiner der Männer auf der Lichtung ihn bemerkt. Er rannte nun näher heran, zu dem Ring, um Preston zu warnen, denn er traute sich nicht, zu schreien. Er sah, wie Preston ihn über Terrys großen breiten Rücken hinweg ansah. Sein Gesicht war verzerrt, und die eine Seite war blutverschmiert, ein Auge stark geschwollen. »Los, mach was, verdammt noch mal«, zischte Preston ihn zwischen zusammengebissenen Zähnen an. »Ein Stein, irgendwas.« Die Stimmen kamen näher. Ike blickte wie wild um sich, und dabei sah er den Hund. Er lag am Rand der Klippe auf der Seite, und er war tot. Das Maul stand offen, und die dunkle Zunge quoll über Zähnen, die weiß im Mondlicht schimmerten, heraus. Unter seinem Kopf war eine dunkle Blutlache. Eine zerbrochene Schaufel lag in der Nähe auf dem Boden. Ike schaute auf den Hund, dann auf die Schaufel. Aus irgendeinem lächerlichen Grund hatte er Angst, dem Hund nahe zu kommen. Ein totes Auge blickte ihn im Mondlicht an. Er hörte, wie Preston ihn verfluchte. Er hörte die Stimmen. Er hörte das Rollen der Brandung aus der Dunkelheit hinter den Klippen empordringen. Er sah, daß in der Nähe des Rings Steine lagen – schwarze, verrußte Steine, so groß wie Tennisbälle und größer. Er hob einen auf. Er war schwer in seinen Händen. Es war das erstemal in seinem Leben, daß er versuchte, jemandem weh zu tun. Wo schlug man ihn hin? Er hob den Stein mit beiden Händen über den Kopf und warf ihn Terry gegen die Hüfte. Er schlug mit einem weichen, dumpfen Geräusch auf und fiel dann zu Boden. Terry Jacobs stöhnte auf und sackte auf ein Knie hinunter. Mit einemmal ließ Preston ihn los und machte einen Schritt zur Seite. Er schlug mit beiden Fäusten schnell zu; ein Schlag landete weit oben an Jacobs' Kopf, der zweite hinter seinem Ohr. Die Schläge machten ein hartes, krachendes Geräusch. Terry knickte nach vorne ein, fing sich am Rand des Rings, machte aber keinen Versuch, sich aufzurichten. Er lehnte schwer atmend gegen den Ring, und dann war Preston über die Lichtung gestürzt, hatte Ike am Arm gepackt und trieb ihn in das hohe Gras, hinunter durch einen steilen Hohlweg, und sie sprangen und rutschten hinunter, zerkratzten sich die Arme und Hände an scharfen Felsen und an Ästen. Schließlich lagen sie flach auf dem Boden, nebeneinander, den Geruch nach Erde und Gras im Gesicht, und sie konnten die Stimmen über ihnen hören, sahen, wie ein weißer Lichtstrahl durch die Nacht schnitt und die Äste über ihren Köpfen streifte.

Sie fingen an, sich vorsichtig hinunterzutasten, sich an alles klammernd, was ihnen in den Weg kam, um nicht zu schnell hinunterzurutschen und zu viel Lärm zu machen. Schließlich waren sie auf einem schmalen steinigen Pfad, und Ike hörte Prestons Stimme in seinem Ohr. »Okay«, sagte Preston schwer atmend, »es ist jetzt genauso wie draußen im Wasser. Du hältst dich dicht hinter mir. Du tust, was ich dir sage. Die Sachen im Camp müssen wir vergessen, okay?« Prestons Gesicht war dicht vor ihm, und die hellen Augen bohrten sich in seine Pupillen. »Glaubst du, du kannst allein zum Wagen zurückfinden?«

Er setzte an zu sagen, daß er es nicht wüßte, aber Preston brachte ihn mit einer Handbewegung zum Schweigen. »Vergiß es«, sagte er, und seine Stimme war ein leises Zischen in der Dunkelheit. »Bleib einfach hinter mir, und zwar dicht hinter mir.«

Ike konnte nicht sagen, wie lange sie zurück zu ihrem Wagen brauchten. Sie schienen gut voranzukommen, und die Stimmen blieben immer weiter zurück, bis sie sich schließlich ganz verloren. Der Motor sprang mit, wie es schien, ohrenbetäubendem Lärm an, aber schließlich holperten sie den gewundenen Trampelpfad entlang, ohne Licht, so daß sie in Schlaglöcher prallten, während Preston fluchend das Lenkrad bearbeitete, es mit seinen dicken Armen erst hierhin, dann dorthin drehte und gleichzeitig versuchte, mit seinem einen unversehrten Auge den Weg vor ihnen zu sehen, immer den Rückspiegel im Auge behaltend. »Verdammt«, hörte Ike ihn sagen. »Ich glaube, da hinten waren gerade Scheinwerfer. Ich glaube, sie sind hinter uns.« Er langte hinunter und kippte den Schalter hoch. Die Scheinwerfer leuchteten auf der Straße auf, und Preston gab Gas, daß sie sprangen und schleuderten. Ike knallte mit dem Knie vor das Armaturenbrett und schlug mit dem Kopf ein Loch in die Überreste der Dachverkleidung. Er kurbelte sein Fenster runter und klammerte sich an der Tür fest. Schließlich kamen sie auf ein gerades Stück Straße, und Ike hörte Preston tief Luft holen. Ike spähte durch die Windschutzscheibe, über die holpernde Kühlerhaube, und er konnte das Tor sehen. Es war weit offen, nach einer Seite geschwenkt, und die Straße war frei. Sie rasten hindurch. Fünf Minuten später waren sie wieder auf einer asphaltierten Straße; es war niemand hinter ihnen, und Preston verfluchte sich jetzt selbst. »So scheißblöde«, sagte er. »Scheißblöde. Ich bin Jacobs und diesem Scheißhund praktisch in die Arme gelaufen. So verdammt saublöde.« Als die Dämmerung anbrach, waren sie auf dem Highway und unterwegs nach Hause.

14

Die Fahrt nach Hause war fast schweigend verlaufen, und Ike blickte von neuem auf die triste Landschaft rund um Huntington Beach, die jetzt, nach ein paar Tagen auf der Ranch, noch eintöniger und farbloser wirkte, als er sie in Erinnerung hatte. Der Pazifik unterhalb des Highways sah im Gleißen der Mittagssonne aus wie ein Meer von Blei. Die Brandung war aufgedunsen, dicht und grau, mit Schaumkronen, die zornig und weiß in dem grellen Licht spritzten.

Den ganzen Rückweg über hatte er an die Schlägerei gedacht und versucht, sich einen Reim darauf zu machen. Trotzdem brauchte er bis zum Stadtrand von Huntington Beach, bis er genug Mut beisammen hatte, um etwas zu Preston darüber zu sagen. Verständlicherweise war Preston auf dem Rückweg mieser Laune gewesen. Ikes Gesicht tat immer noch weh von seinem Zusammenprall mit dem Ast, und er war sicher, daß Prestons Gesicht wesentlich schlimmer schmerzte als sein eigenes. Er hatte einmal angeboten, zu fahren, aber Preston hatte nur den Kopf geschüttelt. Und jetzt, als Ike ihn nach Terry Jacobs fragte, danach, was er auf der Ranch gemacht hätte, war alles, was Preston dazu zu sagen hatte, daß er es nicht wüßte und daß Ike sich nicht seinen Scheißkopf drüber zerbrechen sollte.

»Denk lieber drüber nach, schleunigst hier zu verschwinden«, sagte Preston. Sie kurvten durch den Mittagsverkehr, zu schnell, Preston mit einer Hand am Steuer, während er die andere aus dem Fenster streckte, um irgendeinem Typen mit dem Wagen voller Kinder, der vor ihnen eingeschert war, den Finger zu zeigen. »Ich weiß nicht, ob Jacobs dich da oben gesehen hat oder nicht. Aber ich kann dir sagen, er ist nicht der Typ, der so was einfach durchgehn läßt. Es wird noch eine Menge Scheiße ablaufen, verlaß dich drauf. Wenn Jacobs dich auf der Straße sieht, reißt er dir den Arsch auf, Kumpel, und womöglich bin ich dann nicht gerade in der Nähe, um ihn dran zu hindern.«

Ike dachte an die Schlägerei zurück. Er versuchte, sich zu erinnern, ob Jacobs ihn gesehen hatte oder nicht. Er war sich ziemlich sicher, daß es nicht so war. Es war dunkel gewesen, und Terrys Kopf hatte nach unten gezeigt. Er sagte es Preston.

»Glaub, was du willst«, sagte Preston, »es ist deine Beerdigung.«

Preston hatte das Sea-View ein Dreckloch genannt, aber das Haus, in dem er wohnte, wirkte auf Ike nicht viel besser. Er bekam es zum erstenmal zu Gesicht, als Preston vor einem kleinen Zweifamilienhaus vorfuhr. Zwei kümmerliche Palmen und ein zertretener Rasen befanden sich davor. Die beiden Wohnungen waren mit denselben Stuckarbeiten versehen – von einem sonnenverblichenen Türkis, das einen schrillen Gegensatz zu dem Orange irgendeines großen Fabrikgebäudes bildete, das hinter ihnen auf der anderen Seite einer schmalen Gasse aufragte.

Ike beschloß, noch einen Versuch zu wagen. »Sag mir bloß eins«, sagte er. »Auf der Ranch, wonach hast du da gesucht?«

Sie standen jetzt mit dem Wagen vor dem Zweifamilienhaus. Preston hatte beide Handgelenke auf das Lenkrad gelegt. Er wandte sich zu Ike um, und erst jetzt sah Ike die linke Seite von Prestons Kopf richtig. Der Anblick ließ ihn zusammenzucken. Preston sah todmüde aus, und irgendwie tat es Ike leid, daß er gefragt hatte.

»Du bist ein hartnäckiges kleines Arschloch, was? Ich hab dich zur Ranch mitgenommen, weil ich dir was klarmachen wollte. Das ist alles«, sagte er. Er schlug mit der Hand durch die Luft. »Alles andere ist meine Sache. Aber ich sag dir folgendes: Ich weiß nicht, was Terry Jacobs da oben gemacht hat. Aber es ist nicht so ungewöhnlich, Leute von hier dort oben zu sehen. Ich meine, hin und wieder schleichen sich Leute ein zum Surfen. Das machen sie schon seit langem. Aber ich weiß nicht, was dieses große Arschloch dort gemacht hat. Ich bin aufgestanden, weil ich pissen mußte, und hab beschlossen, mir diese Lichtung anzusehen, von der du mir erzählt hast. Ich bin ihm auf dem Weg direkt in die Arme gelaufen. Ihm und diesem Scheißhund.« Preston hielt jetzt seinen Arm hoch, vom Lenkrad weg, so daß Ike ihn sehen konnte, und Ike sah, daß er in den Arm gebissen worden war. Der Biß sah bereits übel aus, geschwollen und verfärbt.

»Shit. Du solltest damit zum Arzt gehen.«

Preston nahm den Arm runter und machte die Tür auf. »Hör zu«, sagte er. »Du hast ein Problem, das kann ich verstehen. Aber ich hab dir gesagt, was ich tun würde. Damit hat sich's, Mann. Verstanden?«

Ike wartete einen Augenblick, bevor er etwas erwiderte. Er fühlte sich selbst todmüde, und der Schmerz in seinem Kiefer tat ein übriges. »Sie ist meine Schwester«, sagte er schließlich.

Preston blickte bloß weg. »Yeah«, hörte Ike ihn sagen. »Sie ist deine Scheißschwester.«

Ike nahm an, daß er zurück zum Sea-View laufen sollte, weil Preston nicht vorhatte, heute noch zu fahren. Er stieg aus, ließ die Tür hinter sich zuschwingen und stand auf dem klumpigen Rasen. Er trat auf den Bürgersteig und sah zu, wie Preston wegging, langsam und steif, so wie Gordon manchmal nach einer schlimmen Nacht ging. Preston war schon auf dem schmalen Betonweg, der zum Haus führte, doch dann blieb er stehen und blickte zurück. Sein Auge war zugeschwollen, und von der Haut rings um das Auge schien eine Art blaues Licht auszugehen. »Tut mir leid, daß du dein Board zurücklassen mußtest«, sagte er.

Ike zuckte die Achseln.

Prestons Gesicht schien sich zu einem mehr oder weniger schiefen Grinsen zu verziehen. »Freut mich, daß du schließlich mit diesem Stein rübergekommen bist«, sagte er. »Einen Moment lang dachte ich, du würdest mich hängenlassen.«

»Nein«, erwiderte Ike, »das würde ich nicht machen.«

Preston nickte und ging weiter. Ike sah ihm nach. Er war fast an der Tür, als ein schlankes braunhaariges Mädchen aus einer der Wohnungen kam. Sie blieb stehen, als sie Preston sah. Ike stand zu weit weg, um etwas zu hören, doch er konnte sehen, wie sie ein paar Worte wechselten. Er sah, wie sich das Mädchen an den Kopf faßte. Er sah, wie Preston sich an ihr vorbeischob, dann hörte er die Haustür zuknallen. Es war dieselbe Tür, aus der das Mädchen gekommen war. Einen Augenblick standen Ike und das Mädchen da und sahen sich an, dann drehte er sich um und ging fort. Er war noch nicht bis zur Ecke gekommen, als er jemanden rufen hörte. Er blickte zurück und sah, daß es das Mädchen war. Sie kam über den Rasen gelaufen.

Er sah zu, wie sie langsamer wurde und auf ihn zukam. Sie war nicht sehr groß, und ihre Schlankheit ließ sie jung wirken, aber als sie näher kam, konnte er sehen, daß sie wahrscheinlich Ende Zwanzig war. Ihre Haare waren glatt und fein, und der Nachmittagswind blies sie ihr von den Schultern. Ike fühlte sich unbehaglich, während er auf sie wartete; er war sicher, daß sie ihn fragen würde, was passiert war.

»Du mußt Ike sein«, sagte sie, als sie bei ihm war.

»Ja.«

»Ich heiße Barbara.«

Ike nickte. Sie standen einen Moment lang da und musterten einander. Ihre Augen waren dunkel, von fast demselben Braunton wie ihr Haar, und er nahm an, daß es vielleicht ihr Mund war, diese harte gerade Linie ohne Make-up, was ihren Zügen eine gewisse Herbheit verlieh. Trotzdem war sie nicht unattraktiv. Sie legte eine Hand auf die Hüfte, als müsse sie erst wieder zu Atem kommen nach dem kurzen Lauf, und lächelte ein bißchen. Sie hatte ein hellblaues T-Shirt an, und er konnte deutlich die Umrisse ihrer Brüste darunter erkennen. Er dachte, daß sie aussah wie die Art von Mädchen, die »nichts ausgelassen hatte«, wie die alte Dame es ausgedrückt hätte.

»Komm«, sagte sie, »ich fahr dich nach Hause. Der Wagen muß sowieso geparkt werden.«

Ike war es ziemlich egal, ob er nach Hause gefahren wurde oder nicht. Er hätte es vorgezogen, allein zu sein, aber irgendwie hatte er nicht die Energie, das Angebot abzulehnen. Er drehte sich um und folgte ihr zurück zu dem Transporter. Sie trug weiße Shorts zu dem blauen T-Shirt. Ihre Beine waren dünn, aber wohlgeformt und braungebrannt, dunkel gegen den weißen Stoff, Beine, die ihn an die Beine seiner Schwester erinnerten.

»Du wohnst im Sea-View, nicht wahr?«

»Ja.«

»Preston hat von dir gesprochen. Du hast den Tank von seinem Motorrad wieder super hingekriegt.«

Ike stieg wieder in den Transporter und setzte sich neben sie. Es war seltsam, sie nach Preston hinter dem Steuer zu sehen. Ihre Arme waren schlank. Um das eine Handgelenk trug sie ein silbernes Armband. Es fiel ihm auf, daß sie beim Fahren auf eine komische Weise den Kopf streckte, als wäre sie zu klein, um über das Lenkrad zu sehen, obwohl es nicht so war.

»Preston sagt, von Motoren verstehst du auch 'ne Menge«, sagte sie. Ike bemühte sich, zu lächeln; er legte die Hände auf die Knie und sah zu, wie die Häuser im Sonnenlicht vorüberglitten. Es war schwer zu glauben, daß er vor ein paar Stunden erst auf diesem Sitz gesessen hatte und einen Trampelpfad entlanggeholpert war, mit einer Todesangst im Nacken.

Erst als sie am Bordstein vor dem Sea-View anhielten, kam Barbara schließlich mit der Frage heraus, die Ike die ganze Zeit erwartet hatte. »War es eine Schlägerei?« fragte sie.

Ike nickte. Er wußte nicht, was für eine Antwort Preston von ihm erwartet hätte.

Sie schüttelte den Kopf. Sie saß da, beide Hände auf das Lenkrad gelegt. Ike langte nach unten und machte die Tür auf. Er streckte ein Bein raus, setzte den Fuß auf das Trittbrett. »Ich wußte es«, sagte sie. »Verdammt.« Sie wandte sich zu Ike um, und er sah, daß sie aufgeregt war. »Du weißt nicht, was für ein Gefühl es für mich war, als er sagte, er würde surfen fahren. Ich meine, es schien mir ein gutes Zeichen zu sein. Er war schon seit Ewigkeiten nicht mehr surfen. Ich hatte gehofft, es würde gutgehen.«

»Eine Weile ist es auch gutgegangen, die ersten paar Tage. Es war nicht Prestons Schuld. Ein paar Typen haben uns überfallen.«

»Auf der Ranch?«

»Du weißt über die Ranch Bescheid?«

»Die Trax-Ranch? Natürlich. Die Ranch hat es schon immer gegeben. Ich entsinne mich, daß die Leute schon zum Surfen raufgefahren sind, als ich noch zur Schule ging. Man mußte sich reinschleichen oder so. Ich wußte allerdings nicht, daß die Leute immer noch hinfahren, bis Preston vor ein paar Tagen davon sprach.« Sie hielt inne und sah ihn an. »Ich war echt überrascht. Ich weiß nicht recht, wie ich es sagen soll, aber es hat mich irgendwie neugierig auf dich gemacht. Ich meine, seit Ewigkeiten hat es keiner mehr fertiggekriegt, daß Preston auf ein Surfboard steigt. Und er schien echt Lust darauf zu haben.« Sie verstummte wieder und schüttelte den Kopf. »Ich hätte wissen müssen, daß es schiefgehen würde.«

Ike rutschte auf seinem Sitz hin und her. Er sah zu, wie ein paar kleine Amseln im Rasen des Sea-View herumpickten. »Es war nicht seine Schuld«, sagte er wieder. Er spielte mit dem Gedanken, sie weiter nach der Ranch auszufragen, überlegte es sich dann aber anders. Vielleicht war es besser, zu warten, bis er wieder mit Preston gesprochen hatte.

»Tut mir leid«, sagte sie. »Ich wollte dich nicht aufhalten.«

Ike stieg aus dem Transporter. Er hatte das Gefühl, daß er noch etwas zu sagen haben müßte, aber es fiel ihm nichts ein. »Schon gut«, sagte er, »und danke fürs Mitnehmen.«

Sie nickte. »Vielleicht kannst du ihn dazu bringen, daß er wieder surft«, sagte sie. »Es wäre schön, zu sehen, daß er sich wieder für was anderes interessiert als sein Motorrad. Er war früher echt gut, weißt du?«

»Er ist immer noch ziemlich gut. Ich hab ihn auf der Ranch gesehn.«

»Yeah, aber ich meine wirklich gut. Er hat Wettkämpfe gewonnen. Ihm hat früher dieser Surf-Shop auf der Main Street gehört. Hat er dir davon erzählt?«

»Nein.«

Sie zuckte die Achseln. »Typisch. Er erzählt nie irgend jemand was. Aber ihm hat dieser Laden gehört, ihm und Hound Adams.«

Ike blickte ungläubig zurück ins Führerhaus des Transporters. Er fühlte sich ein bißchen wie damals an seinem ersten Tag in der Stadt, als ginge das Sonnenlicht direkt durch ihn hindurch, als wäre er in Gefahr, sich in Nichts aufzulösen. »Preston und Hound Adams?« Er wiederholte die Namen langsam, um sicherzugehen, daß er richtig gehört hatte. Offensichtlich hatte Preston ihr nicht gesagt, warum er in der Stadt war, oder ihr von dem Zettel mit den Namen erzählt.

»Die ersten Surf-Stars in dieser Stadt«, sagte sie. »Komm mal irgendwann vorbei, dann zeig ich dir sein Erinnerungsalbum.« Sie hielt inne und sah ihn an. »Aber hör mal, ich weiß, du bist todmüde. Komm einfach mal vorbei, okay?« Sie trat die Kupplung durch und legte den Gang ein

»Okay«, sagte er, »werd ich machen.« Er stand am Bordstein und sah zu, wie sie wegfuhr. Die Treppe hinaufzugehen war harte Arbeit. Als er schließlich in seinem Zimmer war, legte er sich aufs Bett, aber es ging ihm nicht aus dem Kopf, was Barbara gesagt hatte, und als er die Augen schloß, war er wieder auf der Ranch, fühlte das schwere Gewicht des Steines in seinen Händen und fing wieder an, sich zu fragen, worum es sich gedreht hatte.

15

Drei Tage später wußte er immer noch nicht, worum es sich gedreht hatte, und er hatte Preston nicht zu Gesicht bekommen. Es war spät am Nachmittag, heiß, aber mit einer guten Brise vom Ozean her. Ike saß auf der Veranda des Sea-View und unterhielt sich mit den beiden Mädchen, der kleinen Brünetten und der großen Blonden, die einmal in sein Zimmer gekommen waren, um nach Blättchen zu fragen. Sie hießen Jill und Michelle, und Ike vermutete, nun, da seine Haare gewachsen waren und er mit Leuten wie Preston surfen ging, sah er weniger wie ein Säufer aus und war eher jemand, mit dem man gesehen werden durfte. Die Unterhaltung mit Michelle und Jill war allerdings ein bißchen fade. Hauptsächlich schienen sie daran interessiert zu sein, »süße« Typen kennenzulernen und sich Dope zu beschaffen. Ike kam es vor, daß sie beide auf die gleiche einfache Art gestrickt waren. Trotzdem war er ein bißchen angetan von Michelle, der Blonden, mit der er an dem Tag, als er sein Board gekauft hatte, gesprochen hatte. Zum einen hatte sie sehr lange sexy Beine, und er mochte es, wie sie ihn anlächelte und ihm dabei in die Augen blickte. Ihre Augen waren grün mit gelben Sprenkeln, und in dem einen Auge war ein dunkler Fleck, eine Narbe, die, wie sie ihm erzählte, von einem Stock stammte, mit dem sie als kleines Mädchen geschlagen worden war. Aber von noch größerem Interesse war für Ike die Tatsache, daß sowohl Jill als auch Michelle Hound Adams kannten, oder zumindest wußten, wer er war. Sie wußten zum Beispiel, daß er dealte. Sie wußten auch, wo er wohnte. Sie waren beide von zu Hause weggerannt und, wie sich herausstellte, nur ein paar Wochen länger in der Stadt als Ike, aber sie schienen nichts ausgelassen zu haben. Sie waren sogar schon auf einer Party in Hound Adams' Haus gewesen, und sie waren sich ziemlich sicher, daß Hound ein Auge auf Michelle geworfen hatte. Es gab ihnen Anlaß zu endlosen Spekulationen, und in Gegenwart eines Zuhörers schienen sie besonders aufzuleben. Ike war mehr als froh, ihnen den Gefallen zu tun. In ein paar Minuten beiläufiger Plauderei hatte er von Jill und Michelle mehr über Hound Adams erfahren als von Preston nach tagelangem Bohren. Und bei ihnen war es alles von alleine gekommen; er hatte bloß zufällig dabeigestanden, als Jill den Namen erwähnte. Die Leichtigkeit, mit der er den Rest aus ihnen herausgeholt hatte, war umwerfend. Und dazu bestand jetzt noch die reelle Chance, daß, wenn Hound Adams seine nächste Party gab, Jill und Michelle eingeladen würden und Ike mitnähmen. Er war entschlossen, hinzugehen, wenn sich ihm die Gelegenheit bot. Und das war es also, was er an diesem Nachmittag nach der Schlägerei tat, Jill und Michelle zuhören und auf weitere Informationen lauern.

Er hörte Prestons Transporter, bevor er ihn sehen konnte. Er hörte die Gänge krachen und die Reifen über den Asphalt rutschen. Er schaute auf und sah, wie er mit quietschenden Reifen vor dem Sea-View zum Stehen kam. Dann machte er einen kleinen Ruck nach vorne, der Motor wurde abgewürgt, und Barbara stieg aus. Sie kam über den Rasen auf ihn zugerannt. Sie sah bleich und angsterfüllt aus. »Preston hat eine Schlägerei gehabt«, sagte sie. »In der City.« Sie klang außer Atem. »Ich wollte nicht allein hinfahren.«

»Morris hat angerufen«, sagte sie dann, als sie in den Transporter stiegen. »Er hat eine Schlägerei mit einem Messer oder so gehabt, und die Cops sind schon da.« Die Tränen standen ihr in den Augen, und Ike hatte Angst, sie würde irgendwo dagegenfahren. Sie überfuhr das Stoppschild an der Main Street und hielt schließlich in der Nähe einer Kneipe namens Club Tahiti.

Auf dem Bürgersteig war eine Menschenmenge zu sehen. Zwei Streifenwagen standen auf der Straße, und von ferne konnten sie das Heulen einer Sirene näher kommen hören. Barbara sprang aus dem Wagen und stürzte in die Menge. Ike folgte ihr. Er hatte Angst und fühlte sich nutzlos. Einen Moment lang verlor er Barbara aus den Augen. Als er sie entdeckte, hatte sie sich durch die Menge gezwängt und stand in der Nähe der Tür, wo ein Polizist sie am Arm gepackt hatte. Ike schob sich zu ihr durch und bekam ihren anderen Arm zu packen. Der Polizist sagte ihr gerade, daß sie draußen bleiben müßte. »Schon gut«, sagte Ike. Er bemühte sich, es laut zu sagen, damit der Polizist ihn ebenfalls hörte. Er legte Barbara den Arm um die Schultern. Der Polizist ließ sie los und drehte sich wieder zur Tür um. Ike fühlte sie neben sich zittern.

Später erinnerte er sich, daß er einen Haufen Dinge gleichzeitig wahrgenommen hatte. Er fühlte das Zittern seiner eigenen Beine, das flaue Gefühl in der Magengrube, die Beklemmung, und doch war er sich eindringlich Barbaras Gegenwart an seiner Seite bewußt, ihres kühlen glatten Schenkels, der sich an ihn drängte, des Geruchs ihrer Haare. Und dann entstand von drinnen weiterer Tumult, und plötzlich konnte er Prestons Kopf sehen. Rechts und links wurde er von einem Einsatzpolizisten gepackt, und alle drei schienen sich gegenseitig wegzustoßen, als sie durch die Tür kamen. Ike sah, daß Prestons Gesicht um sein immer noch verfärbtes Auge wieder blutete. Er hatte sein ärmelloses T-Shirt und die Jeans an, aber seine Sonnenbrille war verschwunden. Seine Hände waren mit Handschellen auf den Rücken gefesselt. Ike und Barbara wurden beiseite gestoßen, als der kleine Trupp aus der Kneipe trat. Preston kam kaum einen Meter vor ihnen vorbei, doch er wandte nicht den Kopf; seine Augen waren stur geradeaus und ein wenig nach oben gerichtet. Ike wußte nicht, ob er sie gesehen hatte oder nicht.

Das Heulen der Sirene war jetzt durchdringend laut und mischte sich mit Reifenquietschen, als ein Krankenwagen mitten auf der Main Street angebraust kam. Die Sonne tauchte hinter die Häuser. Der Wind frischte auf, und ein Schwaden Abendnebel kam vom Ozean her die Bürgersteige heraufgekrochen. Die Menge war angewachsen, aber Ike und Barbara standen jetzt ganz vorne in dem Halbkreis an der Tür. Ein paar Sanitäter drängten an ihnen vorbei in die Kneipe. Einen Moment lang stand die Tür offen, doch es war zu dunkel drinnen, um viel sehen zu können. Der schale Geruch von verschüttetem Bier und kaltem Tabakrauch trieb nach draußen. Ike konnte die bunten Lichter einer Jukebox ausmachen, die Ecke eines Billardtischs, eine Anzahl umherhuschender dunkler Gestalten, dann schlug die Tür vor ihrer Nase zu. Es war eine schwere Holztür, voller Kerben und Dellen. Oben an der Tür hing ein kleines Schild mit der Aufschrift KEIN ZUTRITT UNTER 21 JAHREN.

Eine Weile passierte nichts. Ike spürte die Menge um sich herum wogen, hörte Gemurmel. Neben sich fühlte er Barbara immer noch zittern. Er wußte nicht, warum sie eigentlich noch dastanden. Er hatte einmal hinüber auf die Straße geblickt, doch Preston war irgendwo hinter der Menge verschwunden. Er hatte das rotierende rote Licht eines Streifenwagens die Main Street hinunterfahren sehen, und er nahm an, daß sie Preston bereits weggebracht hatten. Aber es war schwer, sich durch die Menge auf die Straße zu kämpfen, und so warteten sie mit den anderen. Hinter ihnen konnte er hören, wie Polizisten versuchten, die Ansammlung aufzulösen. Die Menge bestand vorwiegend aus jungen Kids von der Straße, Leuten auf dem Weg vom Strand nach Hause, ein paar Rockern. Manche Leute hielten Badetücher und Strandliegen in der Hand. Viele waren barfuß und hatten nackte Oberkörper. Ike und Barbara fingen gerade an, sich nach hinten zu drängeln, als die Tür wieder aufging. Diesmal blieb sie offen, und Leute kamen heraus. Der erste, der durch die Tür kam, war Morris. Ein Polizist hielt ihn am Arm, und er blickte Ike und Barbara kurz an, schüttelte den Kopf, als wolle er sagen, daß es schlimm stände, und verschwand dann. Als nächstes kamen die Sanität er. Sie waren vornübergebeugt und gingen schnell. Zwischen ihnen war eine Trage, und darüber sah Ike eine Flasche mit einer Flüssigkeit hängen. Das Gemurmel der Menge wurde lauter, und wieder drängten die Leute vor, um besser zu sehen, und die Polizisten brüllten sie an, eine Gasse frei zu machen. Ein Polizist stieß Ike vor die Brust und drängte ihn in die Menge zurück, als die Trage an ihnen vorbeieilte, aber er hatte genug gesehen, um zu wissen, wer es war. Er hatte den großen schwarzen Afro-Schopf von Terry Jacobs gesehen, der sich scharf von den weißen Laken und den Uniformen der Sanitäter abhob, und dann waren sie fort, und die Polizisten lösten die Menge auf, und um sich herum konnte Ike Bruchstücke von Unterhaltungen aufschnappen. »Ihn hat's schwer erwischt, Mann …«, sagte jemand, und Ike blickte noch einmal zu der offenen Tür zurück. Mehrere Leute traten heraus, und unter ihnen erkannte Ike ein weiteres Gesicht: scharfe gerade Züge, wie aus Stein gemeißelt. Gerade Nase und gerader Mund. Tiefliegende Augen, die ein bißchen zu dicht beieinanderstanden, dunkel und wachsam, blondes, zu einem Pferdeschwanz gebundenes Haar, so daß die braungebrannte

Haut sich über den Knochen spannte, bis sie irgendwie zu straff war. Und dazu war er groß, so daß sich sein Gesicht über den meisten anderen um ihn herum befand, nicht so groß wie Preston und auch nicht so breit, aber dünn auf die sehnige Weise eines guten Halbschwergewichts.

Hound Adams blieb für einen Augenblick in der Tür stehen, dann trat er hinaus auf den Bürgersteig. Mehrere Leute redeten sofort auf ihn ein, aber er ignorierte sie und blickte über die Menge hinweg seinem Freund hinterher. Ike konnte nicht verstehen, was die Leute zu ihm sagten. Er hatte immer noch Barbara neben sich. Er hielt ihre Hand, und er wußte ohne hinzusehen, daß sie weinte. Plötzlich stürzte einer von Hounds Freunden los, und Ike sah, wie Hound die Hand ausstreckte und den Typen am Arm packte. Seine Worte waren mit barscher, klarer Stimme gesprochen. »Halt dein gottverdammtes Maul«, sagte er. »Ich will ihn draußen auf der Straße haben.« Viel mehr konnte Ike nicht hören. »Aber er ist mies über ihn hergefallen«, sagte jemand, und Hound brachte ihn zum Schweigen. Ike bemühte sich, näher heranzukommen und mehr zu hören. Er spürte, wie Barbara ihn am Arm zog, und dann hatte er das Gefühl, daß ihn jemand ansah, und er drehte den Kopf.

Hound Adams stand mit dem Rücken zu der schmutzigen Backsteinmauer da. Der Nebel wälzte sich durch die Straßen herauf, und über ihnen hatte die purpurrote Neonschrift des Club Tahiti zu surren begonnen. Einen Moment lang trafen sich ihre Blicke; Ike blickte Hound Adams fest in die Augen. Aber es dauerte nur einen kurzen Augenblick, und es war Ike, der wegblickte, zurück in die Menge auf der Straße.

16

Barbara wollte nicht nach Hause, und sie wollte nicht allein sein. Auf dem Weg zurück zum Sea-View kauften sie ein Sixpack Bier. Sie tranken es in Ikes Zimmer auf dem Boden sitzend, den Rücken an das Bett gelehnt. Tatsächlich trank Barbara das meiste davon. Ike hatte zwei Bier, und Barbara trank die anderen vier. »Weißt du, was komisch daran ist?« fragte sie. »Am Anfang, als ich zu Preston gezogen bin, dachte ich, es gäbe keine Hoffnung für mich; ich meine, mein Leben war ein ziemliches Durcheinander damals. Aber es ist nicht so, das hab ich in der Zeit mit Preston gelernt. Für Preston gibt es keine Hoffnung, für mich schon. Es hat eine Weile gedauert, aber ich fang langsam an, das zu begreifen.«

Ike hatte das Gefühl, daß er etwas erwidern müßte, wußte aber nicht, was er sagen sollte. »Hast du nicht gesagt, du wärst knapp über ein Jahr mit ihm zusammen?«

»Fast zwei.«

»Aber du kennst ihn schon länger?«

»Kennen ist zuviel gesagt. Ich wußte, wer er war. In der Stadt hier war alles anders damals, als er und Hound diesen Surf-Shop hatten. Ich meine, alles war eine Nummer kleiner. Es gab nur eine High-School; jeder kannte jeden. Ich glaube, ich war in der siebten Klasse, als Preston nach Huntington zog, aber ich verbrachte immer eine Menge Zeit am Strand. Die meisten Leute, die am Strand rumhingen, wußten, wer Hound und Preston waren.«

Ike nahm einen Schluck Bier und starrte auf einen Flecken Mondlicht auf dem Glas der Flasche.

»Ich weiß noch, wie er diesen großen Wettkampf gewonnen hat, die nationalen Meisterschaften oder was es war. Ich weiß noch, wie ich auf dem Pier gestanden und zugesehen habe. Es ist seltsam, jetzt daran zurückzudenken. Ich hab seit Ewigkeiten nicht mehr dran gedacht. Aber kennengelernt hab ich Preston erst wesentlich später, vor zwei Jahren vielleicht.« Sie hielt inne. »Du brauchst es dir nicht anhören«, sagte sie. »Ich kann auch den Mund halten.«

»Nein, es interessiert mich.«

»Sicher?«

»Ja.« Ike sah zu, wie sie noch einen Schluck nahm und die Flasche auf ihr Knie stellte. »Ich hab schon lange nicht mehr soviel Bier getrunken«, sagte sie. »Seit der Nacht, als ich Preston kennengelernt habe, vielleicht.« Sie schien es auf eine traurige Weise amüsant zu finden und lächelte den Fußboden an. »Es war in einer Kneipe, da, wo jetzt dieser Punk-Laden drin ist. Ich weiß nicht mal mehr, wie sie hieß, der *Beachcomber* oder so ähnlich. Ich war gerade erst aus dem Krankenhaus raus und sollte eigentlich nichts trinken, das weiß ich noch. Ich war diesen Sommer schwanger geworden, und es war eine Eileiterschwangerschaft, wie sich herausstellte. Ich wäre beinah gestorben. Sie mußten am Ende alles rausnehmen. Alles.« Sie sagte es mit ausdrucksloser Stimme; die Flasche stand auf ihrem nackten Bein, und das Mondlicht streifte ihr Profil. Ike hatte kein Licht gemacht; das Zimmer wirkte besser im Dunkeln.

»Wie auch immer«, fuhr sie fort, »so stand es jedenfalls um mich in dem Sommer, als Preston nach Hause kam. Ich war gerade zwei Jahre auf einem Junior-College hier in der Stadt gewesen. Ich hatte vorgehabt, mich an dieser Fotografenschule oben im Norden zu bewerben, und dann auf einmal schien alles vorbei zu sein. Ich meine, es schien alles so sinnlos. Dann tauchte Preston auf. Er war Jahre weggewesen. Zuerst im Krieg, dann im Gefängnis. Als er zurückkam, war er so wie jetzt. Du kennst ihn ja nicht anders, deshalb sagt es dir wahrscheinlich nicht viel, aber sonst konnte es niemand glauben. Er war ein völlig anderer Mensch geworden.« Sie hielt inne und trank einen Schluck Bier.

»Aber ich nehme an, ich stellte mir vor, wir hätten etwas gemeinsam«, sagte sie. »Wenigstens hatte ich am Anfang das Gefühl, weil ich dachte, die ganze Sache wäre ohne Hoffnung.« Sie hielt wieder inne und sah Ike an. »Aber jetzt, wo ich drüber nachgedacht habe, war es eigentlich nicht das, warum ich mit ihm zusammensein wollte. Ich meine, ich weiß nicht, ob ich es richtig sagen kann, aber wirklich entscheidend war, daß ich Preston anschaute und diese tragische Gestalt sah, aber ich sah noch jemand anderen; ich sah immer noch den jungen Typ vom Strand, der einen großen Silberpokal hochhält, und irgendwie versuchte ich, immer noch das Mädchen auf dem Pier zu sein. Das klingt vielleicht dumm, aber die Sache ist die, daß ich etwas erreichen wollte. Ich hab wirklich geglaubt, wenn Preston und ich uns lieben würden, dann könnten *wir* uns gegenseitig helfen, könnten wir etwas von dem zurückkriegen, was wir beide verloren hatten. Aber im letzten Jahr ist mir langsam klargeworden, daß ich die einzige war, die das erreichen wollte.« Sie hielt erneut inne. »Preston ist es egal«, sagte sie langsam. »Ihm ist alles egal. Vielleicht kannst du deshalb verstehen, warum es mich überrascht hat, als er davon redete, diesen Jungen, den er getroffen hatte, mit rauf zur Ranch zu nehmen. Ich meine, er benahm sich, als hätte es ihm wirklich was bedeutet. Ich weiß nicht.« Sie hielt wieder inne und schüttelte den Kopf.

»Was weißt du über die Ranch?«

»Nichts. Bloß das, was ich dir damals im Wagen erzählt habe.« Ike starrte an die Wand, aber er spürte, wie sie ihr Gesicht zu ihm umwandte. »Glaubst du, das heute abend hatte was damit zu tun, was dort oben passiert ist?«

Ike antwortete nicht sofort. Aus irgendeinem Grund zögerte er, ihr davon zu erzählen. Er nahm jedoch an, daß sie es früher oder später selbst herausfinden würde. Vielleicht war es besser, wenn sie es von ihm hörte. Es war ihm jetzt einiges klargeworden. Barbara hatte ihm erzählt, daß Preston und Hound früher Partner gewesen waren. Preston hatte ihm erzählt, daß Hound Adams Freunde mit Kohle hatte. Mit Sicherheit mußte der Besitzer der Ranch Kohle haben. Und Preston hatte nicht irgendwelche Zäune einreißen müssen – er hatte seinen eigenen Schlüssel gehabt. Es schien klar, daß Preston früher einmal freien Zugang zu der Ranch gehabt hatte und daß er jetzt dort nicht mehr willkommen war. Als er und Jacobs aufeinanderstießen, hatten sie sich deswegen geprügelt, und so hatte alles angefangen. Heute nachmittag hatten sie sich im Club Tahiti wiedergetroffen und es zu Ende gebracht. Was Prestons Bereitschaft anging, das Risiko einzugehen, Ike dorthin mitzunehmen, so hatte er sich offensichtlich verschätzt. Es war genauso, wie er Ike an dem Tag, als Ike von der Lichtung aus die weißgekleidete Gestalt gesehen hatte, gesagt hatte; er hatte nicht damit gerechnet, daß so viele Leute auf der Ranch waren. Ike ging diese Gedanken jetzt nacheinander durch, mit Barbara als Zuhörerin. Sie blickte von ihm weg, während er sprach. Als er fertig war, saß sie mit geschlossenen Augen da, die Stirn in die Hand gelegt. »Arschlöcher«, war alles, was *sie* schließlich sagte.

Danach saßen sie beide einige Zeit schweigend da, bis Barbara sagte, sie müßte aufs Klo. Ike sah sie an, als sie durch das Zimmer ging. Als sie zurückkam, fragte sie ihn, ob er nicht auch schlafen gehen wollte. Er zuckte die Achseln. »Wie du willst«, sagte er. Sie legte die Hand auf seinen Arm. »Schon okay«, sagte sie. »Und danke.«

Es war eine merkwürdige Nacht. Ike überließ Barbara das Bett. Er selbst schlief unten auf dem Boden, aber er schlief unruhig und wachte immer wieder auf und dachte, daß sie etwas zu ihm gesagt habe, daß sie wach sei. Aber jedesmal, wenn er sich aufsetzte und nachsah, schlief sie. Und schließlich schlief er selbst, sehr tief, wie er annahm, denn als er aufwachte, war sie bereits angezogen und stöberte in dem Schrank über seiner schäbigen Küchenspüle. »Kein Kaffee da?« fragte sie.

»Tut mir leid.«

»Macht nichts. Komm mit zu mir, ich mach uns welchen.«

Obwohl er sich nicht viel aus Kaffee machte, sagte er okay. Es schien ihm im Moment das Richtige zu sein. Er zog sein Hemd an, und sie gingen die Treppe hinunter. Draußen war der Himmel dicht verhangen. Die Luft war kühl und roch nach Ozean. Es schien früher zu sein, als er zuerst gedacht hatte, und auf der Fahrt zu ihrer Wohnung begegneten ihnen nur ein paar Autos.

Als sie zu dem Zweifamilienhaus kamen, war das erste, was er bemerkte, Morris' Motorrad, das am Bordstein stand. Morris kam gerade den Weg zum Haus herunter, als sie vorfuhren und ausstiegen. Ike glaubte, daß Morris ihn einen Moment lang überrascht anblickte, dann schaute er wieder Barbara an. »Das einzige, was sie jetzt gegen ihn haben, ist Trunkenheit und Ruhestörung«, sagte Morris. »Sie wollen ihm die Messerstecherei anhängen, aber niemand scheint gegen ihn auszusagen. Ich selbst hab nichts gesehen. Ich war am anderen Ende der Kneipe. Frank und Hound standen direkt dabei, aber sie haben keinen Ton zu den Bullen gesagt.« Er schüttelte seine zottige Mähne. »Ich weiß nicht«, sagte er. Er sah müde und verkatert aus. Die Sonne fing an, sich durch die Wolkendecke zu brennen, und es wurde schwül. Ike konnte sehen, wie der Schweiß Spuren über Morris' großes fettiges Gesicht zog. Einen Moment lang herrschte ein etwas betretenes Schweigen. »Ich wollte gerade Kaffee machen«, sagte Barbara. »Willst du auch welchen, Morris?«

Morris schüttelte den Kopf. »Ich bin bloß vorbeigekommen, damit du weißt, was los ist«, sagte er. »Dachte, es würde dich vielleicht interessieren.« Ike glaubte, einen sarkastischen Unterton in Morris' Stimme zu hören, und es wurde ihm klar, daß Morris es wohl ein bißchen komisch fand, Ike und Barbara um diese Tageszeit zusammen zu sehen. Morris blieb noch einen Augenblick stehen, dann drehte er sich um und ging breitschultrig zu seinem Motorrad. Ike sah ihm nach, dann ging er das restliche Stück zu Barbaras Wohnungstür. Mit einemmal aber fühlte er sich einfach zu komisch hier. Er wollte nicht mit hineingehen. »Ich glaube, ich laß es für diesmal«, sagte er. »Ich sollte besser Morris fragen, ob er Hilfe in seiner Werkstatt braucht.«

Sie zuckte die Achseln. »Okay«, sagte sie. »Aber danke. Ich brauchte gestern nacht jemanden bei mir, jemanden, dem ich trauen konnte.« Dann ging sie hinein und schloß die Tür.

Er rannte zurück zum Bürgersteig, um zu sehen, ob er Morris einholen konnte. Er kam zu spät; Morris war bereits losgefahren, als Ike die Straße erreichte. Ike fühlte sich plötzlich schmutzig und müde, als hätte er überhaupt nicht geschlafen. Er beschloß, die Werkstatt sein zu lassen, und ging statt dessen zurück zum Sea-View. Der Briefträger kam gerade heraus, als Ike ankam, und Ike fand einen Brief in seinem Kasten. Es war das erstemal, daß er Post bekam, und der Brief war aus San Arco. Er nahm ihn mit hinauf in sein Zimmer und las ihn am Fenster sitzend. Der Brief war von Gordon. Ike erkannte die große, ungelenke Schrift sofort. Gordon hatte offenbar zwei Briefe geschrieben, einen nach Washington, den anderen an die amerikanische Botschaft in Mexiko. Offensichtlich gab es keine Unterlagen, daß eine Ellen Tucker gefunden worden war, weder tot noch im Gefängnis. Gordon war nicht sicher, was das bedeutete, aber er schrieb, er habe gedacht, daß Ike es vielleicht wissen wolle. Das war alles; Gordon war nun mal nicht der Mensch, der große Worte machte. Unten auf der Seite schrieb er Ike, er solle auf sich aufpassen.

Ike las den Brief mehrere Male. Als er damit fertig war, faltete er ihn zusammen, steckte ihn zurück in den aufgerissenen Umschlag und legte ihn zu dem Zettel mit den drei Namen. Danach ging er ans Fenster und legte die Fingerspitzen gegen die Fensterscheibe. Er blickte hinüber zu der Reihe häßlicher Bauten, die den Blick auf die See versperrten, und er stellte sich vor, wie sie hier war, in dieser Stadt, durch die Straßen ging, durch die er jetzt ging, dieselben Dinge sah und dachte ... Was dachte? Früher einmal hätte er es vielleicht erraten. Weil sie sich damals so ähnlich waren. Tatsächlich war es eins ihrer Spiele gewesen – zu erraten, was der andere gerade dachte. Aber sie hatten es nicht nur erraten, sie hatten es gewußt, und es war etwas sehr Besonderes gewesen. Wie so oft zuvor dachte er, wie sehr sich nach der Nacht in der Salzsteppe alles geändert hatte. Und wie er, als sie schließlich für immer weggegangen war, ohne ihm auf Wiedersehn zu sagen, zufällig vor den Laden getreten war und sie hatte weggehen sehen, im gleißenden Tageslicht, einen zerbeulten Koffer am Arm, bis die verblichenen Jeans und die roten Stiefel in diesem Dunstschleier aus Staub und Hitze verschwunden waren, während er auf Gordons verwitterter Veranda gestanden hatte, mit einer Scheißangst im Bauch vor der Einsamkeit, die kommen würde.

Er blieb lange am Fenster stehen, die Finger gegen die Scheibe gedrückt, bis sie warm und feucht unter seiner Haut geworden war. Er fühlte sich von einem Gefühl ergriffen, das er nicht recht in Worte fassen konnte. Aber es hatte etwas mit dem Gefühl zu tun, das er in der Wüste gehabt hatte, als Ellen fortgegangen war, das Gefühl, daß er dazu beigetragen hatte, etwas in Bewegung zu setzen – eine Kette von Ereignissen, mit denen er verknüpft war, die er aber nicht kontrollieren konnte. Und hier und jetzt war es wieder so, dachte er, und er wußte, daß Gordons Brief nichts geändert hatte, daß er nicht tun würde, wozu Preston ihn aufgefordert hatte. Er mußte an die Stürme in der Wüste denken, einen Wirbelwind, der über den Wüstenboden fegt, nur konnte er nicht sagen, ob der Sturm außerhalb von ihm war und ihn in sich hineinsog oder ob er in ihm selbst tobte und ihn vorwärtstrieb, nur daß er ihm nicht entrinnen konnte und daß es plötzlich um mehr ging als nur darum, seine Schwester zu finden. Es wurde ihm jetzt zum erstenmal klar: Es war nicht nur Ellen Tucker, der er auf der Spur war. Es war ebensosehr er selbst. Er blickte aus dem Fenster, über den kleinen Hof zu der schartigen Skyline von Huntington Beach hinüber, und noch einmal hörte er aus den dunklen Tiefen seines Gehirns das hohe elektrische Winseln der Neonschrift über dem Club Tahiti. Und wieder sah er den dunklen, starrenden Blick, dem er nicht hatte standhalten können.

Teil 2

17

Mazatlán, San Blas, Puerto Vallarta, Cabo San Lucas. Von den Namen ging ein Zauber aus. Sie hingen wie eine Beschwörungsformel in der verqualmten Luft. Ike lauschte. Er sah tropische Gewässer vor sich, dampfende Dschungel, von holprigen Straßen durchschnitten, wo grüne Eidechsen im Schatten dösten.

Als er die Augen aufschlug, blickte Hound Adams ihn an. Sie saßen im Kreis um eine Landkarte auf dem Wohnzimmerboden. Michelle war neben ihm. Ihre Hände hielten seinen Arm umfaßt, ihr Kinn lag auf seiner Schulter. Hound Adams hatte schließlich seine Party gegeben, und Michelle und Jill waren eingeladen worden. Michelle hatte Ike mitgebracht. Jetzt war es sehr spät, oder sehr früh. Als er aus dem Fenster blickte, sah Ike, daß der Himmel hell zu werden begann.

Es war eine wilde Party gewesen, aber jetzt waren die meisten Gäste gegangen, und nur ein kleiner Kreis von Bewunderern saß noch auf Hounds Wohnzimmerboden, um die Landkarte gruppiert, auf der er seine Pläne für den Surf-Trip im Winter darlegte. Im Winter, wie Preston gesagt hatte.

Terry Jacobs war nicht auf der Party. Er lag immer noch, nach fast einer Woche, auf der Intensivstation im Huntington Beach Community Hospital. Die Schlägerei war jedoch ein bevorzugtes Gesprächsthema unter den Partygästen gewesen, und es schien einige

Verwirrung darüber zu herrschen, wie es angefangen hatte. Jede Geschichte, die Ike hörte, war anders. Das einzig Sichere schien zu sein, daß Preston Marsh auf der schwarzen Liste stand. Allem Anschein nach hatte Terry Jacobs übelgesinnte Verwandte, von denen einige bereits von den Samoa-Inseln nach Huntington Beach gekommen waren. Ike hatte sie sich zeigen lassen, mehrere bullige Ausländer in Hawaiihemden, die finster brütend dasaßen.

Ike hatte Barbara erst einmal seit der Nacht der Schlägerei wiedergesehen. Sie war eines Nachmittags kurz vorbeigekommen, um ihm zu sagen, daß Preston noch im Gefängnis sei, daß es aber immer noch keine Zeugen für die Messerstecherei gebe. Ike hatte daraufhin an Hounds Worte denken müssen, daß er Preston draußen auf der Straße haben wolle, und er dachte auch jetzt wieder daran, während er einen von Terrys bedrohlich aussehenden Verwandten beobachtete, der sich auf der Couch aalte.

Morris hatte er seit dem Morgen nach der Schlägerei nicht mehr gesehen, und er war nicht mehr in die Werkstatt gegangen. Den größten Teil der Woche hatte er alleine zugebracht, mit Nachdenken, während er die Ölquelle, das tote Gras und die kleinen braunen Vögel unter seinem Fenster betrachtete. Und dann war Michelle vorbeigekommen und hatte ihn zu der Party eingeladen.

Die Party hatte Ike die erste Gelegenheit geboten, Hound Adams aus der Nähe in Augenschein zu nehmen, und er hatte zugesehen, wie Hound unter seinen Gästen umherging, einige mit dem Soulbrother-Handschlag oder einer Umarmung, andere mit einem coolen Nicken begrüßte. Hound schien erfreut darüber, daß Michelle gekommen war, und mehr als einmal hatte Ike bemerkt, wie Hound im Vorübergehen seine Hand auf Michelles Schultern oder ihren Rücken gelegt hatte oder stehengeblieben war, um ein paar Worte zu sagen, und Ike fing an zu glauben, daß Jill und Michelle vielleicht recht hatten; Hound hatte ein Auge auf Michelle geworfen. Ebenso hatte Ike mehr als einmal aufgesehen und festgestellt, daß Hound Adams ihn anstarrte. Er glaubte nicht, daß es seine eigene Paranoia war. Und jetzt, während er im Schneidersitz vor der ausgebreiteten Karte saß und sein gelbes Haar im gedämpften Licht schimmerte, starrte Hound Adams ihn wieder an.

»*Todos son hermanos del mar.*« Hound sah Ike an, während er sprach. Ike hatte keine Ahnung, was gesagt worden war. Es trat ein Schweigen ein, und Ike wußte nicht, wie er dieses Schweigen füllen sollte, obwohl man es von ihm zu erwarten schien. Neben sich spürte er, wie Michelle sich gegen ihn drängte. Er fühlte den Schweiß in seinem Nacken und unten im Kreuz prickeln. Hounds Mund lächelte ihn an, doch seine Augen waren wie Stein.

Ike grinste zurück und zuckte die Achseln, um auszudrücken, daß er nicht verstand.

Hound lachte. »Wir sind Brüder des Meeres, oder? So sagen die Leute in dem Dorf.« Sein Finger lag auf einem Punkt der Karte. Ike fühlte sich erleichtert. Er schaute mit großem Interesse auf die Karte.

»Es ist ein kleines Fischerdorf«, fuhr Hound fort. »Ein schönes Fleckchen Erde.«

Als Ike aufschaute, sah Hound ihn immer noch an. »Wie ich höre, bist du ein Surfer«, sagte Hound. Ike wußte nicht, ob es eine Frage war.

»Ich lerne bloß.«

»Wir alle lernen bloß.«

Ike blickte in die dunklen, humorlosen Augen, und er hatte nicht den Eindruck, daß Hound sich über ihn lustig machte. Einen Moment lang erwiderte Ike den Blick, wie er es auf der Straße vor dem Club Tahiti getan hatte, und betrachtete das Gesicht. Es war ihm im Laufe des Abends aufgefallen, daß es ein Gesicht war, das je nach der Entfernung, aus der man es betrachtete, sein Alter zu ändern schien. Hounds Haare waren eher wie die eines Jungen, oder einer jungen

Frau, voll, gelb, an manchen Stellen weiß gebleicht von der Sonne. Das leuchtende Haar in Verbindung mit der braunen Haut und der athletischen Statur gab Hound das Aussehen vieler der jungen Surfertypen, die man am Pier oder in den Läden auf der Main Street sehen konnte. Aus einiger Entfernung hätte man ihn für Anfang Zwanzig halten können. Doch wenn man ihn aus der Nähe sah, bemerkte man andere Merkmale, die Falten rings um die Augen, die dünne weiße Narbe über der Nasenwurzel, die etwas vergilbten Zähne. Von nahem war es nicht das Gesicht eines jungen Mannes. Es war ernst und verschlagen, und mehr als einmal heute nacht hatte Ike das Gefühl gehabt, daß irgendein Spiel mit ihm getrieben wurde.

»Wie ich höre, hast du einen guten Lehrer«, sagte Hound.

Ike stutzte. Dem Tonfall von Hounds Stimme war wie seinen Augen nichts anzumerken. War es das? Hatte Hound ihn jetzt da, wo er ihn haben wollte? Auf der Couch setzte sich einer der massigen Samoaner auf und riß den Ring von einer Bierdose ab. Ike setzte sich zurecht, während er überlegte, was er erwidern sollte.

Doch es war Hound Adams, der das Schweigen mit einem kurzen Lachen beendete. »Gut so«, sagte er. »Jeder braucht einen Lehrer. Der Trick ist nur, sich den richtigen auszuwählen.« Er machte eine Pause. »Wo kommst du her, Ike?« fragte Hound. Es war solch ein abrupter Themawechsel, daß Ike sich mit einemmal wie erlöst fühlte. »Aus der Wüste ...«, begann er, dann verstummte er und zeigte mit der Hand auf die andere Seite des Zimmers, als läge die Wüste direkt hinter der Wand. »Es gibt eine Energie in der Wüste«, hörte er Hound nach einer Weile sagen, »wie es eine Energie im Meer gibt.«

Später standen sie draußen auf der Holzveranda, während die Sonne über der Stadt aufging. Hound hatte bereits seine Badehose und Surfjacke an. Einer der Samoaner war im Vorgarten dabei, ein Board zu wachsen. Nachdem sie die ganze Nacht Party gefeiert hatten, wollten sie runter zum Pier surfen gehen. Ike stand mit Michelle an seiner Seite dabei. Es war komisch, wie er sich im Laufe der Nacht an ihre Anwesenheit gewöhnt hatte, komischer noch, was für ein Gefühl sie ihm gab. Sie war für ihre Verhältnisse ungewöhnlich still und auf unbestimmte, aber wichtige Weise hilfreich gewesen, und er war gleichzeitig dankbar und verwundert. Er war ebenfalls hundemüde und verkatert. Er verstand nicht, wo Hound Adams die Energie zum Surfen hernahm.

»Möchtest du dich uns vielleicht anschließen?«fragte Hound plötzlich und riß Ike aus der Benommenheit, die ihn überkommen hatte. Einen Moment lang fand Ike keine Worte. »Ich würde gerne«, sagte er, »aber ich kann nicht.«

»Er hat sein Board verloren«, warf Michelle ein. »Jemand hat es ihm geklaut.«

Hound nickte, den Kopf etwas auf die Seite gelegt, und starrte Ike wieder an. »Wir haben Boards hier.«

»Ich glaube, heute früh nicht. Ich muß in ein paar Stunden zur Arbeit. Aber vielen Dank.«

Hound Adams nickte. »Ein andermal«, sagte er. »Kommt mal wieder, ihr beiden.«

Ike und Michelle waren fast schon auf dem Bürgersteig, als Hound Ikes Namen rief. Ike blieb stehen und schaute zurück. Hound Adams stand am Rand seiner Veranda. Er sah groß und hart aus, wie eine der Säulen, die das Dach des Hauses trugen. »Warum kommst du nicht mal im Shop vorbei?« sagte er zu Ike. »Du solltest nicht ohne ein Board sein. Vielleicht können wir was arrangieren.«

Ike fühlte sich leicht benommen, als sie die menschenleeren Bürgersteige entlang nach Hause gingen. In seinem Kopf schwirrte es noch von dem Bier und dem Dope, und der Boden unter seinen Füßen schien zeitweilig sehr weit weg zu sein. Er blickte zu Michelle hinüber und mußte wieder denken, wie anders sie nach der Party auf ihn wirkte. Es war überaus verwirrend.

Der Morgen war kühl, durchtränkt von einem rosigen Licht. Ein paar verstreute Wolken zogen metallisch leuchtend wie große Luftschiffe über ihnen dahin. Der Himmel war türkisfarben mit orangen und roten Streifen. »Dieser Sonnenaufgang erinnert mich an die Wüste«, sagte Ike.

»Ich bin noch nie in der Wüste gewesen.«

»Das ist schwer vorzustellen.«

»Es ist aber so. Mein Dad hat uns verlassen, als ich noch ein Kind war. Meine Mutter fährt nie irgendwohin. Ich bin noch nirgendwo gewesen. Das war einer der Gründe, warum ich weggerannt bin.«

»Nun, stell dir vor, der Boden ist so leer wie der Himmel, und genauso voller Farben.« Er hielt inne und sah Michelle an. Sie waren praktisch gleich groß, und er sah ihr direkt in die Augen. Er sah ihr an, daß sie ihm aufmerksam zuhörte, doch er fuhr nicht fort. Er zuckte die Achseln. »Am besten ist es im Frühling.«

»Du bist anders als die andern«, sagte sie. Er erwiderte ihren Blick einen Moment lang, dann schaute er weg.

»Ich mein's ernst. Du bist nicht wie die andern Typen hier.«

»Vielleicht liegt es daran, daß ich nicht von hier bin.«

»Erzähl mir also von der Wüste.«

Er zuckte wieder die Achseln. »Da gibt's nicht viel zu erzählen.«

»Was ist mit deiner Schule? Wie waren die anderen Kids dort?«

Er mußte lachen bei dem Gedanken an die eine Reihe weißer Baracken, die als Schule gedient hatten, kleine Räume aus Wellblech, die so heiß wurden, daß die Lehrer an manchen Tagen Rasensprenger auf den Dächern laufen ließen, um sie abzukühlen. »Die meisten Kids waren Mexikaner«, sagte er, »aber ich war nicht mit ihnen befreundet. Ich weiß nicht, wie sie waren, um die Wahrheit zu sagen.«

»Hattest du gar keine Freunde?«

»Meine Schwester. Wir waren Freunde.«

»Deine Schwester?«

»Yeah.« Er zögerte; es war ihm immer unangenehm, darüber zu

sprechen, über seine Familie – wenn man es so nennen konnte. »Weißt du, meine Mutter hat meine Schwester und mich in einem Sommer einfach abgeladen und sich davongemacht, hat uns bei ihrer Mutter und ihrem Bruder gelassen und ist nie zurückgekommen.«

»Und dein Vater?«

»Den hab ich überhaupt nicht gekannt.«

Sie schien einen Augenblick darüber nachzudenken. »Also waren du und deine Schwester ganz allein«, sagte sie. Er dachte, daß sie jetzt noch weiter fragen würde, nach seiner Schwester, aber sie tat es nicht. Sie hielten sich beim Gehen an der Hand, und er spürte ihre Hand feucht und warm in seiner Hand. »Vielleicht können wir irgendwann mal hinfahren«, sagte sie. »Dann kannst du mir zeigen, wie's dort ist.«

»Vielleicht«, sagte er, obwohl er sich komisch dabei fühlte.

Im Sea-View stiegen sie die Treppe hinauf, und er stand mit ihr vor ihrer Tür. Die Tür war offen, und drinnen konnte er Jill, noch in Kleidern, auf der Couch liegen sehen. Michelle blickte zu ihrer Zimmergenossin hinein, dann wieder zu Ike. Sie zog die Nase kraus und lächelte. »Du kannst ruhig mit reinkommen«, sagte sie. »Ich habe eine Ecke für mich. Oder mußt du zur Arbeit?«

Ike schaute in das kleine vollgestopfte Zimmer. »Das war eine Lüge. Ich muß ins Bett. Ich bin wirklich todmüde.«

»Wirst du irgendwann mal mit ihnen surfen?«

Er zuckte die Achseln.

Sie stand mit dem Rücken zur Tür, die Hand auf den Griff gelegt. Er schaute sie an, und er konnte sehen, daß sie wartete, daß sie mehr von ihm erwartete als bloß gute Nacht zu sagen. Er hätte es ebensogerne getan. Es trat ein merkwürdiger, angespannter Moment ein, während sie ihm fest in die Augen sah, in dem er auf sie hätte zugehen, sie berühren können, doch er ließ den Moment vorübergehen, oder vielmehr wartete er zu lange, so daß es schließlich unpassend und ungeschickt gewirkt hätte, wenn er sich ihr genähert hätte. Er ging zu seiner eigenen Zimmertür, dann drehte er sich um, um sie aus sicherer Entfernung noch einmal anzuschauen. »Vielleicht können wir morgen zusammen was unternehmen«, sagte er. »Ins Kino gehen oder so.«

»Okay«, sagte sie. »Komm vorbei, wenn ich von der Arbeit zurück bin.« Sie winkte ihm zu, und er winkte zurück.

Als er in seinem Zimmer war, setzte er sich aufs Bett und dachte an den Abend zurück. Während er sich auszog, dachte er fortwährend an die Fragen, die Hound Adams ihm gestellt hatte. Aus den Fragen war zu schließen, daß Hound bis zu einem gewissen Grad Bescheid wußte, und doch hatte Ike den Eindruck, daß er ein bißchen auch auf neue Informationen aus gewesen war. Was wußte Hound Adams? Und was war mit dem Angebot, in den Shop zu kommen? Wie man es auch betrachtete, es war ein vertrackter Vorschlag, dachte er.

18

Ike fühlte sich nicht sehr erfrischt, als er schließlich aus dem Bett aufstand. Er duschte und beschloß, einen Spaziergang in die City zu machen. Nach dem Duschen fühlte er sich besser, und vom Ozean her kam eine frische Brise. Er dachte sich, daß Michelle vielleicht gerne einen Surf-Film mit ihm sehen würde. Er war nie zuvor mit einem Mädchen ausgegangen. Es gab ihm ein merkwürdiges Gefühl, machte ihn ein bißchen nervös. Es war ihm immer noch ein Rätsel, wie anders Michelle nach der Party auf ihn wirkte. Jill war ebenfalls dort gewesen und hatte wesentlich mehr gewirkt wie sonst auch, laut und albern. Aber Michelle war anders gewesen. Plötzlich ertappte er sich dabei, wie er sich vorzustellen versuchte, wie es wäre, eine echte Freundin zu haben – eine Frau sogar. Er versuchte, sich vorzustellen, wie er am Sonntagnachmittag mit einem Kombiwagen voller Kinder-Surfboards und sandverklebter Kinder den Coast-Highway hinunterfuhr. Er versuchte, es sich vorzustellen, aber es gelang ihm nicht ganz. Soweit er wußte, hatte noch keiner in seiner Familie ein normales Leben geführt, und es war ihm nicht klar, warum er der erste sein sollte.

Das Curl Theater war ein schmutziges altes Gebäude mit abblätternder Farbe, das zwischen zwei leeren Grundstücken stand. Fast jede Woche liefen dort Surf-Filme. Diese Woche lief einer Namens *Nichts als Stehplätze*. Er studierte eine Weile die Plakate, bis er sich entschied, daß sie hingehen sollten. Dann ging er hinunter zu dem Del-Taco-Imbiß, wo Michelle arbeitete, um eine Coke zu trinken.

Sie schien überrascht, ihn zu sehen. Er war noch nie dort gewesen, wenn sie arbeitete. Sie hatte eine orange-braune Uniform mit einem kleinen weißen Namensschild über der Brust an. Er hing eine Weile am Tresen herum, trank mit einem Strohhalm seine Coke und redete mit ihr. Als er ihr von dem Film erzählte, sagte sie: »Echt geil.«

Die ganze Zeit, während er mit ihr redete, fiel ihm auf, daß ein anderes Mädchen, etwa in Michelles Alter, ihn anstarrte. Sie arbeitete an der Drive-in-Theke, aber sie sah ständig zu Ike herüber und starrte ihn an, als wollte sie sich darüber klarwerden, ob sie ihn kannte oder nicht. Ike hatte sie nie in seinem Leben gesehen. Ein paarmal erwiderte er ihren Blick, und jedesmal schaute sie weg. Er hätte gerne noch ein bißchen länger dort herumgehangen. Es war angenehm, mit dem Wind im Rücken dazustehen und mit Michelle zu reden, aber schließlich hatte sich eine Schlange hinter ihm gebildet, und er verabschiedete sich. »Bis heute abend«, sagte sie zu ihm. »Ich freue mich schon drauf.« Ike ging die Stufen hinunter auf den Bürgersteig, dann wandte er sich um und schaute zurück. Michelle lächelte ihm durch die Fensterscheibe zu. Hinter ihr konnte er sehen, wie das Mädchen an der Drive-in-Theke ihn wieder ansah.

Er hielt zweimal auf seinem Weg zurück die Main Street rauf. Zuerst ging er ins Reisebüro und holte sich ein paar Landkarten von Mexiko. Er wollte sehen, ob er sich an die Namen erinnern und die Route nachvollziehen könnte, die Hound Adams gestern nacht beschrieben hatte. Und dann ging er weiter zum Main Street Surf-Shop.

Hound Adams sah er nicht. Tatsächlich sah er überhaupt niemanden, und der Laden war wie bei seinem ersten Besuch leer und still. Er schob seine Finger in die Taschen seiner Jeans und ging hinein. Er war eigentlich nicht sicher, weshalb er gekommen war. Er nahm an, es hatte etwas mit dem zu tun, was Barbara ihm erzählt hatte, daß der Laden früher Preston gehört hätte.

In seinen Tennisschuhen ging er leise über den dunklen rechteckigen Teppich und weiter auf den Betonboden. Die Stille in dem Laden war sonderbar und gab ihm das Gefühl, daß jedes laute Geräusch fehl am Platz wäre. Dieses Gefühl wurde noch bestärkt, dachte er, durch die Surfer-Relikte an den Wänden, die Pokale und alten Plakate, die verblichenen Fotografien, von denen einige unten auf dem Rahmen etwas geschrieben stehen hatten. Er gab auf all das, was um ihn herum war, jetzt genauer acht als bei seinem ersten Besuch, und eins fiel ihm direkt auf, und er war überrascht, daß er es nicht von seinem ersten Besuch her in Erinnerung hatte. Auf dem Deck von einem der alten Boards aus Balsaholz, die von der Decke hingen, sah er einen Aufkleber. Die Decke in dem Laden war hoch, so als wäre der Raum früher mal zu etwas anderem verwendet worden, doch er konnte ohne Schwierigkeiten die Form des Aufklebers ausmachen: eine brennende Welle innerhalb eines Kreises. Er sah sich einige der Fotografien näher an, und er stellte fest, daß auf den Fotos noch andere Boards mit demselben Aufkleber waren, daß sich das Logo vielleicht ein dutzendmal auf verschiedenen Fotos wiederholte.

Der Shop bestand aus zwei Räumen. Vorne war der große Raum mit dem Teppich und der erhöhten Decke, und hinten ein anderer kleinerer Raum, wo die gebrauchten Boards und die Neoprenanzüge aufbewahrt wurden. Ike ging in den hinteren Teil des Ladens. Er roch den eindringlichen Gummigeruch der neuen Neoprenanzüge und den beißenden, etwas süßen Geruch nach frischem Harz. An der Wand über den Neoprenanzügen, an der Ostseite des kleinen Raums, entdeckte er die für ihn bemerkenswerteste Fotografie. Die Vergrößerung war anscheinend auf billigem Papier gemacht, denn das Bild war früher einmal in Farbe gewesen, aber jetzt war es verblichen und voller Helligkeit. Der Himmel war vom allerhellsten Blau, und die Farbe war vollständig aus den Gesichtern der Leute verschwunden: einem Mann in mittleren Jahren, zwei jüngeren Männern und einem Mädchen. Ike brauchte ein, zwei Momente, um sicher zu sein, aber dann war er ganz sicher, noch bevor er die dünne Handschrift entdeckte, die sich wie Spinnweben über die Unterkante des Fotos zog: die beiden jungen Männer waren Hound Adams und Preston Marsh. Sie hatten beide kurze Haare, und sie trugen Badehosen und zueinander passende Sweatshirts. Sie lehnten gegen einen alten Ford Kombi mit Holzverkleidung an der Seite, und aus dem Heck des Wagens ragten ein paar Surfboards hervor. Das Mädchen stand zwischen ihnen auf dem Trittbrett, den einen Arm über Hounds, den anderen über Prestons Schultern gelegt. Sie war ein überaus hübsches Mädchen mit fein geschwungenen Brauen, einer geraden Nase und gleichmäßigen Zähnen, einem Gesicht, das zu einer Schauspielerin hätte gehören können, und sie lächelte so breit, daß es fast ein Lachen war. Preston und Hound lächelten.

Der ältere Mann schien irgendwie nicht zu den anderen zu passen. Er hatte eine Freizeithose und ein T-Shirt an. Über seinem Arm hing ein Sportsakko. Sein Haar war sehr kurz und dunkel, straff zurückgekämmt, und er hatte eine kleine runde Sonnenbrille auf. Sein Mund war schmal, gerade und in den Winkeln zu einem mehr oder weniger überzeugenden Lächeln hochgezogen. Die Schrift auf der Unterkante lautete: *Mexiko, Labor Day 1965, Hound, Preston, Janet, Milo.*

Es war leise und ruhig in dem Shop, und Ike blieb lange vor dem Foto stehen. Es war überraschend, wie ähnlich Hound und Preston damals ausgesehen hatten. Preston war fast einen Kopf größer, ein bißchen breiter und kräftiger in den Schultern, aber er sah schlanker aus als heute, von der Statur her mehr wie Hound. Seine Nase war damals auch gerader gewesen, und zusammen mit der gleichen Frisur und den zueinander passenden Sweatshirts war die Ähnlichkeit verblüffend. Doch da war noch etwas an dem Foto, das ihn in seinen Bann zog. Was war so Besonderes daran? Vielleicht das Mädchen, etwas an der Art, wie sie lachte und ihr Haar dabei im Wind wehte. Aus irgendeinem Grund stellte er sich vor, daß das Foto am Ende des Tages gemacht worden war, aber nicht irgendeines Tages, sondern eines guten Tages, und es war die Art von Foto, die einen wünschen ließ, man wäre befreundet mit den Leuten darauf, und die Tatsache, daß man sich damit begnügen mußte, es nur anzusehen, führte dazu, daß man sich von irgend etwas ausgeschlossen und einsam vorkam. Das waren seine Gedanken, als eine Stimme ihn herumfahren ließ, die ihn fragte, ob er einen bestimmten Wunsch hätte. Die Stimme kam von hinter ihm, und als er sich umdrehte, sah er, daß es derselbe Mann war, mit dem Preston in der Gasse geredet hatte und den er an dem Abend, als er Hound und Terry gefolgt war, gesehen hatte, der Mann, den er bislang für Frank Baker gehalten hatte – obwohl er es immer noch nicht mit Sicherheit wußte.

Die Stimme des Mannes klang sehr laut in der Stille des Ladens, und Ike brauchte einen Augenblick, um zu antworten. »Nein. Nein, danke«, sagte Ike, »ich seh mich bloß ein bißchen um.«

Der Mann kam in den Raum und stand dann, die Arme über der Brust gekreuzt, ein paar Schritte hinter Ike. Er schien ebenfalls das Foto zu betrachten. Ike tat ein paar Momente so, als sähe er sich die Neoprenanzüge, die unter den Fotos hingen, an, sagte etwas über die Notwendigkeit, Geld zu sparen, und verließ den Laden. Als er ging, stand der blonde Mann immer noch vor dem Foto.

Auf seinem Weg hinaus aus dem kleinen hinteren Raum bemerkte Ike eine weitere Fotografie, eine von dem Mann, den er gerade gesehen hatte – dem älteren, dunkelhaarigen Mann. Ike erkannte das dünne Lächeln, die kleine Sonnenbrille. Diesmal war der Mann alleine an einem leeren Strand. Ike nahm sich nicht die Zeit, das Foto länger anzusehen, aber bevor er ging, konnte er den Namen auf dem Rahmen lesen. Der Name war Milo Trax.

19

Der Wind blies ihm in die Augen, bis sie trocken waren und brannten, während er am Greyhound-Depot vorbei und weiter nach Norden zum Sea-View ging. Er dachte an den Mann, den er gerade auf den Fotos gesehen hatte. Und er dachte an die kleine weißgekleidete Gestalt, die er von der Lichtung über der Landspitze aus kurz gesehen hatte. Der Mann mit der Kohle. Und er dachte sich, daß es interessant sein könnte, noch einmal mit Barbara zu reden und sich das Erinnerungsalbum, das sie erwähnt hatte, anzusehen.

Michelle wartete auf ihn, als er im Sea-View ankam. Sie saß in Jeans und T-Shirt vor ihrer Tür. Sie hatte ihm etwas zu essen von der Arbeit mitgebracht. Er setzte sich an den kleinen Tisch beim Fenster und aß. Michelle sah ihm dabei zu.

»Wo ist Jill?« sagte er einfach, um etwas zu sagen, etwas zu tun, das ihn von seinen Gedanken an den Surf-Shop und die Ranch ablenkte.

»Läßt sich ihr Haar machen. Ein Mädchen, das wir kennengelernt haben, macht es ihr. Auf Punk.«

Er nickte und sah sich in dem Zimmer um. Es war klein und zu voll, wie sein eigenes. Die Wohnung bestand aus einem Zimmer zusammen mit einer winzigen Kochnische und einem Badezimmer. Die Mädchen hatten einen Vorhang angebracht, um das Zimmer zu unterteilen. Jill schlief offensichtlich auf einer großen ramponierten Couch, während Michelle eine Matratze auf dem Fußboden hatte. An die Wand über Michelles Matratze waren ein paar Bilder aus Pornomagazinen geheftet. Sie bemerkte, wie er die Bilder ansah, und lächelte. Sie nahm eine Nagelfeile vom Fensterbrett und fing an, an ihren Fingernägeln herumzuhantieren. Er sah, daß ihre Nägel hellrot angemalt waren, und mit einemmal wirkte sie wieder mehr auf ihn wie die Michelle, die er vor der Party gekannt hatte. Es fiel ihm verdammt nichts ein, was er sagen konnte. Ein langer Abend voller peinlichem Schweigen tat sich gähnend vor ihm auf.

»Hast du was zum Kiffen?« wollte Michelle wissen.

Ike schüttelte den Kopf.

»Ich bau mir selbst was an. Willst du's sehn?«

Ike sagte ja. Er aß zu Ende und stand auf, um sich am Spülbecken die Hände zu waschen.

Michelle führte ihn an dem Vorhang vorbei zu einem Fensterbrett in der Nähe ihrer Matratze, wo ein paar winzige Marihuana-Pflanzen in Plastikbechern standen. Sie berührte eins der zarten grünen Blätter mit dem Finger und lachte. Ike gab sich Mühe, interessiert auszusehen.

Es klapperte an der Tür, und Ike wandte sich um und sah Jill hereinkommen. Sie hatte sich in der Tat die Haare machen lassen. Sie waren jetzt kürzer als Ikes. Einen Moment lang hatte er den Verdacht, sie wäre nach San Arco gefahren und hätte es von seiner Großmutter machen lassen. An einer Seite sah es kürzer aus als an der anderen, und eine Stelle war in einem häßlichen Orangeton gefärbt. Michelle sagte aber, es sehe okay aus. Die beiden Mädchen gingen ins Badezimmer und inspizierten es im Licht einer nackten Glühbirne von allen Seiten. Jill hatte von irgendeiner Party gehört, und sie war scharf darauf, hinzugehen und ihre neue Frisur auszuprobieren. »Sie haben sogar eine Live-Band«, sagte sie, und Ike konnte sehen, daß Michelle auch gerne hingegangen wäre. Sie schaute ihn an, aber er tat so, als bemerkte er es nicht. Schließlich sagte sie zu Jill, daß sie ins Kino wollten. Jill zuckte die Achseln. »Wie ihr wollt«, sagte sie, doch es war ihr deutlich anzumerken, daß sie es für etwas Todlangweiliges hielt.

Sie verließen schweigend das Sea-View und machten sich auf zum Kino. Ike hatte das Gefühl, daß Michelle ziemlich genervt war, weil sie die Party verpassen würde. Sie hielten sich nicht an der Hand, wie sie es in der Nacht zuvor getan hatten, und es war ihm etwas peinlich, so neben ihr zu gehen, ohne daß ihm etwas zu sagen einfiel, und er begann sich zu fragen, ob sie es war, die heute abend anders war, oder er. Letzte Nacht war er halb betrunken und stoned gewesen. Vielleicht hatte es seine Urteilskraft beeinträchtigt. Oder vielleicht war es wie in diesem Song – einem der vielen Country-Songs, die er wieder und wieder in Gordons Laden hatte mit anhören müssen – dieser Satz darüber, daß die Mädchen alle schöner werden, kurz bevor die Kneipe schließt. Es war ein deprimierender Gedanke.

»Marsha sagt, sie kennt dich von irgendwoher«, sagte Michelle. Sie waren etwa auf halbem Weg zwischen dem Sea-View und dem Curl Theater.

»Marsha?«

»Sie arbeitet mit mir zusammen. Sie war heute da, als du vorbeigekommen bist. Sie sagt, sie hätte dich schon mal gesehen.«

Ike fiel jetzt wieder das Mädchen ein, das er an der Drive-in-Theke gesehen hatte und das ihn so angestarrt hatte. Irgendwie hatte er sie nach seinem Besuch in dem Surf-Shop ganz vergessen. »Ich wüßte nicht woher«, sagte er. »War sie jemals in San Arco?«

»Ich weiß nicht. Ich glaube nicht. Sie glaubt, sie kennt dich von hier.«

»Das kann nicht sein.«

»Dann siehst du jemand ähnlich. Sie sagt, entweder kennt sie dich oder du siehst jemand ähnlich.«

»Wem?«

»Das hat sie nicht gesagt.«

Im Curl Theater hatte sich eine kleine Schlange gebildet. Ike und Michelle warteten, wieder ohne etwas zu sagen. Ike dachte an das Mädchen in dem Taco-Laden. Michelle löste sich von ihm und ging, um sich in den Schaufenstern an der Vorderseite des Gebäudes die Plakate für kommende Filme anzusehen. Ike wünschte sich, er könnte jetzt sofort abhauen, losgehen, um dieses Mädchen zu treffen und sie zu fragen, wem er ähnlich sah. Und er wollte ebenfalls Barbara treffen. Das Herumstehen begann ihn nervös zu machen, als verschwendete er seine Zeit, als gehörten er und Michelle vielleicht sowieso nicht zusammen und als wäre es ein Fehler gewesen, mit ihr auszugehen.

Das Komische aber war, der Film war so gut, daß Ike, nachdem er angefangen hatte, praktisch alles andere vergaß. Er hätte vielleicht sogar vergessen, daß er mit Michelle da war, wenn sie nicht ständig laute Kommentare abgegeben hätte. Es war eine äußerst störende Angewohnheit. In jedem anderen Kino wäre es noch schlimmer gewesen, aber im Curl Theater ging es ohnehin reichlich laut zu, und die Zuschauer pfiffen und johlten bei den spektakuläreren Ritten. Trotzdem empfand Ike Michelles Gerede als störend. Sie benahm sich, als wäre sie vorher noch nie in einem Kino gewesen.

Ike sagte nichts. Er hielt den Mund und sah auf die Leinwand. Er hatte nie solche Wellen wie in dem Film gesehen. Es gab Surf-Aufnahmen aus der ganzen Welt, aus Australien, Neuseeland, Bali. Die Wellen waren wie die, die er auf der Ranch gesehen hatte, leer und vollkommen, und er dachte daran zurück, wie er sich dort mit allem um ihn herum vernetzt gefühlt hatte. Er erinnerte sich an den Anblick, wie Preston auf dem schwarzen Ozean gesessen und ihm mit dem Arm zugewunken hatte. Ein flüssiger Tunnel, bernsteinfarben in der untergehenden Sonne, füllte die Leinwand aus, unterhöhlt und ungeritten, und die Gischt spritzte zehn Meter in die Luft. Und es war unmöglich, es jemandem zu erklären, der es nicht kannte.

Er hatte sich, als der Film zu Ende ging, vorgenommen, Michelle direkt nach Hause zu bringen, früh schlafen zu gehen und Barbara gleich morgen früh zu besuchen. Sie waren gerade auf dem Weg nach draußen, als Michelle Hound Adams entdeckte. Er war mit dem blonden Mann zusammen, den Ike diesen Nachmittag erst in dem Surf-Shop gesehen hatte. Michelle ging zu ihnen, bevor Ike sie davon abhalten konnte, und fing mit ihnen zu reden an. Hound Adams hatte natürlich was zum Kiffen, und bald darauf fand sich Ike auf dem Bürgersteig wieder, unterwegs in den Norden der Stadt. Der Weg, den sie nahmen, war fast genau derselbe wie an dem Abend, als Ike Hound vom Strand aus gefolgt war. Bevor sie allerdings das Kino verließen, hatte Hound Adams Michelle und Ike dem Mann in seiner Begleitung vorgestellt, und Ike hatte Frank Baker die Hand geschüttelt.

Hound und Michelle bestritten die Unterhaltung auf dem Weg so gut wie alleine. Ike hatte das Gefühl, daß Frank nicht sonderlich erfreut über ihre Gesellschaft war. Er zog sich in einen anderen Teil des Hauses zurück, sobald sie dort waren, und Ike sah ihn nicht wieder. Wieder saßen Ike und Michelle auf Hounds Wohnzimmerfußboden. Und erneut hatte Ike den Eindruck, daß Hound sich an Michelle heranmachte. Er schien ständig einen Grund dafür zu finden, sie zu berühren oder seine Hand auf ihren Arm oder ihr Knie zu legen. Und ohne es zu wollen wurde Ike wütend darüber. Es war verrückt. Vor einer kurzen Weile erst hatte er sich gesagt, daß er nie wieder mit ihr ausgehen würde, und jetzt war er eifersüchtig. Es ergab keinen Sinn.

Hound redete über den Film und über Mexiko. »Erinnerst du dich, was ich dir gesagt habe?« fragte er an Ike gewandt. »Über die Wüste, daß es dort eine Energie gibt, genau wie es im Meer eine Energie gibt, einen Rhythmus? Und Surfen kann einen in diesen Rhythmus einklinken, wenn man nur lernt, es dazu kommen zu lassen. Aber wohlgemerkt, ich sagte lernen. Es wird uns beigebracht, die ganze Zeit zu sehr mit dem Kopf zu denken. Wir verlieren den Kontakt zu anderen Bereichen der Wahrnehmung, anderen Möglichkeiten, die Dinge zu sehen.« Er machte eine Pause und nahm einen Zug aus der Pfeife. »Das ist einer der Vorteile an Mexiko«, fuhr er fort. »Es gibt dort eine Kombination aus beidem, aus Wüste und Meer, eine Vermischung der Rhythmen. Zuerst, wenn ich von hier aus dorthin komme, ist es immer sonderbar. Ich brauche immer ein paar Tage, um mich darauf einzustellen, zwei oder drei; aber diese neue Einstellung ist notwendig. Mexiko ist auch eine großartige Gegend für Pilze. Habt ihr jemals welche genommen?« Er sah Michelle und Ike nacheinander an, setzte sich dann zurecht und lächelte. »Sie haben zwei Sorten in diesem Dorf. Derumba und San Ysidro, so heißen sie. San Ysidro ist der stärkere von beiden.«

Hound unterbrach sich für einen weiteren Zug aus der Pfeife, und Ike blickte zu Michelle hinüber. Er sah, daß sie Hound an den Lippen hing. Hound Adams fuhr fort und erzählte von einigen mystischen Erfahrungen, die er mit dem mächtigen San Ysidro gehabt hatte. Er erzählte von dem Morgen, da er gleichzeitig gesurft und sich selber surfen gesehen hatte, und davon, wie er durch den durchsichtigen Schirm seines eigenen Fleisches das Innere des Meeres geschaut hatte.

»Ich möchte gern mal hin«, unterbrach Michelle Hound plötzlich in einer seiner Geschichten. Hound lächelte und beugte sich vor, um die Pfeife in die Mitte des Kreises zu stellen; er hielt sich dabei mit einer Hand die Haare vom Gesicht. »Das solltest du tun. Und du auch«, sagte er, indem er Ike anschaute. »Du kannst dort unten Sachen übers Surfen lernen, für die du hier oben Jahre brauchen würdest.«

Ike nickte. Michelle hatte ihre Hand auf sein Bein gelegt, und er konnte die Hitze ihrer Handfläche durch seine Jeans auf der Haut spüren. Er dachte jetzt an die Ranch, wie er sich dort oben gefühlt hatte, und wie an allem, was Hound Adams sagte, ein verrücktes bißchen Wahrheit zu sein schien, daß es aber irgendwie nichts einbrachte, darüber zu reden. Es kam ihm vor, als ob Hound für sie eine Show abzog, und Ike fragte sich, was Preston wohl davon halten würde, oder ob Hound auch dieselben Sachen sagen würde, wenn er es nicht mit ein paar Kids zu tun hätte, die halb so alt waren wie er selbst.

»Nebenbei bemerkt«, sagte Hound. »Hast du dein Board schon wieder, Ike?«

Ike sagte nein.

»Erinnerst du dich noch an mein Angebot?«

Ike sagte ja, und Hound hatte gerade zu einer weiteren Beschreibung von Mexiko ausgeholt, als er durch das Klingeln eines Telefons unterbrochen wurde. Er blieb mehrere Minuten weg, und als er zurückkam, sah Ike sofort, daß etwas nicht in Ordnung war. Hound lächelte nicht mehr, und die Haut schien sich straffer über die Knochen in seinem Gesicht zu spannen. Er sah mit einemmal älter und härter aus als noch wenige Minuten zuvor. »Das war Terry Jacobs' Bruder«, sagte er mit ausdrucksloser Stimme. »Terry ist gerade eben gestorben.«

20

Ike und Michelle standen im Flur wie in der Nacht zuvor. Ike hatte den Eindruck, als ob sich das Gebäude langsam drehte, sich erst in die eine, dann in die andere Richtung neigte, während die nackten Glühbirnen dünne Säulen aus Licht in die heiße, sich drehende Dunkelheit warfen. Er fühlte sich weich in den Knien, und er konnte nicht sagen, ob es daran lag, daß er nervös wegen Michelle war, oder daran, daß er den Gesichtsausdruck von Hound nicht vergessen konnte, als er ihnen Terrys Tod mitgeteilt hatte.

Erneut lud sie ihn zu sich ein, und erneut zögerte er. »Okay«, sagte sie, »dann komm ich mit zu dir. Zwei Abende nacheinander kommst du mir nicht davon.« Sie lachte. Ihr Gesicht war gerötet, und sie wirkte ein kleines bißchen aufgeregt. Er bemerkte einen kleinen Schweißtropfen auf ihrer Oberlippe. Sie stand da, die eine Hand auf dem Türgriff, die andere auf ihrer Hüfte. Ihre Hände waren ziemlich groß und kräftig, wie die von einem Jungen, nur daß die Haut sich glatt und weich anfühlte. Er sah auf ihre Hände, weil es leichter war, als ihr in die Augen zu blicken, und er dachte an sein Zimmer, den Haufen schmutziger Wäsche, die Mülltonne, die er vergessen hatte mit hinauszunehmen.

»Wir haben Bier im Kühlschrank«, sagte sie. »Komm schon.«

Er folgte ihr ins Zimmer, das ihm jetzt noch kleiner und stickiger vorkam als vorher. Jill war nicht da.

»Du mußt dich aufs Bett setzen«, sagte sie. »Es ist der einzige bequeme Platz hier.«

Er setzte sich ans Ende der Matratze und sah zu, wie Michelle zum Kühlschrank ging, um das Bier zu holen. Als sie zurückkam, stellte sie die Flaschen neben seine Füße auf den Boden. Dann ging sie an ihm vorbei und holte eine Kerze vom Fensterbrett. Sie stellte die Kerze auf den Boden und zündete sie an, machte die Deckenbeleuchtung aus und zog den Vorhang, der den Raum teilte, zu. Augenblicklich war alles verändert. Der Raum wirkte eng und heiß. Die weiche gelbe Flamme züngelte in der Dunkelheit, schuf sonderbare wabernde Muster aus Licht und Schatten und tanzte auf der schwarzen Fensterscheibe. Sie setzte sich dicht neben ihn, so daß sich ihre Schultern knapp berührten, und er spürte die Hitze, die ihr Körper ausstrahlte. Er trank das Bier schnell. Es war kalt, und es brannte bis hinunter in seinen Magen. Er legte die Hand aufs Bett, dicht hinter ihr, den Arm ausgestreckt, und sie lehnte sich dagegen. Er blickte ihr ins Gesicht, betrachtete den kleinen vollendet geformten Mund, die hohen Backenknochen. Sie sah ihm fest in die Augen, und er sah das

Licht der Kerze in ihren Augen, in dem dunklen Fleck darin, der Narbe, die der Stockschlag zurückgelassen hatte. Er fixierte diesen dunklen Fleck, sah zu, wie er sich kaum merklich bewegte und dann plötzlich größer wurde, als sie sich zu ihm vorbeugte, und dann waren ihre Lippen auf seinem Mund. Er schmeckte ihren Atem, ihre Zunge. Sie legten sich zusammen zurück auf die Matratze, und er fühlte sich, als würde er fallen. Er fühlte sich, wie er sich auf der Ranch gefühlt hatte, als er das Face der ersten Welle hinuntergesurft war. Außer Kontrolle. Es war ein verrückter Gedanke, daß dies dasselbe Mädchen war, über das er sich im Kino so geärgert hatte. Er lag neben ihr und küßte sie, auf den Mund, den Hals, die Augenlider, und dann war es plötzlich, als wäre der Sturz vorbei, und er lag nur noch da, neben ihr, zu Eis erstarrt. Er lag ganz still, und er konnte ihren Herzschlag hören, sein eigenes Herz gegen ihren Arm pochen fühlen. Ein langer Augenblick verstrich, bevor sie sich neben ihm zu regen begann. Sie faßte ihn an der Schulter und schob ihn von sich weg, als wollte sie ihn aus Armeslänge genau ansehen. »Ich hab noch nie einen Jungen wie dich getroffen«, sagte sie.

»Tut mir leid.«

»Warum?«

»Nun …« Er machte eine Pause. »Ich meine, ich weiß, was du willst, aber ich glaub nicht, daß ich's kann.«

»Warum nicht?«

»Ich weiß nicht.«

Sie zog ihn wieder hinunter an ihre Seite. »Ich nehme an, es gab nicht gerade viele Mädchen da draußen in der Wüste«, sagte sie.

Er schüttelte den Kopf. »Nein.«

»Du hattest also noch nie eine Freundin?«

Er zögerte. Er spürte, wie ihm das Blut in den Kopf schoß, und als er die Augen schloß, war es, als läge der rote Staub von San Arco hinter seinen Lidern und machte seine Augen trocken und wund. »Eine«, sagte er. »Es gab da dieses eine Mädchen. Aber sie ist weggezogen.« Er spürte, daß sie ihn beobachtete, fühlte, daß sie ihm nicht glaubte.

»Es muß sehr einsam gewesen sein, als sie weg war.«

Er nickte wieder. »Ja«, sagte er, »das war es.« Er blickte jetzt an die Decke, und er konnte sich nicht erinnern, wann er sich in letzter Zeit so erbärmlich gefühlt hatte, so unbrauchbar, so wie an jenem ersten Tag in der Stadt, als die Rocker ihn ausgelacht hatten. Shit. Wenn er nicht ficken und nicht fighten konnte, wußte er nicht, wie er es jemals zu irgendwas bringen sollte. Er stellte sich vor, wie Gordon von dort, wo der Himmel sein mußte, auf ihn herabblickte, wie er sein großes rotes Gesicht hin und her wiegte und es dann abwandte, um in den Staub zu spucken.

Michelle lehnte jetzt auf einem Arm, das Kinn in die Hand gestützt. »Ich nehme an, für mich war's genau das Gegenteil. Ich meine, ich hab's irgendwie schon getrieben, als ich noch keine dreizehn war.« Sie schien einen Augenblick darüber nachzudenken. »Und hast du mit diesem Mädchen nie rumgemacht?«

Er zuckte die Achseln. »Einmal.«

»Einmal?« Er hörte sie lachen. »Tut mir leid«, sagte sie dann. »Ich meine, ich will mich nicht über dich lustig machen. Bloß einmal?«

»Sie ist weggezogen.«

»Ach ja. Und dann gab es wieder nur dich und deine Schwester. Allein da draußen am Arsch der Welt.«

»Und«, fragte sie ihn nach einer weiteren Pause, »hat es dir gefallen?«

»Was?«

»Was du gemacht hast. Mit deiner verflossenen Liebe.«

Er drehte den Kopf, um sie anzuschauen, und er sah, daß sie lächelte, aber so, wie sie ihn an dem Tag, als er ihr auf dem Rasen begegnet war, angelächelt hatte, nicht spöttisch, sondern echt.

»Vielleicht brauchst du bloß ein bißchen mehr Übung«, sagte sie. »Und weißt du was?«

»Nein.«

»Ich werde dich nicht eher hier rauslassen, bis du mich gevögelt hast.«

Sie ließ sich von der Matratze gleiten und beugte sich hinunter, um die Kerze auszublasen, dann richtete sie sich auf, um sich ihr T-Shirt über den Kopf zu ziehen und es wegzuwerfen. Und als sie aufstand, um ihre Hose aufzuknöpfen, kam nur das Mondlicht durch das alte Glas der Fensterscheibe herein und schimmerte auf ihrem Profil und auf ihren Brüsten, die klein und rund und unglaublich weiß waren, wo der Badeanzug sie von der Sonne ferngehalten hatte, und nachdem sie ihre Hose ausgezogen und sich wieder neben ihn gelegt hatte, hätte er schwören können, daß sie rein wie ein Engel aussah in dem weichen Licht, das durchs Fenster hereinfiel. Er strich mit den Händen ihre Beine hinauf, über die kühlen Stellen unter ihren Schenkeln, und später, als er sich zwischen sie legte und sie ihn hineinführte, als er die Hitze ihres Leibes spürte und fühlte, wie ihre Arme ihn umfingen, schloß er die Augen, und er hatte das Gefühl, als würde der heiße rote Staub der Wüste aufsteigen, um ihn zu ersticken, und er glaubte von irgendwoher, aus einer muffigen Vergangenheit, während sein Körper sich in der Gegenwart weiter zu einem neuen eigenen Rhythmus wiegte, die alte Frau seinen Namen rufen zu hören. Und die Stimme war voller Überraschung, voller Schmerz und Wut.

21

Sie schlief für eine Weile. Ihr Körper lag warm und weich an seiner Haut, und es war ein schönes Gefühl, einfach dazuliegen, in der Dunkelheit, und ihrem Atem an seiner Seite zu lauschen. Er mußte selber eine Zeitlang gedöst haben, denn er war sich bewußt, daß er aufwachte, daß er sich in Erinnerung rufen mußte, daß es wirklich passiert war, daß er tatsächlich hier war, und daß ihr Bein auf seinen Beinen lag, ihr Atem gegen seinen Hals hauchte, ihre Finger auf seiner Brust ruhten. Es war eine erfreuliche Entdeckung. Er verlagerte sein Gewicht etwas, und sie regte sich neben ihm. »Bist du wach?« flüsterte sie. Er sagte ja. Sie lachte über irgend etwas. Ihre Finger glitten hinunter auf seinen Bauch.

»Willst du mir einen Gefallen tun?« fragte er.

»Und was?« Sie klang ein bißchen amüsiert.

»Frag deine Freundin, wem ich angeblich ähnlich sehen soll.«

»Ist das dein Ernst.«

»Ja.«

Er spürte ihre Finger gegen seine Haut drücken. »Du bist wirklich ein ulkiger Typ«, sagte sie. Er drehte sich zu ihr um, fand mit den Lippen ihren Mund.

Er wachte bald wieder auf. Michelle schlief noch, auf dem Rücken jetzt, mit offenem Mund, den einen Arm über ihren Kopf gelegt, während eine Brust unter dem Laken hervor in das graue Licht lugte. Die Zufriedenheit, die er vorher empfunden hatte, stellte sich mühelos wieder ein, und er verwendete einige Zeit darauf, sie zu betrachten und sich im Zimmer umzusehen. Er kam zu dem Schluß, daß es eins der merkwürdigsten Zimmer war, die er je gesehen hatte. Die eine Hälfte davon war so, wie man es in einem Hurenhaus erwartet hätte, die andere Hälfte gehörte zu einem jungen Mädchen. Das hohe, schmale Einbauregal mit seinen schmalen Böden war ein gutes Beispiel. Auf einem Brett lag ein Paar schwarzer Netzstrümpfe auf einem Baseballhandschuh. Auf einem anderen stand ein Paar roter hochhackiger Schuhe neben einem Paar weißer Tennisschuhe mit verblichenen Initialen an der Ferse. Neben dem Bett stand eine winzige Kommode, auf der eine kleine Sammlung von Parfumflaschen und Make-up-Töpfchen zu sehen war, außerdem das Foto eines

Mädchen-Softballteams. Über der Kommode hing ein Foto von zwei Leuten, die es miteinander trieben, und unter dem Bild waren eine Reihe ausgeschnittener Buchstaben zu den Worten *Sooooo Heiß* zusammengesetzt. Neben dem Vorhang war ein Aufkleber mit der Aufschrift *Keuschheit macht dick.*

In gewisser Weise war sie wie das Zimmer, eine verrückte Mischung. Deshalb war sie schwer einzuschätzen. Sie konnte sich blitzschnell verändern. In der einen Minute konnte sie sehr jung wirken – jünger noch als die sechzehn Jahre, die sie war –, und in der nächsten Minute konnte sie sehr stark erscheinen und gescheiter, als er gedacht hatte. Und es lag nicht nur daran, daß sie sexuell erfahrener war. Es war mehr als das. Es war etwas, das tiefer ging. Es war der Grund, warum er ein gutes Gefühl hatte, wenn er mit ihr zusammen war.

Er schaute sich für eine ganze Weile das Zimmer an und dachte an die vergangene Nacht. Michelle schlief weiter. Er versuchte, sich vorzustellen, wie es wäre, wenn es sonst nichts gäbe, nichts als sonnendurchströmte Tage im kühlen Schatten des Piers, saubere Linksbrecher, schöne Nächte in Michelles Bett. Und es schien ihm, als hätte er es für einen Augenblick erreicht – oder etwas Ähnliches. Es schien ihm, daß er für einen Augenblick völlig allein war mit diesem Moment, versunken darin, losgelöst von der Verwirrung in der Wüste. Es war eine flüchtige Empfindung, und als sie vorüber war, schien auch die Zufriedenheit, die er wenige Augenblicke zuvor noch verspürt hatte, zu verfliegen. An ihre Stelle trat die Erinnerung an Hound Adams' Gesicht – wie es ausgesehen hatte, als er ihnen Terrys Tod mitgeteilt hatte. Das Gesicht schien mit der Sonne durch das eine schmale Fenster hereinzukommen und sich auszubreiten, bis das ganze Zimmer voll davon war.

Schließlich ließ Ike sich aus dem Bett gleiten und fing an, seine Sachen zusammenzusuchen. Er zitterte auf dem kalten Linoleum, während er sich anzog, dann ging er zum Spülbecken und wusch sich das Gesicht so leise wie möglich, um Michelle nicht zu wecken. Als er damit fertig war, ging er zurück, um sie noch einmal anzusehen. Sie schlief immer noch, aber auf der Seite jetzt, so daß ihr Haar wie ein zarter Fächer hinter ihr auf dem Kissen lag. Er hätte sie gerne berührt, ihr mit den Fingern das Haar glattgestrichen, wo es sich um ihre Schläfen kräuselte, aber irgend etwas hielt ihn davon ab. Statt dessen ging er zur Tür, trat hinaus und machte die Tür leise hinter sich zu.

Es war kalt und noch dunkel im Flur. Ein Luftzug wehte vom Treppenschacht herauf und zog durch das ganze Gebäude. Er machte lange genug in seinem Zimmer halt, um das Hemd zu wechseln, und dann war er draußen auf dem Weg zu Prestons Wohnung, und beim Gehen wurde ihm langsam warm. Er hatte den ganzen Morgen an diese Villa über der Landspitze denken müssen, an die Verbindung, die zwischen ihr und dem Surf-Shop auf der Main Street bestand. Und Barbara hatte einmal etwas von einem Erinnerungsalbum gesagt. Er wollte es sich ansehen. Er ging schnell, die Augen auf den fahlen Beton vor sich geheftet, immer noch bemüht, das Bild von Hound Adams' Gesicht abzuschütteln, das ihm den Morgen verdorben hatte.

Prestons Wohnung ging nach Osten raus, und es war hell und warm auf der Veranda, als er dort ankam. Barbara sah nicht gut aus. Ihr Gesicht war bleich und fleckig, und unter ihren Augen waren dunkle Ringe. Sie wirkte nicht sonderlich erfreut, ihn zu sehen, aber sie wirkte auch nicht sauer deswegen. Hauptsächlich wirkte sie einfach müde. Sie lud ihn ein, hereinzukommen. Sie trug etwas, das wie eins von Prestons Flanellhemden aussah. Das Hemd ging ihr bis knapp über die Knie, und die Ärmel waren zu dicken Wülsten über ihre Ellbogen hochgerollt. Er saß in der Küche, während sie Kaffee machte. Sie sah müde und klein aus, und während er dasaß und ihr zusah, bekam er ein schlechtes Gewissen, daß er gekommen war. Er dachte an seine Nacht mit Michelle zurück, und er fragte sich, ob es für Barbara und Preston wohl jemals so gewesen war.

Barbara hatte bereits von Terrys Tod gehört. Er fragte sie nach Preston, und sie sagte, es gebe immer noch keine Zeugen. Offensichtlich hatte Hound Adams der Polizei sogar gesagt, er glaube nicht, daß Preston hinter der Messerstecherei stecke, sondern daß jemand anderes daran beteiligt gewesen und durch die Hintertür entkommen sei. Sie sagte auch, daß die Polizei keine Waffe gefunden habe und daß Preston wohl bald entlassen werde. »Soviel ich weiß«, sagte sie, »ist er vielleicht sogar schon draußen.«

»Aber wäre er dann nicht hier vorbeigekommen?«

»Nicht unbedingt; er könnte in der Werkstatt sein.«

»Ich fürchte, sie wollen ihn bloß draußen auf der Straße haben«, sagte er, und er erzählte ihr, daß er ein paar von Terrys Verwandten gesehen habe. Sie schien geschockt von der Neuigkeit, als hätte sie nicht geahnt, warum niemand eine Aussage machte, und sofort kam er sich dumm vor, daß er es erwähnt hatte.

Sie saßen eine Weile schweigend da, Ike den Blick auf das brüchige Linoleum zwischen seinen Füßen gerichtet. »Hör zu«, sagte er schließlich, »ich bin heute morgen auch vorbeigekommen, weil ich dich etwas fragen wollte.« Er schaute sie an, und sie blickte zurück, den Ellbogen auf den Tisch gelegt, eine Kaffeetasse in der Hand. »Du hast mir mal erzählt, Hound und Preston wären Partner gewesen. Was weißt du darüber? Ich meine, weißt du, was zwischen ihnen vorgefallen ist?«

Sie stand auf und ging zu einem Schrank, der über dem Kühlschrank hing. Sie räumte ein paar Sachen beiseite und holte schließlich ein großes ramponiertes Buch hervor, eine Art Aktenmappe mit Kartondeckeln, die von einem dunklen Band zusammengehalten wurden. »Sein Erinnerungsalbum«, sagte sie. »Er hat einen Haufen Sachen weggeschmissen, als ich zu ihm gezogen bin, und ich hab's im

Müll gefunden.« Sie legte das Buch vor Ike auf den Tisch. »Ich weiß nicht, ob was drin ist, das dich interessiert, aber du kannst es dir gerne ansehen, weil ich wirklich überhaupt nichts weiß über die Sachen, die du mich fragst. Ich weiß nicht, was passiert ist, mit Hound oder mit dem Laden. Ich weiß nur, daß sie jetzt nicht mehr miteinander reden. Ich war ein paarmal dabei, als Preston Hound getroffen hat, ich meine, zufällig auf der Straße oder so. Sie gehen aneinander vorbei, ohne sich auch nur anzusehen, tun so, als wäre der andere gar nicht vorhanden. Es ist seltsam, aber ich weiß nicht, woher es kommt.«

Ike schlug den Deckel auf und fing an, in dem Buch zu blättern. »Du hast gesagt, Preston wäre nicht von hier, daß er alleine hergezogen ist.«

Sie nickte. »Er ist irgendwo hinter Long Beach aufgewachsen, glaube ich. Wenigstens leben seine Eltern jetzt dort. Sein Vater ist so was wie ein Priester, auch wenn's unglaublich klingt.«

»Hat er dir das erzählt?«

»Nicht von sich aus. Als ich zu ihm gezogen bin, sagte er, seine Eltern wären tot. Dann kam eines Tages diese alte Dame hier vorbei und fragte nach ihm, und sie sagte, sie wäre seine Mutter. Ich hab ihn den ganzen Tag damit genervt, und schließlich hat er zugegeben, daß seine Eltern noch leben. Dabei hat er mir auch erzählt, daß sein Vater Geistlicher wäre. Ich hab ihn gefragt, warum er mir erzählt hat, sie wären tot, und er hat nur die Achseln gezuckt. Man kann ihn bei so was nicht drängen, sonst wird er stocksauer.«

»Ich weiß«, sagte Ike. Es waren einige interessante Sachen in dem Album. Es gab ein paar alte Fotos von dem Surf-Shop, und er sah, daß er früher einmal halb so groß gewesen war wie jetzt – die Backsteinmauer, die jetzt den Ausstellungsraum von dem Rest des Ladens trennte, war früher die Ladenfront gewesen. Auf einem Foto war die Mauer kahl, und auf einem anderen war sie angestrichen und trug das alte Logo des Ladens – die Welle innerhalb des Kreises und die Worte *An der Quelle.*

Das Buch war auch voller Aufnahmen von Preston, viele davon aus Surf-Magazinen ausgeschnitten; sie zeigten denselben braungebrannten jungen Mann, den Ike auf dem Foto im Surf-Shop gesehen hatte, und er verstand jetzt, was Barbara ihm erzählt hatte, daß früher jeder gewußt hatte, wer Preston war, und er glaubte auch zu verstehen, warum die Leute überrascht gewesen waren, wie er sich verändert hatte. Saubere Arme und anmutige Bewegungen, Mr. Southern California. In dem ganzen Album waren keine Tätowierungen zu sehen. Er wollte gerade weiterblättern, als ihm ein Name ins Auge sprang. Der Name tauchte in einer Anzeige für einen Surf-Film auf, eine Anzeige mit dem Wortlaut: *Landesmeister Preston Marsh in Wavetrains, ein Milo Trax Surf-Film.* »Dieser Typ hier«, sagte Ike, »Milo Trax. Ist das der Trax, dem die Trax-Ranch gehört?«

Barbara beugte sich über den Tisch und schaute den Namen an. »Ich weiß nicht. Ich glaube nicht, daß ich jemals drauf geachtet habe.«

Er erzählte ihr von den Fotografien in dem Laden, beschrieb ihr Milo Trax, wie er auf den Fotos aussah. Sie zuckte die Achseln. »Kommt mir nicht bekannt vor, aber es gab auch eine Zeit, als eine Menge abgedrehter Typen anfingen, in dem Laden rumzuhängen. Ich meine ältere Typen, Großstadttypen, Leute, die aussahen, als kämen sie aus L. A., nicht von hier. Ich weiß noch, daß der Laden am Ende einen schlechten Ruf hatte. Es war damals, als eine Menge Leute gerade mit Drogen anfingen, daran lag's zum Teil. Hound und Preston haben angeblich damals eine Menge gedealt, einen Haufen Geld gemacht. Man konnte die beiden zum Beispiel in einem nagelneuen Porsche rumfahren sehen und dergleichen. Ich glaube, Hound macht es heute noch. Soweit ich gehört habe, besitzt er ein paar Häuser hier in der Gegend, und das Geld dazu verdient man nicht mit einem Surf-Shop.«

»Und was ist mit Preston?«

»Mit seinem Geld? Ich weiß nicht. Versoffen oder sonstwie verschleudert. Ich glaube, ich hab dir gesagt, daß er beim Militär war. Ich weiß noch, daß es eine Menge Leute überrascht hat. Ich glaube, alle Welt dachte, Hound und Preston wären clever genug, um drum herumzukommen, aber ich weiß noch, wie ich eines Tages auf dem Pier stand und ein Mädchen sagte, Preston wäre zur Marine gegangen, daß er den Krieg mitmachen würde und daß es alle unglaublich dumm von ihm fänden. Dann war er fort, und dann kam er nach Hause, und zu der Zeit hab ich ihn kennengelernt, und es war so, wie ich dir erzählt habe.« Sie hatte ziemlich schnell geredet und machte jetzt eine Pause, um Luft zu holen und von ihrem Kaffee zu trinken. Ike schaute weiter in das Buch. »Im Laden hängt ein Foto«, sagte er. »Ein Foto von Hound und Preston, und sie haben ein Mädchen bei sich. Ihr Name ist Janet.«

»Ihr Name war Janet.«

Ike zog die Augenbrauen hoch.

»Ich vermute, es war Janet Adams. War sie hübsch?«

Er nickte. »Hounds Schwester?«

»Sie ist tot. Es ist vor einer ziemlichen Weile passiert. Ich war noch auf der High-School, und ich kannte sie nicht. Aber ich glaube, sie starb an einer Überdosis oder so. Ich erinnere mich, daß es was mit Drogen zu tun hatte, und das war damals eine Riesensache.«

Ike war einen Moment lang still. Irgendwie machte ihn diese neue Information betroffen. Er dachte zurück an das Foto in dem Surf-Shop, an das Lächeln des Mädchens, an ihr Haar, das ihr vom Wind ins Gesicht geweht wurde. »Weißt du mehr darüber?«

Barbara schüttelte den Kopf. »Nein. Ich kannte sie nicht. Es war vor langer Zeit. Ich erinnere mich nur an den Vorfall, und daß alle geschockt waren bei dem Gedanken, daß ein Mädchen wie Janet auf Drogen gewesen war.« Sie hielt einen Moment lang inne, blickte auf den Tisch hinunter. »Darf ich dich was fragen?« fragte sie. »Warum interessiert dich das alles so sehr?«

Ike machte das Buch zu und zuckte die Achseln. Einen Moment

lang spielte er mit dem Gedanken, es ihr zu erzählen, doch dann war der Moment vorbei, und er hatte sich dagegen entschieden. »Ich weiß nicht«, sagte er. »Ich nehme an, ich bin einfach neugierig. Ich meine, du hast mir erzählt, wie anders Preston früher einmal war; hast du dich niemals gefragt, wodurch er sich so verändert hat?«

Sie bedachte ihn mit einem ziemlich eingeschnappten Blick, als wäre es eine ziemlich dumme Frage gewesen. »Natürlich hab ich mich das gefragt. Aber er war lange fort gewesen, zwei Dienstzeiten in Vietnam. Ich meine, ein Haufen Leute waren nicht mehr dieselben, als sie von dort zurückkamen.«

»Ich glaube, ich dachte mehr daran, warum er überhaupt weggegangen ist, warum er das Geschäft hingeschmissen hat. Vielleicht hatte es was mit Janet Adams zu tun. Du hast gesagt, er und Hound hätten gedealt.«

Barbara stand auf, nahm ihm das Album aus der Hand und stellte es zurück in den Schrank. Als sie die Tür zugemacht hatte, lehnte sie sich mit dem Rücken dagegen und blickte Ike an. »Kann sein«, sagte sie, »kann sein, es hatte was damit zu tun. Vor einem halben Jahr hätte es mich vielleicht noch mehr interessiert, darüber nachzudenken. Jetzt scheint es mir alles irgendwie nebensächlich. Wenn jemand sich selbst so egal ist, verliert man nach einer Weile das Interesse.«

Ike stieß sich vom Tisch ab und stand auf. Es gab mit einemmal einen Haufen Dinge, über die er nachdenken wollte, und er wollte allein sein. Trotzdem wünschte er, es gäbe etwas, das er Barbara sagen konnte. Es gab nichts. Er verabschiedete sich, sagte ihr, er würde sich melden, und sie ließ ihn durch die Hintertür hinaus.

Die Sonne tanzte auf dem Bürgersteig, und die Häuser schienen wie bunte Papierfetzen im Flirren der Hitze einherzuschweben. Er schlug die ungefähre Richtung zur Stadtmitte ein, ohne groß darauf zu achten, wohin er ging, in Gedanken bei dem, was Barbara ihm erzählt hatte. Die ganze Zeit über sah er das Mädchen auf dem Foto vor sich, wie sie den einen Arm um Hound Adams, den anderen um Preston legte, und er war sicher, daß sie der Schlüssel zu allem war. Es war der Tod des Mädchens gewesen, was Preston und Hound auseinandergebracht hatte. Und irgendwie, obwohl er kaum einen Grund dafür nennen konnte, war er sicher, daß Janet Adams der Grund für den sonderbaren Gesichtsausdruck von Preston gewesen war an dem Tag, als Ike ihm von seiner Schwester erzählt und ihr den Zettel mit den Namen gezeigt hatte.

Er schritt jetzt schnell aus, und bevor er sich dessen bewußt wurde, war er schon in der City, in irgendeiner schäbigen Seitenstraße nahe der Main Street, die an leeren Grundstücken voller Unkraut, verstreuten Ölquellen und einer Kneipe vorbeiführte. Er war fast auf Höhe der Kneipe, als Morris plötzlich aus dem Eingang trat und sich auf den Bürgersteig stellte. Morris hatte eine Trucker-Mütze auf, deren Schirm er nach hinten gedreht hatte, und trug eine Sonnenbrille mit Drahtrahmen. Er hatte seine ärmellose Jeansjacke an und wirkte reichlich betrunken. Er schien im gleißenden Licht ein wenig zu schwanken, als Ike auf ihn zuging, und es war etwas ausgesprochen Aggressives an der Art, wie er den Bürgersteig versperrte, und an dem blöden Grinsen hinter dem verfilzten blonden Bart. Und doch schien es Ike irgendwie verrückt, sich umzudrehen und wegzurennen. Er kannte Morris schließlich. Es lag nur an seiner übermäßigen Paranoia. Ike kam ein paar Schritte näher und sagte hallo.

Morris nahm in aller Ruhe seine Sonnenbrille ab, klappte sie sorgfältig zusammen und steckte sie in seine Jackentasche. Er drückte seine rechte Faust in die linke Hand und ließ die Knöchel knacken. Ike machte einen Schritt zurück. Morris setzte ihm, ein breites Grinsen auf den Lippen, nach und holte aus.

Es ging sehr schnell. Dem Schlag auszuweichen, stand irgendwie überhaupt nie zur Debatte. Es gab nur diese Faust, die aus der Hitze herangeschnellt kam, und der Himmel wurde dunkel. Ike bekam mit, daß er plötzlich auf dem Rücken lag, aber für eine Weile tat ihm nichts weh. Alles war taub. Er wußte, daß er Blut im Gesicht hatte. Es fiel ihm schwer, die Augen klar einzustellen. Es war, als könnte er sich nicht entscheiden, ob er k. o. gehen sollte oder nicht. Vor seinen Augen wurde es fortwährend dunkel, dann hell und wieder dunkel. Morris' großes schmutziges Gesicht tauchte über ihm auf, und er sah verschwommen, daß ein dicker Zeigefinger auf seine Brust gerichtet war. »Ich wußte doch, daß du auf die Schnauze fallen würdest«, sagte Morris. Er packte Ike am T-Shirt, und es sah so aus, als würde er noch einen Schlag verpaßt bekommen. Er dachte an den Beton unter seinem Kopf. Dann hörte er jemand anderen zu Morris reden. »Ich dachte, du könntest ihn ausknocken, du Schwachkopf.«

»Ah, Mann, ich bin abgerutscht.«

»Red keine Scheiße.«

Ike konnte wieder ein bißchen klarer sehen, und er erkannte die andere Gestalt, die hinter Morris stand: Preston, in seinem alten ärmellosen T-Shirt, das rote Halstuch um den Kopf geschlungen.

»Gib mir noch 'ne Chance, Mann«, bat Morris. »Ich werd ihm diesmal seinen Scheißschädel einschlagen.«

»Nichts da, du hast verloren. Du schuldest mir ein Bier.« Preston drehte sich um und ging in die Kneipe zurück. Morris ließ Ikes T-Shirt los. »Jetzt kapiert, was hier läuft, Schwuchtel?« fragte Morris.

22

Als er wieder in seinem Zimmer war, untersuchte sich Ike im Spiegel. Er hatte alles vollgeblutet. Der Schlag hatte ihn genau über dem rechten Auge getroffen, und dicht über der Braue war eine übel aussehende Platzwunde. Die Wunde hatte ringsum lauter kleine Risse und war rot mit irgend etwas Weißem darin. Ihm wurde schlecht bei dem Anblick, und er kotzte ins Waschbecken. Er packte ein paar

Eiswürfel in ein Handtuch, legte sich hin und hielt sich das Eis an den Kopf, in dem es schließlich zu hämmern begonnen hatte. Er war zu desorientiert, um klar zu denken. Hauptsächlich fühlte er sich verraten, und er wußte nicht warum. Hatte Morris etwas über Ike und Barbara zu Preston gesagt? Würde Preston ihm glauben, wenn es so war? Aber das war nicht der Punkt. Es gab noch etwas anderes, und er wußte nicht, was es war.

Er mußte eingeschlafen sein, denn als er die Augen wieder aufschlug, sah er, daß der Himmel hinter der Fensterscheibe rot geworden war. Es war dunkel und stickig im Zimmer, und es stank nach Kotze. Die Eiswürfel waren geschmolzen, und sein Hemd und das Kopfkissen waren triefnaß, doch das Bluten schien aufgehört zu haben. Als er aufstand, um das Fenster aufzumachen, fiel er fast wieder zurück aufs Bett. Er klammerte sich am Bett fest und wartete, und schließlich schaffte er es beim zweiten Versuch. Danach torkelte er zur Tür und machte auch sie auf in der Hoffnung, daß ein Durchzug entstehen würde. Danach legte er sich wieder hin. Er lag lange Zeit da, dachte nach, sah zu, wie der Himmel erst purpurrot und dann schwarz wurde, beobachtete die Motten, die um die nackte Glühbirne im Flur herumflatterten. Es war irgend etwas an dieser Glühbirne, am Schwirren der Motten in dem gelben Licht und der Dunkelheit dahinter, das ihn an die Wüste erinnerte, an die festgetretene Erde hinter Gordons Laden und die heruntergekommene Veranda, wo die Lampe ein Loch in die Dunkelheit brannte und aus der ganzen Stadt Insekten anlockte, die in dem Metallschirm surrten und flatterten.

Er döste wieder ein, mit den Gedanken in der Wüste, und als er die Augen öffnete, war es deshalb, weil Michelle ihn anschaute. Sie stand in ihrer Arbeitskluft auf der Türschwelle. Sie hatte ihr Haar mit Spangen zurückgesteckt, und er konnte sich nicht erinnern, sie schon einmal so frisiert gesehen zu haben. Es ließ ihr Gesicht runder, weniger erwachsen aussehen.

»Ich bin verprügelt worden«, sagte er.

Sie machte das Licht an, beugte sich zu ihm hinunter und sah sich sein Gesicht an, dann ging sie zur Kommode und wühlte darin nach einem sauberen T-Shirt und Jeans. »Zieh das hier an«, sagte sie und warf die Kleider aufs Bett.

»Warum?«

»Weil ich Jills Wagen nehme und dich ins Krankenhaus fahre.«

»Ich brauch nicht ins Krankenhaus.«

»Und ob, die Wunde da muß genäht werden.«

»Nichts muß genäht werden«, erwiderte er. Er hatte sich jetzt auf die Ellbogen gelehnt und sah zu, wie sie zur Tür ging. Sie blieb stehen und blickte ihn an. »Nicht, wenn du eine Riesennarbe kriegen willst. Laß uns nicht streiten, okay? Meine Mutter ist Krankenschwester.«

»Shit, du kannst doch gar nicht fahren.«

»Und ob ich kann. Steh bloß auf und zieh dich an. Jetzt sofort.« Sie machte die Tür hinter sich zu, und er konnte sie den Flur hinuntergehen hören. Er setzte sich auf die Bettkante und zog sein Hemd aus. Er saß noch immer da, als sie wieder hereinkam. Sie zog ihn fertig an. Es machte ihm kindisches Vergnügen, ihr dabei zuzusehen, ihre Hände anzuschauen und ihre Arme, die den gleichen Umfang hatten wie seine, vielleicht mehr. Als sie fertig war, stand er auf und folgte ihr nach draußen.

Jills Wagen war ein ’68er Rambler, und Michelle war nicht allzu gut mit einem Schaltknüppel. Es waren fünf oder sechs Meilen bis zum Krankenhaus, und den ganzen Weg über ließ sie die Gänge krachen. Sie brachte ihn ins Huntington Community Hospital, dasselbe Krankenhaus, in das Terry Jacobs am Abend der Messerstecherei gebracht worden war.

Das Ganze war nicht so schlimm, wie Ike erwartet hatte. Sie setzten ihn auf einen weißen Tisch in einem gleißend weißen Raum und untersuchten seinen Kopf. Nachdem die Wunde gesäubert und genäht worden war, gaben sie ihm eine Spritze und ein Rezept für Nembutal.

Während er dastand und auf sein Rezept wartete, hatte er den Flur, der zum Eingang der Notfallambulanz führte, im Blick, und er schaute gerade dorthin, als sie hereinkamen. Was er zuerst sah, war ein verschwommenes Gewirr von schmierigen Jeans und T-Shirts, und das reichte, daß ihm die Knie weich wurden, denn irgendwie wußte er sofort, was passiert war. Und dann sah er Barbara. Sie hielt sich ein Taschentuch vors Gesicht. Er machte sich zu ihr auf. Er ging den schmalen Flur hinunter, an grauen Türen vorbei, unter Leuchtstofflampen hinweg, während Michelle ihn am Arm zog, und dann blickte Barbara mit weit aufgerissenen, blutunterlaufenen Augen auf und sah ihn, doch ihre Stimme war ruhig und gefaßt, als sie ihm sagte, was passiert war: Die Samoaner hatten Preston in der Werkstatt erwischt, alleine, denn Morris war weggewesen, um Ersatzteile zu besorgen. Jemand, der an der Einmündung der Gasse vorbeiging, hatte offenbar den Aufruhr mitbekommen und die Polizei gerufen. Der Anruf hatte ihm wahrscheinlich das Leben gerettet, obwohl er eine Kopfverletzung hatte, deren Ausmaß noch nicht bekannt war. Er war jedoch nicht rechtzeitig gekommen, um seine Hände zu retten. Seine Hände waren in die Drehbank gedrückt worden, und er hatte alle seine Finger verloren, alle bis auf die Daumen.

Ike fühlte sich benommen auf dem Weg nach Hause. Er war wie gelähmt in der tiefen Dunkelheit um ihn herum. Michelle half ihm aus dem Wagen und hinauf in ihr Zimmer. Die Spritze wirkte jetzt ebenfalls, und er lag auf ihrem Bett, während der Raum sich langsam um ihn drehte. Sie legte sich neben ihn, und er spürte ihre Finger, die kühl waren auf seiner Stirn. Er hörte sie sagen, daß alles gut werden würde, hörte sie beteuern, wie gern sie ihn hatte. Und dann war es, als würde alles auf einmal auf ihn niederstürzen. Er taumelte in ihr Badezimmer und machte die Tür hinter sich zu. Er blieb dort, auf den

Knien, bis das Licht grau zu werden begann, und kotzte seine Eingeweide in die Kanalisation von Huntington Beach, ein Andenken, damit die Stadt ihn nicht vergaß.

23

Eine Woche lang verkroch sich Ike Tucker in seinem Zimmer. Er fühlte sich, als wäre er es, dem der Schädel eingeschlagen und die Finger abgehackt worden waren. Er lag auf seinem Bett und sah zu, wie die Schatten an der Decke ihre Form veränderten. Er stand am Fenster und beobachtete durch die schmutzigen Fensterscheiben die Ölquelle und die Vögel. Wenn er sein Board gehabt hätte, wäre es vielleicht anders gewesen. Er vermißte die Vormittage im Wasser, und er dachte jetzt voll Bitterkeit zurück an den Ausflug zur Ranch.

Sein einziger Besuch war Michelle. Sie brachte ihm Essen von der Arbeit mit und versuchte, ihn dazu zu überreden, rauszugehen. Zur Mitte der Woche hin war es besonders heiß geworden. »Warum gehst du nicht runter zum Strand?« fragte sie ihn. »Du könntest dich zumindest ein bißchen abkühlen.«

Ike zuckte die Achseln, während er am Fenster stand und ein paar Palmen in der Nachbarschaft betrachtete, die reglos in der windstillen heißen Luft verharrten.

»Hast du Angst, du könntest Morris über den Weg laufen?« Sie fragte es ihn ohne Spott. Trotzdem machte ihn die Frage wütend.

»Diese Typen sind Arschlöcher«, sagte sie. »Alle beide, Morris und Preston.«

»Preston nicht.«

»Jesus, was muß er denn noch machen? Warum willst du unbedingt einen Helden aus dem Typ machen? Er ist auch nichts weiter als ein dummer mieser Rocker, kannst du das nicht begreifen?«

»Nein, kann ich nicht.« Er wandte ihr wieder den Rücken zu und blickte weiter hinunter in den Hof. »Du weißt ja gar nicht, wovon du redest.«

»Ich? Ich weiß nicht, wovon ich rede? Daß ich nicht lache! Hör zu, es tut mir leid, daß er verletzt worden ist. Aber er hat seelenruhig dabeigestanden, als Morris dich verprügelt hat. Das hast du selbst gesagt. Sie haben gewettet, ob Morris dich k. o. schlagen könnte.«

Er wünschte jetzt, er hätte ihr nie erzählt, daß er Preston vor der Kneipe gesehen hatte. Er wußte einfach nicht, was er glauben sollte. Vielleicht war etwas Wahres an dem, was sie sagte. Vielleicht war er verschroben geworden in all der Zeit in der Wüste, als er in der Fantasiewelt seiner Bücher gelebt hatte, als er sich nach einem Vater gesehnt hatte, den er nie gekannt hatte, eine Zeitlang sogar versucht hatte, aus Gordon einen zu machen. Vielleicht spielte all das mit hinein. Vielleicht war er sogar ein heimlicher Schwuler oder dergleichen. Aber das war noch nicht alles; man konnte es nicht einfach auf solche Sachen abschieben, und es war falsch, es zu versuchen. Was er sicher wußte, war, daß Preston kein dummer mieser Rocker war. Sie hatte unrecht damit, aber er versuchte nicht, sie davon zu überzeugen. Er stand schweigend da und blickte in die unbewegte Luft hinaus, bis sie kam und sich neben ihn stellte.

»Warum gehst du nicht in die Stadt und redest mit Hound? Er hat dich dazu aufgefordert. Du kannst ein neues Board kriegen.«

»Aber verstehst du denn nicht?« fragte er, indem er den Kopf zu ihr umdrehte.»Er war mit beteiligt an dem, was sie Preston angetan haben.«

»Nein, das versteh ich nicht. Er hat zugelassen, daß Morris dich verprügelt. Er hat Hounds Freund erstochen. Er ist genau wie all die anderen Rockerarschlöcher. Ich weiß nicht, warum du mit ihm zu tun haben willst anstatt mit Hound. Und Hound mag dich.«

Er ließ die Bemerkung über Preston für diesmal durchgehen. »Wie kommst du darauf, daß Hound mich mag?«

»Ich weiß es einfach. Zum Beispiel nennt er dich immer Brother.«

»So nennt er jeden.«

»Nein, das tut er nicht.«

Ike blickte hinunter auf die Ölquelle und versuchte, sich darüber klarzuwerden, ob etwas dran war an dem, was Michelle gesagt hatte. Es konnte manchmal schwierig sein, mit ihr zu reden, wenn sie sich etwas in den Kopf gesetzt hatte. Aber schließlich war ihre Starrköpfigkeit nur ein Ausdruck ihrer Stärke, nahm er an, und ihre Stärke war eins der Dinge, die er am meisten an ihr bewunderte. Er dachte wieder, wie falsch sein erster Eindruck von ihr gewesen war. Sie war keine gedankenlose Tussi. Sie war jung. Sie war auf sich allein gestellt. Es gab einen Haufen Sachen, die ihr niemand beigebracht hatte. Aber sie dachte über die Dinge nach. Und sie ließ sich nicht unterkriegen. Er hatte nie gehört, daß sie sich beklagte. Sie hatte gerade mal ein anständiges Paar Jeans im Schrank und ein Kleid zum Ausgehen, das sie bei einem Trödler in der Stadt gekauft hatte, und doch war sie es gewesen, die Geld für Ikes Medizin lockermachte, als er zu pleite gewesen war, um sie selbst zu bezahlen, und sie hatte es bis heute nicht zurückverlangt. Und seit er hier krank im Bett gelegen hatte, hatte er andere Sachen erfahren, die zu seiner Bewunderung für ihre Stärke beitrugen. Er hatte etwas mitgekriegt von der Scheiße, mit der sich ein junges, auf sich selbst gestelltes Mädchen herumschlagen mußte – den sexuellen Belästigungen von Arbeitgebern zum Beispiel, Dreckskerlen, die wußten, daß sie zudringlich werden konnten und nichts passieren würde, weil Mädchen, die von zu Hause weggerannt sind, kaum zur Polizei gehen. Bei einem Job im besonderen – in einem Non-Stop-Doughnut-Laden – hatte der Geschäftsführer versucht, sie zu vergewaltigen, hatte ein Messer gezückt und es ihr zwischen die Beine gehalten. Sie hatte die Klinge mit der Hand gepackt und sie weggestoßen, hatte mit den Fingernägeln nach seinen Augen gekratzt und war gerannt. Sie hatte Ike die lange weiße Narbe auf ihrer Handfläche gezeigt. Und manchmal, wenn sie ihm solche Dinge erzählte, mußte er an Ellen denken. Vor allem die Sache mit dem Messer, wie sie die Klinge gepackt hatte, klang nach etwas, das Ellen auch zuzutrauen gewesen wäre. Ellen hatte sich ebenfalls nie unterkriegen lassen, dachte er.

All das ging ihm durch den Kopf, während er am Fenster stand, und mit einemmal wollte er, daß Michelle von Ellen wußte, und von Hound Adams und davon, warum er hergekommen war. Er wandte sich vom Fenster ab und ging zur Kommode. Die Sonne schien durch das Fenster auf das abgenutzte Holz, und die Griffe der Schublade fühlten sich heiß an. Als er die Schublade aufzog, sah er den Zettel mit den Namen. Er schaute über die Schulter zurück zu Michelle. »Wenn ich dir etwas erzähle, kannst du es dann für dich behalten? Ich meine, wirst du es niemand erzählen, nicht einmal Jill, absolut niemand?« Er sah sie nicken. Er nahm den Zettel aus der Schublade und gab ihn ihr. »Es geht um meine Schwester.«

Er erzählte ihr die Geschichte, wie er sie damals Preston erzählt hatte. Er erzählte ihr von dem Jungen in dem weißen Camaro, von dem Trip nach Mexiko zusammen mit Hound Adams. Sie sah ihn an, während er sprach, den Zettel in der Hand.

»Bis jetzt weiß niemand davon außer Preston. Ich dachte, er würde mir helfen.«

»Du dachtest?«

Er zuckte die Achseln. »Jetzt weiß ich es nicht mehr. Ich weiß nicht, was er getan hat. Preston ist ein komischer Typ. Es ist nicht immer leicht, mit ihm zu reden. Jetzt kann ich überhaupt nicht mit ihm reden.«

»Ich glaube nicht, daß komisch das richtige Wort ist«, sagte sie. Danach war sie still und blickte auf den Boden. »Deshalb wolltest du also wissen, wem du angeblich ähnlich siehst, an wen du Marsha erinnerst?«

Er nickte. »Sie könnte etwas wissen.«

»Aber warum hat dich dein Onkel alleine fahren lassen? Du hast doch gesagt, er hätte direkt daneben gestanden, als der Junge es dir erzählt hat. Warum wollte er nichts unternehmen?«

»Weil er Ellen für ein haltloses Ding hält, weil er glaubt, daß es ihre eigene Schuld war, was immer auch passiert ist. Weil es ihm scheißegal ist.«

»Bist du ihm auch scheißegal?«

»Ich weiß nicht.«

»Er hat dich immerhin großgezogen.«

»Er hat es so gedreht, daß er vom Staat Geld dafür gekriegt hat.«

»Ehrlich?«

Er nickte. »Ellen hat ihn mal mit meiner Großmutter drüber reden hören. Sie hat es mir erzählt.«

»Shit.« Michelle schüttelte den Kopf. »Das hört sich an wie etwas, das meine Mutter auch fertigbringen würde. Er hört sich an wie meine Mutter. Ihr ist es auch scheißegal, wo ich bin. Sie hält mich auch für ein haltloses Ding. Aber ich bin kein Vergleich mit ihr. Weißt du, was sie gemacht hat, bevor ich weg bin? Es wurde so schlimm, daß sie versucht hat, jeden Typen anzumachen, den ich mit nach Hause brachte. Wenn sie nicht gearbeitet hat, lag sie den ganzen Tag halbnackt rum. Eines Tages kam ich von der Schule nach Hause und hab sie erwischt, wie sie gerade den Typ vögelte, mit dem ich zu der Zeit gegangen bin. Kannst du dir das vorstellen?«

Ike dachte darüber nach. Dann dachte er zurück an den Tag, als Ellen ihm erzählt hatte, daß Gordon Geld für sie kriegte, und wie er sich damals gefühlt hatte. Er fragte sich, ob es irgendwie mit dem zu vergleichen war, was Michelle gefühlt hatte.

»Was soll's also«, sagte Michelle. »Vergiß es. Scheiß auf deinen Onkel und scheiß auf meine Mutter.« Sie kam näher heran und lehnte sich gegen ihn. »Eins ist jedenfalls sicher«, sagte sie. »Ich bin froh, daß du gekommen bist; ich bin froh, daß du so bist.«

Er wand sich unter ihrem Arm; er fragte sich, wie er denn eigentlich war, denn natürlich hatte er ihr nicht alles über Ellen erzählt.

»Und ich werde mit Marsha reden«, sagte sie. »Ich kann auch ein paar andere Leute fragen. Ich werde dir helfen.« Die Idee schien sie fast in Euphorie zu versetzen.

»Willst du so enden wie Preston?«

»Aber du weißt doch nicht, ob es so gewesen ist. Du bist dir nicht einmal sicher, ob er versucht hat, dir zu helfen.«

»Lauf nur nicht überall rum und stell Fragen, verstehst du, was ich meine? Geh behutsam vor.«

»Ja«, sagte sie. »Ja, ja, ja.« Sie brachte die Worte langsam heraus, fast gehaucht, und legte den Kopf zurück auf seine Schulter, so daß sich ihre Gesichter berührten. Er hob die Hand und ließ die Finger durch ihr Haar gleiten, spürte ihren Atem, sog den Duft ihrer Haut ein, und plötzlich flüsterte sie wieder und sagte ihm noch einmal, wie froh sie sei, daß er da war, und daß er anders sei und daß sie ihm vielleicht helfen könne. Und bevor er noch protestieren konnte, sagte sie noch irgend etwas Verrücktes von wegen, daß er mehr Bewegung brauche und daß es ungesund sei, den ganzen Tag im Bett herumzuliegen. Und er ließ es geschehen, daß sie ihn auszog. Dann ließ er es zu, daß sie ihn aufs Bett drückte und auf ihn draufstieg, und er versuchte, ganz still zu liegen, während sie sich auf ihm bewegte, auszuprobieren, wie still er liegen konnte, ganz in der Matratze zu versinken, während sie ihn tief in sich hineinschob, das Viereck aus Sonnenlicht auf ihrer nackten Schulter zu betrachten und den dunklen Fleck in ihrem Auge, unter dem schläfrigen Lid, das halb geschlossen war, als wiegte sie sich selbst in den Schlaf, und die ganze Zeit über dachte er, wie verrückt es war, Liebe zu machen, wenn es so viel nachzudenken gab, wenn es so heiß war. Schießlich schlang er die Arme um sie und zog sie an sich. Sie vergrub ihr Gesicht an seinem Hals, und er bäumte sich ihr entgegen, und der einzige Laut war das Geräusch ihrer Leiber, als sie sich naß von Schweiß aneinanderklammerten, und das Quietschen des alten Bettes.

Als sie fertig waren, rollte sie von ihm herunter, und sie lagen nebeneinander in der Hitze. Sie blieben lange so liegen, während sich das Licht veränderte und sich der gelbe Schimmer des späten Nachmittags im Zimmer ausbreitete. Es war Michelle, die schließlich etwas sagte. »Was wirst du also tun«, fragte sie, »wenn du deine Schwester gefunden hast? Zurück in die Wüste gehen?«

Es war seltsam, ihre Stimme nach dem langen Schweigen zu hören. »Ich weiß nicht«, erwiderte er. Es war merkwürdig, aber ihm wurde plötzlich klar, daß er sich noch kaum Gedanken darüber gemacht hatte.

»Du mußt doch irgendwas vorhaben. Motorräder reparieren. Eine eigene Werkstatt aufmachen.«

»Ich weiß nicht. Das wohl kaum, denke ich.«

»Was dann?« Sie hatte sich jetzt auf den Ellbogen aufgerichtet und sah ihn aufmerksam an.

Er zuckte die Achseln, und es fiel ihm ein, was Preston auf der Ranch gesagt hatte. »Rumreisen vielleicht. Surfen.«

»Gefällt es dir so gut?«

Er nickte. »Was ist mit dir? Was willst du machen?«

»Rumreisen wäre toll. All die Sachen sehn, die ich noch nicht kenne.« »Und was noch?«

Sie antwortete nicht sofort. Sie ruckte ein wenig mit den Schultern und legte sich wieder neben ihn. »Wirst du auch nicht lachen?«

»Nein.«

»Ich würde gerne Pferde trainieren.«

Er sagte nichts.

»Findest du das albern?«

»Nein.«

»Meine Mutter fand es albern.«

»Hast du denn Ahnung von Pferden?«

»Ich kann's lernen. Glaubst du, ich kann's nicht?«

Er schüttelte den Kopf.

»Es klang so, als ob du's mir nicht zutraust.«

»Doch, ich trau's dir zu. Ich glaube, du kannst es lernen. Wenn du willst.«

Danach waren sie beide wieder still. Ike schaute dem Spiel des Lichts auf ihren nackten Beinen zu. Er fühlte sich ein bißchen wie gelähmt, auf eine angenehme Weise. Das Licht im Zimmer wurde orange und nahm dann einen weichen Rosaton an, als die Sonne irgendwo hinter dem Fenster zum Meer hinabsank. Michelle stand auf und ging zum Spülbecken, um einen Schluck Wasser zu trinken. Als sie zurückkam, setzte sie sich auf die Bettkante. Ike betrachtete ihr Profil in dem weichen roten Licht. »Wahrscheinlich ist es wirklich eine verrückte Idee«, sagte sie.

»Was?«

»Das mit den Pferden. Alle kleinen Mädchen träumen von so was, stimmt's? Albern.«

Er richtete sich auf und nahm sie bei der Schulter. Irgend etwas an der Art, wie sie es sagte, machte ihn wütend. »Hör nicht drauf«, sagte er zu ihr. »Du bist jung. Du kannst alles machen, wenn du's wirklich willst.« Als er das sagte, mußte er an Preston denken. Es war das, was Preston ihm gesagt hatte.

Am Ende der Woche war es Zeit, daß die Fäden gezogen wurden, und Ike mußte sein Zimmer verlassen. Michelle war arbeiten, und er fuhr allein mit dem Bus ins Krankenhaus. Es war das erstemal in der ganzen Woche, daß er draußen war, und hinter jeder Ecke sah er Morris auf ihn lauern.

Er hatte vorgehabt, Preston zu besuchen, wenn sie mit den Fäden fertig waren, aber als es soweit war, verließ ihn der Mut. Trotzdem hing er noch weiter im Krankenhaus herum in der Hoffnung, daß es nur ein vorübergehender Anfall von Feigheit wäre. Er ging auf die Toilette und sah sich im Spiegel an. Die neue Narbe war über seinem rechten Auge, allerdings dicht über der Augenbraue und kaum zu sehen. Er hoffte, sie würde ihn tapfer aussehen lassen, weniger nach dem süßen Bubi, wie seine Schwester ihn einmal genannt hatte. Sein Aussehen hatte sich aber noch auf andere Weise geändert. Seine Haare waren jetzt wesentlich länger, dicht und wellig, braun, aber mit Stellen, die durch die Sonne fast blond geworden waren. Er trug es in der Mitte gescheitelt, und es ging ihm bis über die Ohren. Seine Haut war dunkler, und er dachte, daß er ein bißchen kräftiger in den Armen und Schultern aussah, so als täte ihm all die Paddelei vielleicht ganz gut. Er war immer noch ziemlich dürr, da ging kein Weg daran vorbei, aber er sah besser aus. Oder vielleicht lag es nur daran, daß er mehr wie die anderen in Huntington Beach aussah, nicht mehr so sehr wie ein Hinterwäldler, und er fragte sich, ob Michelle angefangen hätte, ihn zu mögen, wenn er nicht halbwegs so wie jeder andere Surfer am Pier ausgesehen hätte. Komisch, wie wichtig dergleichen hier zu sein schien, wie stark die Notwendigkeit war, nach irgend etwas auszusehen, nach einem Punk, einem Surfer, einem Rocker, irgendwas, solange es kein Scheißhinterwäldler war.

Er stand ziemlich lange auf der Toilette herum. Er mußte immer wieder an Preston denken, wie er im Eingang dieser Kneipe gestanden hatte, hinter Morris. Er war nicht so sehr wütend darüber gewesen als verwirrt. Er wurde das Gefühl nicht los, daß der Fehler irgendwie bei ihm selbst lag, daß er sich das alles selber zuzuschreiben hatte, obwohl er sich nicht denken konnte, was er getan haben könnte. Schließlich ging er hinaus und den Flur hinunter zu einem Pult, hinter dem eine Krankenschwester stand.

Die Krankenschwester war eine dicke Frau mit sprödem roten Haar unter ihrer Haube, und Ike mußte an Michelles Mutter denken, während die Krankenschwester in einer Liste nach Prestons Namen suchte. Er fragte sich, ob sich diese Frau hier auch ihre Kicks damit verschaffte, zu saufen und sechzehnjährige Typen anzumachen. »214«, sagte sie, ohne ihn anzusehen, und führte ihn dann den Flur hinunter zu einem Wagen voller Kittel und Mundschutze. In der Nähe war eine schwere graue Tür und ein kleines rotes Licht an der Wand. »Sie müssen das hier anziehen, bevor Sie reingehen«, sagte sie. »Er hat eine Infektion in der einen Hand. Und Sie können nur kurz bleiben. Er ist vorgestern erst operiert worden. Sie mußten ihm eine Platte in den Kopf einsetzen.«

Ike zog sich den Kittel über, dann den Mundschutz und die Handschuhe. Er fühlte sich unbehaglich mit den Sachen. Es war heiß unter dem Mundschutz. Die Krankenschwester machte die Tür auf, und er trat ins Zimmer. Es schien kühler darin zu sein, und es war viel weniger hell. Es befanden sich drei Betten in dem Zimmer, doch zwei davon waren leer. Preston lag in dem Bett ganz hinten im Zimmer. Es sah aus, als schliefe er. Ike ging leise durchs Zimmer. Prestons Hände lagen auf dem Laken, die Handflächen seitlich am Körper. Die eine Hand war leicht verbunden, die andere war mit einer Art Plastik umwickelt, und eine Plastikröhre führte aus den Verbänden auf den Boden auf der anderen Seite des Bettes.

Preston hatte eine hellgrüne Kappe auf dem Kopf, und darunter war der weiße Rand eines Verbandes zu sehen. Das Gesicht war kaum zu erkennen. Die Haut rings um seine Augen war schwarz und aufgequollen, und auf seiner Nasenwurzel war eine Naht zu sehen. Ike ließ sich schwer auf den harten grünen Stuhl neben dem Bett fallen. Er blickte über den Körper seines Freundes hinweg auf die Jalousie vor dem Fenster, auf die schwachen Lichtflecke, die durch die Ritze fielen. Das Zimmer roch nach Medikamenten, und Ike rückte den Mundschutz zurecht. Er spürte den Schweiß darunter. Als er wieder in Prestons Gesicht blickte, sah er, daß Prestons Kopf sich auf dem Kissen etwas gedreht hatte, und er schien Ike aus einem Auge anzusehen. Das Weiße in dem Auge war dunkelrot, so daß kaum zu erkennen war, wo das Weiße aufhörte und die Pupille anfing. Ike hatte mit einemmal Angst, daß er in Tränen ausbrechen oder auf den Boden kotzen würde. Seine Kehle fühlte sich heiß und wie zugeschnürt an. Bevor er jedoch etwas sagen konnte, hatte Preston sein Gesicht wieder zur Decke gewandt.

Ike stand auf. Das Zimmer drehte sich langsam um ihn. Er machte einen Schritt nach vorne und legte die Hand auf Prestons Arm. Der Arm fühlte sich dick und hart in seiner Hand an. Die Ärmel von Prestons Nachthemd waren bis über die Ellbogen aufgerollt, und Ike konnte die Tätowierungen unter den Verbänden verschwinden sehen. Preston sagte nichts, und er wandte nicht wieder den Kopf. Es war schwer zu sagen, ob Preston ihn ansah oder nicht. Ike drückte Prestons Arm. »Es tut mir leid«, sagte er.

Preston schluckte. Er tat es auf eine Weise, als kostete es ihn große Anstrengung. Er blinzelte, und Ike sah, daß Wasser in seinen Augenwinkeln stand. Seine eigenen Augen wurden heiß und fühlten sich an, als wären sie voll Sand. Er hatte einen Kloß im Hals, und er wußte, daß er nicht mehr viel herausbringen würde. »Wir sehen uns«, murmelte er, »ich bleibe in der Stadt.« Als er aus dem Zimmer war, riß er sich die Handschuhe und den Mundschutz herunter, knüllte sie mit dem Kittel zu einem Haufen und warf alles gegen die Wand. Ein Krankenpfleger sah ihn mißbilligend an, sagte aber nichts. Ike starrte zurück, dann stürmte er den Flur hinunter, durch die schweren Türen und hinaus in die blendend grelle Sonne.

24

»Du hattest recht mit Marsha«, sagte Michelle. Es war immer noch Mittag. Er war seit etwa einer Stunde aus dem Krankenhaus zurück. »Sie sagt, du siehst diesem Mädchen ähnlich, das mit ihr zusammen in einer Boutique gearbeitet hat. Sie sagt, der Name des Mädchens war Ellen. Ich hab sie gefragt, ob sie vielleicht wüßte, wo Ellen jetzt sein könnte. Sie wußte es nicht. Sie sagt, sie hätte gehört, daß Ellen nicht mehr in der Stadt ist. Aber ich hab mir gedacht, wir könnten vielleicht in der Boutique vorbeigehen und mit dem ...«

»Vergiß die Boutique.«

Sie verstummte und blickte ihn an. »Wie meinst du das?«

»Ich meine: Scheiß drauf. Wir gehen also zu dieser Boutique, und der Besitzer sagt: ›Ach ja, Ellen Tucker, die arbeitet nicht mehr hier. Ich glaube, sie ist nicht mehr in der Stadt.‹ Wirklich toll. Niemand weiß irgendwas, Michelle. Niemand weiß irgendwas, was ich nicht weiß. Deshalb ist dieser Junge den ganzen Weg bis raus in die Wüste zu Ellens Familie gefahren, weil er auch nichts herausfinden konnte, und er hat immerhin hier gelebt. Weißt du, was ich meine? Der Schlüssel ist Hound Adams. Hound Adams und Frank Baker. Die einzige Methode, jemals etwas rauszufinden, ist, nahe genug an sie ranzukommen, um es von ihnen selbst zu hören. Alles andere ist Zeitverschwendung.«

Michelle hatte sich auf die Bettkante gesetzt. Sie hatte die Beine übereinandergelegt und wippte mit dem Fuß, den Blick auf ihre Zehen gerichtet. »Und wie willst du das also anstellen?«

»Ich fang damit an, daß ich Hounds Angebot annehme. Ich geh in seinen Laden und schau mich nach einem Board um.« Er machte eine Pause. »Was danach kommt, weiß ich nicht.« Er hielt inne und schlug sich die Faust in die offene Hand. »Dieser verfluchte Hound Adams. Wie kommt er dazu, mir ein Board zu schenken?«

»Ich hab doch gesagt, vielleicht mag er dich.«

»Oder vielleicht mag er dich. Oder vielleicht ist es ganz was anderes. Ich hab das Gefühl, Hound weiß verdammt gut, daß ich mit Preston auf der Ranch war. Es sieht so aus, als würde er irgendein Scheißspiel mit mir treiben.«

Er sah sie einen Moment lang an, aber sie sagte nichts, und er drehte sich um und ging zum Fenster. »Vielleicht hatte Preston recht«, hörte er sie sagen. »Vielleicht solltest du einfach weg von hier.« Sie machte eine Pause. »Ich könnte mit dir kommen.«

Er schüttelte den Kopf. Das Dumme war, daß er jetzt zum erstenmal, seit er diesen Scheißbus bestiegen und die alte Frau ihm aus der Dunkelheit nachgeschrien hatte, etwas anderes empfand als Angst. Zuerst hatten sie ihm seine Schwester genommen. Jetzt hatten sie seinen Freund zum Krüppel gemacht. Es war nicht in Ordnung, daß er so verdammt hilflos war. Und er würde es nicht dabei belassen. Er sagte es Michelle. Sie blickte weiter ihre Zehen an, ihr Gesicht glatt und blaß im Sonnenlicht. Schließlich schaute sie zu ihm auf. »Harter Bursche«, sagte sie. »Sei nur vorsichtig.«

Am selben Nachmittag ging er hin. Hound Adams saß auf einer Bank draußen vor dem Laden und redete mit ein paar Mädchen. Sie hatten diese einteiligen Badeanzüge mit Löchern und verrückten Einkerbungen drin an, so daß man eine Menge Haut sehen konnte. Die Mädchen schienen das meiste der Unterhaltung zu bestreiten. Ike konnte sehen, wie sich ihre Münder bewegten, wie sich ihr Gesichtsausdruck fortwährend änderte. Als er näher kam, konnte er ihr Lachen hören. Hound Adams schien sich recht gut in ihrer Gesellschaft zu amüsieren. Er lächelte, und als Ike nahe genug war, wandte er das Lächeln ihm zu. Er lud Ike mit einer Handbewegung ein, am anderen Ende der Bank Platz zu nehmen. Ike setzte sich. »Ich hab mit meinem Freund hier jetzt ein bißchen was zu erledigen«, sagte Hound zu den Mädchen, nachdem er sie Ike vorgestellt hatte. Die Mädchen trollten sich davon. Ike sah zusammen mit Hound zu, wie ihre dünnen Ärsche in der Hitze verschwanden. Als sie weg waren, blickte Hound wieder Ike an. »Was kann ich für dich tun?« fragte er.

Ike erwiderte Hounds Blick. Hounds Augen waren dunkelbraun, fast schwarz. Sie erinnerten Ike an die dunklen glatten Steine, die in der Wüste als Souvenirs verkauft wurden – Achate wurden sie genannt. »Du hast etwas von einem Board gesagt.«

Hound nickte. Das etwas nachdenkliche Lächeln schien fast unmerklich breiter zu werden. Er zeigte mit der Handfläche auf die offene Tür des Surf-Shops, dann stand er auf und ging hinein. Ike folgte ihm.

Es war kühl im Laden. Frank Baker stand hinter der Glastheke. Er schaute zu, wie sie hereinkamen, ohne den Gesichtsausdruck zu ändern, dann bückte er sich und sortierte in ein paar Kisten auf dem Boden herum. Ike hatte ihm in die Augen geblickt, aber nichts darin lesen können, nicht einmal, ob er erkannt worden war. Jetzt stand er schräg hinter Hound Adams, während Hound auf das Gestell mit den neuen Boards zeigte. »Such dir eins aus«, sagte Hound zu ihm.

Die Boards waren der Länge nach sortiert, angefangen von den längeren Boards, den Nose Riders und Rounded Pins, bis zu den Twin Fins und Knee Riders. »Guck dir auch die gebrauchten Boards an, wenn du Lust hast«, hörte er Hound sagen, und er wandte sich um und blickte durch den Raum. Fast im gleichen Augenblick sah er den Nose Rider, den er auf der Ranch benutzt hatte. Es war aufpoliert worden und lehnte bei den anderen gebrauchten Boards an der Wand. Er dachte zurück an das Gespräch, das er vor kurzem erst mit Michelle geführt hatte. Katz und Maus mit Hound Adams. Er schaute schnell weg und hoffte, daß seinem Gesicht nichts anzumerken gewesen war. Er dachte an Preston, auf dem Rücken in diesem Zimmer, das nach Medikamenten roch, und sein Zorn hielt stand. Er ging zu dem Gestell und zog ein Rounded Pintail heraus. Er setzte es auf den Boden und machte einen Schritt zurück, blickte vom Heck hinunter zum Bug, wie Preston an dem Tag, als sie das andere Board geholt hatten. Als er sich vorbeugte, um das Board ins Visier zu nehmen, bemerkte er, daß Frank Baker hinter der Theke hervorgekommen war und ihm zusah; er stand da wie beim letztenmal, als Ike im Laden gewesen war, die Arme über der Brust verschränkt.

Das Board war ein Single Fin, hellblau mit weißen Nadelstreifen auf dem Deck. Hound Adams betrachtete es zusammen mit ihm. »Ein hübscher Stick«, sagte Hound. »Aber ich glaube, du könntest eins gebrauchen, das ein bißchen kürzer ist.« Er ging das Gestell entlang und zog einen anderen Single Fin heraus, ebenfalls mit rundem Spitzheck, aber mit Wingern darin. »Das Board hier hat immer noch reichlich Stabilität in der Welle, aber es ist nicht ganz so steif. Das blaue Board da drüben ist ein bißchen träge. Aber du kannst sie beide ausprobieren, was das angeht. Dann nimmst du das, womit du am besten klarkommst.«

Ike schaute auf die Preisschilder, die an den Kanten festgeklebt waren. Beide Boards kosteten weit über zweihundert Dollar. »Was ist mit dem Geld?« Er war bereits sehr knapp bei Kasse, und er würde bald irgendeine Arbeit finden müssen.

»Ich sagte doch, wir können irgendwas arrangieren. Es liegt ganz bei dir, Brother. Ziemlich schwer zu lernen, ohne Board.«

»Ich hab momentan keine Arbeit«, sagte Ike.

»Hab ich schon gehört. Der Mann mit den heißen Öfen. Aber es gibt noch andere Methoden, in dieser Stadt sein Geld zu verdienen, ohne den ganzen Tag seinen Kopf in einem Motor stecken zu haben. Hör zu, warum nimmst du nicht jetzt eins von den Boards mit. Komm morgen mit uns surfen und probier aus, was du davon hältst. Danach können wir über die Bezahlung reden.«

Ike hatte, als er mit den Boards zu seinen Füßen in dem Laden stand, den Eindruck, daß Hound Adams heute anders war, als er ihn je erlebt hatte, irgendwie mehr der Geschäftsmann, weniger der Guru. Er blickte hinunter auf das Board, das Hound vorgeschlagen hatte. Es war ein prima Gerät, das teurere von beiden, mit Spritzlakkierung auf dem Deck, die von hellgelb am Bug über einen farbenprächtigen Regenbogen bis zu einem roten Heck reichte. Er hob es auf und klemmte es sich unter den Arm, und es fühlte sich an, als gehörte es dorthin. Er schaute noch einmal hinüber ans andere Ende des Ladens, zu den gebrauchten Boards und Neoprenanzügen, den Fotografien, von denen er wußte, daß sie dort hingen, obwohl er sie aus diesem Winkel nicht sehen konnte, und er fragte sich, wann der Shop wohl das *An der Quelle*-Logo aufgegeben hatte, denn die neuen

Boards waren jetzt mit einer verschnörkelten V-Form und den Worten *Locker voran* versehen.

Ike trug das Board nach vorne in den Laden. Er war sich bewußt, daß sowohl Frank als auch Hound ihn beobachteten. »Laß dich morgen also damit blicken, Brother. Wir werden zusammen ein paar Wellen reiten.« Es war Hound, der sprach, und er grinste jetzt sehr breit. Er begleitete Ike zur Tür und hob zum Abschied die Hand. Ike hielt ebenfalls seine freie Hand hoch, als er hinaus auf den Bürgersteig trat. Er schaute an Hound vorbei in den Laden, und er sah, daß Frank Baker, immer noch mit verschränkten Armen, an der Theke stand. Es fiel Ike auf, daß Frank nicht lächelte.

Als Ike im Sea-View ankam, war Michelle schon zur Arbeit gegangen, und das Zimmer war leer. Er fragte sich, ob sie Marsha heute sehen würde und ob sie miteinander reden würden. Er fragte sich auch, ob es richtig von ihm gewesen war, ihr alles zu erzählen. Aber jetzt war es geschehen. Und noch etwas war geschehen. Er hatte das Board von Hound Adams angenommen. Es hatte angefangen. Er legte das Board auf sein Bett und ging im Zimmer umher, um es von allen Seiten zu betrachten. Es war, mit Ausnahme eines fetten Choppers, der in der Wüste auf ihn wartete, eindeutig der prachtvollste Gegenstand, den er je besessen hatte.

25

Am nächsten Morgen war Ike früh auf den Beinen. Er ging, sein Board unter dem Arm, durch die Straßen von Huntington Beach, um den Frühtrupp zu treffen und zum erstenmal mit ihnen zu surfen. Über dem Golden Bear und der Wax Factory streckten sich die Anfänge des Sonnenaufgangs zum Himmel empor. Dünne blaue

Streifen, mit Gold durchsetzt, hart konturiert gegen den grauen Himmel. Und der Sonnenaufgang wiederholte sich in den Fenstern jedes Trödelladens, den dunklen Scheiben von jedem geparkten Auto, bis die ganze Main Street erfüllt davon war.

Während er ging, horchte er auf das Krachen der Wellen hinter dem Highway, versuchte, nach dem Geräusch auf die Höhe und Richtung des Swells zu schließen, zählte die Sekunden zwischen zwei Brechern. Er ließ den Club Tahiti hinter sich, die klaffenden Gassen, schließlich den Highway selbst. Oben auf den Betonstufen blieb er einen Augenblick lang stehen und blickte hinunter über die leere Sandfläche, und wie immer packte ihn der Rausch. Er setzte ein mit seinem ersten Blick auf die Dünung, die in weißen Reihen vom Horizont heranrollte, von dort, wo See und Himmel aufeinandertrafen, der großen reinen Quelle, gegen deren Weite die Stadt nichts als ein kleiner Punkt, ein winziger Schmutzfleck auf dem Antlitz der Ewigkeit war.

Der Swell, der während der letzten paar Tage leicht gewesen und aus Westen gekommen war, hatte in der Nacht einem wesentlich stärkeren Swell aus Südwesten Platz gemacht. Die Wellen gingen ihm bis über den Kopf, waren größer als alles, was er je in Huntington Beach gesurft hatte. Er betrachtete sie, während er die Treppe hinunterging. Draußen konnte er schon den Frühtrupp sehen, wie sie sich in der Nähe des Piers in Position zu bringen suchten. Die Wellen waren nicht so sehr viel größer als die, die er mit Preston am ersten Tag auf der Ranch gesurft hatte, aber es war eine andere Art von Brandung. Die Wellen auf der Ranch hatten zu einer Punktbrandung gehört; der ungebrochene Teil der Wellen war flach und lang und der Weg nach draußen hinter die Brechungslinie leicht gewesen. Heute aber war der erste Tag eines kräftigen Swells. Die Wellen kamen in langen stampfenden Reihen herangewälzt. Unterhöhlte Walzen mit einer Wucht wie 40-Tonner. Er hatte immer noch keinen Neoprenanzug, und er zitterte, als er in dem nassen Sand kniete und seine Leine festmachte. Er nahm an, er sei den Wellen gewachsen, aber er irrte sich.

Den ersten Fehler an diesem Morgen machte er, bevor er auch nur im Wasser war. Aus irgendeinem sonderbaren Grund, an den er sich später beim besten Willen nicht erinnern konnte, ging er unter dem Pier hindurch und an der Südseite ins Wasser, etwa fünfzig Meter den Strand hinunter, aber er hatte nicht die gewaltige Wucht einkalkuliert, mit der sich der Swell aus dieser Richtung heranschob. Nachdem er etwa eine Viertelstunde lang angestrengt gepaddelt hatte, war er immer noch nicht draußen, sondern geriet gefährlich nahe an die Pfeiler des Piers heran. Der alte Pier, zu dem er eine gewisse Zuneigung gefaßt hatte, ragte mit einemmal drohend vor ihm auf. Er war so nahe, daß er die feinen Haarrisse, die Taubenscheiße und das Moos erkennen konnte, und das Tosen des Weißwassers, das durch den Betonkorridor, den die Pfeiler bildeten, zurückflutete, war wie ein Wall aus Kanonendonner.

Hoch über sich konnte er die unbewegten Gesichter von einem halben Dutzend Fischer sehen, die sein Treiben beobachteten. Der Frühtrupp war noch gute dreißig Meter von ihm entfernt, und es war ihm gründlich klar, daß er auf sich allein gestellt war. Und im selben Moment sah er, was er befürchtet hatte, einen ausgewachsenen mächtigen Set, der vom Horizont heranrollte, und er sah keine Möglichkeit, es irgendwie zu schaffen. Er arbeitete weiter mit den Armen, aus dem einfachen Grund, weil er nicht wußte, was er sonst tun sollte, aber er hatte kein Gefühl mehr in den Händen. Eingekeilt zwischen den Pfeilern, mit der Fangleine an seinem Board festgebunden, sah er es jetzt alles vor sich. Sie würden ihn in einem Schuhkarton nach San Arco zurückschicken müssen.

Er befand sich beinahe unterhalb des Piers, als die erste Welle des Sets ihn erreichte. Er paddelte das Face hinauf und sah, wie sich über ihm der Wellenkamm überschlug, als plötzlich ein Betonpfeiler neben ihm aufragte. Er schlug wie wild mit dem linken Arm aus und benutzte, den rechten Arm gegen das Deck seines Boards gestemmt, den Pfeiler, um sich über den Wellenkamm zu stoßen. Und dann war er unten im Wellental und wurde von der ersten Welle wieder zurückgerissen, doch zum erstenmal an diesem Morgen tat er das Richtige und paddelte wie verrückt auf die Nordseite des Piers zu, in der Hoffnung, hindurchzukommen, bevor ihn die nächste Welle traf. Und er schaffte es, knapp. Er war kaum auf der Nordseite des Piers aufgetaucht, als er von dem Kamm der zweiten Welle erfaßt und von dem herabstürzenden Wasser hinuntergespült wurde, mit solcher Wucht, daß er das Gefühl hatte, jemand hätte ihm die Eier in den Bauch getreten, aber er war dem Pier entronnen.

Die Welle hielt ihn lange Zeit unter Wasser gedrückt, und als er schließlich, immer noch im Weißwasser, das sich nach Norden und zum Strand hin bewegte, auftauchte, hatte er den größten Teil seiner Begeisterung für diesen Swell verloren. Er war wieder auf dem Strand und saß auf dem Bug seines Boards, als er Hound Adams aus dem Wasser auf sich zukommen sah. Hound hatte eine blaue Badehose und die dunkle Neoprenjacke an, ohne die Ike ihn nie hatte surfen sehen.

Hound legte sein Board neben Ikes und setzte sich zu ihm. »Durchgekaut und wieder ausgespuckt worden?« fragte er.

»Sieht so aus.«

»Du bist auf der falschen Seite vom Pier gestartet, Brother. Ruhen wir uns eine Minute aus und dann paddeln wir zusammen raus. Ich zeig dir den Weg.«

Ike stand dicht davor, die Einladung abzulehnen, aber es war ein bißchen wie damals auf der Ranch, als Preston nach jener ersten Welle auf ihn gewartet hatte. Schließlich standen sie auf, und Ike ging hinter Hound her zurück ans Wasser. »Es ist eine Sache des Geistes«, sagte Hound, als das Weißwasser ihre Füße umspülte. »Diese

Wellen verlangen eine gewisse Hingabe. Nachdem du dich einmal für eine Welle entschieden hast, denk an nichts anderes mehr, zweifle nicht an deinem Können. Paddel so fest und so schnell, wie du nur kannst. Dadurch kommst du schneller und mit mehr Kontrolle in die Welle. Halte nichts zurück. Sei ein Teil davon, verstehst du?«

Ike nickte und folgte Hound ins Wasser. Die Sonne ging jetzt gerade hinter ihnen auf und überzog den Himmel mit einem zarten gelben Licht, das wie goldener Nebel über dem Sand zu schweben schien. Über dem Wasser erschienen winzige Regenbogen in der Gischt, die von den Wellenkämmen aufsprühte, und unterhalb des Piers lief ein unglaubliches Spiel von Licht und Schatten ab, ein scheinbar unendliches Ineinanderfließen von Blau- und Grüntönen, durchsetzt von den goldenen Strahlen der Sonne.

Diesmal war es leichter, hinauszugelangen. Ike hielt sich dicht hinter Hound. Sie blieben an der Nordseite des Piers – vielleicht zehn Meter davon entfernt, die Boards in einem 45-Grad-Winkel darauf ausgerichtet – und bald war Ike wieder draußen und wippte mit dem Rest der Horde auf und nieder, nicht länger ein Teil der Menge auf dem Pier, sondern mitten unter den Tänzern.

Seit jenem ersten Tag, als der andere Surfer ihn geschlagen hatte, war Ike Prestons Rat gefolgt und hatte den Pier gemieden. Aber er hatte oft genug oben gestanden und den anderen zugesehen. Es herrschte Hektik und Konkurrenz unter den vielen Surfern unter dem Pier; alle waren ständig in Bewegung, lauerten darauf, sich in Position zu bringen, brüllten einander an. Und jetzt war er mitten unter ihnen, bemüht, sich im Außenrand zu halten, um nicht von den Wellen überrollt zu werden. Er konnte eine Anzahl Surfer ausmachen, die er kannte, unter ihnen Frank Baker und einen der Samoaner.

Neben der Beengtheit am Pier gab es zudem noch eine gewisse Hackordnung. Es war ihm schon vorher aufgefallen: Es mochten vielleicht vierzig Leute im Wasser sein, aber es war immer dasselbe

Dutzend Leute, die die besten Wellen erwischten. Zum Teil hatte es mit Erfahrung und Können zu tun, zum anderen Teil aber war es Einschüchterung. Und eins der Dinge, die Ike an diesem Morgen registrierte, war die Tatsache, daß, obwohl es andere jüngere Surfer gab, die ebenso gut waren, niemand mehr Wellen zu reiten bekam als Hound Adams.

Für Ike aber war es eine harte Lektion, ein Vormittag voller Linksbrecher, die ihn wie Güterzüge trafen, voller Momente, da er sich mühsam Wellen hinaufkämpfte, die dann auf voller Länge in sich zusammenbrachen und ihn fast erschlugen. Vielleicht war es, wie Hound gesagt hatte, eine Sache des Geistes. Es war außerdem harte Arbeit, und so dachte sich Ike nichts weiter dabei, als er irgendwann wahrnahm, wie sich ein blitzender Fleck, den er als Sonnenlicht auf Chrom identifizierte, den Highway entlangbewegte. Und später, als der Fleck größer wurde und Gestalt annahm, so daß zu erkennen war, daß es nicht ein großer, sondern mehrere kleinere Gegenstände waren, sah er überhaupt nicht hin; genausowenig sah er sie vom Highway auf den Parkplatz unter dem Pier einbiegen. Tatsächlich war es erst, nachdem Hound offiziell zum Aufbruch gerufen hatte und Ike hinter ihm her durch den Sand ging, daß er die Motorräder registrierte, und vor allem die tiefliegende Panhead, die, wie er wußte, Morris gehörte.

Hound und einer der Jacobs-Brüder gingen ein paar Schritte vor Ike her, als sie den Strand verließen und auf den Parkplatz kamen und Ike das Motorrad erkannte. Es war ein schlimmer Augenblick, und Ike spürte, wie alles in seinem müden Körper ein Stück herabsackte. Er rief Hound, doch während Hound sich noch nach ihm umdrehte, schlugen die Rocker los. Es waren Morris und drei weitere Rocker, die Ike nicht kannte. Ike dachte sich, daß sie es auf den Samoaner wohl am meisten abgesehen hatten, doch er selbst steckte eindeutig mittendrin.

Es gab eine öffentliche Toilette in der Mitte des Parkplatzes, und dahinter hatten die Rocker gewartet. Jetzt kamen sie hervor, zwei auf jeder Seite, und sie kamen schnell. Ketten und Schraubenschlüssel tauchten aus dem Nichts auf und ließen Fetzen von Sonnenlicht zurückprallen. Ein Surfboard schlug mit dem knirschenden Geräusch von berstendem Fiberglas auf den Boden. Ike dachte, daß es das Board des Samoaners war, das herunterfiel, aber irgendwie war es schwer zu sagen. Er versuchte, alles gleichzeitig zu erfassen, alle Möglichkeiten einzukalkulieren. Er machte ein paar Schritte zurück, rannte aber nicht weg. Alle Kraft schien aus seinen Beinen gewichen zu sein. Es war dasselbe Gefühl, das er vorher im Wasser gehabt hatte, als er verzweifelt über das Face der ersten Welle des Sets gepaddelt war und in den steinernen Rachen des Piers geblickt hatte. Einen Moment lang war es schwer zu erfassen, was genau vor sich ging. Alles, was er sah, war Bewegung: ein verschwommenes Gewirr von schmierigen Jeans und tätowierter Haut, schwarzen Stiefeln, die Funken aus dem Straßenbelag schlugen, von Sonnenlicht auf Metall. Und dann schien sich der Kampf auf zwei verschiedene Schlachten zu verteilen, eine auf jeder Seite von ihm.

Die Rocker hatten sich das Spiel ausgedacht, und sie spielten es zwei gegen einen, indem sie zuerst Hound und Jacobs angriffen und sich Ike für später aufhoben. Links von Ike bewegte sich Hound Adams so schnell, daß kaum zu sehen war, was passierte, aber er schien sich umgedreht zu haben, und sein Board flog um die Längsachse rotierend durch die Luft, als hätte er es den beiden Rockern, die auf ihn zukamen, entgegengeschleudert. Einer der Rocker wich dem Board aus, der andere schlug es auf den Boden und stolperte dann darüber. Und wie es schien, ging Hound, gerade als der eine Rocker stolperte, in die Hocke und machte eine Bewegung nach links, als wollte er wegrennen. Der andere Rocker folgte der Bewegung, stemmte die Absätze seiner Stiefel gegen den Boden und breitete die Arme aus, wie um Hound den Weg abzuschneiden. Aber

Hound versuchte nicht wegzurennen. Er fuhr aus der Hocke hoch, machte einen halben Schritt nach vorne, wirbelte herum und erwischte den heranstürmenden Rocker mit einem tückischen Tritt aus der Drehung heraus am Kopf. Ike sah, wie dem Rocker die Kinnlade herunterfiel und er mit blutendem Mund auf ein Knie sackte, während er mit einer etwas verblüfften Miene auf den Boden hinunterstarrte.

Zu Ikes Rechten war jedoch der große Samoaner in Schwierigkeiten. Er hatte sein Board fallen gelassen und war dann bei dem Versuch, sich für den Angriff der Rocker in Stellung zu bringen, auf die Kante des Boards getreten und aus dem Gleichgewicht geraten. Und Morris hatte sein Mißgeschick eiskalt ausgenutzt. Er hatte den Samoaner, der versuchte, sich zu fangen, mit gespreizten Beinen erwischt und ihm mit aller Wucht in den Unterleib getreten. Jacobs schnappte nach Luft, ging dann hart zu Boden und fiel auf die Schulter, und augenblicklich waren die beiden Rocker über ihn hergefallen. Einer schlang ihm eine Fahrradkette um den Kopf, und zwei Paar schwerer schwarzer Stiefel fingen an, seinen Brustkorb zu bearbeiten.

Ike selbst taumelte, obwohl ihn niemand angerührt hatte, nach hinten und rammte sein Board in einen geparkten Wagen. Auf einmal rannten Leute über den Parkplatz; Fischer, Touristen, ein paar Surfer, alle rannten herbei, um zuzusehen. Ike klammerte sich an sein Board, als würde es ihn retten können, und rammte es erneut in den Wagen. Der Parkplatz war ein Durcheinander von Angst und Verwirrung, aus allen Richtungen rannten Leute herbei, Tauben stoben auseinander und stiegen wie Blätter im Wind in die Luft. Von irgendwoher ertönte eine Sirene, blitzte rot das Blinklicht eines vorbeibrausenden Jeeps auf. Aber Hound Adams war jetzt allein, und er wirbelte und trat um sich in dem verzweifelten Bemühen, drei Rokker in Schach zu halten. Vorhin hatte es einen Moment gegeben, als der eine Rocker gestolpert und der andere zu Boden gegangen war, in dem Hound hätte weglaufen können, doch er war geblieben, und er war jetzt alles, was sich zwischen Ike und dem verchromten Schraubenschlüssel in Morris' Hand befand.

Die Rocker jedoch (und das war etwas, das Ike erst später in den Sinn kam) waren dumm gewesen, ihren Überfall so dicht am Pier zu machen, wo sie sich voll im Blick der Rettungstürme befanden. Vielleicht hatten sie gedacht, sie könnten kurzen Prozeß machen, ohne damit zu rechnen, daß Hound Adams sie aufhalten würde, oder vielleicht hatten sie überhaupt nicht gedacht. Jedenfalls schossen auf einmal Streifenwagen über den Parkplatz heran, und Polizisten mit Helmen kamen aus den Wachttürmen herbei.

Die Rocker machten keinen Versuch, sich ihren Weg freizukämpfen, und plötzlich, so plötzlich, wie es angefangen hatte, war alles vorbei. Es konnte nicht länger als ein paar Minuten gedauert haben. Ike fand sich an der Seite von Hound Adams wieder, während die Rocker mit dem Gesicht auf die Kühlerhauben der beiden Polizeiwagen gedrückt und durchsucht wurden.

Jacobs war, obwohl er aus eigener Kraft wieder hatte aufstehen können, in einem Krankenwagen weggebracht worden, und Ike und Hound standen allein auf dem Bürgersteig oberhalb des Parkplatzes. »Dumm«, sagte Hound. »Echt dumm. Und das sind seine Freunde.« Hound sah Ike nicht an, sondern blickte auf die See hinaus. Das Sonderbare war, daß Ike genau wußte, von wem Hound sprach, und er fand es gleichfalls sonderbar, in Hounds Stimme einen Anklang von Enttäuschung zu hören, einen Tonfall fast, in dem man über ein Familienmitglied reden würde, das auf die schiefe Bahn geraten ist. Hound schüttelte den Kopf und blickte weiter mit zusammengekniffenen Augen auf die See hinaus. Das zarte Licht der Morgendämmerung war jetzt verschwunden. Der Horizont war eine gerade blaue Linie, und die Sonne stand hoch und leuchtend über dem Wasser. »Der Bursche hat mich früher echt umgehauen«, sagte Hound. »Er brachte ständig irgendwelche Neuerungen zuwege, aber er wußte nie, was er da eigentlich tat. Er hatte zum Beispiel eine bestimmte Art, bei hohen Wellen Bottom Turns* zu machen; er wechselte die Kante, verlagerte das Standbein einen Sekundenbruchteil, bevor er den Turn machte, nach außen. Auf diese Weise kam er mit mehr Schwung, mehr Schub aus dem Turn heraus. Ich hab's dann mal in ein paar Filmen gesehen und ihm davon erzählt. Er hat einfach nicht gewußt, wovon ich rede. Er hat es einfach gemacht, instinktiv oder so. Ich glaube nicht, daß der Bursche je gewußt hat, wie gut er eigentlich war. Und er hat es alles weggeworfen, Mann, die ganze Sache einfach hingeschmissen. Jetzt hat er Freunde wie Morris.« Mittlerweile wußte Ike nicht mehr, ob Hound Adams mit ihm oder mit sich selbst redete. Das einzige, was er sicher wußte, war, daß er Hound Adams zum erstenmal hatte reden hören, ohne den Eindruck zu haben, daß Hound eine Rolle spielte oder sich über ihn lustig machte; es war, als redete er einfach. Die ersten ehrlichen Worte, die Ike von ihm gehört hatte, und sie handelten von Preston.

26

Später an diesem Nachmittag saß Ike auf der Treppe des Sea-View und sah zu, wie die Sonne hinter die Gebäude am Highway tauchte, während er darauf wartete, daß Michelle von der Arbeit kam. Den ganzen Tag hatte er über den Vorfall am Strand nachgedacht und dabei versucht, sich nicht vorzustellen, was wohl passiert wäre, wenn Hound die Rocker nicht aufgehalten hätte und die Cops nicht zur rechten Zeit aufgekreuzt wären.

* Bottom Turn – kurvendes Manöver am Fuß einer Welle, um diese wieder hinaufzusurfen

Er saß immer noch da, als Michelle nach Hause kam. Er folgte ihr in ihr Zimmer, wo sie sich umzog und ihre Pflanzen versorgte. Er erzählte ihr von der Schlägerei und wie Hound Adams sich gegen die Rocker gewehrt hatte.

»Vielleicht hast du dich in ihm getäuscht«, sagte sie.

»Ich weiß nicht. Aber heute hat er mir eindeutig den Arsch gerettet. Er hätte auch abhauen können. Es gab da einen Augenblick, wo er wegrennen konnte, aber er hat es nicht getan. Er ist geblieben, soviel weiß ich.«

»Ich hab dir doch gesagt, er mag dich.«

»Warum sollte er?«

»Hast du je daran gedacht, ihn einfach zu fragen?«

»Es ist mir durch den Kopf gegangen.«

»Und?«

»Noch nicht.« Er ging zur Matratze und setzte sich. »Er will, daß ich heut abend vorbeikomme«, sagte er. »Er sagt, er will mich wegen irgendwas sprechen. Wie ich das Board abarbeiten soll, nehme ich an.«

»Nimm mich mit.«

»Ich weiß nicht recht. Ich glaube, ich sollte vielleicht besser allein gehen.« Michelle war dabei, sich umzuziehen. Er sah zu, wie sie verblichene Jeans über das Dreieck weißer Haut zog, das ihr Badeanzug auf ihrem nackten Arsch hinterlassen hatte, und mit einemmal wäre er lieber bei ihr geblieben. Er war sich jedenfalls sicher, daß er sie nicht mitnehmen wollte, um dann zusehen zu müssen, wie Hound Adams mit ihr flirtete.

Sie setzte sich neben ihn. »Ach komm«, sagte sie, »ich möchte mit.«

»Shit, du willst dich doch bloß volldröhnen.«

Sie ließ sich nach hinten auf die Matratze fallen und federte auf und ab. »Na und, was ist so schlimm daran? Wenigstens hat Hound immer gutes Dope.«

»Ich glaube einfach, ich sollte allein gehen, das ist alles.«

»Du nimmst mich bloß nicht mit zu Hound«, sagte sie, »weil du eifersüchtig bist.«

»Unsinn.« Er stand auf und ging zum Fenster. Er haßte es, wenn sie sich wie ein gottverdammtes kleines Kind aufführte. Er schaute zurück und sah sie auf dem Bett liegen, auf die Ellbogen gestützt jetzt, so daß ihr das Haar auf die Schultern fiel; er wollte hinübergehen und ihr das Lächeln aus dem Gesicht schlagen. Und einer der Gründe, warum er es wollte, war, weil er wußte, daß sie recht hatte. Er war eifersüchtig. Hound Adams war einfach zu durchtrieben. Wenn er irgendein Mädchen anmachen wollte, dann würde er es auch schaffen. Er blickte weg von ihr und in die dunkle Fensterscheibe. Dann war Michelle auf und stand neben ihm, und ihre Stimme war jetzt sanfter. »Du brauchst nicht eifersüchtig zu sein«, sagte sie. »Ich weiß, daß er mich mag. Ich merke es, aber ich weiß, was er will. Man fällt zu leicht auf solche Typen rein.«

Er wünschte, sie würde damit aufhören. Es war verrückt, wie es zwischen ihnen lief. Manchmal fühlte er sich ihr so nah, als wären sie sich unheimlich ähnlich, und dann wieder war es, als sprächen sie nicht einmal dieselbe Sprache.

»Ich meine, ich war schon mit solchen Typen zusammen und ...«

»Schon gut, schon gut.« Er war nicht scharf darauf, daß sie von all den Typen anfing, mit denen sie schon zusammen war.

»Warum macht es dich so wütend? Du weißt doch, daß ich schon eine Menge Freunde hatte. Es liegt einfach daran, daß ich anders aufgewachsen bin als du. Denkst du, das bedeutet, daß ich dich nicht mag?«

Sie stand immer noch neben ihm, und er legte ihr den Arm um die Schultern. »Nein. Hör zu, ich bin nicht wütend, aber ich finde einfach, du solltest heute abend nicht mitkommen, okay? Ich wollte nicht so eine große Sache draus machen.«

Sie ging zurück zum Bett und setzte sich hin. »Du hast überhaupt nichts gegessen«, sagte sie.

»Ich werd später was essen.«

»Komm vorbei, okay?«

»Okay, wenn's nicht zu spät ist.«

»Komm trotzdem vorbei.«

Er stand in der Tür und blickte sie an. Sie saß immer noch auf dem Bett, die Arme hinter sich auf die Matratze gestützt. Mit ihren langen braungebrannten Armen und Beinen und dem sonnengebleichten Haar, ihrem Pullunder und den abgeschnittenen Jeans sah sie aus wie all die anderen Mädchen, die er jeden Tag am Pier auf dem Geländer sitzen und mit Transistorradios herumlaufen sah, aber sie war nicht wie sie; für ihn war sie etwas Besonderes, und das würde sich niemals ändern.

Das Haus an der Fifth Street war dunkel. Fast wäre er umgekehrt, weil er dachte, es sei zu spät, und auch weil er an Michelle dachte und verdammt gerne zu ihr zurückgegangen wäre. Aber er dachte sich, er sollte nicht wieder gehen, ohne wenigstens geklopft zu haben.

Zu seiner Überraschung wurde die Tür fast augenblicklich von einem schlanken braunhaarigen Mädchen geöffnet, das er nie zuvor gesehen hatte. Sie ließ ihn ohne ein Wort ein und führte ihn in ein Hinterzimmer, wo Frank Baker, Hound Adams und zwei der Jacobs-Brüder auf durchsackenden Couches saßen und eine Pfeife herumgehen ließen. Ike schaute sich nach dem Bruder um, der zusammengeschlagen worden war, sah ihn aber nirgendwo. Er stand auf der Türschwelle, und er fühlte sich fehl am Platz und unbehaglich.

»Komm rein«, sagte Hound. »Setz dich.«

Ike setzte sich auf den Boden und wartete.

Sie rauchten die Pfeife zu Ende. Niemand bot Ike davon an, und er blieb still sitzen, während ihm mit jedem Augenblick unbehaglicher zumute wurde.

»Was treibt Michelle?« fragte ihn Hound.

Er hörte einen der Jacobs-Brüder leise lachen. »Dies und das.«

»Mehr nicht?«

»Er meint, was sie mit dir treibt«, sagte Frank. Wieder lachte jemand. Das dunkelhaarige Mädchen lächelte.

Hound Adams stand auf. Er trug Türkisschmuck und hatte ein dickes mexikanisches Hemd an. »Komm, wir machen einen Ausflug«, sagte er. Er blickte Ike dabei an.

Er ging mit ihm über den Rasen hinter dem Haus auf die Gasse und zu einer kleinen Holzgarage. Der Mond stand als schmale Sichel hoch über ihnen. Die Nacht war windstill und ruhig. Ein Sting-Ray Cabriolet war in der Garage geparkt. Ike wartete auf der Gasse, während Hound den Wagen anließ und hinausfuhr, dann machte er das Garagentor zu und stieg ein.

Sie fuhren durch die dunklen Wohnstraßen hinunter zum Coast Highway, dann nach Norden in Richtung der Klippen und Ölquellen. Die Lichter der Stadt befanden sich weit hinter ihnen, als Hound den Wagen wendete und auf der Seeseite des Highways anhielt. Sie befanden sich hier zwischen den Ölfeldern, irgendwo oberhalb der Strände, die Ike bislang nur am Tag gesehen hatte, dem Territorium der Gangs aus dem Hinterland.

Es war still im Wagen und ein bißchen stickig. Ike machte sein Fenster einen Spaltbreit auf. Er konnte die Brandung hören und ab und zu einen Fetzen Musik, den ein Windzug zwischen den Bohrtürmen hindurch vom Strand herauftrug. Hin und wieder konnte er Stimmen hören. Er dachte an die rußigen Feuerringe, die er tagsüber gesehen hatte, und er fragte sich, wie sie wohl bei Nacht, im Feuerschein aussahen. Sie warteten im Wagen. Hound sagte nichts und sah nur hin und wieder auf die Uhr. Ike spürte den Schweiß auf seinem Rücken und auf seinen Handflächen. Die Luft, die durch den offenen Spalt im Fenster hereinkroch, roch nach den Ölfeldern, nach irgendeinem schweren übelriechenden Gas. Hound langte zu Ike hinüber und machte das Handschuhfach auf. Irgend etwas Schweres, Hartes glitt über Papier und schlug gegen das Metall der Klappe, und im flackernden Licht aus dem Handschuhfach sah Ike, daß es eine Pistole war. Hound sagte nichts. Er nahm die Pistole und steckte sie in die große Tasche vorne an seinem Hemd, dann klappte er das Handschuhfach zu.

Nach für Ikes Gefühl sehr langer Zeit bemerkte er, daß sich an der Strandseite des Wagens etwas bewegte. Er waren mehrere Gestalten, die sich dort zwischen den Bohrtürmen und Maschendrahtzäunen bewegten.

»Los«, sagte Hound, »gehen wir.«

Als sie ausstiegen, griff Hound hinter sich und holte eine große Papiertüte hervor. Die Türen schlugen zu, und sie gingen auf den Rand der Klippe zu. Eine Handvoll Leute warteten im Dunkeln auf sie. Ike zählte sechs, alle in weißen T-Shirts und dunklen Hosen.

Als sie näher herangekommen waren, sah er, daß es eine Gruppe von Jungen war – im High-School-Alter vielleicht oder jünger – und daß sie Mexikaner waren. Sie standen in einem lockeren Halbkreis da. Als Hound und Ike bei ihnen waren, drehten sie sich um und gingen näher an den Rand der Klippen. Ike und Hound folgten ihnen, über Eisenbahnschienen und dann hinter einen der Bohrtürme. Sie waren hier von der Straße aus nicht zu sehen, in der Nähe der Schlucht, die die Klippen teilte und den Blick auf ein Stück Strand darunter freigab. Als er hinunterschaute, sah Ike ein Lagerfeuer mit tanzenden Pärchen im orangen Licht und dahinter die weißen Linien brechender Wellen, die über die schwarze See heranrollten.

Die Jungen hatten Geld für Hound. Hound gab ihnen die Tüte. Ike war überrascht, wie jung diese Typen aussahen, gar nicht wie die Leute, die er sich vorgestellt hatte. Jemand ließ eine Pfeife herumgehen. Als sie bei Ike ankam, nahm er einen Zug und reichte sie an Hound Adams weiter. »Hound«, sagte einer der Jungen, »Tony will wissen, ob du noch mehr von diesen Fotos besorgen kannst, den guten, Mann, wie das hier.« Er hielt Ike und Hound ein Foto hin. Die Jungen lachten im Chor. Sie kauerten im Licht eines Bohrturms, doch Ike konnte trotzdem kaum etwas von dem Foto erkennen. Er sah, daß es irgendein Pornofoto war. Er hatte zwei gespreizte Schenkel gesehen, einen dunklen Fleck von Haaren dazwischen. Hound nickte. »Kein Problem, wenn ihr Kohle habt.«

»Du solltest sie uns umsonst geben, Mann, als Zugabe für deine Stammkunden.« Erneut wurde gelacht.

»Nichts auf der Welt gibt's umsonst«, erwiderte Hound. Ike dachte immer noch über die jetzt wieder verschwundene Fotografie nach. Was war noch darauf gewesen? Ein Farbspritzer auf der Haut, rot wie Blut? Er hätte es sich gerne noch mal angesehen, aber das Foto war fort, und Hound stand auf, um zu gehen. Die Jungen standen ebenfalls auf, und bald waren sie im Dunkel des Pfades, der durch die Schlucht zurück zum Strand führte, verschwunden. Ike wischte sich die Knie ab und versuchte, sich an ein einziges Gesicht aus der Gruppe zu erinnern, aber es gelang ihm nicht. Er erinnerte sich nur an die Stimmen, die weißen leuchtenden Hemden und die Lichtflecke auf den schwarzen spitzen Schuhen.

Als sie wieder im Wagen waren, reichte Hound Ike das Bündel Geldscheine. »Zähl nach«, sagte er. Er beugte sich herüber und legte die Pistole zurück ins Handschuhfach, während Ike das Geld zählte.

»Nicht schlecht für ein paar Stunden Arbeit, was?«

Ike stimmte ihm zu.

»Und jetzt bist du an der Reihe.«

Während Ike sich noch fragte, was Hound damit gemeint hatte, fuhren sie in die Stadt zurück, wieder auf den Lichterschwarm zu, der die Kreuzung Main Street und Coast Highway markierte, und auf die lange anmutige Linie aus Licht an der Stelle, wo sich der Pier von Huntington Beach in den Pazifik hinausreckte.

Sie fuhren erst langsam am Eingang des Piers vorbei, dann wendeten sie und kamen aus der anderen Richtung zurück. Diesmal bog Hound nach links vom Highway ab und fuhr auf einen der langen rechteckigen Parkplätze unter dem Pier, denselben, auf dem er gegen die Rocker gekämpft hatte. Als sie geparkt hatten, machte er den Motor aus und wandte sich zu Ike um, die Hand auf die Ablage zwischen den Sitzen gelegt. »Wie bist du mit diesem Board heute klargekommen?« fragte er.

»Nicht schlecht. Ich würde es gerne noch mal in leichteren Wellen ausprobieren.«

»Warte bis zum Ende des Swells.«

Ike nickte.

»Du hast das Zeug dazu«, sagte Hound. »Du bist heute drangeblieben. Surfen ist ebensosehr eine geistige Tätigkeit wie eine körperliche.« Hound hielt inne, und Ike blickte über die Kühlerhaube hinüber zum dunklen Strand. »Ich hab dich heute abend mitgenommen«, sagte Hound, »weil ich dir ein paar Sachen klarmachen wollte. Ich möchte, daß du über etwas Bestimmtes nachdenkst.« Hound hielt erneut inne, und Ike sah ihn einen Moment lang an; er fand es etwas beunruhigend, wie durchdringend Hound ihn zu mustern schien. »Du beschäftigst dich bei deiner Arbeit mit Motoren«, sagte Hound. »Das erfordert gewisse Fähigkeiten und gewisse Kenntnisse. Man muß verstehen, aus welchen verschiedenen Systemen sich die Maschine zusammensetzt und wie diese Systeme ineinandergreifen. Im wesentlichen muß man zuerst einmal die Prinzipien verstehen, nach denen der Motor arbeitet, und deshalb ist es, wie Surfen, wie alles andere, eine geistige wie eine körperliche Angelegenheit. Immer besteht das eigentliche Problem darin, gewisse grundlegende Prinzipien zu verstehen. Habe ich recht? Kannst du mir folgen?«

Ike nickte. Er blickte jetzt wieder hinaus auf den dunklen Strand, während er sich fragte, wo dieser neue Gedankenflug von Hound hinführen würde und wie er mit dem neuen Surfboard verknüpft war und mit seiner Vermutung, daß er heute abend anfangen sollte, es abzubezahlen.

»Nun, schau dich um«, fuhr Hound fort. »Ich hab dir gesagt, daß man hierzulande sein Geld auch noch anders verdienen kann als mit der Arbeit an Motorrädern. Ich hätte auch sagen können, es gibt noch andere Arten von Maschinen, an denen man arbeiten kann, denn du kannst an dieser Stadt arbeiten, als wäre sie ein Motor. Du kannst sie für dich arbeiten lassen, sie dazu bringen, daß sie tut, was du willst. Und du mußt dich dabei nicht einmal schmutzig machen. Du mußt dich nicht von einem brutalen Idioten wie Morris herumkommandieren lassen. Was du aber tun mußt, ist, dir die grundlegenden Prinzipien, nach denen die Maschine funktioniert, zunutze zu machen.« Hound hielt wieder inne, wartete einen Augenblick und fuhr dann fort: »Heute abend hast du nun eins der Prinzipien in Tätigkeit gesehen, und zwar ein ganz simples: Angebot und Nachfrage. Ich hatte, was diese Kanaken da draußen bei den Ölquellen wollten. Ich weiß, was sie wollen, und ich weiß, wie ich's kriege. Sie wissen einzig und allein, was sie wollen. Von allem andern haben sie keinen Schimmer. Sie reißen sich den ganzen Tag den Arsch bei irgendeinem Job auf, immer unter der Fuchtel der Maschine. Zugegeben, diese Typen stehen auf der untersten Stufe eines bestimmten Mechanismus, aber die Prinzipien gelten bis ganz oben. Dieses Prinzip von Angebot und Nachfrage ist immer gültig. Du verlierst ein Board und brauchst ein neues. Ich kann dir eins geben. Ich kann dir sogar genau das Board geben, das du dir wünschst, aber jetzt kannst du etwas für mich tun.«

Hound öffnete die Ablage zwischen den Sitzen und holte eine kleine Plastiktüte heraus, die vielleicht ein halbes Dutzend Joints enthielt. »Was du heute abend tun kannst«, sagte Hound, »ist folgendes: Du hängst eine Weile am Pier rum und treibst ein paar junge Mädchen auf, die Lust auf eine Party haben.«

Ike starrte verständnislos die Plastiktüte an. Es war irgendwie eine Bitte, die nicht viel Sinn machte. Er hatte nie den Eindruck gehabt, daß es Hound Adams an Mädchen für seine Parties mangelte, und er nahm auch nicht an, daß es jetzt der Fall war.

Hound schien seine Gedanken zu lesen. »Die Samoaner stehen auf junge Miezen.« Er lächelte. »Keine ungewöhnliche Vorliebe. Ich könnte also welche dafür bezahlen. Ich könnte auch Mädchen einladen, die ich bereits kenne. Aber keine der beiden Möglichkeiten erscheint mir im Augenblick sehr interessant. Es herrscht ein ständiges Kommen und Gehen unter den Mädchen in dieser Stadt, und ich lerne immer gerne neue kennen. Es ist ein weiterer Aspekt der Maschine, den ich gebrauchen gelernt habe, und ich kann jemanden wie dich gebrauchen, einen gutaussehenden jungen Typen, der ohne Probleme Mädchen kennenlernen kann.«

Ike starrte weiter die Joints an. Ein dünnes Rinnsal Schweiß lief ihm an der Schläfe herunter. Zum erstenmal, seit er in Huntington Beach war, hatte er das Gefühl, daß er wirklich an etwas herangekommen war, etwas, wovon ihm noch keiner erzählt hatte, wovon vielleicht überhaupt keiner wußte. Die Gelegenheit, die sich ihm bot, stand ihm so klar vor Augen, daß er sie fast greifen konnte.

»Ist irgendwas?« fragte Hound.

»Nein, ich …« Ike schwitzte auf einmal aus allen Poren. »Ich weiß nicht, ob ich's kann.«

»Unsinn. Laß mich etwas klarstellen. Ich hab dir das Board geschenkt, es gehört dir. Ich will es nicht zurück. Es zurückzukriegen würde mir nichts bedeuten. Das Board ist bloß ein Gegenstand. Worum es hier geht, ist die geistige Haltung beim Geben. Also, ich bitte dich um etwas, etwas sehr Simples, aber es ist ein Anfang. Treib ein paar Mädchen auf und bring sie mit zu mir. Wenn dir das nicht gelingt, dann kannst du vielleicht Michelle und ihre Freundin mitbringen. Das Entscheidende ist, daß du nicht alleine zurückkommst. Aber du machst eine Riesengeschichte daraus. Es ist ganz simpel, wirklich. Treib ein paar Miezen auf, rauch einen Joint mit ihnen, sag ihnen, du wüßtest, wo eine Party läuft. Es ist überhaupt nichts dabei.« Hound Adams legte Ike die Hand aufs Knie. »Wir sehen uns bei mir, Brother.«

27

Ike stand auf dem Parkplatz und blickte den Rücklichtern des Sting-Ray nach, bis sie in der Nacht verschwanden. Er spürte deutlich das Gewicht in seiner Hemdtasche. Während er langsam auf den Pier zuging, hatte er das Gefühl, als wäre er am Scheideweg angelangt. Er konnte entweder tun, worum Hound Adams ihn gebeten hatte, oder er konnte die Stadt verlassen. Einen Mittelweg gab es nicht mehr. Und doch, war es nicht das, was er wollte, dicht an Hound Adams herankommen, herausfinden, was vor sich ging, etwas entdecken, das gegen ihn verwandt werden konnte? Verdammt. Er stieß im Gehen langsam die Luft zwischen den Zähnen aus. Das Sonderbare war, daß irgendwie, trotz seiner Bangigkeit und dem etwas beklemmenden Gefühl, daß etwas Verdorbenes von ihm verlangt wurde, ein Teil von ihm nicht unberührt geblieben war von Hounds Vision der Stadt als einer großen organischen Maschinerie, die man, wenn man nur wollte, zu seinem eigenen Vorteil arbeiten lassen konnte. Und noch etwas anderes spielte hinein, eine Art verrückter Neugier auf sich selbst. Hier ging er, Ike Tucker, irgendein Hinterwäldler aus der tiefsten Provinz, am Ufer des Pazifik entlang, mit einer Tasche voll Dope und dem Auftrag, Mädchen für eine Party aufzureißen. Es hatte etwas an sich, das einerseits erschreckend, andererseits aber ungeheuer aufregend war.

Er stieg die Betontreppe zum Pier hinauf. Der Plankenweg war voller Menschen: Leute auf Rollschuhen, engumschlungene Pärchen, braungebrannte junge Punks, die am Geländer lehnten. Musik ertönte aus der Imbißbude am Eingang des Piers und aus einer Reihe von Transistorradios. Gegenüber, hinter dem Highway, stand die Stadt als Lichterkette gegen einen tiefschwarzen Himmel.

Er betrat den Pier und machte sich auf zum Ozean hinaus. Er fühlte sich betrunken, obwohl er es nicht war, bloß vielleicht noch ein bißchen high von dem Dope, das er an dem Bohrturm geraucht hatte. Doch es war ein anderes Gefühl, fast so, als wäre etwas in ihm zerbrochen und hätte ihn frei gemacht, doch frei wovon konnte er nicht sagen. Er spürte nicht die Holzplanken unter seinen Füßen. Statt dessen spürte er das Blut in seinen Armen und Händen hämmern. Zwei Mädchen glitten auf Rollschuhen an ihm vorbei, und er zermarterte sich das Hirn nach etwas, womit er ein Gespräch beginnen könnte. Er erblickte eine Gruppe von vier Mädchen. Sie waren ebenfalls auf Rollschuhen und wie er auf dem Weg zum dunklen Ende des Piers. Er ging hinter ihnen her. An einer Stelle, wo der Pier breiter wurde, hielten sie an und beugten sich über das Geländer, um ein paar Surfern unter ihnen zuzusehen.

Ike ging zu ihnen hinüber und stellte sich neben sie. Sein Herz schlug so wild, daß er überrascht war, daß sie es nicht hören konnten. »Nicht schlecht, der Swell«, sagte er. Seine Feststellung schien jede Unterhaltung zum Stillstand zu bringen, und die Mädchen wandten sich um, sahen ihn und dann einander an. Schließlich fragte eine: »Was?«

»Ich sagte, nicht schlecht, der Swell.«

Keine Antwort. Die Mädchen sahen einander weiter an, als müßten sie miteinander beratschlagen über das, was er gesagt hatte.

»Gute Wellen«, fuhr Ike fort; für einen Rückzieher, dachte er, war es jetzt zu spät. »Ich meine, ziemlich hoch und alles.«

Immer noch erhielt er keine Antwort, und er bekam langsam das Gefühl, daß irgend etwas fürchterlich falsch lief. Vielleicht bildete er sich nur ein, daß er mit ihnen redete, vielleicht starrte er sie bloß an.

Die Mädchen starrten zurück. Eine von ihnen kicherte. Jetzt, wo sie nicht mehr in Bewegung waren, sondern stillstanden und ihm Gelegenheit gaben, sie sich näher anzusehen, kam ihm der Verdacht, daß er ihr Alter falsch eingeschätzt hatte. Die größte von den vieren sah so um die Zwölf aus. Er nahm an, die Rollschuhe ließen sie älter oder zumindest größer wirken.

Weitere Peinlichkeiten wurden ihm jedoch dadurch erspart, daß irgendein alter Mann von der anderen Seite des Piers zu ihnen kam. »Kommt, Mädels«, sagte der Mann, »gehn wir was essen.« Er warf Ike einen bösen Blick zu, und die vier Mädchen rollten hinter ihm her davon. Eine von ihnen sagte im Weggehen noch auf Wiedersehen.

Ike sackte gegen das Geländer. Sein Herz hämmerte noch in seiner Brust, und erneut war ihm der Schweiß ausgebrochen. Er blieb eine Weile am Geländer stehen, ließ sich vom kühlen Wind das Gesicht trocknen, versuchte sich zu sammeln und sah zu, wie um ihn herum geschäftig die Maschinerie von Huntington Beach ablief.

Irgendwann bemerkte er, daß am Geländer gegenüber drei Mädchen standen. Sie wirkten auf den ersten Blick wie bessere Kandidatinnen. Sie sahen jung aus, aber sie waren eindeutig nicht mit ihren Eltern da. Zwei von ihnen, in sehr engen Jeans und knappen Pullundern, lehnten Zigaretten rauchend am Geländer. Die dritte, eine Rothaarige, hatte Ike das Profil zugekehrt. Sie hatte eine seidige Sporthose und ein helles Sonnentop an.

Ike ging hinüber und sagte hallo. Er ging zu der Rothaarigen, und sie war es, die er ansprach. Sie war die hübscheste von den dreien. Ihr Haar war sehr rot, dunkel wie Blut, und ihre Haut war sehr weiß. Ihre Lippen und Fingernägel waren ebenfalls rot. Die beiden anderen hätten Schwestern sein können. Sie waren dünn und blond, aber es war ein spröde aussehendes Wasserstoffblond. Die Rothaarige lächelte und sagte hallo. Die andern beiden lächelten einander an, als wüßten sie genau, was er im Sinn hatte. Ike trat auf die Seite und legte die Hand aufs Geländer. Sie sahen ihn jetzt alle drei an. »Habt ihr Lust auf was zu kiffen?« fragte er. Er hatte entschieden, daß es besser war, direkt zur Sache zu kommen.

Die Mädchen sahen sich an. Eine der dünnen Blondinen schnippte eine Zigarettenkippe über das Geländer. »Kann schon sein«, erwiderte die Rothaarige. »Und wo?«

»Wo ihr wollt. Am Strand.«

»Gutes Dope?«

»Kolumbianisches.«

Die Rothaarige sah ihre Freundinnen an und zog die Augenbrauen hoch.

»Warum nicht?« fragte eine von ihnen.

Hound Adams hatte recht gehabt, es war überhaupt nichts dabei. Sie rauchten einen Joint, und er erzählte ihnen, daß sein Bruder ein Dealer sei und später bei ihm zu Hause eine Party steigen solle. Sie berieten darüber, während Ike wartend abseits stand und sich bemühte, gelangweilt auszusehen. Sie standen im Sand unter dem Pier, und er konnte hören, wie sich ihr Lachen mit dem Geräusch des Weißwassers, das gegen die Pfeiler schlug, mischte. Schließlich beschlossen sie, mitzukommen, und er hörte, wie eine von ihnen sagte: »Ich finde ihn süß«, als sie aus dem Schatten des Piers auf ihn zukamen.

So wird's also gemacht, dachte er sich. Er ging neben der Rothaarigen, die ohne ihre Schuhe ein bißchen kleiner gewesen wäre als er. Die Schuhe machten sie fast so groß wie Michelle und ließen ihre Beine lang und sexy aussehen, und er dachte daran, daß Michelle immer so aussah, auch wenn sie barfuß war. Vielleicht lag es daran, daß er an Michelle dachte, aber plötzlich, während er den Coast Highway entlang zu Hounds Haus ging, überkamen ihn heftige Schuldgefühle. Sie stürzten schubweise auf ihn ein, so daß ihm abwechselnd heiß und kalt wurde. Die Erregung, die er vorher verspürt hatte, war vollständig verschwunden, und es blieb nur ein klebriges, schwitziges Gefühl auf seinen Handflächen zurück. Worauf hatte er sich eingelassen? Er hatte im Grunde keine Ahnung, was bei Hound passieren würde. Er sah wieder das Foto vor sich, das er flüchtig im Licht des Bohrturms gesehen hatte. Was, wenn irgend etwas Schlimmes passierte? Er sah seine Schwester vor sich. Irgendwie erinnerten ihn die dünnen Blondinen an sie. Sie war genauso. Er konnte sie am Geländer des alten Piers stehen sehen, eine Zigarette zwischen den Lippen, ein haltloses Ding, ohne Schwierigkeiten aufzureißen. Wie hatte sie sich in die große Maschinerie, das System von Angebot und Nachfrage eingefügt? Ein kalter Schauer lief ihm den Rücken hoch und breitete sich über seine Schultern aus, und es wollte ihm nichts mehr einfallen, was er sagen konnte. Was, wenn er Michelle oder Jill über den Weg lief? Er fragte sich, ob er Gefahr lief, sich alles zu versauen. Würde Michelle glauben, daß es das hier war, was Hound Adams als Bezahlung für das Board wollte? Aber er dachte noch an etwas anderes, für das er Hound zu bezahlen hatte, und das war der Anblick von Hound Adams, wie er sich auf dem Parkplatz den Rockern entgegengestellt, sich zwischen ihn und Morris gestellt hatte. Wo zog man die Grenze, wenn jemand einem das Leben gerettet hatte? Oder war das nur eine Rechtfertigung, eine Ausrede für seinen eigenen Mangel an Überzeugung?

Er fühlte sich reichlich elend, als sie schließlich die Straße erreichten, wo Hound wohnte. Hinter ihm hatten die beiden Blondinen angefangen, über den Freund von irgend jemands Mutter herzuziehen. Eine von ihnen hatte mit einer ziemlich langatmigen Geschichte angefangen, wie der Typ versucht hätte, sie zu beobachten, als sie gerade unter der Dusche war. Sie redete mit sehr lauter Stimme, und Ike hatte den Eindruck, daß die Geschichte zum Teil erzählt wurde, damit er sie hörte. Die Rothaarige blickte ihn einmal an und rollte mit den Augen. Bevor sie am Haus ankamen, hatten sie jedoch das Thema gewechselt und alle angefangen, über irgendeine Party zu reden, auf der sie letzte Nacht gewesen waren. Wie es schien, hatten ein paar Jungs sie zu einer Party eingeladen, nur hatte es gar keine Party gegeben, bloß einen Haufen geiler Typen, die rumsaßen und darauf warteten, daß ein paar Miezen aufkreuzten. »Mehr haben diese Typen nicht drauf«, sagte eins der Mädchen. »Sie gehen bloß jeden Tag runter zum Strand und erzählen einem Haufen Mädchen, daß bei ihnen eine Riesenparty steigt. Und wenn du dann hinkommst, sitzen sie allein rum und versuchen, so zu tun, als wären sie unheimlich cool.«

»Und dabei ist es nicht mal ihr eigenes Haus«, sagte eine andere. »Sie haben's bloß den Sommer über gemietet. Sie sind aus Santa Ana oder so einem Kaff, hab ich sie sagen hören.«

»Und anständiges Dope haben sie auch nie welches«, setzte die Rothaarige hinzu.

Ike wurde ein bißchen nervös, als er sie so reden hörte. Angenommen, er brachte sie mit ins Haus und sie hatten plötzlich Angst oder keine Lust mehr? Was würde Hound dazu sagen? Würde er ihn losschicken, um Michelle zu holen?

Das Haus war dunkel, als sie dort ankamen. Es brannten nur ein paar Kerzen, und die Stereoanlage war an; es lief der Punk-Sound, den Ike aus dem Sea-View kannte, den er aber bei Hound bis jetzt noch nie gehört hatte. Den Mädchen schien das Haus aber zu gefallen. Sie sahen sofort, daß es nicht bloß den Sommer über gemietet war. »Wohnst du hier?« wollte die Rothaarige wissen. Ike sagte ja. Von Hound oder den Samoanern war nichts zu sehen, aber es schien den Mädchen nichts auszumachen. Sie fragten ihn nicht einmal nach der Party. Die Rothaarige setzte sich auf die Couch, und die beiden anderen fingen an, die Schallplatten durchzusehen.

Ike setzte sich neben die Rothaarige. Seine Handflächen fühlten sich kalt und feucht an. Ihm fiel immer noch kaum etwas zu sagen ein, und der letzte seiner Joints war aufgeraucht. Dann kam Hound herein. Er sah fast genauso aus wie am Abend seiner Party, dem Abend, als Ike ihn kennengelernt hatte. Er hatte eine weiße Baumwollhose und eins der auffälligeren seiner mexikanischen Hemden an. Er trug eine Perlenkette um den Hals, und vorne an seinem Hemd waren weitere Perlen. Sein Haar sah glatt und frisch gewaschen aus, und darüber trug er ein indianisch aussehendes Stirnband. Ike stellte ihn als seinen Bruder vor. Hound lächelte die Mädchen an und setzte sich auf den Boden. Er holte eine Pfeife und ein Streichholz hervor. Er sagte zu Ike, daß in der Küche Bier sei. Ike ging es holen, und als er zurückkam, hatten sich die anderen beiden Mädchen zu Hound auf den Boden gesetzt, und die Pfeife machte die Runde. Ike setzte sich wieder zu der Rothaarigen auf die Couch und machte die Bierflaschen auf.

Die Pfeife war mit Haschisch gefüllt, und bald waren alle reichlich stoned. Ike war im Nu hinüber. Er hatte nichts zu Abend gegessen, und jetzt bekam er seinen Teil von der Pfeife ab und schüttete zwischendurch Bier hinunter, um das Brennen in seinem Hals zu kühlen. Die beiden anderen Mädchen waren aufgestanden und hatten zu tanzen angefangen, und ihre schlanken Schatten züngelten wie Flammen an der Wand. Die Rothaarige langte hin und wieder über Ike hinweg nach der Pfeife oder einem Bier, wobei sie jedesmal mit ihren Brüsten gegen seinen Arm drückte, und es dauerte nicht lange, und er hatte angefangen, mit ihr herumzufummeln. Irgendwann sah er aus den Augenwinkeln, daß einer der Samoaner aufgetaucht war und mit den mageren Blondinen tanzte. Er bemerkte ebenfalls, daß Hound Adams das Zimmer verlassen hatte. Er wußte schon nicht einmal mehr, wie die Mädchen hießen. Er hatte sogar den Namen der Rothaarigen vergessen, aber er fühlte sich im Moment nicht schlecht, und irgendwie war das Sonnentop der Rothaarigen runtergerutscht und sie packte gierig nach seinem Schwanz, und nie im Leben war je etwas so schnell für ihn gegangen. In der einen Minute saßen sie bloß da, und in der nächsten fielen sie wie die Wilden übereinander her, und daß Michelle im Sea-View auf ihn wartete, hatte er längst vergessen.

»Komm mit«, flüsterte er der Rothaarigen ins Ohr. Er nahm sie bei der Hand und zog sie von der Couch hoch. Sie ließ ihr Sonnentop auf den Kissen zurück und folgte ihm in eins der Hinterzimmer. Es war das Zimmer, in dem er früher am Abend gewesen war. Die Couches waren jetzt leer. Das Mädchen ließ sich auf eine davon fallen und zog ihn mit sich, doch er entwand sich ihr, kniete sich vor ihr hin und fing an, ihr die Shorts über ihre hochhackigen roten Schuhe zu ziehen. Und mit einem Teil seines Verstandes dachte er immer wieder, wie verrückt das alles war, wie unvorstellbar diese ganze Szene vor ein paar Wochen noch für ihn gewesen wäre. Aber er war tatsächlich dabei, einem Mädchen die Hose auszuziehen, ohne auch nur ihren Namen zu kennen, und er würde sie bumsen, und er wußte, mit einem leisen Anflug von Gewissensbissen nur, daß es Michelle war, die es ihm beigebracht hatte, die ihm das nötige Selbstvertrauen gegeben hatte, um diese Sache hier durchzuziehen. Aber im Moment hatte er gar keine Zeit, über all das nachzudenken. Es reichte aus zu wissen, daß das, was mit Michelle ablief, und was immer das hier war, zwei völlig verschiedene Dinge waren, die nichts miteinander zu tun hatten.

Er saß jetzt wieder auf der Couch neben dem Mädchen, die Hand zwischen ihre Beine geschoben. Sie war heiß und feucht, und sie wand sich mit dem Arsch auf der Couch, drängte sich gegen seine Finger, zwängte ihre Zunge in seinen Mund und alles von lautem Stöhnen begleitet. Es war, als bewegte sich alles gleichzeitig, als drehte sich das Zimmer um ihn, heiß, dunkel und von Keuchen erfüllt. Ein Keil Mondlicht brach durch das Fenster und fiel auf ihre Brust, tauchte ihre Nippel in Licht. Und dann spürte er die Hand auf seiner Schulter. Später versuchte er sich daran zu erinnern, wie es genau vor sich gegangen war. Einen Moment lang glaubte er, es sei die Hand des Mädchens, aber dann wurde ihm klar, daß es nicht so war. Er richtete sich ein bißchen auf der Couch auf, während das Mädchen neben ihm zuckte und stöhnte. Er fuhr zusammen, als er sah, daß es einer der Samoaner war, der ihn berührt hatte. Der Mann war nackt und stand direkt hinter ihm, auf der anderen Seite der Couch, dann ging er um die Couch herum und kniete sich vor dem Mädchen auf den Boden. Er lächelte. Später erinnerte sich Ike an das weiße Leuchten seiner Zähne in dem dunklen Zimmer. Es war ein irritierender Moment. Er wußte nicht einmal, wie der Samoaner hieß. Er sah, wie sich die Muskeln in der Brust des Mannes spannten, während er an ihnen vorüberzuschweben schien, um sich an der anderen

Seite des Mädchens auf die Couch zu setzen. Das Mädchen schien jetzt zu bemerken, was vor sich ging. Der Samoaner zog sie an sich, so daß ihr Körper gekrümmt war, die obere Hälfte ihm, die andere Hälfte Ike zugewandt.

Zu Ikes Überraschung sträubte sich das Mädchen nicht, sondern ließ sich von dem Samoaner küssen. Tatsächlich schien sie noch erregter zu werden. Ike hatte seine Finger immer noch in ihr drin, und sie drängte heftiger als zuvor dagegen. Dann bewegte sich der Samoaner wieder und zog diesmal das Mädchen mit sich. Es war noch kein Wort zwischen ihnen gewechselt worden, aber der Mann schien genau zu wissen, was er wollte. Er brachte das Mädchen vor Ike auf die Knie, legte die Hand in ihren Nacken und schob sie auf Ikes Schwanz zu. Ikes Finger glitten aus ihr heraus, trockneten rasch in dem dunklen Zimmer. Er spürte, wie sie seinen Schwanz in den Mund nahm, und nichts war je zuvor so wahnsinnig für ihn gewesen. Es war, als stünde sein ganzer Körper in Flammen, als bewegte er sich ohne sein Zutun, und er konnte an nichts anderes denken. Und dann war das Zimmer plötzlich überhaupt nicht mehr dunkel, sondern von irgendeinem weißen Stroboskoplicht erfüllt. Grelle Blitze bohrten sich durch seine Augen und traten hinten in seinem Kopf wieder auf. Und jedesmal, wenn es hell war, konnte er alles sehen. Es war wie am hellen Tag, wie in einem dieser elektrisierten Stürme, die er in der Wüste erlebt hatte. Und wenn das Licht aufzuckte, konnte er kaum einen Meter von sich entfernt den Samoaner sehen, wie er das Mädchen von hinten fickte, sich in einem langsamen Rhythmus hinter ihr bewegte, das Gesicht starr wie eine Maske. Und das Mädchen, wie sie sich mit wehenden Haaren über seinen Schwanz hermachte, bis nichts anderes mehr an ihm lebendig war, und er würde gleich kommen, und das war das einzige, was zählte. Er nahm ihr Gesicht zwischen die Hände und stieß sich in sie hinein. Und als er kam, war es so tief aus seinem Innern, daß ihm die Augäpfel weh taten und der Kopf surrte. Einen Moment lang dachte er, das Surren sei nur in seinem

Kopf, und dann wußte er, daß es nicht so war, daß es von irgendwoher aus dem Zimmer kam. Und dann sah er das Mädchen.

Er sah sie im Licht des Stroboskops, deshalb war es, als sähe er eine Folge von Fotografien. Es war die schlanke Brünette, die er früher am Abend mit Frank Baker zusammen gesehen hatte. Sie stand in der Tür, und sie hielt eine Art Filmkamera in der Hand. Die Kamera machte ein leises schwirrendes Geräusch. Hound Adams stand hinter dem Mädchen, die Arme über der Brust verschränkt, und sein blondes Haar und die Perlen leuchteten abwechselnd hell in dem weißen Licht auf und verschwanden wieder in der Dunkelheit.

Ike wachte auf dem Boden auf. Es war bereits warm im Zimmer, und die Sonne fiel durchs Fenster herein und bildete eine Lache aus Licht neben seinem Kopf. In dem Augenblick, als er die Augen aufschlug, setzte der Schmerz ein. Seine Augen brannten, und sein Nakken fühlte sich an, als sei jemand draufgetreten. Er setzte sich langsam auf, bemüht, das Zimmer davon abzuhalten, sich zu schnell um ihn zu drehen. Er zwinkerte angestrengt mit den Augen, um sich die Nacht zurückzurufen, und das erste, was ihm einfiel, war, wie die Rothaarige gekotzt hatte.

Sie hatten noch weitere Filme gedreht, noch mehr Dope geraucht. Und dann war einer der Samoaner reingekommen und hatte mit Kokain angefangen. Die Mädchen hatten alle etwas mit ihm gesnieft, mit der Nase über einem winzigen silbernen Löffel. Ike hatte abgelehnt. Er hatte angefangen, Gin Tonics zu mixen, und beschlossen, dabei zu bleiben. Später dann, ein oder zwei Stunden nach der ersten Aktion mit dem kleinen Löffel, war Hound Adams ins Zimmer zurückgekommen, und er und der Samoaner hatten das Kokain mit ein paar Tropfen Wasser gemischt und auf einen Teelöffel gegossen, um es zu drücken, und die Rothaarige hatte mitmachen wollen. Ike hatte direkt neben ihr auf der Couch gesessen, als der Samoaner ihr die Nadel in den Arm schob. Er hatte gesehen, wie das Zeug verschwand, dann hatte sich die Spritze mit Blut gefüllt, so rot wie ihre lackierten Fingernägel auf der weißen Haut, und dann war auch das weg, von dem Samoaner zurück in die Vene gedrückt. Und das hatte es ausgelöst, der Kick, das Blut, das zurück in die Vene strömte, um den Koks durch ihren Kreislauf zu jagen. Auf einmal war sie weggetreten, starr und steif, als hätte ihr jemand einen Stromstoß durch den Körper gejagt, und Ike war sicher, daß sie tot war. Er blickte sie direkt an, und ihre Haut war weißer als den ganzen Abend über, so weiß wie Kreide, und alles, was er denken konnte, war, daß er es getan hatte, und einen Moment lang war er nicht einmal mehr betrunken oder stoned, nur völlig allein mit diesem schrecklichen Bewußtsein seiner Schuld. Und dann war sie nicht mehr tot, sondern schüttelte sich wie eine Irrsinnige und starrte ihn an, und dann kam es ihr hoch und sie kotzte alles voll, die Couch, seinen Arm, bevor sie sie ins Badezimmer auf dem Flur schaffen konnten. Verdammt, er konnte jetzt die Augen schließen und sah die ganze Szene wieder vor sich: Wie Hound Adams und der Samoaner versucht hatten, dahinterzukommen, was passiert war, und wie Hound Adams mit einemmal, hier in seinem eigenen Haus, angsterfüllter ausgesehen hatte als auf dem Parkplatz, wo er den Rockern, die zu dritt auf ihn losgingen, gegenübergestanden hatte. Und als sich alles etwas beruhigt hatte und nur noch das Kotzen des Mädchens im Badezimmer zu hören war, waren sie zu dem Schluß gekommen, daß jemand die Löffel verwechselt haben mußte, so daß sie die Dosis von Hound oder dem Samoaner bekommen hatte statt der schwächeren Dosis, die sie für sie angesetzt hatten. Sie kam wieder in Ordnung und verließ schließlich das Badezimmer. Sie benahm sich sehr aufgedreht, zitterte zwar noch, aber wirkte aufgedreht, und das war so ziemlich das letzte, woran er sich erinnern konnte, wie alle aufgedreht waren außer ihm, und wie er schließlich auf den Boden geknallt war, während die anderen um ihn herum mit ihrer Party weitermachten. Und hier saß er jetzt immer noch, in demselben Zimmer, in dem es jetzt still und warm war und noch nach der Kotze des Mädchens roch. Und aus irgendeinem Grund fiel ihm, während er aufstand, wieder ihr Name ein: Debbie. Jesus, sie wäre fast auf ihm gestorben, und erst jetzt konnte er sich an ihren Namen erinnern.

Er fand sie im Wohnzimmer, Debbie und die beiden dünnen Blondinen; alle drei saßen auf einer Couch unter einer riesigen indianischen Decke, die an der Wand hing und in deren Mitte ein Zitat aus dem *Buch der Wandlungen* festgesteckt war. Sie wirkten immer noch etwas aufgedreht, wie sie ihn aus aufgeblähten Augen anstarrten, während der Geruch nach Frühstück ins Zimmer trieb. Ihm wurde übel von dem Geruch.

Er ging ohne ein Wort an den Mädchen vorbei und in die Küche. Die schlanke Brünette war dabei, Rührei zu machen. »Einen fröhlichen guten Morgen«, sagte sie. Ike ignorierte sie. Er hatte vor, durch die Hintertür und das Seitentor des Gartens zu verschwinden.

Hinter der Küche befand sich eine große, von Fliegengittern umschlossene Veranda, die man überqueren mußte, um in den Garten zu kommen. Als er aber auf die Veranda trat, sah Ike, daß Hound Adams vor der Tür auf dem Rasen saß. Er saß im Schneidersitz da, mit dem Gesicht zur Sonne und dem Rücken zum Haus, und Frank Baker stand vor ihm. Keiner von beiden hatte Ike gesehen, und er blieb mitten auf der Veranda stehen. Einen Moment lang dachte er, daß sie miteinander redeten, doch dann sah er, daß nur Frank Baker sprach, während Hound einfach dasaß und in den Garten blickte, und er sah ebenfalls, daß Frank wütend war. »Du baust Scheiße, Mann«, hörte Ike ihn sagen. »Diese Mieze Koks drücken zu lassen. Ich meine, die Dinge geraten hier langsam außer Kontrolle. Ich dachte, du hättest gesagt, du könntest Terrys Verwandte im Zaum halten.«

Frank hatte eine Badehose an, und hinter ihm sah Ike ein paar Surfboards auf dem Rasen liegen. Frank stand dicht vor Hound, fast über ihn gebeugt. Hound hatte den Arm von sich gestreckt und die Handflächen nach oben gedreht, so daß die Sonne ihm auf die Brust und die weißen Innenflächen seiner Hand schien.

Als Hound sprach, war seine Stimme ruhig, und Ike mußte sich anstrengen, um ihn zu verstehen. Es hörte sich an wie nur ein Wort, wie *später* oder so ähnlich, er war sich nicht sicher.

Frank schüttelte den Kopf, und Ike hatte den Eindruck, als wollte er gerade noch etwas sagen, als er aufschaute und Ike auf der Veranda entdeckte. Daraufhin drehte er sich um und ging zurück in den Garten, um sein Board zu holen. Er ging ohne ein weiteres Wort an Hound Adams vorbei, blieb aber stehen, als er bei dem Tor im Zaun war. Er war jetzt fast auf gleicher Höhe mit Ike, wirkte aber kleiner wegen der Erhöhung der Veranda, und er blickte hinauf in Ikes Gesicht, während er nach dem Riegel des Tores langte. »Hast du dein Board letzte Nacht abbezahlt?« fragte er.

Ike war auf die Frage nicht gefaßt gewesen. Frank schien auf eine Antwort zu warten. Er zuckte die Achseln. »Ich weiß nicht.«

Frank lachte, als er das hörte, ein kurzes hartes Lachen, das so schnell aufhörte, wie es begonnen hatte. »Könnte ziemlich lange dauern, bis ein Board wie das abbezahlt ist.« Er ging durch den Zaun hinaus, ohne das Tor hinter sich zu schließen.

Als Ike wieder in den Garten blickte, sah er, daß Hound nun aufgestanden war und daß er ebenfalls eine Badehose anhatte. Auch jetzt war er, wie damals nach Hounds erster Party, erstaunt darüber, daß Hound nach einer Nacht wie der vorigen noch die Energie zum Surfen fand.

Ike verließ die Veranda und trat hinaus ins Licht. Er suchte in Hounds Gesicht nach Anzeichen von Verärgerung, irgendeiner Reaktion auf das, was Frank gesagt hatte, aber sein Gesicht war ausdruckslos. Er kniff nur wegen der Sonne die Augen zusammen, während er Ike anblickte. »Wo ist dein Board?«

Ike war innerlich zusammengezuckt bei Franks Worten über sein Board und darüber, daß es lange dauern könnte, bis er es abbezahlt hätte. Er war sich nicht sicher, wie viele Nächte wie die vorige noch in ihm steckten.

Hound schüttelte den Kopf. »Du verschwendest Energie, wo es nicht nötig ist, Brother. Wir müssen uns mal drüber unterhalten.« Dann ging er durch das Tor hinaus und ließ Ike allein auf der Betontreppe zurück.

Ike ging durch den Garten hinaus. Einen Moment lang blieb er stehen und sah zu, wie Hound Adams sich in Richtung Strand von ihm entfernte, dann drehte er sich um und machte sich auf den Weg nach Hause. Je länger er wach war, desto schlechter fühlte er sich. Je länger er wach war, desto mehr fiel ihm wieder ein, und je mehr ihm wieder einfiel, desto mehr wollte er vergessen, was vorgefallen war, aber er konnte es nicht vergessen, und es war wie ein Teufelskreis in seinem Kopf. Und wenn er daran dachte, daß die ganze Zeit über Michelle auf ihn gewartet hatte, stürzte eine heiße Flut von Schuldgefühlen auf ihn nieder. Und doch gab es irgendwo zwischen all den Schuldgefühlen und dem Ekel noch ein anderes Gefühl, das irgendwie mit der Neugier auf sich selbst, die er gestern abend verspürt hatte, verknüpft war, ein dunkles Gefühl der Genugtuung, das in dem schalen Morgen auf ihn lauerte, ein Gefühl von Ehrfurcht fast vor dem, was er getan hatte. Er, das Jungchen aus San Arco, hatte im Zentrum von Surf-City Mädchen aufgerissen und ihnen in einer heißen kalifornischen Nacht die Seele aus dem Leib gevögelt. Er hatte das getan. Es war wie festzustellen, daß einem plötzlich neue Kräfte zur Verfügung standen. Es war sonderbar. In dem einen Moment fühlte er sich unglaublich schuldig, und im nächsten verspürte er diese verrückte Euphorie. Es reichte aus, um einen ohnehin schon üblen Kater weiter zu verschlimmern, und an der Ecke Fifth und Rose Street hielt er an, um hinter einen Busch zu kotzen.

Die Sonne stand schon hoch am Himmel, als er im Sea-View ankam, und heizte die Straßen auf, und die Maschinerie der Stadt heizte sich ebenso auf, schaltete hoch und drehte voll auf, geschmiert mit Haschöl und Kakaobutter, kurzgeschlossen mit Kokain, im Rhythmus irgendeiner New-Wave-Hymne, und sein Herz schlug dazu den Takt mit einem wilden, hektischen Hämmern, als er vor seinem Zimmer ankam und die Tür aufmachte. Was er ganz sicher wußte, als er sich gegen den Türrahmen lehnte und in das schäbige Zimmer blickte, war, daß er nicht mehr der war, der am Abend zuvor hier gestanden hatte.

Teil 3

28

»Some like 'em skinny, some like 'em round, can't tell the difference when they're upside down.« Es war ein Song, den Gordons Bruder immer gesungen hatte. Einmal, in der Werkstatt in King City, war Ike dazwischengeplatzt, als Jerry und einer seiner Freunde gerade irgendein Mädchen fickten. Es war ganz hinten im Hof im Lagerschuppen gewesen, das Mädchen war auf den Knien gewesen, Jerry hinten, der andere Typ vorne drin, und Ike konnte sich noch erinnern, wie der heiße, stickige Schuppen von einem sonderbaren Geruch erfüllt gewesen war, und wie er mit klappernden Zähnen über den Hof zurück in die Werkstatt gerannt war, während Jerrys Gelächter in der Luft hing. Und später in der Nacht hatte er es in seinem Zimmer hinter Gordons Laden immer wieder vor Augen gehabt, und er war sicher gewesen, daß das, was er an diesem Nachmittag gesehen hatte, für ihn immer so rätselhaft wie jetzt bleiben würde.

Komisch, wie sich alles geändert hatte, wie das, was ihm einmal so fremd gewesen, ihm jetzt so vertraut war. Was ihm früher einmal ein unergründliches Geheimnis gewesen war, war jetzt ein Rätsel, das sich mit solch jämmerlicher Leichtigkeit lösen ließ, daß es Zeiten gab, da der ganze Vorgang ihm nur noch dumm und langweilig erschien. Und es gab Zeiten, da er das Gefühl hatte, als wäre er voll bis obenhin mit irgend etwas, irgendeinem Gefühl in seinem Bauch, das er nie und nimmer auskotzen konnte.

Er wußte es selbst nicht. Zuerst, nach dieser Nacht mit der Rothaarigen, hatte er versucht, sie nicht zu ficken, sie nur für die Parties aufzugabeln, traurige dumme kleine Mädchen. Und er hatte sich selbst ausgelacht dafür, daß er jemals gedacht hatte, es wäre mehr daran, etwas Magisches sogar, und er wünschte sich gleichzeitig das Magische zurück und verachtete sich dafür, daß er je daran geglaubt hatte. Und meistens war es am Ende einfach zu hart, sie nicht zu fikken. Wenn er zugedröhnt und halb betrunken war, dann wollte er sie ficken, von oben, von hinten, von unten, wie die einzelnen Schritte eines Surf-Manövers, das er auf dem Face einer Welle vollzog.

Frank Baker hatte recht gehabt, was das Abbezahlen seines Boards anging. Es war keine einfache Angelegenheit, so eingespannt in den Mechanismus, so verwoben in die Abläufe der Maschinerie wie es war. »Es ist nicht das Geld«, hatte Hound ihm gesagt, »sondern die geistige Haltung beim Geben.« Und deshalb, obwohl er jetzt fest für Hound arbeitete und Hound ihn nicht schlecht bezahlte, wußte er doch nicht, wie es um dieses Board stand. Die Vormittage verbrachte er immer noch mit dem Frühtrupp, im Schatten des alten Piers. Dann ging es nach Hause zum Frühstücken und ins Bett, nur daß es jetzt Michelles Bett war. Und dann zurück in den Surf-Shop oder hinunter zum Strand, die Tasche voll mit Hound Adams' Dope und mit einem offenen Auge für die Mädchen unten in dem heißen Sand und vielleicht auch eine Nase voll Koks, denn er hatte herausgefunden, woher Hound Adams die Energie nahm, nächtelang Parties zu feiern und dann surfen zu gehen.

Er erfuhr noch anderes über Hound Adams. Es fiel ihm zum Beispiel auf, daß Hound es nie mit einem der Mädchen trieb. Er war immer da und sah zu, aber er nahm nie teil. Trotzdem war es Hound, der entschied, wann es Parties gab und wann Filme gedreht wurden, und er war ziemlich wählerisch bei den Mädchen, die er für die Filme nahm. Er hatte gerne eine Menge, unter denen er auswählen konnte, doch es war immer nur eine Handvoll, die ermutigt wurden, zu bleiben oder wiederzukommen. Und wenn sich etwas mit einem Mädchen anbahnte, das nichts dafür übrig hatte oder Angst bekam, machte Hound dem sofort ein Ende, und er sorgte dafür, daß sich das Mädchen beruhigte, bevor sie ging. Was in jener Nacht mit der Rothaarigen passiert war, war eine Ausnahme, und nichts dergleichen war seither passiert. Aber Hound hatte Mist gebaut in jener Nacht. Er war kurz davor gewesen, es übel zu vermasseln, und er hatte Angst gehabt, und Ike hatte es gesehen.

Der Vorfall hatte Ike bewiesen, daß Hound auch nur sterblich war, daß er Fehler machen konnte, aber nichts war daraus entstanden. Es war ein merkwürdiges Wort – nichts. Es gab Zeiten, da er es vor sich hin sagte, wie um seine Form und sein Gewicht zu erkunden. Er dachte daran in Verbindung mit diesen Wochen, die er jetzt im Dienst von Hound Adams verbracht hatte. Bestimmte Fragen drängten sich auf. Die Fragen lagen auf der Hand und hatten mit seiner Suche nach Ellen, der Rache für Prestons Verstümmelung zu tun. Die Antworten waren unklarer, und die meiste Zeit schien es ihm ausreichend zu sagen, daß die Dinge nicht mehr so wie vorher waren. Denn für ihn waren sie es nicht. Etwas war aus ihm gewichen, und mit seinem Fortgang hatte sich etwas geändert. Es war, als wäre er erneut von dieser Suche nach sich selbst, die er sich einmal vorgestellt hatte, abgelenkt worden. Es kam jetzt vor, daß er tagelang nicht an seine Schwester dachte, und wenn er es tat, dann dachte er auf eine neue Weise an sie. Es war, als hätte er zu viele Dinge gesehen. Er konnte immer noch nicht glauben, was für Mädchen er auf dem Pier und bei den Parties getroffen hatte, Mädchen, mit denen man alles machen konnte und die dann zurückgekrochen kamen und mehr davon wollten, Mädchen, die sich von den Jacobs-Brüdern herumstoßen und in den Arsch ficken ließen und trotzdem am nächsten Tag wieder da waren und ihnen für eine Nase voll Koks einen bliesen. Es war jetzt zwei Jahre her, seit er Ellen das letztemal gesehen hatte, und er dachte oft an den Tag, als sie fortgegangen war, wie sie direkt an ihm vorbeigegangen war, ohne ihm auch nur auf Wiedersehen zu sagen, und wie er sie draußen am Stadtrand in ihren staubigen Stiefeln und engen Jeans gesehen hatte, wo sie darauf wartete, den nächsten besten Lkw anzuhalten, und er dachte, daß es vielleicht so war, wie Gordon gesagt hatte. Er dachte an die Nächte in der Wüste, in denen er allein gewesen war, während Ellen ausgegangen, irgendwo hinter der dunklen Stadtgrenze auf einer Party war. Auf einer Party. Das Wort hatte jetzt eine neue Bedeutung für ihn.

Er mochte sich nicht immer dafür, daß er diese Dinge dachte, aber er dachte sie trotzdem. Er konnte nichts dagegen machen. Vielleicht war es ihr Karma. Und vielleicht war das, was mit Preston passiert war, auch sein Karma. Alles, was er sicher wußte, war, daß sein Blickwinkel sich verändert hatte, daß der Sommer verging, und daß das, weswegen er gekommen war, mit dem Sommer verging und einem anderen Ort und einer anderen Zeit angehörig wurde, einem Ort und einer Zeit, die ihm mit jedem Tag fremder und ferner erschienen, weniger zu der Person gehörig, die er geworden war. Es war, als wäre ein Stück von ihm selbst abgefallen – oder vielleicht irgendeine alte Schale; er war wie eine Schlange, die ihre Haut abwirft.

Aber das Leichteste war dann doch, überhaupt nicht daran zu denken. Das Leichteste war, es einfach laufen zu lassen, dafür zu sorgen, daß es für einen arbeitete, und sich nicht davon runterbringen zu lassen. Und so ließ er es also laufen. Er blieb stoned, und er surfte, und er ließ alles an sich vorüberziehen. Er wurde ein Zuschauer im Zoo, wie Preston es einmal genannt hatte, diese Ansammlung von Verrücktheiten zu Land und zu Wasser. Und manchmal, an warmen Sommerabenden, wenn die Luft weich war und erfüllt von dem Duft der See, las er junge Damen auf und machte Filme für Hound Adams. Es war, wie Hound ihm einmal gesagt hatte, nichts dabei. Und es hätte lange so weitergehen können. Es wäre vielleicht zu lange so weitergegangen, und der Sommer wäre vollends verstrichen, wäre nicht etwas eingetreten, das ihm ein Ende setzte. Und es trat etwas ein. Es begann, als Preston Marsh nach Huntington Beach zurückkehrte.

Er war über einen Monat weggewesen. Es waren verschiedene wilde Gerüchte umgegangen: Daß er seine Hände verloren habe, seine Arme von den Ellenbogen abwärts. Daß er einen Hirnschaden habe und in ein Veteranenheim geschickt worden sei, ein Pflegefall für den Rest seines Lebens. Oder daß er einfach weggegangen sei, daß er genug von Huntington Beach gehabt habe und für immer abgehauen sei. Ike wußte nicht, was er glauben sollte. Früher, etwa Mitte Juli, war er noch einmal im Krankenhaus gewesen und hatte festgestellt, daß Preston fort war. Er hatte ein paarmal versucht, Barbara zu treffen, doch sie schien ebenfalls verschwunden zu sein. Trotzdem glaubte er nicht, daß sie für immer fort waren. Beide Male, da er zu ihrer Wohnung gegangen war, hatte er gesehen, daß sich immer mehr vergilbte Zeitungen auf ihrer Veranda stapelten, daß die Vorhänge zugezogen und ihr Garten voller Unkraut war. Offensichtlich gab es keine neuen Mieter. Also hörte er sich die Gerüchte an, fragte sich, was geschehen war, überließ es dann dem Wirken von Prestons Karma und ging seinen eigenen Weg weiter. Und dann, eines Tages, stand Preston Marsh auf dem Bürgersteig und blickte in den Main Street Surf-Shop herein.

Ike war im Laden. Der Swell war nicht besonders, und er erledigte ein paar Sachen für Hound. Er war gerade dabei, eine Fangleine an einem Board zu befestigen. Er kniete vor der Theke auf dem Boden, als er zufällig aufsah und Preston erblickte. Die Veränderung in Prestons Aussehen war schockierend. Seine Haut sah irgendwie dunkler aus, aber dunkel auf eine ungesunde Weise, wie die dunkle Gesichtsfarbe von versoffenen Pennern, die von zu vielen geplatzten Blutgefäßen, von zuviel Sonne und Dreck stammt. Er trug eine zerschlissene Army-Jacke und eine dunkle Mütze auf dem Kopf. Es war etwas an der Mütze, das ihm bekannt vorkam; es war ein dunkelgrünes Barett mit einem kleinen Goldschildchen, das vorne seitlich eingenäht war, und Ike erkannte es als die Mütze wieder, die Preston auf einem der Fotos trug, die Barbara ihm gezeigt hatte, ein Foto, das laut Barbara aufgenommen worden war, kurz bevor Preston nach Übersee ging. Ike fiel auch auf, daß Prestons Haare sehr kurz geschnitten waren. Obwohl es ein heißer Tag war, hatte Preston den Reißverschluß seiner Jacke bis zum Hals zugezogen. Die Hände hatte er tief in die Taschen geschoben, und sein Körper war zur Seite geneigt, während er dastand. Mit dem Barett, der Army-Jacke und dem unrasierten Gesicht sah er aus wie ein ausgebrannter Revolutionär. Er sah irrsinnig aus. Und es hatte etwas Beängstigendes, ihn dort stehen zu sehen, wie ein Geist am hellichten Tag.

Ike stand nicht auf, sondern blieb neben dem Board knien. Er konnte nicht sagen, ob Preston ihn sah oder nicht, oder wenn er ihn sah, ob er ihn erkannte. Er stand bloß da und starrte aus seinem neuen dunklen Gesicht in die Fensterscheibe. Und dann, so plötzlich wie er aufgetaucht war, war er verschwunden, wie eine Marionette mit einem Ruck von der Bühne gezerrt.

Ike stand schnell auf; er fühlte sich, als hätte ihm jemand eine Ohrfeige gegeben. Er ging nach vorne zur Tür und beobachtete, wie Preston den Bürgersteig hinunter zu dem Greyhound-Depot mit der Imbißstube ging. Ike sah, daß eine Whiskeyflasche in der Hüfttasche von Prestons Jeans steckte, und daß die Jacke, die eigentlich hätte herunterhängen müssen, um die Flasche zu verdecken, hochgeschoben und dahinter festgesteckt war, so daß die Flasche in der Sonne blitzte. Und dann bemerkte Ike, daß jemand neben ihm stand. Er wandte sich um und sah, daß Frank Baker aus dem hinteren Raum gekommen war und an der Tür stand. Zusammen sahen sie zu, wie Preston zur Ecke torkelte, im Zickzack den Bürgersteig hinunterschwankte, bis er schließlich vor dem Busdepot mit einem Zeitungsständer zusammenstieß. Tatsächlich waren es mehrere Ständer, die mit Ketten verbunden waren, und Preston schien sich mit dem Bein in einer der Ketten verheddert zu haben. Sie sahen, wie er fluchte und nach den Zeitungsständern trat. Die Leute in seiner Nähe machten einen Bogen um ihn, obwohl ein paar andere, in sicherer Entfernung, stehenblieben und lachten. Dann kam ein alter Mann mit einer weißen Schürze aus der Imbißbude und fing zu brüllen an. Ike konnte nicht hören, was er sagte; er konnte nicht sagen, ob der Typ sich mehr über die Ruhestörung, die Preston vor seinem Laden verursachte, oder über Prestons Mütze aufregte. Ike sah, wie er auf seinen Kopf, dann wieder auf Preston zeigte. Und dann zog Preston plötzlich die Hand aus der Jackentasche und schwang sie nach dem Typen. Und selbst einen halben Block entfernt konnte Ike sehen, daß es eine sonderbare Hand war, eher eine Keule als eine Hand, und so schien Preston sie auch zu benutzen, indem er sie auf eine unübliche, unbeholfene Weise schwang. Es sah mehr wie ein Schlag mit einer Fliegenklatsche aus, und er traf den alten Mann mit solcher Wucht auf das Schlüsselbein, daß er rückwärts in die Imbißstube stolperte. Aber Preston ging ebenfalls zu Boden, offensichtlich von seinem eigenen Schwung, und Ike konnte die Whiskeyflasche bersten hören, als sie auf den Bürgersteig schlug. Ike sah, wie eine Familie, die dabei war, in Richtung des Busdepots die Straße zu überqueren, auf halbem Wege stehenblieb und zurück auf die andere Seite ging. Er hatte das Gefühl, daß er etwas tun sollte, wußte aber nicht, was, und als er sich umwandte und Frank ansah, war er fast so schockiert von der Veränderung, die sich auf Franks Gesicht vollzogen hatte, wie er es beim Anblick von Preston gewesen war. Er wußte nicht, wann er jemals solch einen Ausdruck des Abscheus gesehen hatte, obwohl er sich nicht sicher war, daß Abscheu das richtige Wort war; es war mehr als das. Aber Frank hatte offensichtlich genug gesehen. Er schüttelte den Kopf und verschwand hinten im Laden.

Als Ike zurück auf die Straße blickte, sah er, daß es Preston gelungen war, aufzustehen, und daß der alte Mann mit einem Besen zurückgekommen war. Der Mann versuchte, nahe genug heranzukommen, um einen Hieb anzubringen, ohne erneut geschlagen zu werden. Aber Preston zollte dem alten Typen nicht viel Aufmerksamkeit. Er scheuchte ihn mit einem Arm weg, während er den Bürgersteig hinauf zu dem Surf-Shop blickte. Und dann, während Ike hinsah, hob Preston eine seiner sonderbaren Hände in die Luft, den Handrücken Ike zugekehrt, als ob Preston ihm den Finger zeigte, nur daß der Finger dazu fehlte. Aber irgendwie war es in diesem Fall auch nicht nötig. Die Bedeutung von Prestons Geste war klar. Und dann war er verschwunden, um die Ecke herum und außer Sicht, und der alte Mann blieb allein am Straßenrand zurück.

Ike ging auf wackligen Beinen in den Laden zurück. Er fand Frank Baker im Hinterzimmer. Er stand vor der Fotografie vom Labor Day. Ike blieb neben ihm stehen. Obwohl er mehrmals mit Frank zusammengearbeitet hatte, hatte Frank nie viel zu sagen gehabt, und Ike hatte immer angenommen, daß Frank nicht viel von ihm hielt. Aber jetzt hatte Ike das merkwürdige Gefühl, daß Prestons Anblick sie beide betroffen gemacht hatte, daß es in Ordnung wäre, etwas zu fragen, worüber er sich oft Gedanken gemacht hatte. »Hast du es aufgenommen?« fragte er.

Frank sah ihn einen Moment lang an, dann blickte er wieder auf die verblichenen Farben des Fotos. »Ich hab sie alle aufgenommen, alle Fotos in diesem Raum.«

Ike war still, unsicher, wieviel er fragen konnte. Schließlich fragte er nach einer anderen Fotografie, die ihn immer interessiert hatte, eine Aufnahme von Preston, wie er am Fuß einer riesigen dunklen Wasserwand einen Bottom Turn machte. Es war insofern ein gutes Foto, als man die Power der Welle spüren konnte, das Tempo, mit dem Preston aus der Kurve herauskam, die Wucht spürte, die ihn hinunter in die Knie trieb. Es war ein Rückhand-Bottom-Turn, und man konnte die Konzentration auf seinem Gesicht sehen, die Art, wie seine Haare nach hinten geweht wurden, als ritte er einer steifen Brise entgegen, und man konnte den großen Fächer aus Weißwasser sehen, der von seinem Board zurück auf das Face der Welle geschleudert wurde. »Das hier gefällt mir«, sagte Ike, indem er auf das Foto zeigte, und er erzählte Frank, was Hound über Prestons Bottom Turns gesagt hatte.

»Überrascht mich, daß er sich noch dran erinnert«, sagte Frank, und Ike war überrascht von der Bitterkeit in Franks Stimme.

»Hound sagt, er wäre gut gewesen.«

Frank blickte weiter an die Wand. »Er war gut.«

»Besser, als Hound jetzt ist?«

»Preston war top, wenn du weißt, was ich meine. Er war der Typ, der die Wettkämpfe gewann, derjenige, der dafür sorgte, daß es lief.«

»Daß was lief?«

»Das Geschäft. Wenn man vom Surfen leben will, braucht man jemanden mit einem Namen. Das war Preston.«

»Und Hound?«

»Er war gut, aber er hat sich mehr um die geschäftliche Seite gekümmert. Er war es, der Milo ins Spiel gebracht hat.« Frank hielt abrupt inne, als er das sagte, beinahe mitten im Satz, als hätte er sich dabei ertappt, wie er sich mit einer Niete wie Ike unterhielt und zu viele Fragen beantwortete. Aber die zusätzliche Bitterkeit, die sich in seine Stimme geschlichen hatte, als er Milo Trax erwähnte, war nicht unbemerkt geblieben.

Frank tat es mit einem Achselzucken ab. »Scheißalte Geschichten«, sagte er. »Alles vorbei jetzt. Du hast gerade gesehn, was aus dem Star geworden ist.«

Ike bekam nicht die Gelegenheit, weitere Fragen zu stellen. Frank ließ ihn mit den Fotos allein und ging hinaus. Ike ging zum Fenster. Er sah zu, wie die dünne blonde Gestalt von Frank Baker die Main Street überquerte und in einer Bar verschwand.

29

Wenn Prestons Rückkehr der Anfang war, dann war das, was mit Michelle passierte, das Ende. Sie war, so nahm er an, seit einiger Zeit schon das Haar in der Suppe, der einzige Aspekt seines Lebens, der nicht ins Bild paßte, der nicht gefärbt war durch das, was in Verbindung mit Hound Adams vor sich ging – oder jedenfalls bildete er es sich ein. Die Sache mit seiner Schwester wurde selten zwischen ihnen erwähnt, und wenn Michelle sie zur Sprache brachte, dann sagte er bloß, daß er noch daran arbeite, immer noch versuche, etwas von Hound zu erfahren, und daß es seine Zeit brauche. Und wenn sie ihn fragte, was er erfahren habe oder was er tue, dann redete er drum herum und suchte nach einer Möglichkeit, das Thema zu wechseln. Ziemlich bald hörte sie auf, danach zu fragen. Aber manchmal blickte sie ihn auf eine vorwurfsvolle Weise an, als glaubte sie, er habe gekniffen. Aber ihr die ganze Geschichte zu erzählen, ihr zu erklären, wie das, was er durch seinen Umgang mit Hound Adams erfahren hatte, die Einschätzung seiner eigenen Vergangenheit beeinflußt hatte, erschien ihm ein unmögliches Vorhaben. Und auch in diesem Fall war es leichter, sich auf den Partys auszuleben, sich mit Hound Adams' Dope vollzuknallen, Liebe zu machen und Pläne zu schmieden für irgendeine ferne Zukunft, wenn sie das alles hinter sich gelassen hätten und exotische Gegenden besuchen würden. Und er liebte sie sehr. Denn in einem Teil von sich glaubte er immer noch an ihre Pläne. Er glaubte immer noch, daß Michelle etwas Besonderes war und daß er ihre Beziehung trennen konnte von dem, was in Hounds Haus vor sich ging, von der Art, wie er sein Geld verdiente.

Diese Angelegenheit, die beiden Dinge auseinanderzuhalten, war natürlich keine leichte Aufgabe. Michelle wußte Bescheid, wieviel Zeit er mit Hound zusammen verbrachte, und selbst nachdem sie aufgehört hatte, ihn danach zu fragen, wußte er, daß sein Schweigen darüber sie sauer machte. Und Hound Adams seinerseits konnte sehen, daß er Michelle aus der Sache heraushielt. Wenn das Thema, wie es von Zeit zu Zeit der Fall war, zwischen ihnen zur Sprache kam, ließ sich Ike immer irgendeine Ausrede einfallen, und Hound zuckte nur die Achseln und sagte »Später«, und daraufhin hielt Ike um so fester an seinem Entschluß fest, die beiden Dinge auseinanderzuhalten. Manchmal jedoch wurde er von einem bestimmten Bild verfolgt – wie Preston Marsh an einem Lagerfeuer saß und sagte, daß es mit manchen Dingen so war, daß man sie entweder auf eine bestimmte Weise oder überhaupt nicht wollte. Und als ihm schließlich klar wurde, wie verrückt und unmöglich und undurchführbar es alles war, war es schon vorbei. Zu schade, daß er die Vorzeichen nicht hatte sehen wollen.

Zum Beispiel dieser eine Vormittag. Es war spät und heiß, und die Laken waren naß von ihrem Schweiß. Sie hatten lange Zeit Liebe gemacht. Und während er sie vögelte, fing er an, mit der Vorstellung zu spielen, daß sie es für die Kamera täten, daß die Jacobs-Brüder hinter ihm Schlange stünden. Es stieß ihn ab und erregte ihn gleichzeitig. Er wollte sie ficken, daß es weh tat. Er glitt aus ihr raus und drehte sie herum auf die Knie, so daß er sie von hinten ficken konnte, aber irgendwie reichte es ihm nicht. Ein kleines Viereck aus Sonnenlicht leuchtete auf ihrem Rücken, und ihr Kreuz glänzte von Schweiß, seinem eigenen wie ihrem. Er glitt noch einmal aus ihr raus. Er fing an, seine Finger in ihrer Möse zu reiben und dann rauf in ihr Arschloch, um es feucht zu machen. Einen Moment lang machte sie Anstalten, sich von ihm zurückzuziehen, sich umzudrehen, aber er hielt sie fest, zog sie zurück und drang dann in sie ein, langsam und mit Mühe zuerst, weil es ihm selbst auch ein bißchen weh tat, aber er konnte sehen, daß es ihr weher tat, und das war es, was er wollte. Er fickte sie härter, stieß sich so tief in sie hinein wie möglich, bis er keuchend wie ein Wahnsinniger kam und auf sie fiel, so daß sein Herz gegen ihren Rücken hämmerte. Und dann rollte er von ihr runter und ging nach draußen auf dem Holzbalkon, ließ die Sonne und den Wind seine

Brust und Beine trocknen. Er stand nackt da, blinzelte in das grelle Licht, hörte den Verkehr auf dem Highway und dahinter das ferne Donnern der Brandung, und alles, was er denken konnte, war, daß etwas mit ihm nicht in Ordnung war. Er hatte nie zuvor solche Fantasien gebraucht, nicht mit ihr. Der Augenblick selbst war immer genug gewesen. Jetzt blickte er hinunter auf das tote Gras, die ölverschmierte Maschinerie der Ölquelle, und versuchte, darüber nachzudenken, seinen Kopf klar zu bekommen. Aber das Denken fiel ihm schwer bei dem viel zu grellen Sonnenlicht im Hof und mit einem Kopf, der dicht war, als steckte er in einem Schraubstock, nach zwei durchgekoksten Tagen ohne Schlaf. Und dann stand Michelle plötzlich in ein Strandlaken gewickelt neben ihm auf dem Balkon, und er konnte sehen, daß sie geweint hatte. Sie sagte nichts, sondern blickte ihn nur aus ihren grünen Augen an, die jetzt glasig und rot gerändert waren. Das Sonnenlicht fing sich in den Tränenspuren auf ihren Wangen und in den Spitzen der beiden Schneidezähne, die ihn unter ihrer Oberlippe hervor anlugten. Und es war, als warte sie darauf, daß er ihr eine Erklärung gab, etwas erklärte, das er selbst nicht verstand, zumindest nicht in dieser Scheißhitze und diesem durchgedrehten Sonnenlicht im Hof, das alles mit Neonperlen überzog, von dem Gras und den Bäumen bis zu Michelles Gesicht, das nicht aufhörte, ihn anzublicken und zu fragen, bis er schließlich ausholte und es wegschlug, hart, so daß seine Handfläche von dem Schlag brannte. Und dann lag er plötzlich auf den Knien, ohne zu wissen, wie er dorthin gekommen war, drückte das Gesicht in das Strandlaken auf ihrem Bauch und weinte wie ein Baby, während sie ihm übers Haar strich.

Und dann endete es, das Doppelspiel und die Ausflüchte, das Balancieren zwischen zwei Welten in ihm. Es endete an einem Donnerstag, das würde er nicht vergessen, in derselben Woche, in der Preston nach Huntington Beach zurückgekehrt war.

Er war früh aufgestanden, um einen kleinen schlappen Swell aus Westen zu surfen. Hound Adams war nicht im Wasser gewesen. Ike surfte etwa eine Stunde lang, dann ging er nach Hause. Er mochte es, Michelle morgens aufzuwecken. Er mochte es, wie sie dann aussah, ganz schläfrig und warm im Morgenlicht, das in Wellen durch die Fensterscheibe hereinflutete. Er mochte es, wie sie noch halb im Schlaf lächelte, wenn er unter die Decke schlüpfte, um sich an ihrem Leib zu wärmen. Später gingen sie dann hinunter ins Café frühstükken.

Er hängte seinen Neoprenanzug auf den Balkon und zog sich Jeans und ein T-Shirt an, dann ging er den Flur hinunter zu ihrer Tür und wollte sie öffnen. Normalerweise war sie nicht abgesperrt. An diesem Donnerstagmorgen jedoch war es anders. Er hörte Stimmen, nackte Fußsohlen auf dem Holzfußboden. Er war sich sicher, daß etwas nicht in Ordnung war, und er hatte Mühe, in dem schmalen Flur tief Luft zu holen. Das erste, was ihm auffiel, als sie die Tür aufmachte, war der starke Geruch nach Gras. Das erste, was er sah, war eins von Hound Adams' mexikanischen Hemden, das über einem Ende der Couch hing. Er konnte ihr Bett nicht sehen, aber das war auch nicht nötig; er sah ihr Gesicht. Es war etwas gerötet, dachte er, und wunderschön. Ihr Haar schien durcheinander zu sein, und eine feuchte Strähne klebte an ihrem Mundwinkel an der Haut. Er drehte sich ohne ein Wort um und ging fort. Die Tür schloß sich hinter ihm.

Und das war es – das Ende von allem, was an Besonderem zwischen ihnen gewesen war. Er konnte nicht stillsitzen. Er konnte nicht in seinem Zimmer bleiben. Er konnte sich nicht in die Wüste flüchten, wie er es an dem Tag getan hatte, als seine Schwester weggerannt war. Schließlich zog er sich den kalten, schleimigen Neoprenanzug an und ging zurück zum Strand. Der Swell war wenn möglich noch schlechter geworden, und er verbrachte den größten Teil des Tages in der breiigen Brandung, wo er auf ein paar jämmerliche Ritte wartete, die Wellen verfluchte und jeden sonst, der annähernd seine Größe hatte und nahe genug war, um ihm in die Quere zu kommen. Es war das erstemal, daß er jemals jemanden im Wasser angebrüllt hatte. Er war zu einem echten Mitglied der Szene geworden.

Am späten Nachmittag war er so müde und durchgefroren, daß er sich krank davon fühlte. Er trieb irgendeinen Typ auf, den er vom Frühtrupp kannte und der älter war als er, und ließ sich von ihm ein Sixpack Old English 800 kaufen, den schlimmsten Fusel, der ihm einfiel. Dann brachte er den Rest des Nachmittags in seinem Zimmer mit Trinken zu. Er wartete. Er schaute zu, wie die Sonne hinter den Gebäuden, die ihm den Blick auf die See versperrten, unterging. Er wartete auf das Geräusch ihrer Schritte im Flur, aber sie kamen nicht. Sie hätte eigentlich schon von der Arbeit zurück sein müssen. Vielleicht war sie gar nicht hingegangen. Vielleicht war sie noch mit Hound Adams zusammen, bei ihm zu Hause. Vielleicht drehten sie jetzt gerade einen Film.

Ihn packte der fast unwiderstehliche Drang, hinzugehen und sie zu ertappen. Alle Arten von widerlichen, perversen Handlungen nahmen in seinem Kopf Gestalt an. Und doch, wie konnte er ihr einen Vorwurf machen? Wie konnte er sie jetzt verurteilen, wenn er es gewesen war, der es verdorben hatte? Die Partys, die Filme, er hatte sich selbst gesagt, es gebe einen Grund dafür. Gab es einen? Oder war es nur seine eigene Selbstsucht? Er hätte Michelle nehmen und mit ihr wegrennen sollen, so weit weg von Hound Adams wie möglich, hätte das Theater um die Suche nach seiner Schwester aufgeben sollen, dieses Theater, das nichts als eine Maske für seine eigene Geilheit geworden war. Shit, er war geblieben, weil es ihm gefiel. Die Mädchen, die Filme, es war alles irgendein verrückter Egotrip, und jetzt hatte er dafür bezahlt. Warum war er nur solch ein gottverdammter Versager? Was war verkehrt mit ihm? Alles war eine Lüge gewesen, sein ganzer Aufenthalt hier. Es war ihm jetzt alles klar. Er war ganz einfach weggerannt. Er hatte den haßerfüllten Blick der alten Frau, das Schweigen der Wüste so lange wie möglich ertragen, und dann war er weggerannt. Es war so, daß das Verschwinden seiner Schwester, die Geschichte dieses Jungen ihm bloß einen Grund, den nötigen Anstoß gegeben hatten, um das zu tun, was jeder andere mit mehr Mumm in den Knochen schon viel früher getan hätte. Er war irgendwie nicht ganz richtig, konnte es nicht sein. Es war das Blut seiner Mutter. Er hatte etwas Gutes und etwas Schlechtes hier gefunden, und er war dem Schlechten nachgejagt. Vielleicht war er derjenige gewesen, der sich auf der Ranch geirrt hatte – all das Gerede über Verantwortung und Schuld. Shit. Er war weggegangen, weil er ohne Ellen nicht bleiben wollte; Verantwortung und Schuld hatten nichts damit zu tun. Vielleicht hatte die alte Frau bei ihnen allen recht gehabt, seine Mutter eine gemeine Hure, seine Schwester nicht besser und er selbst ein gottverdammter Degenerierter – die ganze absteigende Linie bis hinunter zu ihm. Er war nach Huntington Beach gekommen und hatte einen Weg gefunden, sich anzuturnen, herumzuvögeln und Geld zu machen, ohne dafür zu arbeiten. Und er war darauf abgefahren. Aber natürlich wollte er alles haben, wollte Michelle noch dazu. Und jetzt jammerte er und tat sich selber leid, weil alles danebenging. Jesus, jetzt war er am Weinen wie die miese kleine Flasche, für die er sich im Grunde seines Herzens schon immer gehalten hatte.

In diesen Kreisen bewegten sich seine Gedanken, während er die letzte Flasche von dem schweren Bier wegputzte, gelegentlich auf einen Stuhl einboxte oder gegen die Wand trat und während der Gedanke an Michelles süßen Arsch in Hound Adams' Bett sich wie ein Krebsgeschwür in seinem Körper ausbreitete, bis das Zimmer zu klein für ihn war. Er hatte die Hand schon auf dem Türgriff, als er das Scheißboard an die Wand gelehnt dastehen sah, und er war etwas überrascht, daß er ihm nicht schon eher seine Aufmerksamkeit zugewandt hatte. Das Scheißboard. Das abgefuckte heiße Gerät mit seinen nach unten gewölbten Kanten und der scheißabgefahrenen

Lackierung. Ihm wurde übel bei dem Anblick, und er lachte laut auf bei dem Gedanken an die Gründe, die er vorgeschoben hatte, um sich mit Hound Adams wegen dem Board zu treffen. Shit, es war wie alles andere gewesen, eine Lüge. Er hatte das Board gewollt, und er hatte einen Weg gefunden, es zu kriegen. Er schnappte es von der Wand und torkelte aus dem Zimmer, knallte mit dem Board gegen den Türrahmen und rammte seinen Bug mit genug Wucht in die Wand im Flur, daß ein bißchen Putz herunterrieselte. Er wußte nicht, ob das Board größer oder der Flur kleiner geworden war, aber er schien keinen Schritt machen zu können, ohne irgendwo gegenzustoßen, und als er schließlich in die Dunkelheit abtauchte, die ihn unten an der Treppe erwartete, hörte er Leute nach Ruhe brüllen und ihn verfluchen. Er blieb gerade lange genug stehen, um zurückzubrüllen und dem ganzen Haus den Finger zu zeigen, und dann torkelte er, das Board unter den Arm geklemmt, los durch die Straßen der Stadt, unterwegs zu dem Haus von Hound Adams.

30

Alle möglichen bizarren Szenen nahmen in seinem Kopf Gestalt an, während er durch die Straßen ging, unaussprechliche Perversionen, bei denen er sie stören würde. Aber er war nicht in der Laune, an Konsequenzen zu denken. Er machte sich nicht die Mühe anzuklopfen, sondern ließ das Board auf die Veranda fallen und stürmte hinein.

Das Wohnzimmer war dunkel, doch er sah, daß aus einem der Hinterzimmer Licht kam. Und dort fand er sie. So viele verrückte Szenen waren in seinem Kopf abgelaufen, daß er einen Augenblick brauchte, um die wirkliche Szene zu erfassen. Er blieb im Türrahmen stehen und blickte sie an, das einzige laute Geräusch das Rauschen seines eigenen Blutes in seinen Ohren.

Es war alles ganz einfach, wirklich. Michelle saß auf dem Boden neben Hound Adams. Einer der Jacobs-Brüder saß auf der Couch. Alle waren vollständig angezogen. Das Zimmer roch nach Gras und irgendwelchen Räucherstäbchen. Alle schienen ihn anzusehen; ihre Gesichter schwammen in einem wäßrigen Dunst vor ihm. Er machte ein paar torkelige Schritte in den Raum, rang danach, sich die wilde Entschlossenheit zu bewahren, die ihn durch die Nacht hierhergetrieben hatte.

»Komm rein«, hörte er Hound Adams sagen. »Setz dich.«

Er sah Hound einen Augenblick an, dann Michelle. Er war sicher, daß er sich nicht setzen wollte. »Ich will mit dir reden«, sagte er zu Michelle. Seine Kehle fühlte sich sehr eng an, und er brachte die Worte nur mit großer Mühe heraus.

Michelle schien irgendwo vor ihm zu schweben, in dem dichten Dunst, der den Raum füllte. Ihr Gesicht war ausdruckslos. Er konnte nicht sagen, ob sie wütend oder verlegen war.

»Was willst du?«

»Wir müssen miteinander reden.«

»Wir können hier reden.«

Er sah, wie sie Hound anblickte, dann wieder zu ihm herübersah. Er wollte zu ihr gehen, sie hochziehen. Es war, als würde ihm die ganze Situation entgleiten, als ertränke er in dem dichten Rauch.

»Gottverdammt noch mal.« Er war sich bewußt, daß seine Stimme jetzt wesentlich lauter war. »Ich bin hergekommen, um mit dir zu reden. Nimmst du jetzt deinen verdammten Arsch hoch oder nicht?«

Sie nahm ihren Arsch nicht hoch. Sie blieb einfach dort sitzen, diesen etwas weggetretenen Ausdruck auf dem Gesicht. Es war ein fürchterlicher Ausdruck, die Sorte, die mit der Stiefelspitze ausgelöscht gehörte. Er fing an, auf sie zuzugehen, ohne eigentlich zu wissen, was er tun würde, wenn er dort war, nur daß es etwas sein würde, das sie verdiente. Doch er kam nicht bis zu ihr. Hound Adams war blitzschnell auf den Beinen und stand zwischen ihnen. Er legte seine

Hand auf Ikes Schulter, und Ike schlug sie weg. Er war sich ziemlich sicher, daß Hound ihn dafür umbringen würde, aber das starke Bier hatte so ziemlich seine ganze Angst weggespült; er war entschlossen, mit erhobener Hand unterzugehen. Hound jedoch machte nur einen Schritt zurück, die Hände an der Seite. »Eifersucht ist ein ausgesprochen negativer Trip, Brother. Denk mal drüber nach.« Seine Stimme war ruhig.

Ike stand still da und blickte Hound Adams an, und nie hatte er ihn mehr gehaßt als in diesem Moment.

»Was ist los?« fragte Hound. »Willst du hier schlecht abfahren? Blut vergießen vielleicht? Das kannst du haben.« Er drehte sich abrupt um und ging zu der Kommode neben der Couch, während Ike weiter wie angenagelt dastand und Michelle anstarrte, die ihr Gesicht zur Wand gekehrt hatte. Dann war Hound wieder da und drückte Ike etwas in die Hand. Es war eine Pistole. Das Metall war kalt an seiner Hand, und er schaute blöde darauf hinunter. Die Pistole schien von seiner Hand herunterzubaumeln, als wäre sie daran irgendwie befestigt, als hielte er sie gar nicht richtig fest. Mit einemmal entriß Hound ihm die Pistole wieder und zielte damit auf die Wand. Sie ging mit ohrenbetäubendem Lärm los. Ein neuer Geruch machte sich im Zimmer breit, und Ike klangen die Ohren von dem Krach des Schusses. Hound drückte die Pistole Ike wieder in die Hand. »Du hast die Munition«, sagte er, »und die Waffe dazu.«

Ike fühlte sich, als hätte er hohes Fieber, als wäre nichts in dem Raum ganz real.

»Du denkst, ich wäre dein Besitz«, sagte Michelle plötzlich mitten in dem Schweigen, das sich im Raum breitgemacht hatte. Sie blickte jetzt zu ihm auf, ihr Gesicht wutverzerrt. »Jungs sind so scheißblöde, sie denken, sie könnten einen besitzen, daß man ihr Eigentum wäre oder was, während sie verdammt alles machen, worauf sie Lust haben. Ich weiß alles über deine kleinen Partys. Warum verschwindest du also nicht, weil ich nämlich nicht dein Besitz bin. Niemand besitzt mich. Warum gehst du nicht zurück in deine Scheißwüste, wo du hingehörst?«

»Du verdammte Fotze.« Er konnte nichts dagegen machen, daß seine Stimme jetzt zitterte. Es war, als hätten ihre Worte zu sehr den Nerv getroffen, und er wollte sie dafür erwürgen. Er nannte sie eine verdammte Hurenfotze, und sie war jetzt auf den Knien und schrie zurück. Er wußte nicht, was sie sagten. Wenn sie allein in dem Zimmer gewesen wären, hätte er sich mit ihr geprügelt. Sie hätten sich auf dem Boden gewälzt und sich gegenseitig die Augen ausgekratzt. Wenigstens ersparte Hounds Gegenwart ihnen das; es war so schon schlimm genug. In seinem Magen war ein Knoten aus Schmerz. Der Boden drehte sich unter seinen Füßen. Er warf die Pistole auf die Couch und stolperte zurück durch das Haus, über die Holzveranda und hinaus in die Nacht.

Es war keine Linderung in Sicht und kein Ort, wo er hingehen konnte. Er stampfte durch Vorgärten, trat nach Blumentöpfen, verfluchte kleine kläffende Hunde. Er stolperte Gassen hinunter, eine Batterie von umgestürzten Mülltonnen hinter sich lassend. Leute brüllten ihn an, körperlose Stimmen, die in der Dunkelheit auf ihn niedergingen. Und er schrie zurück, mit heiserer Stimme, die sich zwischen den runtergekommenen Häusern verlor.

Schließlich landete er unten bei dem Tätowierstudio auf dem Coast Highway, und ihm kam eine glänzende Idee. Plötzlich wurde ihm klar, warum bestimmte Leute voller Tätowierungen waren. Es war deshalb, weil sie Versager waren und weil sie wußten, daß sie Versager waren. Er begriff mit einemmal, wie Typen in Gefängnissen dazu kamen, dazuhocken und an sich selbst herumzuritzen. Sie wußten, daß sie Arschlöcher waren, und deshalb verunstalteten sie sich. Es war sonnenklar. Er hätte es genauso machen können, mit ein bißchen Tinte und einem Taschenmesser, aber dann dachte er sich, daß er wahrscheinlich nicht den Mut haben würde, es zu Ende zu bringen, und es wäre vernichtend, es zu versuchen und zu scheitern. Nein, er würde es in dem Studio machen lassen. Er würde sich in den Sessel setzen, und es wäre vorbei bis auf das Surren der Nadel. Er hatte gesehen, wie es gemacht wurde. Man suchte sich einfach das aus, was man wollte, und gab dem Mann sein Geld. Er sah in seinen Taschen nach, wieviel er hatte. Es wäre schön, sich eine große verpassen zu lassen, vorzugsweise eine sehr blöde obendrein, je größer und blöder, desto besser. Ein Mitglied des Versagerclubs auf Lebenszeit, und es würde keine Möglichkeit geben, es zu verbergen.

Der Laden war stickig und warm, erfüllt von einem sonderbaren, irgendwie medizinischen Geruch, als wäre er in die Praxis irgendeines drittklassigen Arztes geraten. Er ging rauf zur Wand und studierte die Auswahl. Schließlich entschied er sich für ein paar Harley-Davidson-Flügel, nur in der Mitte hatten diese statt dem kleinen Schild und dem Wort *Motorcycles* einen Totenschädel und zwei gekreuzte Knochen, und unter den Knochen stand *Harley-Fuckin'-Davidson.* Es gab ein Bild, das noch besser war. Es hatte dieselben Flügel und denselben Totenschädel mit den Knochen, aber oben auf dem Schädel war eine nackte Frau mit gespreizten Beinen, so daß man deutlich ihre große haarige Fotze sehen konnte. Aber der Preis für die zweite Tätowierung war zu hoch. Er fragte den Typ, ob er einen Teil jetzt und den Rest später bezahlen könnte, aber der Typ sagte: »Nichts zu machen.« Es war ein alter Typ mit Glatze und volltätowierten Armen. Er stand da und kaute auf einer Zigarre herum, während Ike seine Auswahl traf, dann setzte er Ike auf den Sessel, fragte noch mal, ob das Motiv das richtige wäre, und machte sich an die Arbeit.

Ike ließ es sich auf die Schulter machen. Er stellte sich vor, er könnte es mit seinem T-Shirt verdecken und den Leuten dann plötzlich wie eine Überraschung unter die Nase halten, wenn sie gerade zu glauben anfingen, er sei okay. Es wäre ein bißchen so, wie eine geheime Identität zu haben. Der alte Mann fuhr mit einem Rasiermesser über seine Schulter und wusch sie dann mit Alkohol ab. Er übertrug das Bild mit einer Art Schablone. Ike war heiß und schwindlig. Er schaute durch die schmierige Fensterscheibe hinaus auf die Straße. Ein paar reichlich abgedreht aussehende Miezen standen draußen auf dem Bürgersteig und schauten ihn an. Sie hatten Frisuren wie die von Jill. Die von der einen war blond und die von der anderen in einem komischen Rotton, fast purpur. Die Nacht, das Bier in seinem Blut, die heißen gelben Lampen, die Punk-Miezen hinter der Fensterscheibe. Es war wie im Traum. Und der alte Mann war jetzt voll bei der Sache mit der Nadel. Er arbeitete mit der Nadel in der einen Hand und einem Schwamm in der anderen, um das Blut wegzuwischen.

Zuerst fühlte sich seine Haut nur heiß an und prickelte etwas, doch das Gefühl schien stärker zu werden und sich auszubreiten, bis er spürte, daß ihm der Schweiß auf der Stirn und im Rücken ausbrach. Übelkeit schwappte ihn ihm hoch, und für einen Augenblick dachte er, er müßte kotzen. Er fragte den Typ, ob sie einen Moment lang Pause machen könnten, doch es mußte so sein, daß der alte Typ ihn nicht hören konnte, denn er machte einfach weiter. Ike schloß die Augen und fragte sich, ob er sich bemühen sollte, lauter zu sprechen, aber am Ende saß er bloß da und verzog das Gesicht, bis der alte Typ ihn wie in einem Friseurstuhl herumdrehte, damit er sich in einem der kleinen Spiegel über dem Waschbecken die Tätowierung ansehen konnte. Er wischte noch einmal rasch mit dem Schwamm drüber, damit Ike es sehen konnte, bevor er es mit einem Stück Mull abdeckte und den Mull an Ikes Schulter festklebte.

Ike hatte eine große Tätowierung gewollt, aber er war doch ein bißchen geschockt, wie groß das Scheißding tatsächlich war; es bedeckte seine ganze Schulter, und irgendwie hatte es an der Wand kleiner ausgesehen. Der Schock ging jedoch in eine gewisse grimmige Genugtuung über. Er hatte es getan. Er war einer von den Versagertypen geworden.

Er wäre fast ohnmächtig geworden, als er aus dem Sessel aufstand. Der alte Typ mußte ihm helfen. »Alles in Ordnung, Partner?« wollte der alte Mann wissen. Ike sagte ja, daß er bloß ein bißchen frische Luft brauche.

Auf dem Bürgersteig war es besser. Vom Ozean kam eine Brise her, getränkt von dem Geruch der See. Dann bemerkte er erneut die Punk-Miezen. Sie waren jetzt einen halben Block weiter runter, und bei ihnen waren zwei Typen. Sie hingen im Halbdunkel vor irgendeinem Laden herum. Er hörte, wie eine der Miezen sagte: »Das ist er.« Jemand anderes sagte: »Hey, Mann, zeig uns mal deine Tätowierung.«

Er sagte ihnen, sie sollten sich verpissen, und sie kamen alle auf ihn zu. Also drehte er sich um und rannte los, zurück um die Ecke des Tätowierstudios und die Gasse hinunter. Seine Beine waren wie Gummi und seine Brust brannte, aber es machte ihm nichts aus. Er hatte den schwachsinnigen Plan, sie in eine Gasse zu locken und sie dann aus dem Hinterhalt zu überfallen, ihnen mit den Deckeln von Mülltonnen die Gesichter einzuschlagen. Er brachte im Rennen sogar so etwas wie ein Lachen heraus, wenn er nicht gerade nach Luft schnappte. Sie kamen ihm jedoch nicht sehr weit hinterher, hundert Meter vielleicht die Gasse hinunter. Er drehte sich sogar einmal um und brüllte sie an, aber sie gingen den Weg zurück, den sie gekommen waren. Wahrscheinlich dachten sie, er sei verrückt oder habe eine Pistole oder so. Er erinnerte sich, wie Gordon ihm einmal erzählt hatte, daß sich die Leute, wenn man sie dazu bringen konnte, daß sie einen für verrückt, wirklich verrückt hielten, fast nie mit einem anlegen würden. Er nahm an, daß vielleicht was Wahres dran war, wenigstens ab und zu.

Er pißte in der Gasse gegen die Wand, dann ging er raus auf die Main Street. Er fühlte sich jetzt langsam ein bißchen weniger betrunken, und seine Schulter schmerzte, aber er dachte nicht daran, nach Hause zu gehen. Die Nacht wurde kühler, und der Schweiß trocknete auf seinem Gesicht. Schließlich landete er auf der Straßenseite gegenüber von Prestons Wohnung. Er sah, daß drinnen jetzt Licht an war, doch er ging nicht zur Tür. Statt dessen setzte er sich im Schneidersitz auf den feuchten Rasen, der an den Bürgersteig grenzte, und starrte hinüber. Er war sich nicht ganz sicher, warum er gekommen war oder warum er es nicht fertigbrachte, zur Tür zu gehen. Vielleicht hatte die Tatsache, daß er gekommen war, etwas mit der Tätowierung zu tun. Aber was auch die Gründe waren, er wollte jedenfalls nicht weggehen. Es war fast, als hielte ihn etwas mit Gewalt dort fest. Er blieb, bis das Licht hinter den Vorhängen ausging und nur noch das Licht auf der Veranda, offensichtlich vergessen, weiterbrannte und Motten aus der Nacht anzog, die wie blöde in seiner Wärme flatterten, und selbst dann noch ging er nicht weg.

31

Er mußte auf dem Rasen weggetreten sein, denn als er die Augen aufschlug, schien ihm die Sonne hell und heiß ins Gesicht, und er befand sich immer noch an derselben Stelle. Auf der Straße fuhren jetzt Autos, und Amseln sangen in den Palmen über seinem Kopf. Er setzte sich langsam auf und schaute sich um. Er war ein bißchen erstaunt, daß er tatsächlich hier geschlafen hatte, wie irgendein Penner in der Gosse, und daß er noch am Leben war, offensichtlich den Punk-Gangs, Lustmördern und Gott weiß welchem anderen Abschaum entkommen war, der aus dunklen Löchern gekrochen kam und sich durch die Straßen von Surf-City schlich, sobald die Sonne ins Meer tauchte. Er spürte einen stechenden Schmerz in der Schulter, sah an sich hinunter und entdeckte ein Stück Mull und Klebebänder, die unter seinem Ärmel hervorschauten. Es dauerte einen Moment, bis die Ereignisse der letzten Nacht wieder über ihn hereinbrachen, und als er daran dachte, was sich unter dem Mull befand, überkam ihn plötzlich Übelkeit. Aber dann war es vorüber, und er dachte, daß er es so gewollt hatte, daß einer gewissen Gerechtigkeit Genüge getan worden war.

Er war gerade mit der schweren Aufgabe beschäftigt, aufzustehen, als er Barbara den Gehweg zum Bürgersteig herunterkommen sah. Einen Moment lang sah er sich nach einem Platz zum Verstecken um, entdeckte aber keinen ,und es war auch zu spät, denn sie überquerte bereits die Straße und kam auf ihn zu.

»Jesus«, war das erste, was sie sagte, als sie ihn sah, dann legte sie ihren Handrücken an die Stirn. »Ike, du siehst schrecklich aus.«

»Ich fühl mich gut.«

»Ich wußte nicht mal, ob du noch in der Stadt bist. Du siehst wirklich schlimm aus.«

»Ich fühl mich gut, wirklich«, sagte er, während er leicht hin und her schwankte. »Ich bin ein paarmal vorbeigekommen, aber du warst nicht da.« Jetzt, wo er sie aus der Nähe sah, dachte er, daß sie selbst nicht allzu gut aussah. Sie wirkte bleicher und dünner, als er sie in Erinnerung hatte, und sie war früher schon dünn gewesen.

»Ich hab bei meinen Eltern gewohnt. Tatsächlich bin ich wieder zu ihnen gezogen, aber ich bin auf der Suche nach einer eigenen Wohnung. Ich bin bloß hier, um für ein paar Tage auszuhelfen. Jesus, was hast du da am Arm?«

Er blickte an sich hinunter, als fiele es ihm jetzt erst auf. »Ich bin hingefallen.«

Sie beugte sich etwas zu ihm herunter. »Nein, das stimmt nicht. Ich hab's oft genug gesehen. Du hast dich tätowieren lassen, Ike.« Sie richtete sich kopfschüttelnd wieder auf.

Er hatte das Gefühl, er müßte sich für irgend etwas entschuldigen, aber er tat es nicht, und es hätte zu lange gedauert, es ihr zu erklären.

Also stand er bloß da und kam sich dämlich vor, den Blick auf das Gras zwischen seinen Füßen gerichtet.

»Hör zu«, sagte sie. »Ich werd nicht mehr lange hier sein, und ich hatte gehofft, wir könnten miteinander reden. Warum kommst du nicht mit? Ich muß runter zum Drugstore, und ich lad dich unterwegs zum Frühstück ein, okay?«

Sie landeten in der Gaststätte des Busdepots, dem schäbigsten Laden der Stadt, aber es war gegenüber dem Drugstore. Ike war schwindlig, und er fühlte sich total erledigt, als sie dort ankamen. Es fiel ihm schwer, sich auf die Gegenwart zu konzentrieren, weil ihm immer wieder irgendeine vergessene Einzelheit der vergangenen Nacht hochkam, und außerdem tat seine Schulter weh. Er bestellte sich einen Kaffee und wartete, was Barbara zu sagen hatte.

»Ich hab dich ein paarmal im Sea-View angerufen«, sagte sie, »aber du warst nicht zu erreichen. Ich hatte gehofft, du hättest die Stadt verlassen, wenn du die Wahrheit wissen willst.«

»Warum?«

»Preston hat mir erzählt, warum du hier bist.«

Ike starrte das zerkratzte Resopal vor sich an.

Barbara legte ihre Hände auf die Theke und betrachtete ihre Finger. Als Ike nichts sagte, fuhr sie fort: »Es sieht ihm eigentlich nicht ähnlich, über solche Sachen zu reden. Aber er hat über einen Haufen Sachen geredet, während er im Krankenhaus war, vor allem während der ersten Tage nach der Operation. Sie haben ihn ziemlich mit Medikamenten vollgestopft.«

Eine Kellnerin kam und goß ihnen Kaffee ein, nahm ihre Bestellungen entgegen. Ike legte die Hand um den Kaffeebecher. »Worüber hat er sonst noch geredet?«

»Einen Haufen Dinge; einiges davon war reichlich verrückt. Er hat auch sinnlos dahergeredet.« Sie hielten einen Augenblick inne. »Er hat Janet Adams erwähnt«, begann sie wieder, langsam. »Er hat nach ihr gerufen. Und ich glaube, einige Zeit über dachte er, er würde mit ihr reden, dachte, ich wäre sie oder so. Ich nehme an, das war es, warum ich an unser Gespräch zurückdenken mußte. Wie auch immer, ich bin dann in die Bibliothek gegangen. Sie haben dort alte Zeitungen auf Mikrofilm, und ich wollte nachsehen, was in den Zeitungen über Janet Adams gestanden hatte. Alles, was ich je darüber gehört hatte, war Gerede; und wie ich dir gesagt habe, es war einige Zeit her.«

Ike nippte an seinem Kaffee und verbrannte sich den Mund. Die Kellnerin kam mit ihrem Frühstück. Teller klapperten auf der Theke. Der fettige Geruch von Spiegeleiern schlug ihm ins Gesicht.

»Ich hab den Artikel gefunden, einen im Lokalblatt und den anderen in der Los Angeles Times. Es standen ein paar Sachen drin, die ich nicht gewußt oder die ich vergessen hatte. Du hast mich mal nach Milo Trax gefragt. Nun, der Artikel in der Times handelte fast nur von ihm. Er ist der Typ, dem die Trax-Ranch gehört. Sein Vater war offensichtlich einer der ersten großen Filmproduzenten in Hollywood. Er war es, der das Land gekauft und das Haus gebaut hat. Jedenfalls gehört es jetzt alles seinem Sohn. Er ist so eine Art Playboy, nehme ich an, und eine Zeitlang hat er Surf-Filme gemacht. Offensichtlich hat er es noch getan, als Janet starb. Milo Trax hatte Preston, Hound und Janet auf seiner Yacht mit nach Mexiko genommen. Dann kamen die Männer alleine zurück, ohne Janet. Zuerst hieß es, sie wäre ertrunken. Dann fanden ein paar mexikanische Fischer ihre Leiche, und daraufhin stellte man fest, daß ihr Tod mit Drogen zu tun hatte. Und man fand noch etwas heraus, nämlich daß sie schwanger gewesen war.«

Ike hatte sein Essen nicht angerührt. Er starrte immer noch auf das rosafarbene Resopal hinunter. Die Sonne schien jetzt durch die Fensterscheibe hinter ihnen und brannte ihm im Nacken, und die Fliegen summten an der Scheibe. Barbara legte ihre Gabel hin. Sie griff in ihre Handtasche und holte eine Schachtel Zigaretten heraus. »Ich hab gerade damit angefangen«, sagte sie. »Dumm von mir, was?«

Ike zuckte die Achseln. Das einzige, woran er im Moment denken konnte, war die Ähnlichkeit der beiden Geschichten: zwei Trips nach Mexiko. Zwei Mädchen, die nicht zurückgekehrt waren. Als er die Augen schloß, sah er die verblichene Fotografie in dem Surf-Shop vor sich, und Janet Adams lächelte ihn aus einem fast farblosen Himmel an. Mit Sicherheit war die Ähnlichkeit auch Preston nicht entgangen. War das der Grund, warum er nie mehr erzählt hatte, weil er mit dem Eingeständnis, daß er sich sehr gut vorstellen konnte, was mit Ellen passiert war, auch seine Verwicklung in den Tod von Janet Adams eingestanden hätte? Neue Fragen drängten sich mit angsteinflößender Geschwindigkeit in seinen schmerzenden Kopf.

»Ich weiß nicht, wie das alles deiner Meinung nach mit deiner Schwester zusammenhängt«, hörte er Barbara sagen, »aber ich dachte mir, daß das vielleicht der Grund war, warum du so an Hound und Preston interessiert warst. Preston sagte, daß deine Schwester mit Hound zu tun gehabt hätte, oder daß du es zumindest annahmst. Und daß du jetzt versuchen wolltest, etwas herauszufinden.«

»Ist das alles, was er gesagt hat?«

»Im großen und ganzen ja. Es war eine ziemlich einseitige Unterhaltung. Ich weiß, daß er es für eine schlechte Idee hält, daß er glaubt, am Ende wirst du in etwas hineingeraten, aus dem du nicht mehr so leicht rauskommst.«

»Was soll das heißen?« fragte er, doch er wußte sehr gut, was damit gemeint war.

Barbara schüttelte den Kopf. »Ich weiß nicht, aber ich habe das Gefühl, daß er ausnahmsweise mal recht hat. Ich hab Angst um dich, Ike. Du kannst dich nicht mit Leuten wie Hound Adams einlassen und erwarten, daß was Gutes dabei rauskommt.«

Das Problem war, er hörte jetzt nicht einmal mehr zu. Ein neuer, schrecklicher Gedanke sickerte langsam in sein Bewußtsein. Wenn es andere Trips nach Mexiko gegeben hatte, andere Mädchen, die nicht zurückgekommen waren, was war dann in Zukunft zu erwarten? Was war mit Michelle? Er hatte Hound bereits darüber reden hören, und er hatte Michelle sagen hören, daß sie hinfahren wollte. Jesus, sie würde jetzt jederzeit mitfahren, da war er sich ganz sicher. Und dann kam ihm ein weiterer Gedanke: Die Mädchen, die Partys, die Filme, konnte es sein, daß Hound die ganze Zeit nach einem bestimmten Mädchen gesucht hatte, dem richtigen Mädchen für irgendeinen schrecklichen Zweck? Er fühlte seinen Puls in den Schläfen hämmern, und als er an seinen dummen Versuch, bei Hound mit ihr zu reden, zurückdachte, hatte er das Gefühl, er müßte sich auf der Theke übergeben. Er bildete sich sogar ein, daß er verantwortlich dafür war, daß er sie mit seiner Paranoia und seinem zwiespältigen Verhalten Hound in die Arme getrieben hatte. Aber eins war für ihn klar: Er würde nicht in Huntington Beach bleiben und zusehen, wie Michelle mit Hound Adams wegfuhr. Er würde nicht warten, bis Hound Adams alleine zurückkam. Diesmal würde es nicht so laufen. Er würde eine Möglichkeit finden, und er würde sie in die Tat umsetzen. Es war mit einemmal das einzige, was zählte.

Er konnte sich kaum erinnern, was er und Barbara auf dem Nachhauseweg sonst noch geredet hatten. Alles, woran er denken konnte, war Michelle, und daran, daß er noch einmal mit Preston reden wollte, ganz gleich, welche Konsequenzen es hatte.

Sie kamen diesmal von der Hinterseite zu dem Zweifamilienhaus mit Prestons Wohnung und standen vor einer kleinen Hecke, die den Garten von der Gasse trennte. In der Hecke war ein Tor, und Barbara blieb, die Hand darauf gelegt, stehen.

»Ich sollte mit reinkommen«, sagte Ike. »Ich sollte mit ihm reden.«

Sie hatte ihre Sonnenbrille aus der Handtasche geholt und sie aufgesetzt. »Jetzt nicht«, sagte sie. »Ich bin sicher, er schläft. Er hatte gerade seine Medizin genommen, als ich ging. Es haut ihn immer für eine Weile um. Dann wacht er auf und fängt an zu trinken.«

Er erzählte ihr, wie er Preston vor dem Surf-Shop gesehen hatte.

»So geht das die ganze Zeit«, sagte sie. Sie wandte sich einen Augenblick ab, dann blickte sie ihn wieder an. »Ich gehe für immer weg, Ike. Ich hab mich bei ein paar Schulen beworben. Mein Vater will es mir finanzieren. Aber ich hau hier ab.«

Er wußte nicht recht, was er sagen sollte. Er wartete.

»Findest du das gemein, ihn im Stich zu lassen, wenn er mich braucht? Irgend so was in der Art?«

»Ich weiß nicht.«

»Ich bin dem nicht mehr gewachsen. Ich kann nicht mehr daran vorbei, was ich dir damals nachts in deinem Zimmer erzählt habe. Ich werde nicht länger rumsitzen und zusehen, wie mein Leben den Bach runtergeht. Ich werde es in die Hand nehmen. Und er bringt sich um, Ike, kein Zweifel mehr. Es ist bloß eine Frage der Zeit. Ich kann nicht länger dabei zusehen.«

Ike spürte das Sonnenlicht auf seinen Schultern. Er war sehr müde und irgendwie ungerührt von dem, was Barbara sagte. Schließlich war es sein verdammtes Karma, oder nicht? Zum Teufel mit ihm. Alles, was er jetzt wollte, war, noch einmal mit ihm zu reden. Wenigstens so lange sollte er noch am Leben bleiben. »Ich komme vorbei«, sagte er. »Heute abend.«

»Nicht heute abend. Seine Eltern wollen später am Tag vorbeikommen. Und ich packe meine Sachen. Sie wollen mich in die Stadt mitnehmen. Es wird ein schönes Schauspiel werden.«

»Ich komm danach vorbei.«

Sie zuckte die Achseln. »Wie du willst«, sagte sie. »Ich weiß nicht, was ich dir sagen soll, was dich erwartet. Es geht ihm schlecht, Ike.« Sie ließ ihre Zigarette auf den Boden fallen und trat drauf. Dann griff sie in ihre Handtasche und holte ein Streichholzheft und einen Kugelschreiber heraus. Sie kritzelte eine Nummer auf die Innenseite. »Ruf mich an, falls was passiert. Wenn du noch hier bist. Auf Wiedersehen, Ike.« Sie legte die Hand auf seinen Arm, dann drehte sie sich um und ging ohne sich umzublicken den Weg zum Haus hinunter.

Ike blieb einen Moment lang in der Gasse stehen und sah ihr nach. Er fühlte sich aufgekratzt, und ihm war schwindlig, als er zurück zum Sea-View ging; hin und wieder glaubte er tatsächlich, sich in den Hitzeschwaden, die vom Bürgersteig vor ihm aufstiegen, aufzulösen.

Er ging die Treppe hinauf in sein Zimmer; in seiner Schulter hatte es wieder zu pochen begonnen, und er ging ins Badezimmer und nahm den Mull von dem immer noch blutig aussehenden Akt des Wahnsinns ab. Er spürte den Wind, kühl auf seiner heißen Haut. Er fragte sich, was mit ihm geschehen war. Er fragte sich, wer er war, und er hatte Angst, das verrückte Gesicht und den tätowierten Leib, die ihn aus dem alten verfärbten Spiegel über dem Waschbecken anblickten, nicht wiederzuerkennen.

32

»Die Fotze hat mich verlassen«, waren die Worte, mit denen Preston ihn begrüßte. Ike kam von der Gasse aus herein, durch eine vollgestopfte Küche, in der als einzige Beleuchtung in der ganzen Wohnung eine nackte Glühbirne brannte. Er ging zwischen einem halben Dutzend Mülltüten hindurch ins dunkle Wohnzimmer, wo Preston, eingesunken auf einer durchsackenden Couch und umgeben von leeren Bierdosen, saß. Ein leichter Arzneigeruch schien aus dem Wohnzimmer zu kommen und sich mit dem sauren Geruch nach Müll, nach Schweiß und Bier zu mischen. Ike hatte bis spät am Abend gewartet, bevor er hergekommen war. Er war müde gewesen, und er hatte den letzten Rest von seinem Koks gesnieft, bloß um wach zu bleiben. Jetzt fühlte er sich aufgedreht, auf eine nervöse Weise high.

Einige Wochen vorher, als Preston noch im Krankenhaus gelegen hatte, hatte Ike ein paar Ideen ausgearbeitet, um die Knucklehead in ein Automatiksystem umzuwandeln – ein Plan, der es seiner Vorstellung nach jemandem, der seine Finger verloren hatte, ermöglichen würde, ein Motorrad zu fahren. Er wäre fast ohne die Pläne gekommen, hatte es sich dann aber anders überlegt. Vielleicht war es mangelnder Mut, und die Zeichnungen boten ihm einen Vorwand für den Besuch, einen Puffer zwischen ihm selbst und Preston. Und jetzt, als er mit schwindligem Kopf auf der Schwelle des dunklen stickigen Zimmers stand, war er froh, daß er sie mitgebracht hatte.

Er machte ein paar Schritte ins Zimmer und legte die Zeichnungen auf einen Stuhl in der Nähe der Vordertür. »Was dagegen, wenn ich eine Lampe anmache?« fragte er. »Ich will dir was zeigen.«

»Mach, was du willst«, entgegnete Preston. »Mach jede verdammte Lampe im Haus an, wenn's dich glücklich macht. Aber bring mir noch ein Bier, wenn du schon dabei bist.«

Ike holte das Bier. Auf dem Rückweg ins Wohnzimmer knipste er verschiedene Lampen an. Preston sah nicht gut im Licht aus. Sein Gesicht hatte immer noch die neue dunkle Farbe, die Ike schon im Surf-Shop aufgefallen war. Und die hellblauen Augen schienen sich irgendwie zurückgezogen zu haben, tiefer ins Gesicht gesunken zu sein, bis sie wie ferne runde Eisbrocken aussahen. Auf seiner Nasenwurzel waren die rötlichen Spuren von Nähten zu sehen, und eine weitere rote Narbe verlief dicht unter dem Haaransatz quer über seine Stirn. Er brauchte beide Hände, um Ike das Bier abzunehmen, und die Hände stiegen empor, bis sie praktisch Ikes Gesicht berührten. Ike betrachtete die narbigen Stümpfe, und er spürte das höhnische Grinsen auf Prestons Gesicht mehr, als er es sah.

»Hübsch, was? Scheiß drauf. Nicht weiter wichtig. Ein Mann sät, was er erntet, oder irgend so ein Scheiß, würde mein Alter sagen. Weißt du, daß der Kerl hier war? Weißt du das?«

Ike gab keine Antwort. Seine Entschlossenheit, Preston zu befragen, und der nervöse Kokain-Kick lösten sich rasch in der drückenden Luft auf, und er erinnerte sich, was er letzte Nacht erst gedacht hatte, als diese Punks ihn in die Gasse gejagt hatten und er sie vertrieben hatte, diese Sache, daß die Leute Angst hatten, sich mit einem Verrückten anzulegen. Er nahm an, daß es jetzt für ihn so war, denn er hatte keinen Zweifel, daß Preston endgültig den Verstand verloren hatte, daß er so verrückt war, wie man nur sein konnte.

»Yeah, er war hier, der selbstgerechte Dreckskerl.« Preston hob die Bierdose an den Mund, und Ike bemerkte die aufgeschlagene Bibel, die mit der Schrift nach unten zwischen dem Abfall auf dem Couchtisch vor Prestons Knien lag.

»Aber er hat mir was gezeigt«, fuhr Preston fort, den Kopf jetzt etwas auf die Seite gelegt, und die blauen Eisbrocken brannten in ihren tiefen Höhlen. »Was machst du, wenn etwas verfault ist?«

Ike starrte ihn an, versuchte, sich vorzustellen, was für eine Art von Antwort Preston wohl erwarten könnte.

»Komm schon, was machst du, wenn etwas nichts taugt? Steht alles da drin.« Er griff nach dem Buch, doch es rutschte unter seinen Händen weg und fiel auf den Boden. Ike wollte es aufheben, aber Preston scheuchte ihn mit der Hand weg. »Egal. Scheiß drauf. Ich weiß, was drin steht. ›Was hat das Licht mit der Finsternis gemein?‹« Er lachte. »Das hast du nicht gedacht, daß ich die Bibel zitieren könnte, was? Shit. Einen Scheißdreck weißt du. ›So aber deine Hand dich ärgert, so haue sie ab.‹« Er hielt den unförmigen Stumpf einer Hand hoch ins Licht. »Hau das Scheißding ab«, sagte er. »Reiß es raus mitsamt den gottverdammten Wurzeln. Kapiert? Wenn's verfault ist, schaff's dir vom Hals.« Er ließ sich auf der Couch zurückfallen und wartete auf eine Erwiderung.

Ike hatte sich auf den Stuhl an der Tür gesetzt und fingerte jetzt an den Zeichnungen auf seinem Schoß herum, in dem Wissen, daß es nicht viel Sinn hatte, sie Preston zu zeigen. Aber trotzdem war er da, und er hatte sie mitgebracht, und er mußte irgend etwas sagen. »Ich möchte, daß du dir was ansiehst«, sagte er.

Preston starrte ihn verständnislos an, als redeten sie in verschiedenen Sprachen.

Ike ging durchs Zimmer und kniete sich an den Couchtisch. Er schob genug Abfall beiseite, daß Platz für die Zeichnungen war. »Du kannst noch Motorrad fahren«, sagte er und bemerkte, als ihm die Worte über die Lippen gingen, was für eine lächerliche Aussage es war. In Prestons Zustand könnte er froh sein, wenn er es durchs Zimmer schaffte, aber nicht auf einem Motorrad durch die Stadt. Doch er hatte jetzt einmal angefangen, und er fuhr fort: »Ich hab mir einen Weg ausgedacht, die Griffe zu verändern«, sagte er. Er strengte sich an, ein bißchen Begeisterung in seine Stimme zu bringen, aber seine Kehle und sein Mund waren trocken wie Baumwolle. »Mit einer Automatikschaltung kannst du mit der Handfläche schalten. Alles, was du oben tun mußt, ist Gas geben.« Er blickte auf, um zu sehen, wie Preston es aufnahm.

Preston sah nicht einmal auf die Zeichnungen. Er lehnte sich auf der Couch zurück, das Bier auf den Oberschenkel gestellt, die Augen geschlossen. Als Ike schwieg, machte Preston ein Auge auf und schielte ihn von oben herab über die rote Narbe auf seiner Nase hinweg an. »Du dummer kleiner Scheißer.«

Ike blickte erstaunt zurück.

»Du blöder Scheißer, denkst du, das macht jetzt noch einen Unterschied? Du hältst dich für ganz besonders schlau, was? Shit. Einen Scheißdreck weißt du. Arbeitest für Hound Adams. Denkst du, ich wüßte nicht, was abgeht? Was machst du für ihn, den Zuhälter spielen, oder läßt du dich von ihm in den Arsch ficken?«

Ike stand auf. Ihm war leicht schwindlig, und er hatte ein komisches Kreischen in den Ohren.

»Einen Scheißdreck weißt du«, wiederholte Preston, den Blick jetzt auf Ike gerichtet.

Das Kreischen dauerte an, wie ein Kessel kurz vor dem Überkochen. Er fing an, seine Zeichnungen einzusammeln, dann warf er sie nach Preston, so daß sie überall um ihn herum in der Luft schwebten. »Wenn ich einen Scheißdreck weiß, dann deshalb, weil du mir einen Scheißdreck erzählt hast.«

Einen Moment lang erstarb das höhnische Grinsen auf Prestons Gesicht. Er zwinkerte heftig mit den Augen und starrte Ike an. »Was soll das jetzt wieder heißen?«

»Das, was ich sage. Du hast mir einen Scheißdreck erzählt. Du hast mir nicht erzählt, daß du Hound Adams kanntest, daß er dein verdammter Partner war. Du hast mir nicht erzählt, daß es noch einen Trip nach Mexiko gegeben hat, noch ein Mädchen, das nicht zurückgekommen ist. Du hast mir nichts von Janet Adams erzählt, oder von Milo Trax, oder warum wir auf die Ranch gefahren sind.«

Prestons Gesicht war dunkel angelaufen, während Ike sprach. Mit einemmal machte er einen ungeschickten Versuch, aufzustehen, knallte mit den Knien vor den Tisch und setzte sich wieder hin, mit dem einzigen Ergebnis, daß seine Bierdose umfiel und sich schäumend über den Teppich ergoß. »Du kleiner Scheißkerl«, krächzte er. »Du mieses kleines Hurenarschloch.«

Ike hatte keine Lust, ihm noch länger zuzuhören. Er wollte raus, weg von dem Gestank und dem Kreischen in seinem Kopf. Er beugte sich herüber und hielt Preston seinen Mittelfinger vors Gesicht. Teufel, Preston kam nicht mal aus seiner Scheißcouch hoch; er wußte nicht, wovor er solche Angst gehabt hatte. »Geh und fick dich ins Knie«, sagte er, dann drehte er sich um. Das Kreischen in seinem Kopf war jetzt ohrenbetäubend, aber trotzdem konnte er hören, wie Preston mit Gewalt versuchte, von der Couch aufzustehen. Er hörte, wie der Couchtisch auf den Boden schlug und der ganze Mist herunterfiel, und wie Preston fluchend drüberwegstolperte. Und plötzlich rannte Ike zur Küchentür, und Prestons Stiefel traten Linoleumstükke aus dem Boden, um vor ihm da zu sein.

Tatsächlich erreichte Ike die Tür zuerst, aber Preston war nur den Bruchteil einer Sekunde hinter ihm und schlug die Tür zu, als Ike versuchte, sie aufzuziehen, und Ike sah, daß sein Handstumpf mit solcher Wucht auf das Holz traf, daß sich eine blutige Spur über den gelben Anstrich zog. Und dann wurde Ike herumgedreht und blickte hinauf in diese verrückten Augen, und Preston hielt die Tür zu und versperrte Ike mit dem Arm den Weg. Und plötzlich bemerkte Ike, daß das Kreischen aufgehört hatte, daß nur noch sein eigener Atem und das schwere Keuchen von Preston zu hören war. »Du kleiner Scheißkerl«, sagte Preston zwischen zwei Atemstößen, schwer gegen die Tür gelehnt. Und es schien Ike, als wäre etwas von diesem verrückten Funkeln aus seinen Augen verschwunden, als hätte der Sprint zur Tür ihn ein bißchen nüchtern werden lassen. »Ich sage, du weißt einen Scheißdreck, und dabei bleibt's. Hound Adams, Milo Trax, was soll der Scheiß bedeuten? Du glaubst, du wärst wirklich was auf der Spur, stimmt's?« Er hielt inne, um Luft zu holen und sich mit dem Hemdsärmel über die Stirn zu wischen. »Willst du wissen, was mit Janet Adams war? Ich sag's dir. Sie hat sich umgebracht. Sie hat herausgefunden, daß sie schwanger war, sie hat zu viele Drogen genommen und ist von dem Scheißboot gefallen. Sie hat sich selbst das Leben genommen.« Er wiegte seinen großen Kopf hin und her. »Was sagt dir das über deine Schwester? Was sagt dir das über alles? Ich hab versucht, es dir auf der Ranch klarzumachen. Du wirst hier überhaupt nichts rausfinden.« Er schwenkte seinen freien Arm durch das Zimmer, doch die Geste sollte die ganze Stadt einschließen. »Deine Schwester ist nicht hier. Aber was hast du gemacht? Du bist geblieben und hast angefangen, für Hound Adams rumzuhuren. Und was hat es dir gebracht?« Preston hielt wieder inne, um nach Luft zu schnappen, und mit einemmal sah er eher erschöpft als verrückt aus. Seine Frage blieb unbeantwortet.

Preston trat von der Tür zurück. Der tätowierte Arm fiel herunter. Er torkelte zum Kühlschrank, um sich ein neues Bier zu holen. »Du versaust dir alles, Mann. Du hättest verschwinden sollen, als du noch Gelegenheit hattest. Jetzt hau ab hier, ich will dich nicht mehr sehen.«

Ike legte die Hand auf den Türgriff, ging aber nicht hinaus. Er hatte das Gefühl, daß er vielleicht wieder unrecht gehabt hatte, daß ihm hier irgend etwas entging.

»Hey, ich sagte, hau ab, Mann. Setz dich besser in Bewegung, solange du's noch kannst.«

Ike drehte sich um und ging zur Tür raus, den Weg hinunter und auf die Gasse hinaus.

33

Er konnte keinen Schlaf finden. Er mußte fortwährend daran denken, was Preston gesagt hatte, daß er sich alles versaute. Vielleicht hatte er schon vor langer Zeit alles versaut, nicht erst hier, sondern vorher, schon damals in jener Nacht in der Salzsteppe, als Ellen ihn gebraucht und er es zugelassen hatte, daß irgendein Bedürfnis in ihm selbst alles verdreht hatte.

Was Preston ihm auf der Ranch gesagt hatte, schien jetzt auch mehr Sinn zu machen. Diese Behauptung von ihm, daß seine Schwester entweder fortgegangen oder tot sei, und daß er in beiden Fällen wenig dagegen machen könne. Damals hatte er gedacht, daß er ihr etwas schuldig war, aber was? Vielleicht war der Preis dafür, etwas herauszufinden, zu groß, vielleicht waren schon zu viele Leute mit hineingezogen worden. Ein Mann war bereits getötet, ein anderer verstümmelt worden. Und jetzt war Michelle dran.

Vielleicht wäre sie sowieso bei Hound Adams gelandet; immerhin hatte sie ihn bereits gekannt, bevor Ike aufgetaucht war. Aber dann wäre es ohne Ikes Wissen geschehen. Was immer Preston dazu auch zu sagen hatte, es blieb für Ike doch die Tatsache bestehen, daß es mehr als einen Trip nach Mexiko und mehr als ein Mädchen gegeben hatte, das weggefahren und nicht zurückgekommen war, und was er sich heute bei dem Treffen mit Barbara geschworen hatte, galt weiterhin – er würde nicht abwarten, bis dasselbe mit Michelle passierte. Das Problem war jetzt, sie zurückzukriegen, oder sie zumindest von Hound Adams wegzukriegen. Nichts schien sonst noch von Bedeutung zu sein. Der Rest gehörte der Vergangenheit an, und er konnte nichts daran ändern. Was immer jedoch mit Michelle passieren würde, war noch im Entstehen und konnte noch geändert werden. Und vielleicht, dachte er, war es das, was er seiner Schwester schuldig war, dafür zu sorgen, daß es nicht noch einmal passierte.

Er verbrachte den nächsten Tag damit, nach ihr zu suchen; er ging durch die Straßen und fühlte sich selbst wie ein Geist, ausgelaugt und elend auf eine Weise, die von mehr als Erschöpfung herrührte. Der Tag verlief ergebnislos. Am Abend ging er zu ihrer Tür, wo Jill ihm – mit einem blöden Grinsen im Gesicht, das er ihr gerne mit dem Handrücken ausgetrieben hätte – mitteilte, daß Michelle jetzt bei Hound wohne. Es war nicht gerade das, was er hören wollte. Er ging allein in sein Zimmer zurück. Später ging er in die Stadt und kaufte sich ein paar langärmelige T-Shirts. Sie taugten besser dazu, seine blöde neue Tätowierung zu verbergen.

Am nächsten Morgen wachte er mit einem jähen Ruck auf, denn noch im Schlaf hatte er gespürt, daß irgend etwas nicht in Ordnung war. Als er die Augen aufschlug, war das erste, was er sah, sein Surfboard, das gegen eine Wand lehnte.

»Das Board war ein Geschenk«, sagte Hound, als sich ihre Blicke trafen, »von einem Freund.«

Ike hatte in einem seiner neuen T-Shirts und Shorts geschlafen. Jetzt stand er auf, zog sich Jeans an und setzte sich zurück auf die Bettkante, alles, ohne etwas zu Hound zu sagen.

Hound sah ihm vom Boden aus zu, wo er mit gekreuzten Beinen, den Rücken zur Wand, saß.

Ike rieb sich mit den Handballen die Augen. Hounds Gegenwart wirkte bedrückend auf ihn. Die Aussicht auf irgendeine dumme Unterhaltung schien ihm fast unerträglich. »Was willst du?« fragte Ike.

»Ich hab dir dein Board zurückgebracht, Brother. Ich hab dich vermißt.«

»Ich hab's dir zurückgegeben, erinnerst du dich?«

Hound zuckte die Achseln. »Du bist verwirrt«, sagte er. »Du bringst einen Haufen Sachen durcheinander.«

Ike schüttelte den Kopf. »Jesus.«

»Außerdem hast du dich wie ein echtes Arschloch benommen, weißt du das?«

»Warum hast du ihr von den Partys erzählt?«

»Hey, Mann, tu mir einen Gefallen. Lad nicht deine Schuldgefühle auf mich ab. Warum hast du's ihr nicht erzählt? Ich hatte nicht den Eindruck, als gäbe es da irgendwas zu verbergen.«

Ike gab keine Antwort. Er war überhaupt nicht in der Stimmung für einen von Hounds Vorträgen. Trotzdem war etwas an der Frage, das ihn nicht kalt ließ.

»Keine Antwort? Vielleicht kann ich dir dann etwas vor Augen führen. Du dachtest, was bei mir zu Hause vorging, wäre schlecht, und daß du es vor Michelle verbergen müßtest. Und jetzt auf einmal denkst du, alle würden ein falsches Spiel mit dir treiben. Du denkst, ich hätte dir dein Mädchen weggenommen, irgendwas in der Art.«

»Hast du das nicht?«

»Ich wußte nicht, daß sie dir gehört, also konnte ich sie dir nicht wegnehmen. Ich denke, vielleicht bist du es, der hier ein falsches Spiel treibt.«

Ike blickte weg; sein Gesicht fühlte sich mit einemmal straff und heiß an.

»Michelle ist ein junges Mädchen, Mann, du mußt ihr ein bißchen Spielraum geben. Okay, aber das ist nur das eine. Das andere, wichtigere ist, daß du der Meinung warst, du müßtest all das andre Zeug vor ihr verbergen, weil du es für etwas Schlechtes gehalten hast. Ich möchte gerne wissen, wie du zu diesem Schluß gekommen bist.«

Ike zuckte die Achseln. Er hatte jetzt lange genug mit Hound Adams zu tun, um seine verschiedenen Rollen zu kennen. Heute war Hound der Guru. Es würde zweifellos ein Vortrag über Werte, über verschiedene Arten der Wahrnehmung folgen, ein Vortrag, der sicherlich mit einem Angebot zur Freundschaft und Versöhnung enden würde. So würde das Spiel heute laufen.

»Immer noch keine Antwort? Nun, denk mal über folgendes nach: Ich sage, die Leute haben dir den Kopf mit Scheiße vollgestopft. Dein ganzes Leben lang, und du weißt es nicht einmal. Hast du eine Familie? Kommen sie gut miteinander aus? Alles in Ordnung mit ihnen?«

Ike gab keine Antwort, aber er dachte an die Wüste, an die alte Frau, die sich im Haus verkroch, an Gordon mit seiner Tankstelle. Er dachte an seine Mutter und an den Vater, den er nie gesehen hatte.

»Sie sind abgefuckt, oder nicht? Aber wissen sie trotzdem nicht genau Bescheid, was gut und was böse ist? Und sind sie nicht jederzeit bereit, es einem unter die Nase zu reiben? So war es jedenfalls in meiner Familie. Keine Verständigung, jeder so abgeschnitten vom andern, daß sie sich nicht mal mehr gegenseitig berühren konnten. Aber trotzdem wußten sie, was gut und was schlecht ist, und wie man sich zu benehmen hat. Scheißdreck. Es dauerte eine Weile, aber schließlich hab ich begriffen, daß sie alles umgedreht hatten. Fast alles, was sie für schlecht hielten, stellte sich als gut heraus, und was sie für gutes Benehmen hielten, war in meinen Augen böse, und zwar von der schlimmsten Sorte, der Sorte, die den Leuten das Leben aus dem Leib saugt, ohne daß sie's auch nur merken, sie zu leeren Hüllen macht, zu abgefuckten leblosen Zombies.«

Ike hatte auf den Boden geblickt, um den Vortrag gleichgültig über sich ergehen zu lassen, aber jetzt schaute er auf. Es war etwas in Hounds Stimme, das ihn dazu veranlaßte. Das Morgenlicht fiel durchs Fenster herein und traf Hound Adams voll im Gesicht, so daß Ike es sehr deutlich sah, die Krähenfüße rings um die Augen und die ungleichmäßige Pigmentierung, die auf die Jahre hinwies, die es der Sonne und dem Wasser ausgesetzt gewesen war.

»Ich weiß nicht, wie's mit dir ist, Brother«, fuhr Hound fort, »aber ich habe nichts Schlechtes bei mir zu Hause gesehn. Ich habe niemand gesehn, der was anderes gekriegt hat als das, wofür er gekommen war. Und ich habe einige gesehn, die sich amüsiert haben, ein bißchen Dampf abgelassen, vielleicht ein paar Hemmungen überwunden haben. Warum war's für dich nicht genauso? Weil du Schuldgefühle deswegen hattest? Aber wo kommen die Schuldgefühle her? Vielleicht von den Leuten, die dich großgezogen haben, diesen Zombies, die du am Wochenende in ihren Autos auf dem Coast Highway siehst, wie sie ihre Kinder anbrüllen? Begreifst du langsam, was ich sagen will? Ich glaube, daß du dir deine Werte von anderen Leuten aufzwingen läßt, daß du andere für dich denken läßt. Nichts Ungewöhnliches. Die meisten Leute gehn so durchs Leben. Ich versuche, dich dazu zu bringen, daß du die Dinge mit deinen eigenen Augen siehst. Ich möchte –« Hound hörte plötzlich auf zu reden. Es geschah sehr abrupt, mitten im Satz. Er wischte sich die Hände an der Hose ab und stand auf. »Gibt's irgendwas, was du dazu sagen möchtest?«

Erneut hatte Ike nichts zu sagen, aber er war überrascht, daß der Vortrag so schnell zu Ende war. Normalerweise redete Hound ewig weiter, ob ihm jemand zuhörte oder nicht.

Hound machte einen Schritt auf ihn zu und hielt ihm die Hand hin. »Mach, was du willst«, sagte er. »Aber kein schlechtes Feeling zwischen uns, okay? *Hermanos del mar, no?*«

Ike nahm die Hand, die trocken und kräftig war.

»Hör zu«, sagte Hound. »Michelle und ich wollen morgen segeln gehen. Warum kommst du nicht mit? Ich glaube, sie würde sich auch freuen. Und ich möchte, daß du jemanden kennenlernst, einen alten Freund von mir. Was meinst du?«

»Wann?« fragte Ike.

»Früh um sechs. Michelle und ich kommen dich abholen.« Hound drehte sich um, als wollte er aufbrechen, blieb dann aber stehen und kam zurück. »Es gibt noch etwas, das ich dir sagen möchte«, sagte er. »Weil ich weiß, daß es dir im Kopf rumgeht. Frank hat mir erzählt, daß Preston am Shop vorbeigekommen ist. Ich weiß, daß du glaubst, ich hätte mit dem Ganzen was zu tun gehabt.« Er machte eine kleine Pause. »Aber du irrst dich, wenn du das glaubst. Ich hab's schon seit langem so kommen sehen. Aber ich hab mich nicht drüber gefreut. Nicht ich hab's so gewollt, sondern er selbst. Preston hat dieses Ende selbst herbeigeführt. Es ist sein Karma, verstehst du? Ich hätte ihn gerettet, wenn ich gekonnt hätte.«

»Ihn gerettet?« Ike blickte Hound in die Augen. Er war vielleicht ein bißchen überrumpelt von dem abrupten Ende des Vortrags, aber so leicht würde er sich nicht wieder vereinnahmen lassen.

»Ich will dich was fragen«, sagte Hound. »Wer, glaubst du, hat ihm auf der Ranch das Tor aufgemacht?«

Ike hatte noch mehr zu sagen gehabt, aber die Frage machte ihn sprachlos. Er dachte plötzlich an Prestons Worte in jener Nacht zurück, seine Frage, ob Ike alleine zum Wagen zurückfinden könnte, und später sein erstauntes Luftholen, als das Tor offen war.

»Yeah, ich hab ihm damals die Haut gerettet. Und dir ebenfalls, stimmt's? Ein paar der Cowboys hatten Gewehre. Es waren sogar ein paar Typen dabei, die Preston kannten. Und nicht jeder hat so viel für diesen großen Scheißkerl übrig wie du und ich.«

Ike setzte an, etwas zu sagen, aber Hound brachte ihn mit einer Handbewegung zum Schweigen. »Was dann hier passiert ist, war eine Sache zwischen ihm und den Samoanern. Ich hatte gehofft, er wäre klug genug und würde abhauen, aber natürlich war er das nicht. Wenn du die Wahrheit hören willst, ich glaube, daß er's vielleicht so gewollt hat – bis auf die Tatsache, daß er noch am Leben ist.« Er hielt inne und blickte Ike einen Moment lang an, die Augen erfüllt von einem sonderbaren Funkeln. Ike blickte zurück. Was war das gerade in Hounds Ausdruck gewesen? Irgend etwas Vertrautes. Irgend etwas, das sich abhob von seiner üblichen Coolness oder einem überwachen Koks-Blick, irgend etwas, das eine Spur Unkontrolliertheit, vielleicht sogar Verzweiflung an sich hatte, und dann fiel ihm ein, wo er diesen Blick schon einmal gesehen hatte. Es war derselbe Ausdruck, den er einmal auf Preston Marshs Gesicht gesehen hatte, als er auf der Ranch vor dem Feuer saß, und den Ike als Angst gedeutet hatte. Er war sich bewußt, daß Hound zu reden fortfuhr, etwas darüber sagte, daß er all das kommen gesehen, aber sich nicht darüber gefreut hätte. »Der Mann war mein Freund, Ike«, hörte er Hound sagen. »Und ich habe ihn geliebt.«

Als Hound fort war, saß Ike einige Zeit allein in seinem Zimmer. Das, was Hound über die Ranch gesagt hatte, war nur schwer vorstellbar, und es ließ eine Anzahl Lücken in Ikes Theorien. Vielleicht war dieses ganze Katz-und-Maus-Spiel nur Ikes Fantasie entsprungen. Es ergab einfach keinen Sinn. Es bestand natürlich die Möglichkeit, daß Hound log, daß er alles für Ike erfunden hatte. Aber er hatte doch jetzt Michelle, was wollte er dann noch mit Ike? Ike stand auf und ging in seinem Zimmer auf und ab. Hinter dem Fenster stieg die Sonne rasch empor und verwandelte den Himmel in Hitze und Bläue. Es war verwirrend, aber diese Verwirrung haftete der Vergangenheit an, und damit war Ike fertig. Hound sollte seine kleinen Geheimnisse und seine Spielchen, Preston sein Karma haben. Alles, was Ike wollte, war weg von hier zu kommen, aber er wollte Michelle mitnehmen. Sie war der Grund, warum er Adams die Hand geschüttelt hatte, der Grund, warum er morgen mitfahren würde. Und doch fragte er sich, während er am Fenster stand und den wolkenlosen Himmel über den Dächern betrachtete, wer dieser Freund mit dem Segelboot wohl sein würde. Ein Name kam ihm in den Sinn, lag ihm schon auf der Zunge, aber er sprach ihn nicht aus.

34

Sie holten ihn am folgenden Morgen in Hounds Sting-Ray ab. Es war eng im Wagen. Ike und Michelle mußten sich auf denselben Platz zwängen, und den ganzen Weg über war er sich der Berührung ihrer Schulter und ihres Oberschenkels bewußt. Sie hatte weiße Shorts und ein helles Tank-top mit einer Seemöwe darauf an. Er hatte die Kleider nie zuvor gesehen, und er fragte sich, ob es Geschenke von Hound Adams waren. Michelle schien nicht sonderlich erfreut, ihn zu sehen. Sie benahm sich, als bereitete seine Gegenwart ihr Unbehagen, und deshalb fragte er sich, ob sie wirklich gewollt hatte, daß er mitkam, wie Hound gesagt hatte.

Es war eine sonderbare Fahrt. Ike begnügte sich damit, aus dem Fenster zu schauen, zuzusehen, wie die Strände vorüberglitten. Es war das erstemal, daß er südlich von Huntington Beach war, und er war überrascht, wie schnell sich die Landschaft veränderte. Die Ölquellen und klotzigen Ziegelsteingebäude von Huntington Beach machten bald großen Villen mit Zugang zum Strand Platz. Sie kamen an einem Ortsschild mit der Aufschrift NEWPORT BEACH vorbei, bogen rechts vom Highway ab und fuhren auf eine Brücke, die über einen riesigen Hafen führte. Der Hafen war breit und blau. Seine Ränder waren gesäumt von Kais, weißen Stränden und Hochhäusern. Überall waren Boote zu sehen, leuchtend bunte Segel vor dem blauen Hintergrund der Bucht. Es herrschte dichter Verkehr auf der Brücke, so daß Ike sich alles genau ansehen konnte. Er konnte kaum glauben, daß sie nur Minuten von Huntington Beach entfernt waren, daß die Küste auf so kurze Distanz so spektakulär ihr Aussehen ändern konnte. Es gab keinerlei Ähnlichkeit mit einer Wüstenstadt mehr hier. Das hier war Süd-Kalifornien, wie er es sich vorgestellt hatte: weiße Segel im Sonnenschein, überall Anzeichen von Überfluß und Reichtum, und er mußte an etwas denken, das Preston einmal zu ihm gesagt hatte, davon daß Hound Freunde mit Kohle hätte.

»Schon mal gesehen, den Hafen?« fragte Hound, während sie im Verkehr warteten.

Ike und Michelle antworteten wie aus einem Mund. Offenbar war auch Michelle noch nie so weit südlich gewesen.

Hound lächelte und nickte hinüber zum Wasser. »Jede Menge Geld«, sagte er.

Der Sting-Ray kroch die Brücke hinunter und auf eine Halbinsel, wie Hound ihnen sagte. Zwei Blocks weiter bogen sie nach links ab und überquerten eine zweite Brücke. Die Häuser hier waren mit nichts zu vergleichen, was Ike je gesehen hatte, mit Ausnahme vielleicht der Villa, die er auf der Ranch oberhalb der Landspitze gesehen hatte. Alles war Beton und Glas, Holz und Stein, manikürte Bäume, leuchtend weißer Strand und schmale Wege, die durch Tore und Schilder mit der Aufschrift PRIVATSTRAND versperrt wurden. Die Wege führten hinunter zum blauen Wasser der Bucht.

Hound fuhr auf einen kleinen Parkplatz in der Nähe eines Wachhauses und hielt an. Es war hell und heiß, und die Hitze tanzte flimmernd an den Rändern des Parkplatzes. Ike stand allein neben dem Wagen, während Hound die Türen absperrte. Michelle blickte ihn nicht an, sondern stand ein paar Meter entfernt und sah Hound zu. Als Hound mit den Türen fertig war, ging er zum Kofferraum und holte einen Karton heraus, dann machte er ihnen ein Zeichen, ihm zu folgen.

Michelle ging neben Hound und Ike hinter ihnen an dem Wachhaus vorbei und weiter einen langen grauen Kai hinunter. Sie befanden sich jetzt in der Bucht, inmitten eines Waldes aus Masten. Überall um sie herum knarrte und krachte die Takelage. Weiße Schiffsrümpfe rieben sich an Gummistoßfängern entlang des Kais. Am anderen Ende der Bucht waren weitere Kais, weitere Boote, weitere riesige Villen und Privatstrände zu sehen.

Schließlich kamen sie zu einer großen einmastigen Segelyacht mit weißem Rumpf und einem grünen Streifen, die *Hexenmeister* hieß.

Das Deck war ein Labyrinth glitzernder Chromteile. Ein weißer Laufsteg führte von dem Kai auf das Boot, und Hound ging vor ihnen hinauf und auf das Deck. Ike kam als letzter über den Laufsteg. Er stieg über die Rettungsleine und spürte das Deck leicht unter sich rollen. Einen Moment waren sie auf dem Deck allein mit dem Knarren der Takelage und dem sanften Schlagen der Windwellen gegen den Rumpf. Dann war von irgendwo unter ihnen eine Männerstimme zu hören, und ein Gesicht tauchte im Cockpit auf.

Ike sah, wie ein Körper unter dem Gesicht sichtbar wurde, und bald darauf stand der Mann auf dem Deck und kam auf sie zu. Es war der Mann, den Ike auf den Fotografien im Surf-Shop gesehen hatte. Er erkannte sofort den kleinen geraden Mund und das spitze Kinn wieder. Bestimmte Züge an ihm waren dieselben und nicht zu verkennen. Doch einiges hatte sich auch verändert. Der Körper war wesentlich dicker als auf den Fotos, nicht fett, aber dick und kräftig auf eine Weise, die nicht recht zu dem Gesicht paßte, das mit seinen feinen scharfen Zügen und den kleinen dunklen Augen fast etwas Elfenhaftes hatte.

Der Mann hatte ein blaues Hemd und weiße Shorts an. Seine Beine waren braun gebrannt, kurz und mit Muskeln bepackt, die sich im Sonnenlicht spannten, als er auf sie zukam. Seine Körpergröße täuschte. Erst als Ike ihm gegenüberstand und in die Augen sah, stellte er fest, daß der Mann ihn nur um einen guten Zentimeter überragte, obwohl er wahrscheinlich um gute zwanzig Kilo Muskelmasse schwerer war als er.

»Ike, Michelle«, hörte er Hound sagen, »ich möchte euch einen Freund vorstellen, Milo Trax.«

Und obwohl Ike darauf gefaßt gewesen war, lief ihm doch ein leichter Schauer über den Rücken, als er den Namen hörte. Er dachte zurück an die Bitterkeit in Frank Bakers Stimme bei den Worten, daß es Hound gewesen wäre, »der Milo ins Spiel gebracht hat«, als wäre das der Anfang vom Ende gewesen.

Ike nahm die ausgestreckte Hand. Es war eine dicke, feste Hand, wie der Körper, und er hatte das Gefühl, daß seine eigene Hand im Vergleich dazu dünn und zerbrechlich war. Er blickte in die Augen, die sehr dunkel waren und auf eine fast jungenhafte Art leuchteten, Eigenschaften, die auf den Fotos nicht ersichtlich gewesen waren.

»Ja«, sagte Milo, und in seiner Stimme schien echte Begeisterung mitzuschwingen, »Ike Tucker, ich hab schon viel von dir gehört. Freut mich, dich an Bord zu haben.« Dann wandte er sich Michelle zu, während Ike sich fragte, was er wohl gehört haben könnte.

Sie fuhren mit Motorkraft aus dem Hafen heraus. Milo stand mit Michelle an seiner Seite an dem großen silbernen Steuerrad im Cockpit, Ike und Hound Adams auf dem Deck. Der Hafen schien kein Ende zu nehmen, während sie die Wasserstraßen entlang in immer breiter werdende Fahrrinnen fuhren. Das Wasser reichte von dunkelgrün bis bläulichschwarz, und als er über die Seite hinunterblickte, konnte er unter ihnen kleine Fischschwärme herumflitzen sehen, wie ins Wasser geworfene Silbermünzen. Sie glitzerten auf und entschwanden hinabsinkend dem Blick.

Je näher sie zum Hafeneingang kamen, desto größer schien alles zu werden, die Fläche der Strände, die Villen und die Yachten, und Milo Trax schien bei allem zu wissen, wem es gehörte. Er wies sie auf eine Anzahl berühmter Rennyachten hin, zeigte ihnen Boote und Häuser, die bestimmten Filmstars gehörten. Wie ein Märchenland glitt es an ihnen vorbei, eine Welt des Reichtums, von deren Existenz Ike in der Wüste nie etwas geahnt hatte.

Schließlich fuhren sie zwischen zwei langen Molen eine Fahrrinne hinunter, und dann waren sie auf offener See. Milo brachte sie jetzt alle auf Trab und gab ihnen Anweisungen, an welcher Leine sie wann zu ziehen hätten. Schließlich gab es ein lautes Schwirren der Takelage, eine enorme Explosion von Segeln, während der Himmel weiß und gelb wurde. Der Rumpf schien unter ihnen einen Satz zu machen und zu erbeben, als er auf die Grunddünung traf. Mit einemmal war Ikes Gesicht naß, und seine Lungen dehnten sich in einem frischen scharfen Wind. Sie waren unter Segel. Er kämpfte sich zurück ins Cockpit, wo Milo grinsend am Steuer stand, und Ike konnte nicht anders als zurückgrinsen. Das Boot legte sich auf die Seite, und die Gischt fegte über das Deck.

»Mit einem Boot wie diesem kommt man überallhin, Ike«, sagte Milo. »Hound sagt, daß du gerne surfst. Du würdest staunen, was für Gegenden wir gesehen haben.«

Sie verbrachten den Tag weit draußen auf offener See, wo die Küste nur eine glänzende Luftspiegelung am Horizont war. Gegen Mittag aßen sie Sandwiches und tranken Bier dazu. Als sie fertig waren, brachte Michelle die Sachen nach unten. Ike bot seine Hilfe an und folgte ihr nach unten.

Sie stand vor einer kleinen Spüle in der Kombüse und wusch die Teller ab; die See war ruhig geworden, und das Boot glitt leicht dahin, ohne sich gegen eine Grunddünung zu sträuben. Sie blickte über die Schulter, als Ike die Treppe hinunterkam, dann wieder hinunter in die Spüle.

Er stellte sich neben sie. Sie hatte die Haare zu einem kleinen Pferdeschwanz zusammengebunden, und er betrachtete die büscheligen Haarsträhnen, die sich in ihrem Nacken kräuselten. »Ich hab dich die ganze Woche über gesucht.«

»Ich war bei Hound«, sagte sie mit ausdrucksloser Stimme, ohne den Blick von der Spüle zu nehmen.

»Michelle, hör zu, das alles tut mir leid.«

»Ich dachte, du wärst anders«, sagte sie. »Du bist genau wie alle andern.«

»Ich weiß, daß es falsch war. Ich dachte, auf diese Weise würde ich etwas herausfinden.«

»Klar. Über deine Schwester.« Sie sagte es in einem sarkastischen Ton.

»Am Anfang war es so«, sagte er. »Ich weiß, daß es für dich wahrscheinlich nicht so aussieht, aber am Anfang war es so. Und ich hatte bereits das verdammte Board angenommen. Ich mußte dafür bezahlen.«

»Mit den Filmen?« Ihr Tonfall war immer noch sarkastisch, und sie blickte immer noch in die Spüle hinunter, aber er bemerkte, daß sie aufgehört hatte abzuwaschen. Ihre Hände trieben reglos in dem seifigen Wasser. Er hatte ein bißchen Angst, zu viel zu sagen, sie auf eine Weise aufzuregen, die Hound verraten würde, daß etwas im Gange war. »Bitte, Michelle, hör mir einen Augenblick zu, okay?«

Sie gab keine Antwort, und er fuhr fort: »Ich hab meine Schwester gesucht. Ich wollte rausfinden, was passiert war, aber ich wollte auch noch was anderes rausfinden, über Preston und Hound. Und ich bin auf eine falsche Bahn geraten, das weiß ich jetzt. Ich bin einfach in ein paar Sachen reingeraten, denen ich nicht gewachsen war, und es war dumm von mir, das weiß ich. Aber ich hab nie gedacht, du wärst wie diese anderen Mädchen. Ich meine, es war was anderes mit uns. Es könnte wieder so sein. Ich will einfach nur mit dir zusammensein.«

Sie blickte zu ihm auf, und ihre Augen waren glasig und ein bißchen gerötet. »Nur das willst du?«

»Wir hatten was Besonderes, begreifst du das nicht? Alles andere zählt nicht. Und es gibt noch mehr, was ich dir sagen will, aber nicht hier. Hier können wir nicht richtig reden. Sag nur, daß du darüber nachdenken wirst, daß wir später weiterreden können.« Er redete jetzt schnell, denn er wollte nicht zu lange unten bleiben. Er legte ihr die Hand auf die Schulter, und sie drehte sich zu ihm um, so daß von ihren Händen Wasser auf den Boden zwischen ihnen tropfte. Sie blickte ihm offen in die Augen, und es war etwas in ihrem Blick, das ihn fast zusammenzucken ließ. »Ich bin alles, was zählt? Was ist mit deiner Schwester? Zählt sie also nicht mehr?«

»Nein, das ist es nicht. So einfach ist es nicht. Verdammt noch mal, Michelle, ich weiß, daß ich Scheiße gebaut habe. Ich meine, du weißt gar nicht, was für Scheiße ich gebaut habe. Aber ich habe auch ein paar Sachen erfahren. Sag nur, daß wir uns irgendwo unterhalten können, bald. Morgen.« Er wartete, aufmerksam ihr Gesicht betrachtend, doch dann wurde das Schweigen von einer anderen Stimme gebrochen. Milo Trax. Er mußte auf dem Bauch auf dem Lukendeckel gelegen haben, denn sein grinsendes Gesicht hing verkehrt herum in die Kajüte hinunter. »Wal an Steuerbord«, sagte er. »Kommt gucken.«

Das Gesicht verschwand. Ike war still. Er stand da und betrachtete Michelle vor der Spüle.

»Wir sollten raufgehen und es uns ansehen«, sagte sie.

Er trat von ihr weg, immer noch auf eine Antwort wartend, als er etwas auf dem Sitz neben dem Kombüsentisch liegen sah. Es war der Karton, den Hound aus dem Kofferraum genommen hatte. Er ging hin und zog an dem Karton, wo er bereits aufzugehen begann. Filmkassetten. Der Karton war voll davon. Er wies Michelle darauf hin.

Sie blickte auf den Karton. »Na und?«

»Ich weiß nicht. Ich meine, ich hab mich immer gefragt, was er damit macht.«

»Ich will jedenfalls nichts davon wissen.«

Es war etwas an der Art, wie sie es sagte, das ihn ärgerte. »Weil du nie selber welche gedreht hast?«

»So ist es«, sagte sie, während sie an ihm vorbeiging, dann blieb sie stehen und sah ihn wieder mit diesem Blick an, der ihn fast zusammenzucken ließ. »Und willst du noch was wissen? Ich hab's nie mit Hound Adams getrieben. Er ist bloß echt nett zu mir gewesen, das ist alles.«

Sie ließ ihn in der Kombüse stehen, und er sah zu, wie ihre Beine im Himmel über der Luke verschwanden. Er warf noch einen Blick auf den Karton mit den Filmen auf dem Sitz, dann folgte er ihr hinaus ins Licht, um sich Milos Wal anzusehen.

Die Sonne ging schon fast unter, als sie in den Hafen zurückkehrten. Die Sonne stand rot-golden über den riesigen Villen am Strand. Es war kaum zu glauben, daß sie nur ein paar Meilen von der Innenstadt von Huntington Beach entfernt waren, von den Klippen und Ölquellen, den Lagerfeuerringen mit ihren Graffiti und den Partys der Gangs aus dem Hinterland.

Nachdem sie das Boot abgespritzt und die Taue aufgerollt hatten, standen sie oberhalb der Kais und schauten zurück auf die Bucht und die Lichter der Villen. »Ich hab nördlich von hier ein bißchen Land«, sagte Milo, indem er Ike anblickte. »Die Brandung ist nicht schlecht dort oben. In einer Woche oder so will ich eine Party geben, fast schon ein Ritual, das ich jedes Jahr zum Sommerende mit ein paar Freunden ausübe. Ich könnte ein bißchen Hilfe gebrauchen, um alles in Schuß zu bringen. Wie wär's, wenn du und Michelle raufkommen und mithelfen? Du kannst dein Board mitbringen und ein bißchen surfen.«

Ike nickte. Er sah Michelle an. »Klar«, sagte er, »hört sich nicht schlecht an.« Er bemühte sich, seiner Stimme die richtige Dosis an Begeisterung zu geben.

»Gut«, sagte Milo. »Ihr könnt alle zusammen rauffahren.« Die Vorstellung schien ihn aus irgendeinem Grund zu amüsieren, und er klatschte lachend in die Hände.

35

Ikes Haut fühlte sich heiß und gespannt an nach einem Tag in Sonne und Wind. Wieder drängte Michelles Schulter gegen ihn, während die jetzt dunklen Strände an ihnen vorüberglitten. Sie fuhren schweigend, und bald befanden sie sich im dichten Verkehr am Westende der Main Street und fuhren an Kneipen, Pizza-Buden und den dunklen Schaufenstern der Surf-Shops vorbei.

Als sie vor dem Sea-View angehalten hatten, stieg Hound aus, um den Kofferraum aufzumachen. Ike machte seine Tür auf und setzte einen Fuß auf die Straße, blieb aber dicht neben Michelle sitzen. »Ich will immer noch mit dir reden«, sagte er zu ihr.

Sie zuckte die Achseln. »Meinetwegen.«

»Wann?«

»Ich weiß nicht. Kommst du zu Milos Party?«

»Kommst du?«

»Ja.«

»Aber ich will bald mit dir reden.«

»Es sind doch nur noch ein paar Tage.« Ike schob sich ein bißchen weiter aus dem Wagen. Hound wartete bei dem offenen Kofferraum. Mit einemmal legte Michelle ihre Hand auf seine Hand. »Komm zur Party«, flüsterte sie. »Ich möchte es, okay?«

Er sah ihr fest in die Augen, wollte noch etwas sagen. Sie blickte ihn einen Moment lang an, dann schweifte ihr Blick wieder über die Kühlerhaube.

»Okay«, sagte Ike. »Ich komme. Damit wir reden können.« Er ließ sie im Wagen sitzen und ging nach hinten zum Kofferraum. Ikes Segeltuchtasche mit seinen Sachen zum Wechseln und der Badehose, die er nicht gebraucht hatte, stand bereits auf dem Bordstein. Hound stand daneben. »Milo weiß nicht, daß du schon mal auf seiner Ranch gewesen bist«, sagte Hound. »Ich denke, wir sollten es dabei belassen.«

Ike nickte, einigermaßen überrascht, daß Hound es für nötig gehalten hatte, ihm das zu sagen. Er fühlte sich mit einemmal sehr müde. Er hob gerade seine Tasche auf, als Hound Adams neben ihm zu erstarren schien. Er fühlte es mehr, als er es sah. Als er aufblickte, sah er, daß sich Hounds Gesichtsausdruck geändert hatte, daß er an Ike vorbei zu dem alten Haus hinüberstarrte, das undeutlich in der Dunkelheit hinter ihnen aufragte. Ike wandte sich ebenfalls um und folgte Hounds Blick, und dann sah er die dunkle Gestalt auf der Treppe, die ins Haus führte, stehen.

Die Gestalt war nicht viel mehr als eine schwarze Silhouette vor dem gelben Hintergrund der offenen Tür, doch er erkannte sofort, daß es Preston war. Niemand sonst war so breit und groß oder stand auf diese Art da. Er schien dieselbe ausgebeulte Army-Jacke anzuhaben, mit der Ike ihn auf der Straße gesehen hatte, und auf dem Kopf trug er anscheinend dieselbe Mütze. Die leichte Erhöhung des Vorgartens, die Höhe der Treppe, die Art, wie sich seine Silhouette gegen den erleuchteten Hausflur abhob, all das ließ ihn irgendwie noch größer und breiter wirken, als er war, ein dunkler Schatten, der über ihnen aus dem Halbdunkel des Gebäudes aufragte. Es war ein seltsamer Moment, wie geronnen in der Zeit, in dem die beiden Männer nichts sagten, sondern sich über den ungepflegten Rasen hinweg anstarrten. Es war Hound Adams, der schließlich den Bann brach. Er drehte sich um, machte den Kofferraum zu und ging zur Fahrertür. Über das Dach des Wagens schaute er noch einmal zu Preston hinüber, dann stieg er ein und fuhr davon.

Ike wußte nicht, was er zu erwarten hatte, als er über den Rasen ging. Kurz vor der Treppe blieb er stehen. Preston lehnte jetzt gegen den Türrahmen, die Hände tief in die Taschen seiner Jacke geschoben. Es war zu dunkel, um Prestons Gesichtsausdruck erkennen zu können. »Pack deine Sachen weg«, sagte Preston. Seine Stimme klang fest und nüchtern. »Ich hab was, das ich dir zeigen will.«

Es war spät, und die Straßen des Wohnbezirks lagen ruhig da. Preston sagte nichts weiter. Er ging schnell, so daß seine schweren Stiefelschritte auf dem Bürgersteig widerhallten, und Ike mußte sich anstrengen, um Schritt zu halten. Sie überquerten die Main Street und bogen in eine Gasse ein, und Ike brauchte nicht zu fragen, wo sie hingingen. Er konnte eine Lampe vor der Werkstatt brennen sehen, und dann machte er die dunkle Gestalt von Morris aus, der an einem Telefonmast neben der Schotterauffahrt lehnte.

Morris sagte nichts, sondern ging schweigend hinter ihnen her zum Schuppen, und die Nacht war erfüllt von dem Geräusch, das Stiefeltritte auf Schotter machen. Preston stieß die Tür mit dem Fuß auf, und sie gingen hinein, Preston voran, dann Ike und Morris.

Es war ein kleiner Schuppen. Der Boden war aus Erde, und in der Mitte des Schuppens stand ein Motorrad. Es war kein Chopper, nicht einmal eine Harley, sondern eine BSA Lightning Rocket. Es war fast ein Serienmodell, aber nicht ganz; einiges der Beschriftung war entfernt und die Tanks waren lackiert und poliert worden, bis sie graublau metallic, wie dunkle Juwelen, im Licht des kleinen Schuppens funkelten.

»Ich wollte, daß du's dir ansiehst«, sagte Preston zu ihm. »Was hältst du davon?«

»Nicht schlecht. Er hat's gut hingekriegt.«

»Nicht schlecht, meine Scheiße«, sagte Morris von hinten. »Das Ding da ist ein mordsheißes Gerät.« Und das war es – ein Motorrad, das hundertneunzig und mehr vom Bordstein weg schaffte. Ike schüttelte den Kopf und ging um die Maschine herum, um sie sich näher anzusehen, und er bekam dabei auch Preston näher zu Gesicht. Er sah besser aus als das letztemal, als Ike ihn gesehen hatte. Zumindest war er relativ nüchtern und stand fest auf seinen Beinen. Aber es war immer noch etwas Unberechenbares in den fahlen Augen, die sich tief in sein dunkles Gesicht gehöhlt hatten. Und es war immer noch etwas Abruptes, Überreiztes an Prestons Gebaren, wie

Ike es nie zuvor erlebt hatte. Er blieb nicht auf einer Stelle stehen, sondern tigerte auf und ab, von einem Ende des Schuppens zum andern. »Ich will, daß du's dir mal anhörst«, sagte er. »Ob's sauber läuft.«

»Shit, Mann, ich weiß, daß es sauber läuft«, sagte Morris. »Was willst du denn noch?«

»Ich will, daß er's sich anhört. Ich will, daß es wirklich sauber läuft.«

Morris hatte an der Tür gestanden. Jetzt machte er ein paar Schritte auf Ike zu. »Mann, du hast sie nicht mehr alle. Ich sollte den kleinen Scheißer jetzt sofort kaltmachen.«

Preston blieb stehen und sah Morris über das Motorrad hinweg an. »Vergiß es. Ich will, daß er's sich anhört.«

»Aber er gehört zu denen. Er war mit Hound und dem Samoaner auf dem Parkplatz. Ich will ihm seinen Bubiarsch aufreißen.«

Morris sah Ike an, während er sprach, und eine Art glasiger, hungriger Blick trat in seine Augen – fast als brächte er sich selbst in Trance, und Ike fragte sich, ob Preston, selbst wenn er es wollte, in seinem geschwächten Zustand fähig sein würde, ihn zu stoppen. Ike nahm die Hände aus den Taschen und ließ sie an sich herunterfallen, eine Geste, die sich Morris nicht entgehen ließ. »Oh, seh sich das einer an«, sagte Morris, ein höhnisches Grinsen auf den Lippen. »Er ist diesmal drauf vorbereitet. Guck ihn dir an, den kleinen Wichser. Ich wette, er scheißt sich grad die Hosen voll.« Er kicherte. »Na los, Schwuchtel, laß sehn, was du drauf hast.« Morris machte schnell einen Schritt nach vorne und schlug zu, eine Art von Schwinger mit der offenen Hand, der Ike das Trommelfell zerreißen sollte. Aber Ike war tatsächlich diesmal drauf vorbereitet, mehr oder weniger. Er hatte sich nie in seinem Leben richtig geprügelt, aber Gordon hatte ihm einmal Boxhandschuhe gekauft und ihn hinter dem Laden eine Weile herumgestoßen, um ihm ein paar Sachen zu zeigen. Eins der Dinge, die Gordon ihm beigebracht hatte, war, daß eine Menge Typen ihre Rechte zu weit unten haben, wenn sie eine Linke austeilen, und daß man, wenn man drunter wegtaucht und einen Haken anbringt, oft einen guten Treffer landen kann. Und das war es, was Ike tat. Er war sich nicht ganz sicher, warum er es tat. Er wußte, daß er keine Chance hatte, einen Kampf mit Morris zu gewinnen, daß es klüger wäre, es schnell enden zu lassen, aber es machte ihn einfach wütend, dieses fette schmierige Gesicht, dieses schwache Grinsen, die Erinnerung, wie er vor dieser Kneipe auf dem Bürgersteig gelegen und sein eigenes Blut geschluckt hatte. Er duckte sich unter dem Schlag weg und legte all seine Kraft in einen Haken, den er aus der Hüfte heraus schlug, wie Gordon es ihm beigebracht hatte, was Gordon einen Haken aus den Fußknöcheln heraus genannt hätte, und er fühlte den Schlag mit einem heftigen Schmerz und einem Ruck, der seinen ganzen Arm hinauf bis in die Schulter lief, landen.

Morris grinste nur, doch er kam nicht näher und blickte ihn einen Moment lang an. »Was sagt man dazu?« fragte er. »Die kleine Memme hat auf einmal Mumm in den Eiern.« Dann griff er in seine Hüfttasche und holte eine Zange heraus. »Mal sehn, was er dazu sagt, wenn ich sie ihm abkneife.« Sein Lachen dröhnte durch den Schuppen, doch Preston war jetzt um das Motorrad herumgekommen, und seine Stimme war ein leises Knurren.

»Ich sagte, vergiß es. Du läßt ihn jetzt in Frieden.«

»Scheiße, Mann. Ich will ihn fertigmachen. Du siehst doch, daß er's nicht anders will. Er ist so scharf drauf, ich kann ihn schon winseln hören.«

Ike wich nicht zurück. Er hatte immer noch die Hände oben, so wie Gordon es ihm beigebracht hatte, und er starrte darüber weg in Morris' hungriges Grinsen.

Es sah aus, als wäre Morris entschlossen, erneut auf ihn loszugehen, als Preston plötzlich die Hand aus der Tasche riß und sie Morris vor die Brust hämmerte, so daß er nach hinten fiel und rasch zurücktrippeln mußte, um nicht aus dem Gleichgewicht zu geraten, und Ike war wieder überrascht, welche Kraft trotz allem, was er durchgemacht hatte, in Preston steckte.

»Ich warne dich, Morris. Leg dich jetzt mit mir an und ich dreh dir deinen verdammten Hals um.«

Einen Moment lang standen die beiden Männer sich gegenüber, Preston immer noch mit seiner Hand, die in einem Handschuh steckte, vor Morris' Brust. Plötzlich jedoch wirbelte Morris herum und warf die Zange weg. Er warf sie mehr oder weniger in Ikes Richtung, aber der Wurf war zu hoch angesetzt, und die Zange schlug krachend gegen die Wellblechwand. Morris ging zur Tür und blickte in die Dunkelheit hinaus. »Na schön«, sagte er, »aber schaff mir den kleinen Motherfucker aus den Augen.«

Preston lachte. Er warf dabei den Kopf zurück, und sein Lachen hatte einen verrückten Klang an sich. Er zog ein Schlüsselbund aus der Tasche und ging zu dem Motorrad, schwang sich drauf und blickte zu Ike herüber. »Los«, sagte er, »steig auf.«

Ike stand da und starrte in die elfhundert Kubikzentimeter Tod und Zerstörung. Es war die Sorte Motorrad, auf das man sich so ohne weiteres hinter niemanden setzte. Aber hinter einen halb verrückten Alkoholiker mit verkrüppelten Händen … Morris drehte sich an der Tür um und lächelte, und Ike konnte sehen, daß er sehr gut wußte, was Ike dachte. Er hatte zwei Möglichkeiten: eine Fahrt mit Preston oder die Fortsetzung seiner Unterhaltung mit Morris. Ike stieg auf das Motorrad. Es verschaffte ihm jedoch eine gewisse Genugtuung, als er die Beule sah, die sich unter Morris' Auge gebildet hatte. Gordon wäre stolz gewesen.

Preston trat das Motorrad an, und das Dröhnen des hochgepowerten Motors drohte, die Blechwände des Schuppens bis in den Pazifik zu blasen. Ike legte die Arme um Prestons Taille. Er blickte in zwei breite, in grünen Army-Stoff gepackte Schultern, und er bemerkte den leichten Arzneigeruch, der ihm zum erstenmal in Prestons Wohnung aufgefallen war. Preston zog sich sein Barett fester auf den

Kopf und trieb das Motorrad mit den Füßen bis zur Tür, wo Morris stand und wartete. »›Und siehe, ein fahl Pferd‹«, brüllte Preston gegen das Dröhnen des Motors an, »›und der drauf saß, des Name hieß Tod, und die Hölle folgete ihm nach.‹« Dann lachte er und johlte in die Dunkelheit, und dann jagten sie hinaus in die Nacht, scharf an der Rückseite von Surf-City entlang, in Schräglage durch die leeren Straßen, bis sie auf dem Coast Highway waren, wo sie eine Reihe tief geduckter Motorradfahrer hinter sich ließen, als stünden sie still.

Sie mußten schon halb durch die Ölfelder sein, bevor Preston, der aus jedem Gang das letzte rausgeholt hatte, den Rest kommen ließ. Es blieb Ike nichts anderes übrig, als sich festzuklammern und an Sand und Kurven zu denken, und er tröstete sich damit, daß bei diesem Tempo der Tod wenigstens schnell kommen würde. Sie fanden ihn irgendwo an der Nordseite der Ölfelder, diesen Ort, den Motorradfahrer den Grenzpunkt nannten, und es war schwarz und hohl und still dort, weil das Dröhnen der Maschine hinter ihnen zurückblieb, eine Erinnerung im Wind.

Dann hielten sie an. Sie fanden den Grenzpunkt und verließen ihn wieder, hielten am Highway an, wo die Luft warm war und die Nacht schwach nach Teer und Industrie und nach der See roch. Es war sehr dunkel hier. Die einzigen Lichter waren die fernen gelben Punkte der Bohrinseln draußen auf dem Meer, die zwischen einem schwarzen Ozean und einem sternenlosen Himmel schimmerten. Das Geräusch von Wellen, die sie nicht sehen konnten, hallte von den Stränden irgendwo unter ihnen herauf.

Sie standen auf der harten Erde der Böschung, und Ike versuchte, seine inneren Empfindungen der Stille anzupassen. Preston wirkte von einer nervösen Begeisterung erfüllt, als hätte das Tempo der Fahrt wieder irgendeinen Lebensfunken in ihm angefacht. »Hey, wie sieht's aus, Kumpel?« wollte Preston wissen. »Läuft wie ein junger Gott, stimmt's? Kannst du einen drauf lassen.« Preston schien seinen letzten Satz lustig zu finden und wiederholte ihn, während er gackelnd auf der Böschung hin und her lief. Er blieb lange genug stehen, um eine Flasche aus seiner Jacke zu ziehen, und nahm einen langen Schluck. Er reichte die Flasche Ike, und Ike trank ebenfalls. Tequila, der bis hinunter in seine Eingeweide brannte und die Nacht aufheizte, und irgendwie hatte er, obwohl er nicht froh gewesen war, die Flasche zu sehen, keine Angst mehr. Es war, als wäre die Angst weggeweht worden und irgendwo mit dem Dröhnen des Motors hinter ihnen zurückgeblieben. Er empfand sogar eine ziemlich überdrehte Art von Euphorie, wie sie, so nahm er an, nur eine Reise an den Grenzpunkt schaffen konnte. Also stand er da und ließ die Flasche hin und her gehen, redete über Motoren und Geschwindigkeit und ließ den Tequila jeden Rest von Angst, der noch in seinem Bauch verblieben sein mochte, wegbrennen.

Es war zu spät für Fragen. Es wurde ihm jetzt klar, während er am Rand der dunklen Straße stand; er wußte, er würde Preston nicht noch einmal nach ihrem Ausflug zur Ranch, nach Terry Jacobs oder Hound Adams fragen. Es gehörte der Vergangenheit an, und Preston, dieser Preston hier, war nicht mehr derselbe, der ihn mit zur Ranch genommen hatte, um ihm zu zeigen, was Surfen sein konnte. Er vermutete, daß Preston schon vor langer Zeit zu sterben begonnen hatte, daß die Prügel in der Werkstatt, die Operation, die Stahlplatte in seinem Kopf nur die letzten Nägel in seinem Sarg waren, und daß der, mit dem Ike einmal am Ende eines vollkommenen Tages an einem Lagerfeuer gesessen und geredet hatte, fortgegangen war, so daß es jetzt nur noch diesen Fremden dort gab und die Fahrt zurück in die Stadt.

Preston setzte ihn am Bordstein vor dem Sea-View ab. Es war kaum zu glauben, daß erst ein paar Stunden vergangen waren, seit er hier mit Michelle und Hound Adams gestanden hatte.

»Eins solltest du noch wissen«, sagte Preston, als Ike auf dem Bürgersteig stand und wartete. »Damals, als Morris dich verprügelt hat. Es war falsch von mir, daß ich's zugelassen habe. Du warst mein Kumpel, Mann, und ich hab noch nie in meinem Leben dabeigestanden und zugesehn, wie ein Kumpel von mir verprügelt wird. Ich hab irgendwie gehofft, du würdest so 'nen Schiß in deinem Bubiarsch kriegen, daß du aus der Stadt abhaust. Aber es war falsch von mir, daß ich's zugelassen habe.«

»Es war richtig von dir«, sagte Ike, und seine Stimme hörte sich irgendwie zu laut und überhastet an. »Ich hätte abhaun sollen. Aber jetzt geht's um Michelle.« Er hatte plötzlich das Gefühl, daß er sich vielleicht geirrt hatte da draußen auf dem Highway, daß er mit Preston reden, ihm alles erzählen konnte. Er wollte es jemandem erzählen, aber es war schwer, einen Anfang zu finden. »Michelle ist mein Mädchen«, sagte er. »War mein Mädchen. Jetzt will sie nach Mexiko fahren, mit Hound Adams und Milo Trax ...« Aber irgend etwas brachte ihn zum Schweigen. Er sah, daß Preston gar nicht richtig zuhörte, daß er nur mit dem Kopf nickte und daß er wieder diesen abwesenden Ausdruck auf dem Gesicht hatte, als wäre alles, was Ike noch zu sagen hatte, irgendwie nebensächlich.

Als Ike nicht weitersprach, blickte Preston ihn an. »Es war falsch von mir«, sagte er wieder. »Ich schulde dir was, Mann. Und du hast einen Typen vor dir, der seine Schulden bezahlt.« Und dann brauste er los, daß die große Maschine Feuer in die Nacht spuckte, und Ike fragte sich, ob es jemals, selbst in der Verlassenheit der Wüste, eine Zeit gegeben hatte, da ihm so einsam zumute gewesen war.

Er sah Preston in dieser Woche noch einmal. Es war in der Nacht, bevor er auf die Ranch fahren sollte. Er konnte nicht schlafen und lief durch die Stadt, und als er auf dem Coast Highway an dem alten Tätowierstudio vorbeikam, sah er Preston. Es war sehr spät, und alle anderen Läden auf dem Highway waren geschlossen, doch Ike sah, wie das gelbe Licht aus dem Studio auf den Bürgersteig fiel, und er blieb stehen, um durch die schmierige Schaufensterscheibe zu blikken, wie es einmal diese Punk-Miezen getan hatten, um ihn zu sehen. Er zuckte zusammen, als er die schweren schwarzen Stiefel sah und dann die unförmigen fingerlosen Hände, die über die Lehnen des Sessels herabhingen. Preston war nach hinten geneigt und blickte an die Decke. Der alte Mann beugte sich über ihn, sein breiter Rücken tief gebückt in der Konzentration auf seine Arbeit. Und er schien sehr langsam zu arbeiten, und es war irgendwie verschieden von der Art, wie er an Ike gearbeitet hatte. Er war sich nicht sicher, worin genau der Unterschied bestand oder was es zu bedeuten hatte, ihm war nur klar, daß es nicht für seine Augen bestimmt war, und er trat zurück in die Dunkelheit. Er spielte mit dem Gedanken, zu warten, bis Preston herauskam, wieder im Zweifel darüber, ob seine Schlußfolgerungen am Rand des Highways die richtigen gewesen waren. Aber er wartete nicht. Aus irgendeinem verrückten Grund hatte er angefangen, mit den Zähnen zu klappern, und er eilte zurück in sein Zimmer, durch die Straßen von Huntington Beach, die er nicht länger als Teil einer reibungslos funktionierenden Maschinerie sehen konnte, sondern die statt dessen zu einem Irrgarten geworden waren, einem dunklen Labyrinth, aus dem es, wie er fürchtete, keinen Ausweg gab.

Teil 4

36

Die Fahrt zu Milos Party war keine vergnügliche Angelegenheit. In dem Augenblick, da Ike Hound Adams zu Gesicht bekam, wußte er, daß Hound in letzter Zeit nicht gerade viel geschlafen hatte. Er sah zugekokst, nervös und überreizt aus, und er fuhr entsprechend, mit Bleifuß, so daß sich das graue Asphaltband der Straße mit beängstigender Geschwindigkeit im Frühlicht unter ihnen abspulte. Sie fuhren in dem Sting-Ray. Frank Baker fuhr ebenfalls rauf zur Ranch, mit dem Lieferwagen, um ein paar Sachen hinaufzutransportieren. Hound lud auch die Boards und Neoprenanzüge in den Lieferwagen, und sie brachen gemeinsam auf, aber Frank blieb bald hinter ihnen zurück. Irgendwann sagte Michelle zu Hound etwas darüber, langsamer zu fahren, und er schnauzte zurück, sie solle ihm nicht auf die Eier gehen, während die Reifen in einer weiten Kurve Schleuderspuren auf dem Asphalt zurückließen. Ike fragte sich, wieviel Michelle eigentlich von Hounds Sucht wußte.

Es war noch früh am Tag, als sie bei dem kleinen Ziegelsteinhaus ankamen, das den Eingang zum Landsitz der Trax bewachte. Nichts bereitete einen auf die Pracht vor, die sich direkt dahinter auftat: der üppige Wald, der plötzlich aus dem ausgedörrten Abhang eines Hügels zu entspringen schien. Riesige dunkle Bäume. Moos, wie fahle Geister unter schwarzen Ästen. Flicken von blauem Himmel hoch über einem, so daß man den Hals recken mußte, um sie zu sehen. Das Plätschern von fließendem Wasser. Und plötzlich das Auftauchen aus dem Wald: der große kreisförmige Rasen, die Steinauffahrt. Das riesige Haus mit seinen kleinen spanischen Fenstern, schmiedeeisernen Balkonen und Ziegeldächern, Rankenmuster von Efeu an den Mauern, altes Holz, geschwärzt von der Zeit. Und über alledem: Stille.

Hound hielt in der Nähe eines Springbrunnens an. Dunkle Vögel, die im Wasser badeten, stoben bei dem Geräusch des Motors auf, kehrten dann zurück, und ihr Gesang mischte sich mit dem Plätschern des Wassers, dem leisen Ticken des heißen Motors.

Sie gingen eine Reihe von Steinstufen hinauf, und durch eine hohe Holztür kamen sie in einen Rosengarten. Als hätte ihn der erste starke Eindruck angesichts des Gebäudes für alle eventuellen Makel des Hauses blind gemacht, bemerkte Ike erst, als sie durch den Garten gingen, daß das Haus in überraschend schlechtem Zustand war. Der Rosengarten war voll von Unkraut und dichtem dürren Gras, zwischen dem die wenigen alten Büsche eine Handvoll leuchtender Blüten wie flammende Speerspitzen ins Sonnenlicht reckten.

Sie gingen durch einen weiteren Eingang aus Stein und stiegen eine mit einem schweren Teppich ausgelegte Treppe hinauf. Milo Trax saß hinter einem Schreibtisch und führte ein Telefongespräch. Er nickte und zwinkerte ihnen mit seinen kleinen Augen zu, als sie ins Zimmer traten, doch er ließ sich seinem Gesprächspartner am anderen Ende der Leitung gegenüber nichts anmerken. Hound führte sie zu einem Fenster, von dem aus sie den Ausblick bewundern konnten.

Sie befanden sich hier an der Westseite des Hauses, und ihr Blick fiel durch einen dichtbewaldeten Canyon – der, wie Ike sich klarmachte, die Stelle dichter dunkler Vegetation war, die er einmal vom Wasser aus gesehen hatte – auf den Ozean. Es war ein überwältigender Anblick, als läge die Welt ausgebreitet vor einem. Grüne Hügel, gelbe Flecken von wildem Senf, in der Ferne das Aufeinanderprallen von Blautönen. Neben sich hörte Ike Michelle scharf Luft holen.

»Na, wie findet ihr's?« fragte eine Stimme aus dem Hintergrund. Milo Trax war von seinem Schreibtisch aufgestanden und ging jetzt zum Fenster, wobei die Muskeln in seinen kurzen dicken Schenkeln sich auf merkwürdige Weise spannten.

»Umwerfend«, sagte Michelle. »Ich kann's kaum glauben. So was hab ich noch nie gesehen.«

»Gut«, sagte Milo, indem er ihr die Hand auf den Rücken legte. »Wir haben noch jede Menge Zeit vor der Party. Seht euch um. Amüsiert euch. Ike, hast du dein Board mitgebracht?«

Ike sagte ja. Er blickte an Milo vorbei und sah Hound Adams jetzt hinten neben Milos Schreibtisch stehen, die Arme vor der Brust verschränkt, den Kopf gesenkt, den Blick auf den Boden gerichtet, als wäre er in Gedanken verloren oder im Stehen eingeschlafen. Ike konnte sein Gesicht nicht deutlich genug sehen, um zu sagen, was von beidem.

Den Vormittag über war Ike allein mit den Wellen. Frank war mit den Boards eingetroffen und dann zusammen mit Hound Adams irgendwo auf der Ranch verschwunden. Michelle war im Haus geblieben, um sich von Milo herumführen zu lassen. Sie hatte sich einverstanden erklärt, Ike später am Strand zu treffen.

Der Vormittag und die Brandung hätten nicht vollkommener sein können. Ein gleichmäßiger Swell, ein bis anderthalb Meter hoch aus Südwesten. Hauchdünne Wasserwände mit langen, zum Surfen einladenden Faces, der Sonne zugewandt. Während er surfte, schloß sich ihm für eine Weile ein Schwarm Delphine in den Wellen an; sie strichen gemächlich an ihm vorbei, klatschten mit dem Körper aufs Wasser, riefen einander mit seltsamen Tönen zu. Sie schwammen so dicht an ihm vorbei, daß er sie mit einem einzigen Stoß hätte erreichen können. Eine Gruppe Pelikane flog in Formation vorbei, die Körper Zentimeter über dem Wasser. Sie flogen um die Landspitze herum und strichen noch einmal an ihm vorbei, knapp vor der Brandungslinie diesmal, glitten tatsächlich die Faces der Wellen entlang mit dem letzten Vogel knapp vor dem brechenden Wellenkamm, so daß es aussah, als ritten sie die Wellen, verspielt zwischen Landspitze und Brandung kreuzend, und er spielte mit ihnen in den Wellen, ließ wie Juwelen glitzernde Faces unter seinem Board hinweggleiten und hobelte Kurven in steife glasige Wasserhänge.

Er mußte sich nicht hetzen, sich nicht anstrengen, um schneller als andere wieder draußen zu sein, oder aufpassen, daß niemand ihm in die Quere kam. Er konnte gemächlich hinauspaddeln, konnte es ebensosehr genießen, die leeren flüssigen Linien zu betrachten, wie sie zu reiten. Es war etwas, das er bei seinem ersten Besuch nicht voll ausgekostet hatte, diese Erkenntnis, daß Surfen nicht nur darin bestand, Wellen zu reiten. Es fiel ihm heute auf, daß sich das, was er tat, nicht in verschiedene Dinge aufspaltete, hinauszupaddeln, eine Welle zu reiten, auf den nächsten Set zu warten. Mit einemmal war es alles eine einzige Handlung, eine ineinanderfließende Reihe von Bewegung, eine einzige Bewegung sogar. Alles kam zusammen, bis es alles eins war: die Vögel, die Delphine, die Blätter von Seegras, auf denen unter Wasser das Sonnenlicht glänzte, alles war eins, und er war eins damit. Davon umschlossen. Nicht bloß an der Quelle, sondern Teil der Quelle. Das mußte es sein, was sie vor ihm empfunden hatten, was zwei junge Männer empfunden und in einen Namen gekleidet hatten. Und er dachte daran, wie es damals gewesen sein mußte, mit Stränden wie diesem, die überall an der Küste wie Juwelen am Ufer des Ozeans verstreut lagen. Es mußte wie ein Traum gewesen sein, und sie mußten geglaubt haben, daß es immer so bleiben würde, und doch war es jetzt das Zerbrechen dieses Traumes, das zwischen ihnen stand. Und er begriff jetzt, daß es nicht nur Preston und Hound waren, die verloren hatten. Er dachte an den Pier, an das Gedränge, an die Leute, die sich um die Wellen stritten, der ganze Zoo dieser Stadt, die sich an den Strand drängte, und was früher einmal Lebenshunger und Lebenskraft ausgestrahlt hatte, strahlte jetzt nur noch eine gewisse Verzweiflung, durch Koks wachgehaltene Erschöpfung aus, weil sie alle verloren hatten und es nichts mehr war als ein langer schlechter Trip, eine lange Schußfahrt ins Tal ohne Weg zurück nach oben. Es war ihm jetzt klar, klarer als je zuvor, was Preston ihm hier vor Augen hatte führen wollen. Und er sah es. Preston hatte recht gehabt. Es gab etwas hier, in diesem Moment, das es wert war, festgehalten zu werden, das es wert war, ein ganzes Leben darauf aufzubauen. Und er sah es vor sich, in Reichweite, wenn er sich jetzt nur losreißen konnte, wenn er nur fortgehen und Michelle mitnehmen konnte.

Michelle war da, als er den Strand erreichte, auf dem Bauch liegend, die Augen geschlossen. Er ging durch den warmen weißen Sand zu ihr und blieb stehen, um sie anzusehen, leise, denn es sah aus, als schliefe sie.

Sie hatte einen weißen Bikini an, dessen Oberteil im Rücken offen war. Ihre Beine und Arme wirkten schlanker, als er sie in Erinnerung hatte. Feine goldene Härchen glitzerten auf ihren Schenkeln. Verlorene Augenblicke in Huntington Beach drangen wieder empor, um ihn zu quälen. Selbstmitleid und Begierde stiegen in ihm hoch, um ihn zu ersticken, wie Sand in einem Wüstensturm. Ihm wurde schwindlig davon. Er zog seinen Neoprenanzug aus und legte sich neben sie.

Sein Körper war noch klamm und kalt. Ihrer war heiß, von der Sonne gewärmt. Sie fuhr zusammen und zitterte dann, als er sich an sie drängte. Sie drehte sich zu ihm um, lachte leise. »Du bist gut geworden«, flüsterte sie. »Ich hab dir zugesehen.« Kleine Klumpen Sand klebten an ihrer Haut, an den kühlen weißen Stellen unter ihren Brüsten, wo sie gegen das Badetuch gedrückt worden waren. Er senkte das Gesicht und nahm einen ihrer Nippel in den Mund, spürte die winzigen Sandkörnchen an seiner Zunge. Er fuhr mit dem

Mund über ihren Körper, schmeckte ihre Haut. Er fühlte ihre Finger in seinem Haar, während er ihr das Unterteil des Bikinis über die Beine zog, und dann waren sie beide nackt, auf dem weißen Rechteck aus Stoff, auf dem weißen Halbmond aus Sand. Er brachte sein Gesicht wieder hinauf an ihr Gesicht, spürte ihre Hand jetzt auf sich, wie sie ihn hineinführte, und er fühlte, wie sich die Hitze ihres Körpers ausbreitete, um ihn zu verschlingen. Er kam sehr schnell, und lange, von Schauern geschüttelt, als entlüde sich sein ganzer Körper in sie. Er schloß die Augen gegen den Schmerz dabei, das Gesicht in dieses Meer aus hellem Haar gedrückt, den Mund weit offen und die Lippen auf ihren Hals gepreßt, während sein Herz zwischen ihnen hämmerte. Er fühlte sich immer noch ein bißchen in ihr regen, immer noch hart, dann drang zum erstenmal eine geringfügige Ablenkung in sein Bewußtsein, ein schwacher stechender Schmerz, als bohrte sich etwas in seine Haut. Er machte die Augen auf und hob den Kopf. Ihr Haar war nach hinten gefallen und lag in einem goldenen Bogen unter ihr über das Badetuch gebreitet, und sein Blick wurde jäh von etwas hell Aufblitzendem in Bann gezogen – einem Stück Elfenbein, leuchtend weiß im Sonnenlicht. Das Elfenbein war zu einer grazilen, orientalisch anmutenden Figur geschnitzt – ein langer schlanker Alligator mit einem Rachen, der zwei Drittel seines Körpers ausmachte und jetzt in einem teuflischen Grinsen Michelles rotblondes Haar hielt, wie er einmal das rabenschwarze Haar von Ellen Tucker gehalten hatte.

37

Der Anblick ließ ihn erstarren. Er lag still in ihr, starrte aber weiter hin, und mit einemmal wurde ihm bewußt, daß ihre Augen ebenfalls starr auf ihn gerichtet waren, obwohl sie nicht sein Gesicht fixierten, sondern eher die Tätowierung auf seiner Schulter, und ihr Gesichtsausdruck schwankte irgendwo zwischen Faszination und Entsetzen – ähnlich, so dachte er, wie sein eigener Gesichtsausdruck sein mußte.

Obwohl ihre Blicke sich trafen, sagte keiner von ihnen etwas. Und dann wurde der Bann durch das Geräusch herabrollender Steine irgendwo hoch über ihnen gebrochen, und als Ike aufblickte, sah er zwei Surfboards im Sonnenlicht aufscheinen und zwei Gestalten, die langsam die lange, zerbröckelnde Treppe hinuntergestiegen kamen. Hound Adams und Frank Baker, auf dem Weg, an der Landspitze zu surfen.

In der Zeit, die Frank und Hound brauchten, um den Strand zu erreichen, gelang es Ike, seinen Neoprenanzug wieder anzuziehen. Das schwarze und purpurrote Material war noch naß und kalt, und die Kälte schien augenblicklich auf ihn überzugehen, ihm bis tief in die Knochen zu dringen. Michelle hatte sich ebenfalls zu regen begonnen; sie zog sich ihren Bikini wieder an und schlüpfte dann in weiße Shorts. Und dann waren sie beide angezogen und saßen plötzlich schweigend nebeneinander, und der Zauber, dem sie nur wenige Augenblicke zuvor unterlegen waren, war verflogen. Die Kämme. Die Tätowierung. Er wußte, daß sie ihn ein paar Sekunden lang angeblickt hatte, verwirrt durch die Veränderung, die über ihn gekommen war. Aber er hatte seiner eigenen Stimme nicht getraut und war still geblieben. Und während sie ihn angesehen hatte, hatte er ihre Hand kühl auf seiner Hand gespürt, aber trotzdem hatte er es nicht fertiggebracht, sich zu ihr umzuwenden, und die Hand war fortgeglitten.

Er wußte jetzt ohne hinzusehen, daß Hound und Frank über den Sand auf sie zukamen, fast schon bei ihnen waren. »Diese Kämme da«, sagte er schließlich, und seine Kehle schnürte sich um die Worte zusammen. »Woher hast du sie?«

»Milo hat sie mir gegeben«, erwiderte sie. »Ich finde sie hübsch.«

Es war etwas Abwehrendes, Distanziertes in ihrer Stimme, und als er sich umwandte und sie ansah, stellte er fest, daß sie auf die See hinausblickte.

»Die Ebbe hat eingesetzt«, hörte er jemanden sagen. »Wird jetzt besser.«

Es war Hound, der sprach. Ike nickte. Er sah, daß Frank Baker bereits im Wasser war. Er sah zu, wie Frank seinem Board einen Stoß gab, sich dann flach aufs Deck legte und zu paddeln anfing, mit raschen, zügigen Stößen, die ihn mitten in das auf dem Wasser tanzende Sonnenlicht trugen.

Michelle stand plötzlich neben ihm auf und verdeckte einen Moment lang die Sonne. Er sah zu, wie sie sich nach vorne beugte und ein bißchen Sand von ihren Beinen wischte. »Ich geh zurück ins Haus«, sagte sie. Und dann setzte sie hinzu: »Du solltest dich von ihm mal rumführen lassen, Ike. So ein Haus hab ich noch nie gesehn. Unten im Keller gibt's ein richtiges Kino.« Ike hatte den Eindruck, daß ihre Stimme mechanisch und gezwungen klang, als bemühte sie sich, Hound gegenüber unbefangen zu wirken. Er fragte sich, ob es Hound ebenfalls auffiel. Er fragte sich auch, wie lange Hound und Frank oben auf der Treppe gestanden hatten.

Er sah Michelle nach, wie sie über den Strand ging, dann schaute er kurz hinüber und sah, daß Hound ihr ebenfalls nachblickte. Als sie fort war, kniete sich Hound neben ihn, lächelnd und voller Energie jetzt; der müde Ausdruck, den Ike vorher in Milos Arbeitszimmer bemerkt hatte, war verschwunden, die Augen waren weit aufgerissen, klar wie sandgestrahlt und ausdruckslos wie zwei dunkle Steine. Es war jedoch etwas Merkwürdiges an der Art, wie seine Augen tief aus dem Gesicht hervorsahen – als wären die Augen nagelneu, während das Gesicht noch müde war und die Haut immer noch zu bleich und zu straff über den Knochen. »Du willst doch nicht schon Schluß machen, Brother?« Hounds Stimme war ruhig und ausdruckslos. »Wir sehn uns doch da draußen, oder?« Ike spürte Hounds Hand auf seiner Schulter.

Und dann sah er zu, wie Hound aufstand und auf die Brandung zuging. Ike blinzelte ins Licht, folgte mit dem Blick einer Weißwasserlinie, bis sie an der Landspitze hochschlug. Als er aufstand, waren ihm die Knie weich vom Liebemachen. Er blieb einen Augenblick still stehen, während er zusah, wie Hound durch den Kamm einer Welle brach und dahinter verschwand. Dann hob er sein eigenes Board auf und folgte, obwohl es mehr wie ein Schlafwandeln war, als ginge sein Körper von alleine, während sein Geist sich weiter mit den Kämmen beschäftigte, die er in Michelles Haar gesehen hatte. Und als er durchs seichte Wasser watete und die scharfen Steine dort an seinen Fußsohlen spürte, stellte er unvermutet fest, daß er laut vor sich hin sprach, daß seine Worte in die Luft aufstiegen und sich dort auflösten. »Sie war hier«, sagte er zu sich selbst. »Und sie haben's gewußt – alles die ganze Zeit gewußt.« Es war eine erstaunliche Aussage, und er wiederholte sie noch einmal, während er zu paddeln anfing und die erste Weißwasserlinie über ihn hinwegspülte, als wäre es das einzige, was er wüßte.

Sie surften noch eine Stunde lang. Hound sagte, daß es mit der Ranch wie mit Mexiko sei, daß es hier einen anderen Rhythmus gebe und es eine Weile dauere, sich darauf einzustellen, die eigenen Energien dem Fluß anzupassen. Er sagte einen Haufen Sachen, und merkwürdigerweise waren einige davon Sachen, an die Ike selbst schon gedacht hatte. Aber es hörte sich irgendwie falsch an, wenn sie ausgesprochen wurden. Vielleicht lag es daran, daß sie über Worte hinausgingen. Oder vielleicht daran, daß Hounds Stimme zu ausdruckslos und hohl klang, sich wieder bloß wie irgendwelches Gerede anhörte, so daß Ike an die Tage in Hounds Haus denken mußte – wie Hound im Schneidersitz auf dem Boden saß und einen Vortrag über irgendeinen altertümlichen Gegenstand, den er gefunden hatte, oder die Weisheit der Alten hielt, während die Leute kamen und gingen und sogar kleine Mädchen, naiv und stoned von seinem Dope, wußten, daß es dummes Zeug war. Es fiel Ike auf, daß Frank Baker sich abseits von ihnen hielt und weiter innen surfte, und schließlich kehrte Ike selbst Hound Adams den Rücken. Er ließ Hound mitten im Satz sitzen und fing an, weiter nach links zu paddeln, wo er einmal zusammen mit Preston Marsh gesessen hatte und wo er jetzt allein sein konnte, um nachzudenken.

Später verließen sie das Wasser und stiegen die Steintreppe hinauf. Sie gingen hintereinander, Hound vorneweg und Ike als letzter. Der Boden wurde kalt und feucht unter ihren Füßen. Der Duft von Blumen trieb aus den Gärten zu ihnen herunter.

In dem ersten der terrassenförmigen Gärten stießen sie auf Milo Trax und Michelle. Milo trug Tenniskleidung und hatte seine kurzen dicken Beine auf einen Stuhl gelegt. Seine Augen waren hinter einer kleinen Sonnenbrille mit Drahtgestell verborgen. Michelle hatte ein weißes Sommerkleid an, das Ike nie zuvor gesehen hatte. Ein Drink stand vor ihr auf dem schmiedeeisernen Tisch. Ihre Finger lagen neben dem Glas, und sie blickte weg, in die Bäume, so daß er ihr Profil sehen konnte, die kleine gerade Nase und die gewölbte Augenbraue, die er immer für ihr etwas arrogantes Aussehen verantwortlich gemacht hatte. Er registrierte, daß ihr Haar zurückgesteckt war und von den Kämmen aus Elfenbein gehalten wurde. Sie wandte sich nicht um, um seinen Blick zu erwidern.

»Wieder dem Ozean entstiegen?« fragte Milo. Er lächelte unterhalb seiner Sonnenbrille und hob den Drink in seiner Hand, wie um auf sie anzustoßen. »Wie waren die Wellen?« fragte er.

»Gut«, sagte Hound.

Ike sagte nichts, sondern blickte weiter Michelle an. Frank Baker blieb überhaupt nicht stehen, sondern ging direkt weiter und verschwand bald zwischen den Bäumen. Dann wurde Ike bewußt, daß jemand zu ihm sprach.

»Freut mich, daß ihr euch gut amüsiert habt«, sagte Milo. »Freut mich, daß die Brandung gut war. Bist du jetzt bereit für ein bißchen Arbeit?«

Ike spürte sich selbst nicken. Er sah Michelle noch einen Moment lang an, dann blickte er hinunter in die kleinen schwarzen Löcher von Milos Sonnenbrille.

»Drüben im Haus ist eine Liste«, sagte Milo zu ihm. »Ein paar Sachen, die ich gerne erledigt hätte, bevor die Gäste eintreffen. Es sind auch ein paar Kleider dort, von denen ich möchte, daß du sie heute abend anziehst. Hound wird dir alles zeigen.«

Ike drehte sich um und folgte Hound den Pfad hinauf.

38

Den restlichen Nachmittag brachte er damit zu, Auffahrten und Patios abzuspritzen, Blätter zusammenzukehren und Böden zu fegen. »Milo war in Europa«, erklärte Hound. »Alles hier muß noch ein bißchen in Ordnung gebracht werden.«

Ike erledigte die Arbeit mechanisch, doch mit den Gedanken war er immer noch bei anderen Dingen. War Ellen hier gewesen, wie er zuerst angenommen hatte? Oder waren die Kämme woanders zurückgeblieben – in der Yacht oder in Mexiko? Und warum hatte man sie Michelle gegeben? War es irgendein verrückter Zufall? Oder waren sie ein Köder? Irgendwann blickte Ike von seiner Arbeit auf und sah, wie Frank Baker und einer der Samoaner aus Huntington Beach ein paar Kisten auf einen kleinen Transporter luden. Sie fuhren durch die Gärten davon, weg vom Haus und hinaus in Richtung der Landspitze. Ike hörte mit Fegen auf und lehnte sich auf seinen Besen.

Einen Moment lang dachte er daran, ihnen zu folgen, und er blickte über die Schulter zurück, um zu sehen, ob jemand in der Nähe war. Er sah Milo Trax gegen das schwarze Eisengeländer gelehnt auf einem kleinen Balkon stehen. Als Milo sah, daß Ike das Gesicht zu ihm emporwandte, hob er die Hand. Ike winkte zurück, dann nahm er sein Fegen wieder auf und schob seinen Besen tief unter die sonnengebleichten Mauern und den alten Efeu mit seinen dunklen Blättern und Stielen, die dick wie Äste waren.

Als er mit seiner Arbeit im Garten fertig war, ging er in Milos Arbeitszimmer und fand die Kleider, die man ihm dort hingelegt hatte, ein weißes langärmeliges Hemd mit Rüschen an der Vorderseite, eine schwarze Hose, dunkle Socken und Schuhe. Er duschte und zog die Kleider an, die ihm erstaunlich gut paßten und feiner waren als alle Kleider, die er je besessen hatte. Dann stand er am Fenster von Milos Arbeitszimmer und sah zu, wie die Sonne über dem Ozean unterging. Sie sank schnell hinab, anfangs als eine große rote Kugel, die dann zersprang und im Meer zerschmolz. Es war etwas Hypnotisches an dieser Bewegung des Lichts, und es schlug ihn in seinen Bann, bis ein Klopfen an der Tür ihn aufstörte. Er hoffte, es sei Michelle. Doch es war Hound Adams, der die Tür aufmachte und eintrat, dann stehenblieb und die Tür hinter sich schloß. Ike ballte unwillkürlich die Faust auf dem Fenstersims.

Die fahlen Pastellfarben eines zu Ende gehenden Sonnenuntergangs waren alles, was dem Raum Licht spendete, und Hound tat nichts, um etwas daran zu ändern. Er ging über den Teppich zum Fenster, wo er stehenblieb und sich zu Ike umwandte. »Nicht schlecht, der Ausblick, was?« Er hielt einen Augenblick inne, doch er schien nicht auf eine Antwort zu warten. Er schien eher darauf zu warten, daß Ike den Kopf wandte und noch einmal über die purpurroten Bäume hinweg auf die See und den letzten blutroten Schnipsel Sonne blickte. Ike tat ihm den Gefallen und schaute hinaus, während

Hound sprach. »Als Preston und ich auf der High-School waren, haben wir uns immer hier zum Surfen eingeschlichen«, sagte Hound. »Ich wußte schon vor Preston davon. Du hättest sein Gesicht sehen sollen, als er das alles hier zum erstenmal gesehen hat. Wir hatten unser Camp dort unten auf einem Hügel, fast dieselbe Stelle, wo wir die Boards, eure Boards gefunden haben.« Hound hielt inne. Ike wartete, den Blick auf den letzten Rest Sonne gerichtet. »Wir haben immer da unten gesessen und darüber geredet, wo wir überall hinfahren wollten und wie es wäre, einen Ort wie diesen hier zu besitzen. Was kann man sich mehr wünschen, stimmt's?« Ike dachte an seine eigene erste Fahrt zur Ranch, daran, wie er zum erstenmal die leere Bucht an der Landspitze gesehen hatte. Seine Gedanken waren dieselben gewesen.

»Es hat nicht lang gedauert, und wir haben Milo kennengelernt«, sagte Hound. »Ohne es zu wollen. Ich erzähl dir, wie's dazu kam. Preston und ich hatten uns genau eine Fluchtroute zurechtgelegt. Wir hatten eine Art Schlucht entdeckt, die durch die große Klippe an der Landspitze hindurchführte und dann fast geradeaus den ganzen Weg zurück zum Tor und auf den Feldweg, den die Cowboys benutzen. Es war alles voller Gebüsch und Salbei da drin, und wir haben mal ein paar Macheten mitgebracht und uns die Zeit genommen, es ein bißchen frei zu machen, haben's aber unten am Strand dicht gelassen, weil wir so eine Ahnung hatten, daß die Cowboys womöglich gar nichts davon wußten.« Ike dachte wieder an Preston, wie er am Fuß der Klippe gekauert und Ike gefragt hatte, ob er zum Wagen zurückfinden könnte.

»Und den Weg hast du in der Nacht damals benutzt.«

Hound nickte. »Lief wie geschmiert. Aber ich wollte dir erzählen, wie wir Milo kennengelernt haben. Wir waren bei einem hohen Swell raufgefahren, und wir waren im Wasser, sehr weit draußen. Ich meine, die Wellen müssen fast fünf Meter hoch gewesen sein, beinah nicht zu surfen, und dann schauten wir hoch und sahen diese Cowboys oben auf dem Hügel, die uns beobachteten. Dann sahen wir, wie sie in einen Transporter stiegen und nach unten losfuhren. Wir haben überlegt, was wir tun sollten. Die Straße nach unten ist ziemlich lang, weil sie in Serpentinen verläuft, und wir schätzten, wenn wir ein paar Wellen zu packen kriegten und schleunigst zurück an Land kämen, könnten wir es bis in die Schlucht schaffen. Das Dumme war nur, die Wellen waren verdammt hoch und ungeheuer schwer zu nehmen. Hohe überstehende Abhänge.« Er hielt einen Augenblick inne, als sähe er diese Abhänge wieder vor sich. Ike versuchte, sie sich ebenfalls vorzustellen – wie er sie auf diesem Foto im Surf-Shop gesehen hatte.

»Preston war immer einen Tick besser als ich«, fuhr Hound fort. »Ich wollte es damals nicht wahrhaben, aber es war so. An diesem Tag damals war's genauso. Er ist mit einer Welle gestartet, daß ich's kaum glauben konnte. Es war verdammt hart, auf sie raufzukommen. Steile Faces. Man mußte paddeln wie ein Verrückter. Wie auch immer, Preston hat eine Welle zu packen gekriegt. Schließlich hab ich seinen Kopf schon nah an Land wieder auftauchen sehn, und ich wußte, er hat's geschafft. Die Zeit wurde knapp, und ich mußte nehmen, was kam. Ich weiß bis heute nicht, ob die Welle, die dann kam, zu packen war oder nicht, aber ich hab sie genommen, ganz oben.« Er hielt inne und zuckte leicht mit den Achseln, wie um die Erinnerung abzutun. »Vielleicht hab ich mich auch einfach mitspülen lassen«, sagte er. »Wie auch immer, es war harte Arbeit, an Land zu schwimmen, und es hat lang gedauert. Als ich wieder am Strand war, stand da dieser Pick-up, und drei Cowboys haben mich erwartet. Einer von ihnen hatte einen Axtstiel bei sich. Ich hatte nie Ärger auf der Ranch gehabt, aber jeder hatte schon Storys gehört von Leuten, die erwischt und verprügelt worden waren und denen man ihr Board abgenommen hatte. Ich war so müde vom Schwimmen, daß ich's kaum geschafft hab, mich aus dem Wasser zu schleppen. Preston war nirgendwo zu sehn, deshalb nahm ich an, er hätte es bis in die Schlucht geschafft und ich wäre auf mich allein gestellt. Ich weiß noch, wie ich versucht hab aufzustehn, und dieses Arschloch mit dem Axtstiel – hat mir einen Tritt verpaßt, mit seinem Scheißstiefel ins Gesicht, so daß ich wieder hinfiel. Und dann war Preston plötzlich da. Er war den ganzen Weg zum Wagen zurückgerannt, hatte sein Board abgeladen und war mit einem Kreuzschlüssel zurückgekommen.« Hound hielt wieder inne und lachte leise, und erneut hatte Ike das Gefühl, das er erst ein paarmal zuvor gehabt hatte, daß Hound sich nicht über ihn lustig machte oder eine Rolle spielte, sondern einfach redete, und es schien Ike jetzt, daß Hound in solchen Momenten noch etwas an sich hatte, das man mögen konnte. Daß trotz allem anderen, trotz seines offensichtlichen Verrats und seiner vielen Tricks noch irgend etwas an ihm war – etwas von Prestons altem Freund vielleicht. »Er sah nicht so monströs und verrückt aus wie heute«, sagte Hound, »aber er war groß und verdammt athletisch gebaut. Er hat diesen Typen mit dem Axtstiel flachgelegt, bevor der wußte, wie ihm geschah. Eine Weile hab ich geglaubt, er hätte ihn vielleicht sogar umgebracht. Es war nicht so, aber in dem Moment konnte das niemand genau wissen, und mit einemmal wollten die andern beiden Typen nichts mehr mit uns zu tun haben. Ich packte mir den Stock von dem einen Typen, und zusammen haben wir diese Arschlöcher kurzerhand vom Strand gejagt. Dann haben wir ihren eigenen Wagen genommen und sind zurückgefahren. Als wir dann aber schließlich ans Tor kamen, stand da dieser kleine stämmige Typ in Tennisklamotten und mit einer doppelläufigen Flinte über dem Arm und wartete auf uns, und hinter sich hatte er ein halbes Dutzend Rancharbeiter stehn.

So haben wir Milo Trax kennengelernt. Das Komische war, wir hatten ihn beeindruckt. Anscheinend hatte er alles durch seinen Feldstecher beobachtet, und er war's nicht gewöhnt, daß seine Jungs so davongejagt wurden, aber schließlich war's auch nichts Gewöhnliches, daß auf der Ranch Fünf-Meter-Wellen geritten wurden –

schon gar nicht auf die Weise, wie Preston sie geritten hatte. Also hat er uns zu sich eingeladen, in seine vornehme Bude, Mann. Genau hier, in diesem Zimmer haben wir gesessen, auf die Landspitze rausgeschaut und das Dope geraucht, das Preston und ich noch im Wagen hatten, und dann noch Dope, das Milo im Haus hatte.« Hound hielt inne und machte eine Handbewegung zum Fenster hin. »So kam eins zum anderen«, sagte er. »Als wir an diesem Abend die Ranch verließen, hatten wir unsere eigenen Schlüssel in der Tasche. Unsere Schlüssel, Ike. Wir haben uns gefühlt wie im Himmel.«

Ike drehte sich wieder zum Fenster um. Die Sonne war jetzt verschwunden. Ein einzelner Streifen von rötlichem Licht lag flach am Horizont, unter einem rasch dunkler werdenden Himmel. Die Bäume waren jetzt ebenfalls dunkel, schwarz und wild vor dem tiefroten Hintergrund der See, und unter den Ästen stieg leichter Nebel empor. Er wußte nicht, warum Hound ihm das alles erzählte. Es gab immer einen Grund. Aber Ike hatte genug von Hounds Spielchen, und von seinen eigenen. »Und deine Schwester Janet?« sagte er langsam. »Hast du sie hierher mitgenommen?«

Hound Adams zögerte einen Augenblick, bevor er antwortete, als hätte Ike ihn ausnahmsweise total überrascht. »Ja«, sagte er schließlich.

»Und dann nach Mexiko?«

»Ja.«

»Und Ellen Tucker? Hast du sie ebenfalls hierher mitgenommen, oder bloß nach Mexiko?« Das Gefühl, das Ike beim Sprechen hatte, ähnelte dem, was er auf dem Highway mit Preston zusammen empfunden hatte – dem Adrenalin-Kick einer Reise an den Grenzpunkt.

Hound blickte ihn bloß an, aber es kam jetzt Bewegung in seine anfänglich verblüffte Miene. In seinen Augen stand jetzt der Anflug eines Lächelns. »Ich glaube, du hast dir alles falsch zusammengereimt, Brother«, sagte Hound. »Ich hab deine Schwester nirgendwohin mitgenommen, obwohl sie natürlich allein nach Mexiko gefahren sein könnte. Vielleicht ist sie jetzt in diesem Augenblick dort.« Er lächelte und breitete die Hände aus.

»Und du hast die ganze Zeit über gewußt, daß sie meine Schwester war.«

»Nein, am Anfang nicht. Ich hatte sie von einem Bruder reden hören, aber ich hatte den Eindruck, du müßtest älter sein. Dann hab ich dich eines Morgens in diesem Café gesehn. Danach hab ich dich am Strand rumschnüffeln sehn, auffälliger ging's nicht mehr. Dann hab ich dich auf meiner Party gesehn. Üble Hinterwäldlerausstrahlung. Jede Menge Paranoia. Ich fing an zu glauben, daß Ellen gelogen hatte, oder übertrieben, oder daß es noch einen Bruder gab. Diese ersten Fragen, die ich dir an dem Abend gestellt habe, waren reine Intuition, aber du hast mir die richtigen Antworten gegeben. Dann war da noch diese Story, daß jemand dir dein Board geklaut hätte. Ich hab mich ein bißchen umgehört wegen diesem Board, das wir auf der Ranch gefunden hatten, bis ich schließlich bei diesem Jungen gelandet bin, der's dir verkauft hatte.« Er hielt inne und lachte. »Preston muß ihm eine Mordsangst eingejagt haben; er hatte immer noch die Hosen voll, daß dieser durchgedrehte Rocker zurückkommen könnte.«

»Warum hast du dann nie was gesagt?«

Hound lächelte immer noch – ein verschlagenes, wissendes Lächeln. »Ein gutes Spielchen macht das Leben immer ein bißchen interessanter. Ich hab gemerkt, daß du eins gespielt hast. Ich hab beschlossen, dich dein Blatt ausspielen zu lassen. Aber wie kommst du darauf, ich hätte deine Schwester nach Mexiko mitgenommen?«

Ike blickte in Hounds Lächeln, während er sich fragte, was er sagen sollte. Sollte er diese Kämme erwähnen? Oder vielleicht den Jungen in dem weißen Camaro? Wieder einmal Katz und Maus. Aber dann beschlich ihn eine Ahnung, daß es besser wäre, die Kämme nicht zu erwähnen, wenigstens für den Moment. »Jemand hat es uns erzählt«, sagte er. »Ein Typ kam zu uns raus in die Wüste und erzählte uns,

Ellen wäre mit ein paar Typen aus Huntington Beach nach Mexiko gefahren und nicht zurückgekommen.«

»Hat er gesagt, ich hätte sie mitgenommen?«

Ike versuchte, seine Worte sorgfältig zu wählen. »Bloß, daß sie gefahren ist, daß du möglicherweise wüßtest, was passiert ist.«

»Wer war es?«

»Ich weiß nicht.«

Hound schien einen Moment lang wirklich überrascht. »Ich würde sagen, man hat dich angelogen, Brother. Ich weiß nicht warum. Deine Schwester war auf der Flucht, Ike, vor der Wüste, vor den Leuten, die sie großgezogen hatten, vor dir.« Er ließ dieses letzte Wort einen Augenblick zwischen ihnen stehen, dann fuhr er fort: »Sie ist hier durchgekommen«, sagte er. »Wir hatten ein bißchen Spaß zusammen.«

»So wie du ein bißchen Spaß mit Janet hattest?« Ike spürte, wie sich dieser Adrenalinschub wieder aufbaute, aber es gefiel ihm nicht, welchen Verlauf das Gespräch nahm. Hound quatschte ihn einfach voll, wie Ike es nicht anders erwartet hatte. Er wollte bloß noch einmal sehen, wie das Lächeln auf Hounds Gesicht gefror.

Es funktionierte. Hound kam einen Schritt näher, so daß seine Brust fast Ikes Brust berührte, doch das Lächeln war verschwunden. »Du kannst nicht genug kriegen, was?« fragte er. »Ich weiß nicht, was du dir einbildest, über Janet zu wissen, und ich weiß nicht, von wem du's hast, aber ich werd dir was über sie erzählen, und über deine Schwester. Und ebenso über Preston, was das betrifft. Sie haben sich alle entschieden, Mann. Für ihren eigenen Weg. Sie haben sich für das entschieden, was sie wollten. Deine Schwester hätte dableiben können. Ich hab sie gemocht. Sie hat sich anders entschieden. Janet hat sich ebenfalls entschieden.«

»Und wofür hat sie sich entschieden?« Aber während er noch fragte, wurde ihm klar, daß er nicht präzise genug gewesen war. Janet oder Ellen? Er überließ die Antwort Hound.

»Sie hat sich für den Tod entschieden«, sagte Hound. Seine Stimme war leiser jetzt, und als sie verklang, war es sehr still im Zimmer. »Für den Tod, weil sie Angst vor dem Leben hatte«, setzte er hinzu. »Verstehst du, es wurde damals in Mexiko alles ein bißchen kompliziert für sie. Es war nicht wirklich so, nur in ihrem eigenen Kopf.« Hound hielt inne und tippte sich an die Schläfe. »Es war nicht kompliziert; es war neu, für uns alle. Es war eine Entdeckungsreise, Brother. Ich mein's ernst. Und Janet war mit uns auf dieser Reise. Sie fing sehr frei und liebevoll an, aber sie machte den Fehler, stehenzubleiben, wieder auf die Gedanken anderer zurückzugreifen. Sie unterließ es, auf ihr eigenes Herz zu hören.« Er zuckte die Achseln. »Und es hat sie umgebracht.« Er sah an Ike vorbei und starrte in die schwarze Fensterscheibe. »Vielleicht begreifst du jetzt mehr davon, was ich dir damals in deinem Zimmer versucht habe zu sagen – daß du andere für dich denken läßt. Es steckt alles hier drin«, sagte er und schlug Ike mit der Hand vor die Brust, hart genug, daß es unangenehm war. »Weißt du, die meisten Leute machen nie in ihrem Leben die Art von Reise, von der ich spreche. Sie brechen nicht einmal auf. Alles, was sie tun, ist, sich ihr Leben lang vor sich selbst zu verstecken. Und deshalb – und weil sie es sind, die bestimmen, was normal ist –, ist es eine einsame Reise, mein Freund. Du bist auf dich allein gestellt, und es kann unheimlich werden, und ich hab Leute gesehn, die deswegen ausgeklinkt sind. Sie werden halbherzig, Mann, und sie verlieren den Glauben. Sie sind dem nicht gewachsen. Janet war dem nicht gewachsen. Preston war dem total nicht gewachsen. Bei Janet fingen die Komplikationen schon bei einer so einfachen Sache an, daß sie nicht wußte, wer der Vater ihres Kindes war.« Er hielt inne und zuckte wieder die Achseln. »Aber genau das versuche ich dir schon die ganze Zeit zu sagen. Es ist deine Reise, Brother. Und es ist deine Entscheidung.«

Ike wartete darauf, daß Hound fortfuhr, daß er mehr über die Entscheidung sagte, aber er tat es nicht. Hound wandte sich schweigend vom Fenster ab und machte ein paar Schritte zurück ins Zimmer. Als er sich wieder zu Ike umdrehte, war in seiner Stimme mehr von einem Plauderton. »Weißt du, Milo mag dich«, sagte er. »Und du hast dich nicht schlecht geschlagen diesen Sommer – mit einer kleinen Ausnahme, die nicht erwähnt werden muß. Du hast dich so gut geschlagen, wie man erwarten konnte. Ich meine, wir haben ganz gut zusammengearbeitet, oder? Und ich könnte jemand Neuen im Shop gebrauchen. Ich meine nicht, bloß dort zu arbeiten, ich meine, sich wirklich um alles zu kümmern. Ich möchte noch mehr verreisen, aber ich will wissen, daß alles in guten Händen ist, wenn ich weg bin.«

»Was ist mit Frank?«

Hound zuckte wieder mit den Achseln. Seine Antwort war überraschend. »Frank ist ein Verlierer«, sagte Hound. »Ich meine, er ist dabei. Das ist alles. Shit. Er ist immer dabeigewesen. Soll ich dir was sagen? Frank Baker hat nicht mal einen eigenen Schlüssel für das Scheißtor da draußen. Ich könnte dir einen besorgen. Ich mein's ernst, Brother. Deinen eigenen gottverdammten Schlüssel. Du könntest alles haben, Mann.« Und er zeigte mit dem Kinn auf das schwarze Fenster, hinter dem die Wälder und der Ozean jetzt unsichtbar waren, so daß es Ike schien, als spräche Hound nur von der Dunkelheit. »Aber denk dran, was ich dir gesagt habe, Brother. Du mußt dich entscheiden. Denk drüber nach.«

Dann ging Hound. Er ging hinaus in den Flur und ließ Ike allein in Milo Trax' Arbeitszimmer zurück. Er ließ die Tür einen Spaltbreit offen, und Ike sah zu, wie ein schmaler gelber Lichtstrahl über den Teppich fiel und sich auf dem glänzenden Leder seiner Schuhe brach.

39

Ike ging zu Milos Schreibtisch und machte eine Lampe an. Das Licht machte die hohen gewölbten Fensterscheiben, die zur See hinausgingen, jetzt zu Spiegeln, und Ike konnte sich darin sehen, ein Fremder in teuren Kleidern. Und was, dachte er, wenn er jetzt sofort seine Entscheidung traf? Was, wenn Milo hierher zurückkehrte und zwei Garnituren teurer Kleider auf dem Boden seines Arbeitszimmers fand? Und was, wenn Ike und Michelle dann bereits weg wären? Hinunter zum Strand und dann rauf durch die Schlucht. Es war noch etwas Geld in Huntington Beach übrig, genug für zwei Bustickets. Morgen früh konnten sie schon auf dem Weg anderswohin sein. Irgendwohin. Es spielte keine Rolle. Er würde Preston Bescheid sagen, und sie würden Kontakt halten, und falls jemals etwas herauskam, würde Preston es ihn wissen lassen. Es würde so sein, wie Preston gesagt hatte. Er ging aus dem Zimmer und hinaus auf den Flur.

Das Haus war jetzt von Geräuschen erfüllt, die er in dem Zimmer nicht bemerkt hatte. Jemand machte Musik in einem der äußeren Patios, und es waren Stimmen zu hören – Milos Gäste, nahm er an. Die Party hatte begonnen.

Die meisten Stimmen waren nur undeutlich zu hören und drangen aus fernen Stellen des Hauses zu ihm. Eine Stimme jedoch hob sich davon ab, und er erkannte sie als Milos. Die Stimme war näher als die anderen, mit einemmal fast unter ihm, und er trat an das Geländer des Balkons, um hinunterzuschauen.

Er befand sich über dem steinernen Eingang, den er, Hound und Michelle früher am Tag überschritten hatten. Vier Männer standen jetzt unter ihm. Hound, Milo und zwei andere Männer, die er nie zuvor gesehen hatte. Einer der Männer war breit und dunkel. Er stand etwas abseits von den anderen, die Hände an den Seiten herunterhängend. Der andere Mann war groß und ziemlich dünn, aber drahtig und braungebrannt. Er hatte eine weiße Freizeithose und einen blauen Blazer an. Seine Haare waren von einem sehr zarten Grauton – beinahe silbern unter den Lampen des Eingangs. Die beiden Fremden waren offensichtlich gerade eingetroffen und wurden von Milo und Hound ins Haus geführt. Sie gingen fast direkt unter Ike vorbei, und Milos Stimme drang noch einmal zu ihm empor, laut genug, daß er sie deutlich verstehen konnte.

»Ja«, sagte Milo, »ein paar Männer von mir kümmern sich gerade darum. Alles wird bereit sein.«

Der silberhaarige Mann nickte. Als er sprach, war seine Stimme leiser als Milos und klang ernst. »Und die Leute?« fragte er. »Die richtige Sorte?«

»O ja. Einige jedenfalls.«

»Und Sie haben sie im Griff?« Die Männer drehten sich jetzt um und traten unter das Geländer, so daß Ike sie nicht mehr sehen konnte. »Ich verlaß mich da ganz auf Hound«, sagte Milo. »Aber seien Sie unbesorgt. Ich glaube, Sie werden es interessant finden.« Der silberhaarige Mann sagte noch etwas, aber Ike konnte es nicht verstehen. Er blieb noch einen Moment an dem Geländer stehen und wollte gerade weggehen, als er Milo und Hound wieder sah. Die beiden Männer kamen über den Steinboden unter ihm zurück. Milo legte Hound beim Gehen die Hand auf den Rücken. Sie lag auf eine seltsame Weise dort, als führte er Hound über den Boden und durch die Tür auf die andere Seite, und Ike wunderte sich über die Geste. Es war so, wie ein Mann die Hand einem Kind auf den Rücken legen würde, dachte er, oder einer Geliebten.

Ike trat rasch vom Geländer zurück und ging durch die Tür am anderen Ende des Balkons. Es war dunkel dort, und er wartete einen Augenblick, bis sich seine Augen darauf eingestellt hatten. Er wußte nicht, was er von dem, was er gehört hatte, halten sollte. Woran er denken mußte, war dieses letzte Bild von Hound und Milo, wie sie durch die Tür gegangen waren, Milo mit seiner Hand auf Hounds Rücken. Es schien sich für ihn mit anderen Dingen zu verknüpfen – mit diesen Buchstaben, die er einmal in die Metalltrennwand einer Toilette in Huntington Beach gekratzt gesehen hatte, mit dem, was Michelle ihm auf der Yacht erzählt hatte, mit Hounds Enthaltsamkeit bei seinen eigenen Parties. Und er fragte sich, was Hound dazu zu sagen gehabt hätte. Ziemlich blödes Zeug zweifellos – eine Station mehr vielleicht auf der Straße, die zur Entdeckung führt. Oder vielleicht war Ike im Irrtum, vielleicht erklärte es gar nichts.

Irgendwo war ein Fenster offen. Er fühlte den feuchten Luftzug auf seinem Gesicht. Er konnte den Ozean riechen und einen Hauch von Bougainvillea. Es gab mehrere Türen auf dem Flur. Eine stand ein Stück weit offen. Ike ging zu der Tür und blieb stehen. Er flüsterte. Als keine Antwort kam, drückte er sie auf und trat ein.

Das Zimmer war groß, leer und dunkel, obwohl zwei hohe offene Glastüren, die auf einen kleinen Balkon hinausführten, es vor völliger Dunkelheit bewahrten. Der Nebel schien sich ein bißchen gelichtet zu haben, und die Türen strahlten ein fahles Licht aus. Er konnte ein paar Möbelstücke erkennen – ein Bett, eine Kommode, einen kleinen Nachttisch, zwei große Sessel. Der Duft aus den Gärten war stark hier im Zimmer. Er wollte gerade wieder gehen, als ihm etwas auffiel, das wie ein weißes Kleid vor dem schwarzen Hintergrund des Wandschranks aussah. Auf den ersten Blick glaubte er, das Kleid sei dasselbe, in dem er Michelle heute nachmittag gesehen hatte. Doch als er näher herantrat, sah er, daß es ein anderes war. Der Stil war etwas anders. Und dann bemerkte er ein zweites Kleid, das über einen Sessel gebreitet lag. Dieses Kleid war gleichfalls weiß, und ebenfalls im Stil ähnlich wie das von Michelle. Er schob das Kleid beiseite, das in der Tür des Wandschranks hing. Der kleine Hohlraum war voll mit Frauenkleidern – oder Mädchenkleidern, denn irgend etwas am Schnitt und der Farbe der Stoffe deutete auf Jugend hin. Während er sie durchsah, spürte er den Pulsschlag in seiner Hand und die Kühle der Stoffe an seiner Haut.

Vom Wandschrank ging er zur Kommode. Es waren ein paar Toilettenartikel darauf – Bürsten, ein Handspiegel. Als er eine Schublade öffnete, sah er, daß sie voll war mit Schmuck, mit Armbändern und Accessoires fürs Haar. Er bewegte sie mit den Fingern hin und her und lauschte dem leisen Kratzen, das sie auf dem Holz machten, und mit einemmal sah er Milo Trax vor sich, wie er dasselbe tat, wie er an dieser selben Stelle stand und nach irgendeinem Schmuckstück suchte und schließlich die Elfenbeinkämme auswählte – sie waren, dem nach zu urteilen, was er jetzt hier sah, das Schönste und das Kostbarste. So einfach war es gewesen. Michelle hatte die Kämme nicht bekommen, um ihn zu ködern. Hound Adams war sich wahrscheinlich nicht einmal ihrer Existenz bewußt, und Ike hatte recht gehabt, ihn nicht seiner Lüge zu überführen. Seine Vorahnung hatte ihm zumindest etwas Zeit verschafft. Und doch war an alldem jetzt etwas, das ihm eher wie ein grausamer Witz erschien. Er war in die Falle gegangen, und er konnte jetzt nicht glauben, daß er es nicht vorher gemerkt hatte, daß er das Böse, das an diesem Ort lauerte, nicht von Anfang an gespürt hatte. Vermutlich war er immer zu sehr von anderen Dingen abgelenkt gewesen. Bei dieser Fahrt hierher hatte er nur an die Gelegenheit gedacht, mit Michelle zu reden, sie vor irgendeinem schrecklichen Trip nach Mexiko zu retten. Sie zu retten. Jesus. Es hatte keine Trips nach Mexiko für Ellen Tucker gegeben. Preston hatte recht gehabt: Der Junge in dem weißen Wagen hatte gelogen. Oder, dachte Ike, vielleicht hatte er sich nur geirrt. Aber das machte jetzt keinen Unterschied mehr. Er hatte recht gehabt unten am Strand: Ellen war hiergewesen, und zwar zu demselben Zweck. Einer Party auf der Ranch. Und die Ranch war der Punkt, wo alle Fäden zusammenliefen.

40

Er verließ das Zimmer, wie er es vorgefunden hatte, erhellt nur von dem fahlen Licht, das durch die Glastüren hereinfiel. Doch es kam ihm jetzt eher wie eine Gruft vor, und als er die Tür hinter sich zumachte, hatte er ein leeres Gefühl, als sei ein Teil von ihm darin zurückgeblieben.

Am anderen Ende des Flures fand er eine weitere Treppe und eine Tür, die nach draußen führte. Er ging hindurch und spürte die kühle Luft schwer und feucht auf seinem Gesicht. Sein Gesicht, dachte er, war sehr heiß, beinahe fiebrig, als er durch einen dunklen Garten und um eine Ecke des Hauses herumging und in einen der Patios kam, wo die Gäste sich versammelten.

Eine ziemlich große Gruppe war bereits eingetroffen. Einige hatten sich in Liegestühle, andere auf den Boden gesetzt. Ike blieb einen Moment am Rand des Patios stehen und betrachtete auf der Suche nach Michelle die Szene. Die Gäste schienen gemischten Alters zu sein, obwohl die meisten jünger als Milo, eher wie in Hounds Alter aussahen, und Ike mußte an das Gespräch denken, das er vor kurzem belauscht hatte – die Frage des silberhaarigen Mannes nach der Kontrolle über die Leute, und Milos Antwort, daß er sich auf Hound verließ.

Viele Leute waren einfach gekleidet, in Bluejeans, mexikanischen Pullovern oder Jeansjacken. Andere jedoch waren feiner herausgeputzt und trugen ziemlich prunkvolle Abendgarderobe, die auf Ike mehr wie eine Kostümierung wirkte. Die Kleidung schien etwas damit zu tun zu haben, wie die Gäste gruppiert waren. Viele der einfacher Gekleideten saßen im Kreis auf dem Betonboden des Patios, und als Ike sich ihnen zuwandte, sah er, daß Hound Adams unter ihnen war; er saß in der Mitte der Gruppe und war offensichtlich in eine Unterhaltung oder Diskussion mit einem stämmigen glatzköpfigen Mann vertieft, den Ike nie zuvor gesehen hatte. Ike war zu weit weg, um etwas von der Unterhaltung aufzuschnappen, aber er konnte sehen, wie beide Männer die Köpfe bewegten und gelegentlich mit den Händen gestikulierten. Der Rest derjenigen, die auf dem Boden saßen, schien dem Gespräch mit einigem Interesse zu folgen. Und obwohl ein paar der feiner gekleideten Leute am Rand des Kreises standen, waren die meisten anderen doch über den Garten verstreut, wo sie eigene kleinere Gruppen bildeten.

Durch eine offene Schiebetür sah Ike kurz die beiden Männer, die er vorher mit Hound und Milo in dem Eingang gesehen hatte. Er sah ein bißchen Licht auf dem Haar des größeren Mannes glänzen. Ob Milo bei ihnen war oder nicht, konnte er nicht sagen. Musik drang aus dem Haus hervor und über die Gärten, die jetzt feucht in dem Nebel waren, so daß dort, wo das Licht auf die Blätter der Pflanzen fiel, die Blätter glitschig und naß aussahen. Ike blieb noch einen Moment länger stehen und vergewisserte sich, daß Michelle nicht unter den Gästen war, dann trat er zurück, weg vom Rand des Patios und in den Schatten.

Er mußte sie jetzt unbedingt finden. Er wollte nicht über den Patio zurück ins Haus gehen. Er wollte keine weitere Konfrontation mit Hound oder Milo riskieren, da er immer noch nicht wußte, was von ihm erwartet wurde. Er fing an, sich ziemlich albern in den Kleidern vorzukommen. Sie waren, dachte er, ein bißchen wie diese Kostüme, in denen er einige der Gäste gesehen hatte. Aber es war noch etwas anderes an den Kleidern, etwas, das ihm das Gefühl gab, als hätte er sich bereits bloßgestellt, als hätte er sich bereits an Milo verkauft.

Es war in der Nähe der Vorderfront des Hauses, als er nach der Tür suchte, aus der er gekommen war, daß er hörte, wie irgendwo in der Nacht ein Motor angelassen wurde. Er hastete einen schmalen Weg hinunter und eine Reihe rissiger Steinstufen hinauf. Die Stufen führten zu dem großen kreisförmigen Rasen hinauf, und er kam gerade rechtzeitig auf der Höhe des Rasens an, um zu sehen, wie zwei Scheinwerfer aus dem Nebel auf ihn zukamen. Die Scheinwerfer drehten von ihm ab, als die Auffahrt eine Kurve machte, und er sah Frank Bakers gelben Lieferwagen vorbeifahren. Frank mußte ihn gesehen haben, wie er die Stufen heraufkam, denn der Lieferwagen wurde im Vorbeifahren etwas langsamer, und er konnte durch die Scheibe sehen, daß Frank ihm das Gesicht zuwandte. Sie waren nicht weit voneinander entfernt, drei oder vier Meter vielleicht, aber es war trotzdem zu dunkel, um Franks Gesichtsausdruck zu erkennen. Der Kopf war nur als Schemen zu sehen, das lockige blonde Haar, straff nach hinten gekämmt und naß, so daß ein bißchen Licht darauf schimmerte – wie früher einmal in dieser Gasse in Huntington Beach in der Nacht, als Ike ihn mit Preston Marsh hatte reden sehen.

Der Lieferwagen blieb nicht stehen. Das Gesicht wandte sich vom Fenster ab, und dann blieb nichts zurück als das rote Glimmen der Rücklichter, das zwischen den Bäumen verschwand, und dann schließlich nur noch das Geräusch des Motors, das schwächer wurde, bis es ebenfalls vom Wald und der Stille der Ranch verschluckt wurde.

Als er sie schließlich fand, war sie unten in dem Kino, von dem sie gesprochen hatte. Es war zwar ein kleines, aber doch ein richtiges Kino. Es hatte vielleicht drei Dutzend Plätze, eine Leinwand und eine kleine Bühne. Dicke Samtvorhänge bedeckten die Wände, und wo die Vorhänge sich teilten, waren verschiedene Stuckarbeiten zu sehen, Schneckenmuster, pirschende Katzen und Löwenköpfe, aus deren Rachen weiches blaues Licht hervorschimmerte. Michelle war allein in dem Raum. Sie saß unten nahe der Leinwand am Gang, ein Bein über die Lehne ihres Sitzes gelegt, so daß das weiße Kleid sich auf ihrem Schenkel zurückgeschoben hatte. Ihre Hand lag mit einem Drink darin auf ihrem Knie, und als sie sich umwandte und zu ihm hochblickte, wirkten ihre Augen schläfrig und ein bißchen glasig.

»Gefällt's dir nicht?« fragte sie, als er sich neben sie hinkniete. »Ich find's großartig hier.«

»Michelle, wir müssen hier weg, jetzt sofort.«

Sie blinzelte ihn auf etwas betrunkene Weise an. »Er hat mir gesagt, ich sollte hier warten. Wovon redest du?«

Er schaute sich instinktiv um, zurück zu den schweren Holztüren am anderen Ende des Ganges. »Ich rede davon, hier abzuhauen, nur wir beide, jetzt sofort.« Er legte ihr die Hand auf den Arm. »Hör zu, vertrau mir einfach, okay? Ich werd's dir unterwegs erklären. Aber wir müssen jetzt sofort los.«

Sie schien tiefer in ihren Sitz zu versinken. »Aber warum ...«

»Weil hier irgendwas Verrücktes vor sich geht«, erwiderte er. Er redete jetzt schnell, als ginge ihm bald der Atem aus. »Erinnerst du dich, wie wir dachten, meine Schwester wäre nach Mexiko gefahren, weil es der Junge mir so erzählt hatte. Nun, ich bin mit hergekommen, weil ich Angst hatte, du würdest auch fahren. Ich wollte es nicht. Ich wollte es dir ausreden, dir erzählen, was ich erfahren hatte. Aber es geht nicht um Mexiko, Michelle. Ellen ist nie nach Mexiko gefahren. Sie haben sie hierhergebracht, auf die Ranch, und sie haben irgendwas gemacht.« Er drückte jetzt ihren Arm, und sie versuchte, sich von ihm loszumachen. Er drückte fester zu. Schließlich schrie sie ihn an, aufzuhören, also tat er es. Er ließ ihren Arm los, und sie saß da und rieb ihn sich.

»Jesus«, sagte sie. »Nun mal langsam. Hound weiß, warum du hier bist, weißt du das? Er weiß, daß du Ellens Bruder bist. Und ich hab's ihm nicht gesagt.«

»Er weiß es seit dieser Party in seinem Haus. Ich hab eben mit ihm geredet.«

»Er sagt, sie war in Huntington Beach, aber jetzt wäre sie fort, und sie wäre auf der Flucht gewesen und wollte nicht, daß ihr jemand folgt. Er sagte, sie wollte nicht, daß du ihr folgst. Aber du könntest dich nicht damit abfinden, und deshalb würdest du dir Sachen einbilden.«

»Und das glaubst du?«

Sie hielt immer noch ihren Arm, den Blick jetzt auf den Boden gesenkt. »Ich weiß nicht«, sagte sie. »Ich weiß nicht, was ich glauben soll. In einem hattest du jedenfalls recht. Weißt du noch, diese Boutique, wo Ellen mit Marsha gearbeitet hat? Ich wollte, daß wir hingehen, aber du hast gesagt, es hätte keinen Sinn. Nun, im wesentlichen hattest du recht. Die alte Dame, der der Laden gehört, sagt, sie wüßte nichts darüber, wo Ellen jetzt wäre. Aber sie sagt, sie wäre fort, ohne noch das bißchen Geld abzuholen, das die alte Dame ihr schuldig war. Sie sagt, es wäre nicht viel, aber wenn ich ihr die Adresse besorgen könnte, würde sie's ihr schicken. Ich wollte es dir erzählen, aber ich bin nie dazu gekommen.«

Ike schwieg einen Augenblick, während er dachte, wie Michelle losgegangen war, um es zu überprüfen, darüber nachdachte, was sie ihm erzählt hatte. »Aber ich weiß einfach nicht, Ike«, sagte Michelle jetzt. »Du hast dich so bescheuert benommen ...«

Plötzlich nahm Ike die Hand hoch und riß ihr einen der Elfenbeinkämme aus dem Haar. Sie stieß einen kurzen schrillen Schrei aus und faßte sich mit der Hand an den Kopf. Ike hielt ihr den Kamm vors Gesicht. »Siehst du das hier?« fragte er. »Es war ihrer, Michelle. Es war Ellens gottverdammter Kamm. Unsere Mutter hat sie ihr geschenkt. Und ohne sie wäre sie nicht weggegangen. Hör mir zu. Ich hab mal ein Foto gesehn. Hound hatte es diesen Typen verkauft, die Dope von ihm kaufen. Ich hab's nicht richtig sehn können, aber es sah aus wie ein Foto von einem total aufgeschlitzten Mädchen.« Er schüttelte den Kopf. »Ich weiß es auch nicht genau, aber das alles paßt zusammen. Die Filme, die Hound macht, die von zu Hause weggerannten Mädchen, die er ständig kennenlernen will. Und das auf der Yacht. Hound hat Filme abgeliefert. Ich glaub, Hound macht den Sommer über diese Scheißdinger und zeigt sie dann Milo. Sie suchen nach irgendwas – die richtigen Leute oder so. Und dann kommen sie hier rauf. Milos Sommerparty. Hast du dich hier mal richtig umgesehn? Sie könnten hier oben jeden Scheiß abziehen, den sie wollen, und keiner würde was merken. Ich weiß nur, daß irgendwas Schlimmes passieren wird, Michelle. Hier. Hound hat sich total merkwürdig benommen – eigentlich nichts Ungewöhnliches, aber er hat versucht, mir diesen Scheiß aufzubinden, daß ich mich entscheiden müßte, und wenn ich mich richtig entscheiden würde, könnte ich sein Partner werden oder so. Aber ich will nicht sein Partner werden, Michelle. Ich hab mich schon entschieden, und nicht so, wie's Hound gerne hätte. Deshalb müssen wir hier weg, du und ich, jetzt sofort.«

Sie sah ihn endlich richtig an. Er war sich immer noch nicht sicher, daß sie ihm glaubte, was er sagte, aber zum Reden war keine Zeit mehr. Er stand auf und zog sie mit sich hoch. Ihr Bein rutschte von der Armlehne herunter, und das Glas fiel auf den Boden zwischen ihnen und zerbrach. »Ike.« Sie setzte an, noch etwas zu sagen, kam aber nicht dazu. Das leise Zischen einer Schwingtür ließ sie verstummen.

»Ihr wollt doch nicht schon gehn?« Die Worte trieben aus dem Hintergrund des Raumes zu ihnen hinunter. Ike wandte sich um und sah Milo Trax und Hound Adams oben im Gang stehen. Milo hielt etwas in der Hand, das wie eine Filmrolle aussah. Hinter Milo und Hound standen die beiden Männer, die Ike vorher gesehen hatte, der große Mann mit dem Silberhaar und sein dicker dunkler Freund. »Sie geben wirklich ein hübsches Paar ab, oder?« fragte Milo. Niemand gab eine Antwort.

Ike fühlte, wie sich etwas in seiner Brust zusammenschnürte. Er blickte Michelle an. Sie sah ihn immer noch an, die Augen weit aufgerissen und klar jetzt. Aber er war zu spät gekommen.

Die vier Männer kamen den Gang herunter. Hound hatte ebenfalls etwas dabei, eine dunkle Ledertasche. Der silberhaarige Mann hatte die Hände in die Taschen seines blauen Blazers geschoben. Er lächelte. Ike blickte jeden der Männer an, dann Hound Adams. Hound erwiderte seinen Blick, aber sein Gesichtsausdruck änderte sich nicht – er blieb vollkommen leer, und nach einem Augenblick blickte

Hound weg, zur Leinwand und den schweren Vorhängen hinüber. Und es war etwas in dieser einfachen kleinen Bewegung der Augen, das auf irgend etwas hinwies, als wollte er sagen: »Ich wasche meine Hände in Unschuld.« Hound und Ike hatten ihre kleine Unterredung gehabt. Hound hatte getan, was er konnte; was jetzt geschah, war eine Sache zwischen Ike und Milo Trax, oder jedenfalls schien es so.

»Ich wollte gerade vorschlagen, daß wir Drogen nehmen und einen Film drehn«, sagte Milo. »Ihr gehört auf die Leinwand. Und dort sollt ihr auch hin, beide.«

Ike bemerkte, daß der grauhaarige Mann Milo ansah und lächelte. »Ich hab mich immer gefragt, wie Sie diese Dinge handhaben«, sagte er. Hound Adams machte den Reißverschluß der kleinen Ledertasche auf und holte eine Nadel und eine Spritze heraus, außerdem eine helle Kordel.

»Was ist das?« fragte Michelle. »Koks?«

»Nur das Beste vom Besten«, erwiderte Milo. Er blickte jetzt Ike an. »Richtig?« fragte er.

Ike gab keine Antwort. Er sah Milo an, dann wandte er sich um und sah Hound Adams an. Er tat es sehr bedächtig. Er drehte Milo und seinen Freunden die Schulter zu und wartete, bis Hound von dem Drogenbesteck in seinen Händen aufblickte. Als er es tat, war sein Gesicht immer noch ausdruckslos – als wäre Ike ein vollkommen Fremder. Aber Ike wußte es besser. Er wußte, was er sagen würde; er hoffte nur, daß er es sagen konnte, ohne daß sich seine Stimme überschlug. Sein Herz schlug heftig und machte es ihm schwer, zu atmen. »Wir wollen das nicht«, sagte er. »Weder ich noch sie. Und keine Filme mehr.« Er sah Hound Adams an. »Und wir gehen, und zwar sofort.« Er wußte natürlich, daß es nicht so sein würde, aber es war etwas, was er sagen wollte – der Form halber oder was auch immer. Er griff sogar hinter sich, als wollte er Michelle bei der Hand nehmen, als würden sie beide jetzt auf den Gang hinaustreten und nach Hause gehen.

Irgendwo neben sich hörte er, wie Milo leise mit der Zunge schnalzte. Er hatte den Eindruck, daß Milo auch ein bißchen den Kopf hin und her wiegte, auf eine traurige Weise, aber er war nicht sicher; er wollte Hound nicht aus den Augen lassen. Und Hounds Gesichtsausdruck begann sich jetzt ein bißchen zu verändern, oder jedenfalls schien es Ike so; er fing an, wieder ziemlich müde auszusehen, wie vorher in Milos Arbeitszimmer. Er blickte Ike jedoch immer noch nicht an. Er tat sehr sorgfältig sein Besteck zurück in die Tasche, dann stellte er die Tasche auf den Sitz vor Ike und Michelle. Dann schaute er auf, und für einen Augenblick trafen sich ihre Blikke. Und dann schlug Hound zu.

Er schlug so schnell und so hart zu, daß Ike einen Moment lang nicht einmal wußte, wo er ihn getroffen hatte, nur daß etwas nicht in Ordnung war, daß er seine Stimme verloren hatte und unterging. Er war auf den Knien, als Hound seinen Arm packte und ihn zwischen seinem Bizeps und seinem Oberkörper festklemmte, während Milo sich herunterbeugte und Ikes Ärmel hochkrempelte. Ike sah Milo an – die Augen, die die Nadel fixierten, den mißbilligenden Schmollmund. Er sah, wie sich die Kordel um seinen Arm schlang, und dann sah er, wie die Nadel unter seine Haut glitt. Er war nicht sicher, was er zu erwarten hatte. Er wartete auf den Kick, aber es kam keiner. Stattdessen wurde nach und nach alles verschwommen, wurde träge und langsam, glitt hinüber in Dunkelheit. Die Empfindung war ähnlich wie damals, als der Arzt in King City ihn betäubt hatte, um sein Bein zu behandeln. Und während er unterging, glaubte er von irgendwoher Michelle aufschreien zu hören, und er versuchte, sich wieder nach oben zu kämpfen, aber es hatte keinen Zweck. Er ging unaufhaltsam unter. Er konnte allerdings noch ihre Gesichter sehen – Hound und Milo, die aus dieser großen Höhe auf ihn hinunterspähten, Wange an Wange beinahe, so schien es Ike, wie zwei Chirurgen, die dabei sind, einen Patienten zu verlieren. Es war trotzdem etwas Komisches an diesen Gesichtern – Milos ganz schmal und abgehärmt und dunkel, sein kleiner Mund ganz runzelig ringsum wie ein Loch in irgendwas. Ein verdorbenes Kind kurz vor einem Wutanfall. Und angesichts des Gewichtheberkörpers, der zu dem Gesicht gehörte, verschaffte es Ike einen gewissen Trost, daß es so weit entfernt war. Hound sah nicht wütend aus. Er sah anders aus, besorgt vielleicht, oder vielleicht sogar angsterfüllt. Aber Ike war verwundert, auf eine neugierige und gleichzeitig distanzierte Art und Weise, daß er zu solcher Besorgnis Anlaß geben sollte. Und dann, und es war die letzte Einzelheit, an die er sich erinnern sollte, sah er, daß sie ihm gar nicht ins Gesicht, sondern eher auf die Schulter blickten, auf die Tätowierung, die unter seinem aufgekrempelten Ärmel hervorgekrochen kam. Und dann langte Milo hinunter – kleine dicke Finger wie Eiszapfen, kalt auf Ikes Haut, und riß den Rest des Hemdes auf, so daß sie das ganze Ding sehen konnten. Und offensichtlich gefiel es ihnen ganz und gar nicht. Zu schade aber auch. Ike lächelte hinauf in Milos Schmollmund. Er lächelte hinauf in Hound Adams' Angst. Harley-Fuckin'-Davidson. Die Gesichter verschwanden.

41

Er glaubte, daß ein Film ablief, obwohl es auch ein Traum hätte sein können. Als er die Augen zum erstenmal, nachdem er die Droge bekommen hatte, öffnete, war das erste, was er sah, Feuer. Ein Feuer befand sich direkt vor ihm, andere zu beiden Seiten davon, und über den Flammen waren weitere Lichter – andersartige, weiße Löcher, die sich aus der Nacht hervorbrannten, so daß seine Augen davon schmerzten. Und Musik, eine Art von trägem rhythmischem Trommeln, wie das Schlagen seines eigenen Herzens, und darüber ein dünnes hohes Wehklagen. Es war wirklich zuviel, um es alles auf einmal zu erfassen. Er fühlte sich krank und desorientiert, verloren inmitten der Bewegung und dem Lärm – alles pulsierend und wankend im Takt dieses langsamen Herzschlagrhythmus. Er schloß wieder die Augen, und eine leichte Brise strich ihm übers Gesicht. Der Rauch der Feuer trieb mit der Brise heran und brannte hinter seinen gesenkten Lidern. Die Brise war ebenfalls durchsetzt von dem Duft nach Salbei und dem Modergeruch einer fernen Küste – und noch etwas anderem, dem schweren Duft nach Weihrauch, der mit dem Rauch aufstieg und rasch stärker, schwerer und süßer wurde, bis er alle anderen Gerüche ausgelöscht hatte und alles durchdringend in der Nachtluft hing. Übelkeit überkam ihn, und er machte die Augen auf.

Bei jedem Feuer befand sich ein Pfahl, und von jedem Pfahl hing ein geschlachtetes Tier herunter. Über dem Feuer, das ihm am nächsten war, konnte er einen hellen blutbefleckten Pelz ausmachen, einen schwarzen Rachen und weiße Zähne, eine dunkle Zunge. Auch der Pfahl war voller Blut. Er blickte weg. Er sah jetzt mehr, erfaßte mehr, doch es geschah alles wie in Zeitlupe – im Takt zu diesem seltsamen langsamen Trommelschlag, durch den Schleier dieser merkwürdigen Mischung aus Licht, Rauch und Weihrauch hindurch. Gleichzeitig wurde er sich zunehmend eines dumpfen Schmerzes bewußt, der irgendwo hinten in seinem Kopf anfing, und einer unglaublichen Schwäche in seinen Gliedern. Er sah, daß er auf dem Boden saß, daß andere um ihn herumsaßen und daß sie zusammen einen großen Kreis bildeten. Innerhalb des von den Leuten gebildeten Kreises befand sich ein anderer Kreis aus Steinen, und im Zentrum dieses Kreises befand sich der große Steinring mit dem flachen Felsblock in der Mitte, und jetzt wurde ihm klar, wo er sich befand – an der Stelle am Rande der Klippe, von wo aus er einmal kurz das Haus gesehen hatte, die Lichtung, wo Preston mit Terry Jacobs gekämpft hatte, und er erinnerte sich, daß er auch in jener Nacht ein totes Tier gesehen hatte – weiße Zähne und eine schwarze Zunge. Tote Augen.

Die Feuer, und er sah jetzt, daß es vier davon gab, brannten an Punkten, die die vier Himmelsrichtungen hätten sein können – eins am Rand des Kreises, der dem Ozean am nächsten war, eins an dem Rand, der zum Wald hin lag, die restlichen zwei in gleichen Abständen dazwischen. Er sah auch, daß Linien in die Erde gezogen waren. Die Linien führten nach draußen, weg vom Zentrum, und verbanden die Steingruppe in der Mitte mit den vier Feuern, die sich zwischen dem Ring aus Menschen und dem Ring aus Steinen befanden. Die Linien schienen in den Boden gekratzt und dann mit Blut bespritzt worden zu sein.

Hinter dem Ring aus Menschen, von dem Ike selbst ein Teil war, konnte er undeutlich die dunklen Umrisse von weiteren Gestalten ausmachen – diese jedoch trugen dunkle Kutten und Kapuzen, und es war schwer zu sagen, wie viele es waren, denn sie hoben sich kaum von der Dunkelheit ab. An manchen Stellen schimmerte der Feuerschein auf Fleisch – bloße Brustkästen und Gesichter wie seins, aber viele andere hatten ihre Haut mit einer dunklen Paste geschwärzt. Er schaute sich um, woher die Musik stammte; sie schien von niemandem herzukommen, den er sehen konnte, sondern eher aus dem Wald, als wären in der ganzen Gegend Lautsprecherkabel verlegt. Am anderen Ende der Lichtung schien sich eine Art Gerüst zu befinden, an der die grellen weißen Lichter befestigt waren, aber das Licht machte es schwer, in diese Richtung zu schauen, und er konnte nicht viel sehen. Er konnte ebenfalls nichts von Milo Trax oder Hound Adams sehen. In diesem Moment jedoch sah er Michelle.

Sie wurde von einer der Gestalten in Kutte und Kapuze auf die Lichtung getragen. Es mußte ein Mann sein, der sie trug, denn die Gestalt war groß und dick unter der Kutte und stark genug, um Michelle ohne Mühe in den ausgestreckten Armen vor sich her zu tragen. Der Mann ging durch die verschiedenen Kreise hindurch, bis er im Zentrum stand, und dort blieb er stehen und legte sie auf den rechteckigen Felsblock genau im Mittelpunkt der Ringe. Er legte sie auf den Rücken, und augenblicklich war sie in eine Flut aus Licht getaucht.

Die Gestalt, die sie gebracht hatte, stand jetzt vor ihren Füßen und nahm ihre Kapuze ab, und Ike sah, daß es der glatzköpfige Mann war, den er vorher im Garten mit Hound Adams hatte reden sehen. Das Alter des Mannes war schwer zu schätzen. Sein Kopf war von einem dünnen Ring aus hellem Haar umkränzt, doch ob das Haar blond oder grau war, konnte Ike nicht sagen. Das Gesicht des Mannes wirkte glatt und faltenlos, während er schweigend dastand und in die Bäume und die Musik vor sich blickte. Michelle bewegte sich nicht. Sie hatte immer noch das weiße Kleid an. Nachdem er mehrere Sekunden reglos dagestanden hatte, beugte sich der Mann plötzlich vor und riß mit einer raschen Bewegung das Kleid entzwei, so daß der weiße Stoff an beiden Seiten des Steines herunterfiel. Die Oberfläche des Steines war etwas nach außen gewölbt, so daß, als Michelle darauf lag, sich ihre Beine nach unten bogen und ihr Kopf zurückgeworfen war, während sich ihr Leib nach vorne in die Nacht emporreckte. Sie war jetzt nackt, und bei der Schwärze des Felsens unter und der Schwärze des Himmels über ihr wirkte ihr Leib, mit den Armen, die nach hinten gestreckt waren, als wollten sie den Boden unter ihrem Kopf erreichen, und den flach anliegenden Brüsten wie ein schlanker weißer Bogen. Es war etwas fürchterlich Schönes daran, dachte Ike, und etwas, das ihm vor Grauen das Mark in den Knochen gefrieren ließ. Er konnte den Blick nicht von ihr nehmen. Er dachte an sie am Strand – ihre sonnenwarme Haut, heiß unter seinen Fingern.

Jemand reichte dem Mann jetzt einen großen Keramikbehälter, und er begann sie zu salben, indem er sie mit etwas, das wie das Blut der geschlachteten Tiere aussah, besprengte, vor allem ihren Unterleib, bis er schließlich den Behälter umkippte und ihn auf ihre Genitalien entleerte. Immer noch regte sie sich nicht. Der Mann stellte den Behälter auf den Boden und senkte das Gesicht zwischen ihre Beine.

Ike wurde von einer kalten Flut von Ekel erfaßt. Er wollte sich bewegen, doch die Wogen von Übelkeit waren wie heißes Blei – als wäre sein Körper davon durchdrungen, zu schwer, um sich zu regen. Er beugte sich vor und versuchte, sich zu irgendeiner Tat aufzuraffen, aufzustehen, zu ihr hinzugehen, aber von irgendwo hinter ihm kam eine Hand und drückte ihn wieder runter. »Sieh zu«, sagte eine Stimme, und er erkannte die Stimme von Hound Adams. Er dachte an diese Fotografie, die er einmal auf den Klippen von Huntington Beach flüchtig gesehen hatte. War es das Blut von Tieren auf dem Foto gewesen oder das Blut von dem Mädchen selbst? Wer waren diese Leute, und wie weit würden sie gehen?

Aber er sollte es nie erfahren. Denn was immer Milo Trax für seine Sommerparty in dieser Nacht geplant hatte, das plötzliche Grollen, das den Boden erschütterte, hatte er nicht geplant, dieses dumpfe Donnern, das irgendwo unter ihnen zu beginnen schien und dann aufstieg und die Nacht mit einem neuen rötlichen Feuerschein erfüllte, der sich hoch über dem Licht der Feuer über den Himmel ausbreitete. Ike nahm wahr, wie die Hand seine Schulter losließ, wie Hound Adams an ihm vorbei in die Lichtung trat. Hound hatte keine dunkle Kutte an, sondern eine weiße Baumwollhose und einen weißen mexikanischen Pullover, in denen er sich jetzt scharf von den dunklen Gestalten um ihn herum abhob. Und dann sah Ike, wie von der anderen Seite des Kreises her auch Milo Trax die Lichtung betrat. Und wenngleich auch Hound in seiner weißen Hose und seinem weißen Pullover einen Kontrast zu den Gestalten in Schwarz bildete, so hätte man doch eben diesen Kontrast von Schwarz und Weiß für einen Teil der Szenerie halten können. Milo jedoch hatte blaue Shorts und ein grellbuntes Hawaiihemd an. Auf dem Kopf hatte er eine nach hinten gedrehte Kapitänsmütze, und selbst in der Dunkelheit trug er noch die kleine Sonnenbrille mit Drahtgestell.

Der Mann, der vor Michelle kniete, hob den Kopf und schaute um sich, zuerst zu Hound hinüber, dann zu Milo, das Gesicht jetzt mit der dunklen Flüssigkeit beschmiert. Seine Kutte war aufgegangen, und Ike konnte jetzt eine Halskette von Schädeln auf seiner Brust und das Aufblitzen von irgend etwas Metallischem an seiner Taille sehen. Auch die anderen fingen an, sich zu regen, und blickten in den Wald, wo die Musik verstummt war.

Es war ein seltsamer Moment – wie ein Film, der plötzlich angehalten wird. Ike wartete, daß etwas geschah, doch nichts tat sich. Milo, Hound, der Mann bei Michelle, alle verharrten wie angewurzelt an ihrem Platz, wartend. Und dann hob Milo die Hand ans Gesicht und nahm die Sonnenbrille ab. Er hielt sie einen Moment lang in seiner Hand, und dann warf er sie mit einer angewiderten Geste auf den Boden. Er wandte sich ein bißchen um und sagte etwas über seine Schulter hinweg. Es hörte sich an wie: »Nein, das gehört nicht dazu.« Und Ike sah, daß er zu dem silberhaarigen Mann in dem Blazer sprach. Der Mann war kaum sichtbar, ganz am Rand der Lichtung, unter den weißen Lichtern.

Milo blickte zurück zu seinem Haus, zu dem Donnern, das von einem fernen Knattern abgelöst worden war, und erst jetzt sah Ike, daß er einen kleinen Stab in der Hand hielt – etwas wie eine Reitgerte. Er schlug damit gegen sein Bein, und dann tat er etwas Sonderbares damit. Er hielt das Ding hoch und schüttelte es in Richtung der Bäume, fast als könnte er damit etwas ändern, dachte Ike, als wäre es ein Zauberstab. Und es lag eine gewisse Komik in der Geste, in dem absurden Bild, das Milo Trax abgab – mit seinem untersetzten muskulösen Körper, seinem grellen Hemd, seinem kleinen Stab. Aber dann war der Augenblick vorüber, und die Szene begann sich aufzulösen.

Ike brauchte einen Augenblick, um eine Verbindung herzustellen zwischen dem Knattern aus dem Wald und dem, was mit Milo geschah. In der einen Sekunde stand er mit hocherhobenem Arm dort auf der Lichtung, und in der nächsten lag er rücklings auf dem Boden, und dann rollte er auf die Seite, und seine Brust war voller Löcher – schwarze, häßliche Stellen, wo das Hemd naß war und an seiner Haut klebte – und es war ein seltsames Geräusch zu hören, etwas, das Ike so schnell nicht vergessen würde, als saugten die Löcher Luft an und stießen einen schwarzen Dunst aus. Aber dieser Augenblick der Stille, in dem das seltsame Geräusch zu hören war, war nur von kurzer Dauer – denn mit einemmal war es alles andere als ruhig, und die Stille zerstob. Der Adrenalinstoß schierer Angst hatte schließlich den kollektiven Nerv erreicht, und die Nacht war ein einziges wildes Durcheinander von Bewegung und Lärm, von Panik und Tod. Und wenn diese verhüllten Gestalten gekommen waren, um irgendein satanisches Ritual zu vollziehen oder irgendeinen Teufel anzurufen, dann mußte, wenigstens in einigen dieser umnachteten Hirne, die irgendeine abgedrehte Mischung perverser Kicks entlanggetrieben wurden, der Eindruck geherrscht haben, daß sie Erfolg damit gehabt hatten. Denn da waren bestimmt welche, die glaubten, der halbnackte Riese, der, den Leib von einem Labyrinth rätselhafter Symbole bedeckt und die Hände voller Feuer, aus dem Wald zu ihnen herniederstieg, sei Luzifer in Person.

Danach ging alles drunter und drüber. Leute rissen sich Kapuzen vom Kopf, suchten panisch nach einem Fluchtweg. Einige rannten blind in die Nacht und verschwanden am Rand der Klippe. Schreie gingen im Knattern von Automatikgewehrfeuer unter. Woran sich Ike später vor allem erinnern sollte, war die unglaubliche Anstrengung, die es erforderte, sich zu bewegen, sich auf Hände und Knie aufzurichten, dorthin zu kriechen, wo Michelle, die Hände vor dem Gesicht und weinend, immer noch lag, und sie mit sich fortzuzerren. Er brauchte all seine Kraft dazu, und es blieb wenig Zeit für anderes. Doch er nahm eine Collage von Bildern mit: verzerrte Gesichter, unförmig im Fliehen oder erstarrt im Tod, Preston selbst, mit bloßer Brust, in dunkler Hose und Barett, mit Drähten kreuzweise über seiner Brust, als wäre er mit irgend etwas verkabelt, die dunkle Kiste unter dem einen Arm, das Automatikgewehr, das Feuer spuckte, ein merkwürdiges Detail in Verbindung damit: Prestons Hand nicht direkt an der Stelle, wo der Abzug sein mußte, sondern ein bißchen an der Seite. Ein Automatikschalter in seiner Handfläche, mit dem er feuerte, wie Ike ihm zu schalten vorgeschlagen hatte. Es war noch mehr – Bruchstücke, die ihm erst einige Zeit später wieder einfallen sollten: Wie der dunkle Freund des silberhaarigen Mannes in der Nähe des Steinringes stand und eine Pistole abfeuerte. Er hielt sie mit beiden Händen und zielte damit auf die Bäume. Die Pistole gab ein komisches leises Ballern von sich, als feuerte er eine Spielzeugpistole ab. Und dort auf dem Boden, zu Füßen des Mannes mit der Pistole, lag der Mann, der Michelle hergetragen hatte, noch nahe genug an dem Steinring, daß Ike sich klarmachte, daß er praktisch über ihn hinweggekrochen sein mußte, um zu ihr zu gelangen, und ihn dennoch erst später gesehen hatte, erst als er bereit war, zu versuchen, den Strand zu erreichen. Der Mann war nicht mehr glatzköpfig – es war überhaupt nichts mehr da, die gesamte obere Hälfte seines Kopfes war weggeschossen. Er lag flach auf dem Rücken, doch seine Beine waren in einem unmöglichen Winkel unter ihm geknickt. Seine Kutte war offen, und Ike erkannte jetzt deutlich, was er vorher nur flüchtig gesehen hatte – das aufblitzende Metall an der Taille des Mannes. Es war ein langer Dolch mit reichverziertem Griff, der still im grellen weißen Licht schimmerte.

Was Hound Adams anging, so war er so ziemlich die letzte Person, die Ike sah, bevor er über den Rand der Klippe verschwand. Er hatte Ike und der See den Rücken zugekehrt. Er stand dem Gewehrfeuer gegenüber, die Beine leicht gespreizt, die Hände an der Seite, und Ike mußte an jenen Tag denken, als Hound auf dem Parkplatz den Rokkern gegenübergestanden hatte, als er Ike den Arsch gerettet hatte. Es war das letzte, was Ike von ihm sah. Hound Adams und dieser dunkelhaarige Typ mit der Pistole – sie waren die beiden einzigen, die nicht kopflos vor Angst waren, und er fragte sich oft, wie sie wohl geendet hatte, diese letzte Szene. Hatten Hound Adams und Preston Marsh sich schließlich dort auf der Lichtung gegenübergestanden?

Hatte es diesen einen erstarrten Moment des Schweigens gegeben, während die unsichtbare Brandung unter ihnen ans Ufer schlug, der letzte Herzschlag eines Traumes, der zum Alptraum geworden war? »Was machst du, wenn etwas verfault ist?« hatte Preston ihn einmal gefragt, und Ike hatte keine Antwort gegeben, aber Preston hatte geantwortet, und er antwortete noch, als eine letzte Explosion die Klippen über ihnen erbeben ließ und ein Hagel von Erde und Steinen herunterprasselte, so daß sie anhalten, in Deckung gehen und warten mußten, bis es vorbei war. Und dann weiter, auf Beinen wie Gummi hinunter zum Strand, die Lungen berstend von Atem wie Feuer, vorwärts auf die Weise, wie er sich oft in Träumen vorwärtsbewegt hatte, und es gab Momente, während sie die Erde und das Gestrüpp hinunterschlitterten, da er sich sicher war, daß es ein Traum war, oder zumindest irgendeine wahnsinnige Drogenhalluzination, aus der er am Ende erwachen würde.

42

Michelle kam langsam zu sich, als sie den Strand erreichten, konnte aber noch nicht wieder ohne Hilfe gehen. Ike blieb mit ihr im schwarzen Schatten der Klippen, redete mit ihr, hielt sie in Bewegung, alles, damit sie nur wach blieb. Schließlich zog Ike sich aus, und Michelle warf die Überreste des blutbefleckten weißen Kleides ab, und zusammen badeten sie im kalten Wasser. Über ihnen, über der gezackten schwarzen Linie der Klippen, konnten sie immer noch einen orangenen Schein am Himmel sehen. Es waren jedoch keine Stimmen mehr zu hören und keine Musik. Die Nacht war still. Sie waren allein am Strand, und nur das Geräusch der Wellen war zu hören, und dann schließlich, wie aus einer anderen Welt, das ferne Heulen von Sirenen.

Sie sprachen nicht über das, was passiert war, während sie den Eisenbahngleisen Richtung Stadt folgten. Statt dessen redeten sie über Kleinigkeiten, darüber, wieviel die Rückfahrt wohl kosten würde oder wie weit sie laufen müßten. Michelle hatte ihre Schuhe verloren, und Ike überließ ihr seine. Sie hatte immer noch Mühe, sich auf den Schwellen zu halten. Einmal blieb sie stehen und mußte sich übergeben.

Ike konnte nicht sagen, ob der Weg lang war oder kurz. Manchmal hatte er das Gefühl, als liefen sie schon ewig, und dann wieder, als wären sie gerade erst losgegangen. Er zählte die Schwellen, verzählte sich und begann von neuem, während seine bloßen Füße dumpf auf das rauhe Holz traten, bis die Lichter, die zuerst nur ein schwacher Schein am Horizont gewesen waren, größer wurden und sich ausbreiteten, um schließlich zu den Lichtern der Stadt zu werden.

In einem Busdepot gingen sie auf die Toilette und versuchten, sich so vorzeigbar wie möglich zu machen. Trotzdem fragte sich Ike, was für einen Eindruck sie wohl machen mußten – Michelle in den schwarzen Umhang gehüllt, den er für sie unterhalb der Klippen gefunden hatte, und Ike selbst in der dreckigen Hose und dem zerrissenen Hemd (von dem jetzt beide Ärmel weg waren, weil er annahm, daß es besser aussah, als wenn nur einer fehlte). Er sah, wie Leute stehenblieben und sie anstarrten, und einen Moment lang wurde er fast panisch, als er sich fragte, ob man sie überhaupt in einen Bus lassen würde. In Huntington Beach hätte man sie vielleicht für Punks gehalten. Er hatte keine Ahnung, wofür man sie hier halten würde, doch er war so höflich wie möglich am Fahrkartenschalter, wo eine dicke mexikanische Frau ihm kaum einen zweiten Blick schenkte.

Sie fuhren mit einem Greyhound nach Los Angeles und stiegen in einen Freeway Flyer um. Hier in der Stadt, dachte Ike, fielen sie weniger auf. Er stellte sich immer wieder vor, der Bus, den sie in Los Angeles bestiegen, sei derselbe, mit dem er in der Nacht gefahren war, als er gekommen war, der Nacht, als er aus der Wüste fortgegangen war.

Er wußte nicht, warum er es dachte, denn er konnte sich nicht an die Nummer erinnern, aber er dachte es trotzdem. Michelle gelang es, einzuschlafen. Ike konnte nicht schlafen. Er dachte an den Bus. Und er dachte darüber nach, was sie tun sollten, wenn sie in Huntington Beach ankamen. Er zog Michelle an sich und plazierte sie so, daß ihr Kopf an seiner Brust lag. Er streichelte ihr Haar, während sie schlief.

Der Bus schnurrte ein leeres Asphaltband entlang. Die Nacht glitt an ihnen vorüber. Das Vibrieren des Motors ging über in seine Beine, bis hinauf in seine Rückenknochen, doch es schläferte ihn nicht ein. Er fühlte sich diesem seltsamen schwindligen Zustand ausgeliefert, wo der Schlaf nicht kommen wollte, wo er aber träumen konnte, ohne zu schlafen, mit offenen Augen, und er träumte von der Wüste, von mageren braunen Beinen voller Staub. Er betrachtete die Leute um sich herum, spähte sie aus dem Traum hervor an, und er fragte sich, ob sie wie er waren, ob ihr Leben auch ein solches Durcheinander war. Er musterte ihre schlafenden Gesichter um sich herum, die herabhängenden Kiefer, die dicht geschlossenen Augen. Er betrachtete einen alten Mann in grauer Arbeitskleidung, der still vor sich hin rauchte und aus dem Fenster blickte. Was wußten diese Leute von der Welt? Wußten sie, daß menschliche Wesen immer noch Tiere schlachteten und ihr Blut tranken, daß sie auf den Klippen hoch über dem Ozean Opferriten vollzogen? Falls sie es wußten, würde es ihnen etwas ausmachen? Oder waren diese Gesichter bloß geschickte Masken – hinter jeder Maske ein lüstern grinsender Schädel mit blutbefleckten Zähnen? Er schüttelte den Kopf. Er war sehr müde, dachte er, und wie konnte er jemals wissen, was sie dachten, irgendeiner von ihnen. Er betrachtete Michelle, ihr glattes rundes Gesicht, und er fragte sich, wieviel sie gesehen hatte und an wieviel sie sich erinnerte. Alles, wovon sie ihm erzählt hatte, während sie im Busbahnhof warteten, war der Wutanfall, den Milo Trax bekommen hatte, nachdem Ike in dem Kino weggetreten war – etwas über die Tätowierung, daß sie unmöglich sei und alles verderben würde, und dann hatten sie auch sie unter Drogen gesetzt, und das letzte, woran sie sich erinnern konnte, war, wie Milo Trax mit einer Filmdose nach Hound Adams warf, als Hound sich umdrehte und davonging. Er dachte lange darüber nach. War es die Tätowierung gewesen, die ihn an den Rand des Kreises gebracht hatte anstatt in seine Mitte zusammen mit Michelle? Er wandte sich wieder Michelle zu, sah sie an, wie sie schlief, dachte wieder daran, was sie durchgemacht hatte, doch ihrem Gesicht war nichts anzumerken, es war so leer wie die der anderen um ihn herum, so leer wie sein eigenes, das jetzt aus dem schwarzen Spiegel des Fensters auf ihn zurückstarrte. Es schien dort zu schweben, in einem sonderbaren Winkel, ein Bild von ihm selbst, das ihn bei der Betrachtung seiner selbst betrachtete, ein Bild, das am Nachthimmel schwebte mit nichts unter sich.

Er hatte fürchterliche Mühe, sie zu wecken, als sie in Huntington Beach angekommen waren. Der Busfahrer kam schließlich nach hinten, um zu sehen, was los war, denn sie waren die letzten Leute im Bus, und einen weiteren fürchterlichen Moment lang wäre er fast panisch geworden, als er und der Fahrer versuchten, sie aufzuwecken. Schließlich jedoch kam sie langsam zu sich, und sie schafften es, sie auf die Beine zu bringen.

»Was hat sie genommen, Mann?« wollte der Fahrer wissen. Er war jetzt ein paar Schritte zurückgetreten und musterte sie beide. Ike sagte, er wisse es nicht. »Vielleicht sollte sie zum Arzt gehn«, schlug der Fahrer vor.

»Nein, es ist schon okay. Sie kommt wieder in Ordnung. Sie ist nur total müde.«

Der Fahrer sah sie schräg von oben herab an. Es war ein großer drahtiger Typ mit einer großen Westernschnalle am Gürtel. Ike sah, wie er seine Tätowierung musterte. Schließlich trat er beiseite und ließ sie vorbei, aber Ike spürte, wie die Augen des Typen ihm ein Loch in den Rücken brannten, als sie die Treppe hinunterstiegen.

Er wußte offensichtlich, wann er es mit einem Versager zu tun hatte.

43

Am Morgen beschlossen sie, daß Michelle zumindest für eine Weile zurück zu ihrer Mutter gehen würde, und daß sie dort warten würde, bis sie von Ike hörte. Es war hauptsächlich Ikes Entscheidung, aber Michelle war damit einverstanden. Es war seltsam, wie es dazu kam. Es war nicht lange her, da war er bereit gewesen, mit ihr fortzulaufen, irgendwohin, solange sie nur zusammen waren. Aber seit gestern nacht war es anders. Vielleicht war es so, daß er jetzt besser wußte, was er Preston schuldig war. Oder vielleicht wollte er die Sache nur ganz zum Abschluß bringen. Schließlich hatten drei Namen auf der Liste gestanden: Terry Jacobs, Hound Adams und Frank Baker.

Er brachte Michelle zum Busbahnhof und wartete mit ihr noch einmal auf einen Bus. Die Nacht hatten sie im Sea-View verbracht, in ihrem Zimmer. Sie war lange unter der Dusche gewesen, bevor sie losgingen, und hatte für ihre Heimkehr eine schlichte weiße Bluse und einen hellgrünen Rock angezogen. Der Rock war einer von ihren alten – etwas, das sie bei einem Trödler aufgestöbert hatte, bevor Ike sie kennenlernte. Sie packte keinen Koffer. Alles andere, die neueren Kleider, die Hound ihr gekauft hatte, ihre Toilettenartikel, ihre Bilder, die Pflanzen, alles blieb da. »Müll«, hatte sie gesagt, als Ike sie danach fragte, und dann war sie durch die Tür gegangen, ohne zurückzublicken.

Jetzt saßen sie auf einer langen Holzbank, den Rücken gegen eine Backsteinmauer gelehnt, das Gesicht einer fahlen Sonne zugewandt.

Er hielt ihre Hand, aber es war etwas Trauriges und ziemlich Abwesendes, dachte er, in ihrem Gesicht und in dem Schweigen zwischen ihnen. Ihm fielen eine Menge Sachen ein, die er sagen wollte, aber er wußte nicht, wie er anfangen sollte, und dann sprach Michelle. Ihre Stimme war leise, und die Frage wurde auf eine zögernde Weise gestellt, als wollte sie die Frage herausbringen, fände es aber schwierig. »Ike«, sagte sie. »Was, glaubst du, wäre passiert?«

»Ich weiß nicht.«

Sie setzte an, noch etwas zu sagen. Er sah es ihrem Gesicht an, aber dann ließ sie es. Er nahm an, es würde irgend etwas über Ellen sein. Er konnte den Bus jetzt sehen, wie er an der Kreuzung Walnut und Main Street wartete. In ein paar Minuten würde es Zeit für sie sein, zu gehen. – »Ich will dir noch was sagen«, begann er. »Ich weiß nicht warum. Ich will einfach, daß du es weißt. Diese Nacht in deinem Zimmer. Nach dem Kino. Es war das erste Mal für mich.«

Sie wandte sich um und sah ihn an. Die eine Hälfte ihres Gesichts war im hellen Sonnenschein, die andere im Schatten. »Was ist mit deinem Mädchen in der Wüste?«

»Es gab keins. Nur Ellen.«

Sie blickte zurück auf die Straße. »War Ellen das Mädchen?«

»Nein. Nicht so, wie ich's dir erzählt hab. Du warst die erste.« Er hielt inne und blickte wieder zu dem Bus hinüber. Er blickte auf die Straße, während er sprach. »Ellen und ich waren einmal dicht davor. Ich glaube, wir hätten's zusammen getan, wenn sie nicht aufgehört hätte. Ich wollte es – oder ich dachte, daß ich's wollte. In Wirklichkeit wußte ich nicht, was ich wollte. Es war alles durcheinander. Aber jedenfalls mußte ich dann immer daran denken und hab mich verrückt gemacht damit. Dann hat uns eines Tages die alte Dame zusammen im Keller erwischt. Ellen war nackt, weil sie dieses Kleid auswusch, in dem sie die ganze Nacht mit einem Typen ausgewesen war – wollte nicht, daß unsere Großmutter es sieht, aber die alte Dame dachte, ich wär's gewesen. Sie dachte, wir hätten da unten wie die Wilden rumgevögelt oder was, und später mußte ich mir dann die ganze Zeit anhören, wie pervers ich wäre. Das Komische war nur, ich hab nie versucht, es ihr auszureden. Ich dachte, es wäre wie bei dieser Stelle in der Bibel, wo Jesus sagt, wenn jemand die ganze Zeit ein Weib ansieht, ihrer zu begehren, dann ist es so, daß er in seinem Herzen schon mit ihr gesündigt hat. Ich dachte mir, genauso wär's. Ich hatte es gewollt, und deshalb war ich schuldig wie nur was.«

Michelle hatte ihn angeschaut, während er sprach, ausdruckslos. Sie wartete einen Augenblick, als er fertig war. »Ich bin eine Weile mit einem Mädchen zur Schule gegangen, das die ganze Zeit mit ihrem Bruder rumgevögelt hat«, sagte sie. »Sie hielt es für einen Spaß. Ihr Bruder genauso. Ich meine, sie haben beide ihren Freunden davon erzählt, als wär's wer weiß wie komisch. Es schien mir ein bißchen abgedreht damals, aber so schlimm fand ich's nun auch wieder nicht. Vielleicht wär's eine Riesensache gewesen, wenn sie schwanger geworden wäre. Oder vielleicht war ich einfach nur zu dumm, um zu wissen, was ich glauben sollte.« Dann zuckte sie die Achseln und blickte auf die Straße, doch als sie ihn wieder ansah, war ein kleines Lächeln auf ihren Lippen – das erste, das er seit langem gesehen hatte. »Aber ich seh dich vor mir«, sagte sie, »da draußen in der Wüste, wie du dich wegen was verrückt machst, das überhaupt nie passiert ist.«

»Yeah, tja.« Er schüttelte den Kopf und atmete langsam aus. »Es kommt mir jetzt wirklich vor, als wär's ewig her. Manchmal kann ich mir kaum vorstellen, daß ich derjenige da draußen war – mehr so, als wär's irgendein anderer dummer Hinterwäldler gewesen.«

»Ich glaub nicht, daß du dumm warst. Du bist bloß von Arschlöchern großgezogen worden, von Leuten, mit denen du nicht reden konntest. Bei mir war's genauso.«

»Yeah, zum Teil. Aber ich glaube, man muß aufpassen, daß man nicht zuviel auf andere abwälzt.« Der Bus fuhr jetzt in die Haltebucht, und Ike redete schnell weiter. »Ich glaube, einiges von dem, was diesen Sommer passiert ist – dieser ganze Scheiß bei Hound –, hatte was mit dem Bild zu tun, das ich von mir selbst hatte, als ich ankam. Wenn man irgendwie die ganze Zeit gesagt kriegt, daß man die totale Niete ist, fängt man irgendwann selber an, es zu glauben. Weißt du, was ich meine? Und dann stellt man plötzlich fest, daß man wirklich alles vermasselt, und man ist versucht zu sagen: ›Yeah, nun, scheiß drauf. Du hältst mich für einen Versager? Das ist ja noch gar nichts, Mann. Wart mal ab, was noch alles kommt.‹ Weißt du, was ich sagen will?« Er hielt inne, suchte ziemlich verzweifelt nach etwas, womit er enden könnte, während Michelle zum Bus hinüberblickte. »Aber das ist es nur zum Teil, Michelle. Ich meine, ein Teil von mir wollte, was hier passiert ist. Nur wollte ich es ohne jede Verantwortung dafür. Ich dachte, ich könnte mich der Verantwortung irgendwie entziehen, indem ich es auf andere Sachen schiebe – daß ich unter Idioten aufgewachsen war, oder daß meine Mutter mich verdorben hatte – was auch immer.« Jetzt, wo er einmal angefangen hatte, fiel es ihm schwer aufzuhören.

Michelle stand auf. »Ich muß los, Ike. Der Bus.«

Er stand mit ihr auf. Er holte tief Luft, und als er wieder sprach, kamen die Worte langsamer. »Es ist nur, daß ich in letzter Zeit über all diese Sachen nachgedacht habe. Ich wollte, daß du das verstehst.«

»Ich versteh's auch«, sagte sie. Sie legte ihm die Hand auf den Arm. »Jeder kann mal Scheiße bauen.«

Er ging mit ihr zur Tür. Ihr Haar war weich und golden in der Sonne und wehte ein bißchen in der Brise. Ihr Gesicht wirkte bleicher, als er es je gesehen hatte. »Es war genauso mein Fehler«, sagte sie. »Ich dachte, die ganze Sache mit Hound würde ein echter Hammer werden. Er hat sogar gesagt, ich könnte ein Pferd haben, auf der Ranch, und daß ein paar von diesen Cowboys mir beibringen würden, mit ihm zu trainieren.« Sie zuckte die Achseln, dann stieg sie die Treppe hinauf in den Bus. Er blickte ihr nach. Er schaute durch das dunkle Glas zu, bis sie einen Sitz gefunden hatte und der Bus fortgefahren war, dann ging er allein zurück ins Sea-View. Es war kühl und dunkel in seinem Zimmer, die Rollos noch heruntergelassen. Er schlief wieder lange Zeit. Und er wurde von keinen Träumen heimgesucht.

44

Am nächsten Tag erschienen die ersten Berichte in den Zeitungen. Die meisten konzentrierten sich auf Milo Trax, auf die Tatsache, daß er der einzige Sohn eines berühmten Filmproduzenten aus Hollywood war. Sie schilderten seine frühen eigenen Erfolge als Filmemacher und seinen späteren Niedergang, seine Verwicklung in Drogenaffären und Pornografie – möglicherweise auch rituelle Morde, doch wurde das noch untersucht – und schließlich seinen gewaltsamen Tod auf dem Landsitz seines Vaters.

Ike las einige der Reportagen. Aber die Berichte über den Vorfall selbst schienen ihm nie einen richtigen Sinn zu ergeben. Preston Marsh und Hound Adams wurden nur am Rande erwähnt. Preston wurde als ein drogensüchtiger Rocker, ein psychotisches Opfer des Vietnamkriegs geschildert. Die Morde, so glaubten sie, waren unter Drogeneinfluß verübt worden, wobei Preston möglicherweise das Opfer von minderwertigem Stoff geworden war. Schließlich las Ike sie gar nicht mehr. Es gab eigentlich nur eine Einzelheit, die ihn interessierte, die seine Aufmerksamkeit gefangennahm. Hound Adams, so schien es, ließ eine einzige Verwandte zurück, nachdem seine Schwester und sein Vater mittlerweile verstorben waren – seine Mutter, eine gewisse Mrs. Hazel Adams aus Huntington Beach. Er las die Notiz unzählige Male. Einmal ging er sogar hinunter zur Ocean Avenue und setzte sich erneut auf die Steinmauer vor der Schule. An derselben Stelle hatte er zu Anfang des Sommers gesessen, und daß er jetzt wieder hier saß, kam ihm wie etwas Geheimnisvolles vor. Es war wie der Teil eines Musters, das Steinchen eines Mosaiks, dessen Gesamtbild er nicht völlig erfassen konnte.

Die alte Frau sah er an dem Tag nicht. Er betrachtete die verblichenen Stuckmauern, die ordentlich geschnittenen Hecken, die leeren Fenster, und er stellte sie sich drinnen vor, wie sie leise vor sich hin murmelnd Bananenbrot backte für Besucher, die nie kamen, und auf Anrufe wartete, die nicht erfolgen würden. Er blieb dort sitzen, bis ihn eine fast unerträgliche Traurigkeit überkam. Dann stand er auf und ging.

Teil 5

45

Sie begruben, was sie von Preston Marsh hatten finden können, am 25. September. Das Begräbnis fand irgendwo hinter Long Beach statt, in einer verlassenen öden Gegend, die er vor langer Zeit hinter sich gelassen hatte. Ike fuhr alleine hin, mit dem Bus. Er stieg in der entsprechenden Straße aus und ging die restlichen Blocks bis zum Friedhof zu Fuß. Als es vorüber war, ging er den Weg zurück, stieg in einen anderen Bus und fuhr fort, ohne je genau erfahren zu haben, in welcher Stadt er eigentlich gewesen war. Soweit er sagen konnte, gingen die Städte dort draußen eine in die andere über, ein Labyrinth kahler stuckverzierter Häuser, leerer Schulhöfe und verwilderter Grundstücke. Es war eine Landschaft der Einkaufszentren und Reklametafeln – so farblos und eintönig, daß Ike sich fragte, was er je an der Wüste so trostlos gefunden hatte.

Es war Barbara gewesen, die ihn von dem Begräbnis benachrichtigt hatte. Sie hatte an dem Abend angerufen, als er von Mrs. Adams' Haus zurückkam. Ihre Stimme hatte sich blechern und weit entfernt angehört. Sie hatte nicht lange geredet. Sie hatte sich mit Prestons Eltern in Verbindung gesetzt, und sie dachte, daß Ike vielleicht gerne Bescheid wüßte. Als er sie fragte, ob sie hingehen würde, hatte sie nach einer Pause gesagt, sie wisse es nicht. Er hatte nach ihr Ausschau gehalten, als er auf dem Friedhof ankam, hatte sie aber nicht entdeckt. Er konnte nicht behaupten, daß es ihn überraschte.

Das Begräbnis wurde nicht in einer Kirche gehalten. Es war eine schlichte Andacht am Grab. Ike war heiß und unbehaglich in dem Anzug, den er für zwölf Dollar bei einem Trödler in Huntington Beach gekauft hatte. Es gab nur wenig Schatten zwischen den flachen glatten Grabsteinen und dem spärlichen Gras. Die Sonne stand hoch am grauen Himmel, und gelegentlich dröhnte ein vorüberfliegendes Flugzeug durch die Stille. Es schien in ziemlich regelmäßigen Abständen zu geschehen, als läge der Friedhof in der Flugschneise eines nahen Flughafens.

Ike hatte sich gefragt, was er erwarten sollte. Es waren weniger Leute da, als er sich vorgestellt hatte. Die große Bekanntheit, von der Barbara gesprochen und für die er Belege in den Zeitschriften gefunden hatte, schien mit der Zeit verblaßt zu sein. Es waren nur ein paar Typen da, weniger als ein halbes Dutzend, die ungefähr in Prestons Alter waren und sich vielleicht noch an einen anderen Preston erinnerten, an den jungen Mann, der dieser öden Gegend den Rücken gekehrt hatte, um sich im Schatten des alten Piers von Huntington Beach mit seinem Surfboard einen neuen Namen zu schaffen. Es waren ebenfalls ein paar ältere Leute da – Freunde, so nahm Ike an, von Prestons Eltern. Der Rest der Trauergäste waren Rocker, ein Dutzend von ihnen vielleicht. Morris war unter ihnen, und kein einziges Mal an diesem Nachmittag kamen er oder Ike dazu, einander in die Augen zu blicken. Die Rocker waren mit fliegenden Fahnen gekommen, und hinter ihnen auf dem schmalen Schotterweg, der an das Gras grenzte, standen ihre Maschinen, in deren Chrom das Mittagslicht loderte, daß man kaum hinsehen konnte.

Es war Prestons Vater, der die Grabrede hielt. Und das erste, was Ike an dem Mann auffiel, war seine Stimme. Es war nicht die Stimme eines Predigers. Zumindest hatte sie keine Ähnlichkeit mit den Stimmen der Prediger, denen seine Großmutter immer im Radio gelauscht hatte, und das waren die einzigen Prediger, die er je gehört hatte. Es war einfach eine gewöhnliche Stimme, und es war eine müde Stimme. Er war ein großer alter Mann, größer noch als Preston, wenn auch nicht so breit, aber er hatte etwas Hartes an sich, und auch seine Stimme hatte etwas Hartes an sich, und wenn Ike ihn anschaute, konnte er den Sohn sehen.

Der alte Mann war in einen billig aussehenden blauen Anzug gekleidet. Er trug eine dunkle Krawatte und schwarze Schuhe. Sein Haar war dünn und grau und von den gelegentlichen Windböen, die über die heißen viereckigen Grasflächen heranwehte, in Unordnung gebracht. In der einen Hand hielt er eine Bibel. Beide Arme lagen dicht an seinen Seiten an. Er blickte seine zerlumpte Gemeinde über das offene Grab seines Sohnes hinweg an, und der glatte graue Sarg vor ihm fing Feuer wie die Motorräder auf dem Schotterweg. »Ich empfinde es als eine Pflicht vor Gott«, sagte der alte Mann, und seine Stimme drang klar durch die graue heiße Luft, »einige Worte zu sagen. Ich will nicht über meinen Sohn urteilen. Das Urteil gebührt dem einen, der in den Herzen der Menschen zu lesen vermag. Aber ich könnte heute hier nicht stehen, ohne euch, die ihr gekommen seid und die ihr seine Freunde wart, ein Wort zu sagen.« Er blickte in die glasigen Augen der Trauergäste, und sie blickten zurück, während ihre Ohrringe funkelten und ihnen der Schweiß über die bärtigen Gesichter lief, und Ike konnte sich nicht vorstellen, daß viele von ihnen in letzter Zeit still dagestanden hatten, um sich eine Predigt anzuhören.

»Ich will nicht viele Worte machen«, fuhr der alte Mann fort. Sein Haar wurde von einer neuerlichen Brise hochgeweht, und über ihnen donnerte ein Düsenflugzeug durch den Himmel. Er wartete, bis der Lärm verklungen war. »Ich möchte euch nur an die Worte des Johannes erinnern: ›Also hat Gott die Welt geliebet, daß er seinen eingebornen Sohn gab, auf daß alle, die an ihn glauben, nicht verloren werden, sondern das ewige Leben haben.‹ Dies nun ist die Grundlage für Sein Urteil, daß das Licht in die Welt gekommen ist, doch die Menschen liebten die Finsternis.« Er schaute über das offene Grab zu den

Söhnen Satans hinüber, die schwitzend auf dem Gras standen. »Wir haben eine Wahl. Ich habe euch Leben und Tod gegeben, das Heil und die Verdammnis.« Die Stimme des alten Mannes zitterte zum erstenmal. Er senkte den Kopf und blickte in den Abgrund zu seinen Füßen. Ike wand sich in seinem Anzug. Der Schweiß ließ seinen Kragen feucht werden und lief ihm den Rücken herunter. Mit einemmal packte ihn Mitleid mit diesem alten Mann. Preston war sein einziger Sohn gewesen, und Ike fragte sich, ob der alte Mann wußte, daß es einen Unterschied zwischen diesem Sohn und der zerlumpten Schar, die jetzt vor ihm stand, gegeben hatte, ob er wußte, daß der Tod und die Zerstörung, die Preston in seinem Tod zurückgelassen hatte, nicht irgendeinem törichten Verlangen entsprungen waren, sich den Konventionen zu widersetzen, dem Verlangen eines Verlierers, zu herrschen oder zu vernichten. Statt dessen waren sie einer viel tiefer gehenden Verbitterung entsprungen, einem Verlangen eher nach Buße; Preston hatte seine Kluft und seine Tätowierungen wie Sack und Asche getragen. Und Ike fragte sich ebenfalls, ob nicht vielleicht mehr von dem Vater in Preston gewesen war, als beide je gewußt hatten.

Der alte Mann sprach die letzten Worte mit gesenktem Kopf, und die Worte waren schwerer zu verstehen. »O Herr, du bist unsere Heimstatt gewesen. Du schaust unser Laster und unsere Sünden im Lichte Deiner Herrlichkeit. Denn alle unsere Tage gehen hin in Deinem Zorn ...« Es folgten noch mehr Worte, doch sie gingen unter im Dröhnen eines weiteren Düsenflugzeugs und im Geschrei eines Krähenschwarms, der von den Bäumen aufstob.

Als es vorüber war, schien niemand recht zu wissen, was er tun sollte. Prestons Vater blieb am offenen Grab stehen. Die kleine Menge stand auf dem Gras, und eine gewisse Unruhe machte sich breit. Es war ein Typ da, der Ike schon vorher aufgefallen war, ein Typ Anfang Zwanzig mit einer Fototasche um die Schulter und einer Kamera in der Hand, der etwas abseits herumstand und sich ein bißchen blöde vorzukommen schien, während er Fotos machte. Ike nahm an, daß er möglicherweise von einer der Zeitungen war, die über die Sache berichteten. Als der alte Mann verstummt war und am Himmel über ihnen Ruhe herrschte, konnte Ike das leise Klicken der Kamera hören. Es war etwas Peinliches an dem Geräusch, und dann warf einer der Rocker eine Bierdose. Sie flog zischend und Schaum verspritzend durch die Luft und blitzte für einen Augenblick in der Sonne auf, als sie den Kopf des Fotografen um einen knappen halben Meter verfehlte. Ike sah, wie der junge Mann seine Kamera wegpackte und rasch über das Gras wegging. Er verrenkte den Hals in seinem kratzigen Kragen und versuchte, die Rocker besser zu sehen. Er hatte eine Ahnung, daß Morris die Dose geworfen hatte, aber er war sich nicht sicher. Er wollte glauben, daß er es gewesen war, und hätten sie miteinander geredet, so hätte Ike ihm gedankt.

Er blieb weiter schwitzend und von Jucken geplagt mit den anderen dort stehen, bis er genug Mut gefaßt hatte, um zu Prestons Vater hinüberzugehen. Es war etwas, das er tun wollte, für Preston. Er wollte dem alten Mann sagen, was ihm durch den Kopf gegangen war, wollte es in Worte fassen. Es gelang ihm jedoch nicht sehr gut. Es war nichts, was sich leicht sagen ließ, und er stammelte herum, während der alte Mann, einen etwas verwunderten Ausdruck in seinen grauen Falkenaugen, auf ihn hinunterblickte. Und später war er sich nicht einmal ganz sicher, was er gesagt hatte, irgend etwas darüber, daß Preston nicht so wie die anderen gewesen war, und darüber, daß Preston am Ende doch etwas Gutes getan, einer, vielleicht zwei Personen das Leben gerettet hatte. Er wußte nicht, wie es sich angehört hatte, oder ob er auch nur froh war, daß er es gesagt hatte. Er entschied schließlich, daß er es war. Der alte Mann hatte kein Wort gesagt. Er hatte dagestanden und geduldig gewartet, bis er fertig war, dann hatte er genickt und war gegangen. Das letzte, was Ike von ihm sah, war, wie er über das Gras ging, die Bibel noch in der Hand und seinen Arm um die Schulter einer kleinen grauhaarigen Frau gelegt, die Ike für Prestons Mutter hielt. Es wehte gerade eine steife Brise in dem Moment, und Ike sah, wie die Hosenbeine des alten Mannes ihm um die Knöchel schlugen und das dünne graue Haar auf seinem Kopf sich aufrichtete. Ike stand allein am Grab und schaute ihm nach. Er sah ihm nach, bis noch ein Flugzeug am Himmel vorübergeflogen war. Dieses jedoch zog leise vorüber, denn der Lärm seiner fernen Motoren ging unter im Aufröhren von einem Dutzend Choppern, die in der Stille des winddurchfegten Friedhofs zum Leben erwachten.

46

Es war Anfang Oktober, als er nach Huntington Beach zurückkehrte. Michelle war fort. Ein Brief von ihr hatte ihn im Sea-View erwartet. Sie lebte jetzt bei ihrem Vater; er hatte ihr Geld für die Fahrt geschickt. Irgendwo oben im Norden, an der Küste. Sie nannte den Namen einer Stadt, eine Adresse. Er konnte kommen, sagte sie, wenn er wollte. Er faltete den Brief zusammen und steckte ihn in die Hüfttasche seiner Jeans. Sie war schließlich einer der Gründe, warum er zurückgekommen war. Außerdem war da noch etwas, was er zum Abschluß bringen wollte. Er würde Frank Baker finden, und sie würden ein letztes Mal miteinander reden.

Er zog aus dem Sea-View aus und nahm sich ein Zimmer in einem kleinen Motel nahe der Ecke Main Street und Pacific Coast Highway. Das Haus war neuer als das Sea-View, ein niedriges weißes stuckverziertes Gebäude mit kleinen viereckigen Zimmern, die in Türkis und Orange gehalten waren. Ein kleiner nierenförmiger Swimmingpool lag verlassen da, einsam in einem kahlen Betonrechteck versunken. Vom Fenster aus konnte er den Highway sehen und dahinter den Strand. Die Touristensaison war vorüber jetzt, wo die Schule wieder begonnen hatte, und obwohl sich am frühen Vormittag und Abend immer noch Surfer im Wasser drängelten, hatte der Strand doch einen anderen Charakter angenommen. Er war sauberer und leerer, am Nachmittag manchmal beinahe verlassen, wenn ein frischer Wind von der See her über den Sand fegte und die Brandung miserabel machte.

Er hatte kein Board mehr, und er war auch nicht scharf auf ein neues. Er würde später surfen, das wußte er, an anderen Orten, aber nicht hier. Es war nur so, daß er hier etwas zu Ende zu bringen hatte, und wenn er es getan hatte, konnte er verschwinden. Er würde fertig mit Huntington Beach sein, so wie er mit San Arco fertig war. Dorthin war er nach dem Begräbnis gefahren, zurück in die Wüste. Soweit er wußte, war noch niemand von seiner Familie von dort fortgegangen, ohne daß es wie eine Flucht gewesen war, hatte sich noch niemand je die Zeit genommen, auf Wiedersehen zu sagen. Er wollte der erste sein. Also war er hingefahren. Er hatte mit Gordon gesprochen, und sie hatten in der allgegenwärtigen Hitze des Schotterplatzes gestanden, und er hatte Gordon erzählt, was er wußte, und der alte Mann hatte die Neuigkeiten auf seine übliche stoische Weise aufgenommen. Und Ike hatte ihm die Hand geschüttelt und ihm gedankt, und dann hatte er noch einmal vom anderen Ende der Stadt aus zum Haus hinübergeblickt, zu der kühlen modernen Veranda, dem großen lichtumschimmerten Fleck aus staubigem Efeu, und es hatte keinen Grund gegeben, je dorthin zurückzukehren.

Er war ein paar Tage in San Arco geblieben. Er schlief hinten im Laden, holte ein paar Spinnweben aus der Harley raus, dann setzte er sich drauf und fuhr los, um zu üben, die Hauptstraße der Stadt rauf und runter, mit Gedröhn am Haus der alten Frau vorbei wie ein leerer Güterzug auf der Abwärtsstrecke aus King City. Und als er den

Eindruck hatte, er hätte genug geübt, um ohne Unbehagen nach King City fahren zu können, ging er in den Laden, nahm sich eine Schere und schnitt an einem dieser verdammten langärmeligen T-Shirts die Ärmel ab. Er hatte gute sieben Kilo den Sommer über zugenommen, und bei all dem Paddeln und Schwimmen schien sich das Gewicht hauptsächlich auf seine Arme und Schultern verteilt zu haben. Er war immer noch nicht das, was man groß und breit nennen würde, aber ein Zwerg war er auch nicht mehr. Und damit war er wieder nach draußen gegangen und war, eine neue Pilotensonnenbrille, in der sich die Sonne spiegelte, vor den Augen, mit der Knucklehead geradewegs nach King City gefahren, und dort war er in Jerrys Laden gegangen und hatte ihnen gesagt, das Motorrad sei zu verkaufen, weil Jerry ihn unzählige Male gefragt hatte, ob er es verkaufen wollte, und er hatte auf seinem Preis bestanden und ihn gekriegt, und damit hatte er alles erledigt.

Den letzten Blick auf San Arco warf er von dem Bus nach Los Angeles aus, und von der Schnellstraße aus war die Stadt nicht mehr als ein Lichtreflex – wie ein Stück Glas oder Metall, das von irgendwoher zwischen den ausgedörrten Hügeln das Sonnenlicht zurückwarf – und dann hatte er die Augen geschlossen, den Kopf nach hinten auf den Sitz gelegt und sich an den Ausdruck auf Gordons Gesicht erinnert, als er die verdammte Tätowierung gesehen hatte, und sich ebenfalls daran erinnert, wie die alten Männer ihm nachgeblickt hatten, als er wieder und wieder an ihnen vorübergedröhnt war, während die zerfetzten Ärmel seines T-Shirts im Wind den Takt dazu schlugen.

47

Er blieb eine Woche lang in dem weißen Motel. Er trieb sich auf den Straßen herum. Er fragte sogar ein bißchen herum, nach Frank Baker. Niemand hatte ihn gesehen, oder zumindest behaupteten sie es. Aber der Surf-Shop war noch da, zugesperrt und dunkel. Und Ike vermutete, daß sich Frank früher oder später darum würde kümmern müssen und wieder auftauchen würde. An den Nachmittagen ging Ike zum Strand hinunter und machte lange Spaziergänge vom Pier zu den Klippen und den Ölquellen hinaus und dann zurück am Wasser entlang, wo der Sand naß und steil war.

Es war sonderbar, wenn er mit Leuten redete. Ihm wurde klar, daß er hier, wie in der Wüste, nicht sehr viele Freunde gefunden hatte. Michelle, Preston, Barbara, sie waren seine Freunde gewesen, und sie waren alle fort. Sogar Morris, so hatte er gehört, hatte seine Werkstatt aufgegeben und war ins Landesinnere gezogen, bis rauf nach San Bernardino oder so ähnlich. Und die anderen, die eher in seinem Alter waren und die er oft genug im Wasser getroffen hatte, um ihnen zuzunicken, schienen nicht scharf darauf zu sein, mit ihm zu reden oder auch nur seinen Blick zu erwidern. Aber schließlich, so nahm er an, war er in ihren Augen auch Hound Adams' Schwuchtel gewesen, und er nahm es ihnen nicht weiter übel.

An einem Nachmittag kam auf dem Pier ein junges Mädchen zu ihm. Er erinnerte sich nicht, sie zu kennen. Sie war klein und dunkelhaarig, nicht unattraktiv auf eine unauffällige blasse Art und Weise. Sie behauptete, ihn von irgendeiner Party zu kennen, und sie wollte wissen, ob er Dope hätte. Er starrte sie an, zu lange, wie er annahm, denn sie fing auf eine gezwungene, ziemlich nervöse Art zu lachen an. Als er ihr allerdings sagte, daß er kein Dope habe und auch nicht wisse, wer welches habe, wurde ihr Lächeln zynisch und ließ keinen Zweifel daran, daß sie ihm nicht glaubte. Aber sie drängte nicht weiter – ein kleiner Gefallen, für den er dankbar war. Sie schlang die

Arme um die Brust gegen den Wind, als hätte sie ihn jetzt erst bemerkt, dann zuckte sie die Achseln und ging davon. Er sah zu, wie sie den leeren Plankenweg hinunterging, während der Wind ihr das dünne Sommerkleid um die Beine schlug. Er blickte ihr nach, bis sie fort war, aufgesogen von dem fernen verschwommenen Fleck aus Sonnenlicht, wo der Pier in die Stadt einmündete.

Ein weiterer Tag verging und dann noch einer. Es war gegen Abend des zweiten Tages, daß er Frank Baker sah. Frank stand auf dem Parkplatz einer der wenigen teureren Bars von Huntington Beach, einem großen Bau aus Glas und Beton, der erst kürzlich nahe dem Eingang des Piers errichtet worden war. Er stand auf dem Parkplatz und redete mit zwei anderen Männern. Alle drei standen neben einem tiefliegenden gelben Sportwagen.

Ike befand sich auf dem Bürgersteig, der den Highway entlangführte, über den Parkplätzen, die bis nach unten in den Sand hinausreichten, nicht weit entfernt von dem Parkplatz, auf dem Hound Adams einmal gegen die Rocker gekämpft hatte. Der Bürgersteig wurde von Palmen gesäumt, und Ike trat vom Bordstein herunter und stellte sich dicht neben eine, so daß er etwas von ihr verdeckt wurde. Er blieb für sein Gefühl lange Zeit dort stehen, doch in Wirklichkeit waren es wahrscheinlich nicht mehr als vier oder fünf Minuten. Schließlich sah er, wie sich die drei Männer die Hände schüttelten. Zwei von ihnen stiegen in den Wagen. Frank sah zu, wie sie wegfuhren, dann machte er sich selbst auf den Weg, allein und zu Fuß.

Ike ging ihm hinterher. Er war sich sicher, daß Frank auf dem Weg zum Surf-Shop war, und Frank enttäuschte ihn nicht. Sie gingen die Main Street hinauf, bogen an der Walnut Street links und an der Gasse wieder rechts ab.

Vom Ende der Gasse aus konnte Ike Franks Lieferwagen hinter dem Laden stehen sehen, und einen Moment lang fürchtete er, Frank hätte nur aus Bequemlichkeit dort geparkt und würde jetzt gleich einsteigen und fortfahren, bevor Ike ihn erreichen konnte, aber Frank blieb nicht bei dem Wagen stehen. Er ging dahinter über die Straße und ging an der rechten Seite des Wagens entlang, zum Hintereingang des Ladens.

Ike befand sich jetzt selbst in der Gasse. Er bewegte sich leise dicht an den Hinterseiten der Häuser entlang vorwärts, während ein fetter bleicher Mond am Himmel emporstieg. Er horchte, wie Frank über den Schotter ging. Dann hörte er, wie ein Schlüssel in ein Schloß faßte. Ein gelber Lichtkeil drang unter dem Lieferwagen hervor, und er wußte, daß Frank drinnen war, allein, und daß das hier die Gelegenheit war, auf die er gewartet hatte. Er bewegte sich jetzt sehr rasch, und mit kaum mehr als einem Schritt war er an der Hintertür und stand Frank Baker das erstemal seit der Ranch wieder gegenüber.

Der Laden war beinahe genauso, wie er ihn zuletzt gesehen hatte. Zur Vorderseite hin konnte er sehen, daß einige der Boards von der Wand genommen worden waren und daß die alte Backsteinmauer einen neuen weißen Anstrich erhalten hatte. Aber davon abgesehen war alles unverändert, und es war etwas Seltsames, beinahe Unheimliches an diesem Fehlen von Veränderung, mit dem er nicht gerechnet hatte. Die meisten der alten Fotografien hingen noch an den Wänden, obwohl einige heruntergenommen worden waren und jetzt über die Glasfläche der Verkaufstheke verstreut lagen. Frank stand mit gesenktem Kopf an der Theke und betrachtete die Fotografien, als Ike den Laden betrat. Er fuhr zusammen bei dem Geräusch, das Ikes Stiefel auf dem Beton machten.

Frank wirkte ein bißchen dünner, als Ike ihn in Erinnerung hatte, und seine Sonnenbräune schien verblaßt zu sein. Trotzdem wirkte er frisch und ordentlich in seinen anscheinend neuen Kleidern – weiße Kordhosen, ein gestreifter Pullover, matt schimmernde Halbschuhe. Und mit einemmal wurde Ike sich seiner eigenen Erscheinung bewußt – die schmierigen Jeans, in denen er an der Harley gearbeitet hatte, die dicken schwarzen Stiefel, die in der Wüste auf ihn gewartet hatten und jetzt die einzigen Schuhe waren, die er hatte, das schmutzige T-Shirt mit den fehlenden Ärmeln. Und dann war da noch ein eine Woche alter Bart und Haare bis hinunter auf seinen Hemdkragen. Die Stiefel machten ihn zwei bis drei Zentimeter größer als Frank, und einen Moment lang fragte er sich, was Frank in diesem ersten Augenblick, als sein Kopf von der Theke hochfuhr, wohl gedacht hatte – vielleicht, daß eine kleine Version von Preston Marsh ihn mit ihrem Spuk verfolgte.

Einen Moment lang standen sie nur da und sahen sich an. Dann blickte Frank wieder auf die Fotografien. Er betrachtete sie, während er sprach. »Bist du auf der Beerdigung gewesen?« fragte er. Er sprach leise, und seine Stimme war selbst in der Stille des Ladens kaum zu hören.

Ike sagte, er sei dort gewesen.

Frank nickte, den Blick immer noch auf die Theke gesenkt. »Voll?«

»Nein. Seine Familie. Ein paar Rocker.«

Frank sah ihn jetzt zum zweitenmal an. »Es gab mal eine Zeit, da wäre halb Huntington Beach dort gewesen. Hat sein Vater die Grabrede gehalten?«

Ike sagte ja, dann ging er durch den Laden, bis er auf gleicher Höhe mit dem Ende der Theke war. Er hatte einen bestimmten Gedanken verfolgt, seit er Frank auf der Auffahrt der Ranch in seinem Lieferwagen hatte davonfahren sehen und sich erinnerte, daß es Frank Baker war, den er einmal mit Preston hatte reden sehen, damals vor ihrem ersten Ausflug, bevor die große Scheiße ablief. »Du hast ihn in die Falle gelockt«, sagte Ike. »Bei diesem ersten Mal. Du hast ihn auf die Ranch geschickt, und dann hast du's ihnen gesagt.«

Frank schüttelte den Kopf, doch seine Augen blieben jetzt auf Ike gerichtet. »Nein«, sagte er, »das habe ich nicht.«

»Unsinn.«

Frank zuckte die Achseln. »Vielleicht solltest du froh sein, daß du noch am Leben bist, Mann. Vielleicht solltest du's dabei belassen.« Er machte eine Bewegung, als wollte er sich von der Theke entfernen, aber Ike bewegte sich mit ihm und versperrte ihm den Weg.

»Du verdammter Lügner«, sagte Ike. Er spürte, wie sich seine Kehle um die Worte zusammenschnürte und das Blut ihm heiß ins Gesicht schoß.

Einen Moment lang blitzten Franks Augen vor Wut auf, doch dann war die Wut vorüber und er sah so aus, wie Ike ihn vorgefunden hatte – eher müde als wütend, und erschöpft auf eine Weise, wie Ike ihn nie zuvor erlebt hatte. Vielleicht war das der Grund, warum Ike überrascht war, als Frank ihn schlug. Er war mit dem Entschluß hergekommen, sich zu prügeln, wenn es sein mußte, aber irgendwie hatte er einen anderen Ausbruch des Kampfes erwartet. So aber machte Frank nur einen halben Schritt zur Seite und versetzte Ike einen harten linken Haken. Es war kein schlechter Schlag, aber Ike hatte schon wesentlich härtere Schläge abgekriegt, seit er nach Huntington Beach gekommen war. Er ging mit dem Schlag mit, spürte die Theke in seinem Rücken und stieß sich davon ab, um mit gesenktem Kopf wild anzugreifen, auf die Weise, wie Gordon ihm beigebracht hatte, es nicht zu tun. Aber es war, als ließe er etwas freien Lauf, Enttäuschung, Wut – irgend etwas, das er zu lange in sich eingesperrt hatte. Er spürte, wie er selbst einen ordentlichen Schlag landete, der das Mark in seinen Armknochen erschütterte und Wellen von Schmerz von seiner Hand hinauf in seine Schultern schickte. Aber er griff weiter an, noch tiefer gebückt, und er steckte einen weiteren harten Schlag an den Hinterkopf und einen Knietritt ins Gesicht ein, doch es gelang ihm, das Bein zu packen und sich damit aufzurichten, hart und mit einer Drehbewegung, die ausreichte, um den anderen aus dem Gleichgewicht zu bringen und gegen die Wand zu schleudern. Er konnte hören, wie Franks Rücken und Kopf gegen die frisch gestrichene Backsteinmauer prallten. Aber er ließ nicht von ihm ab und setzte ihm sofort nach, seine Schläge jetzt auf den Körper gerichtet, unterhalb der Rippen, und er konnte Frank nach Luft ringen hören.

Sie bewegten sich zusammen die Wand entlang, Ike austeilend, wahrend Frank abwechselnd versuchte, auszuteilen und zu clinchen. Schließlich stolperten sie in ein Gestell mit Neoprenanzügen und gingen, die Füße in den Trümmern verheddert, zusammen zu Boden. Ike gelang es jedoch, seinen Gegner in der Drehung zu halten und hart auf ihm zu landen, und als sie aufschlugen, spürte er, wie das letzte, was Frank noch an Luft hatte, aus ihm entwich. Ike rollte sich von ihm herunter. Er trat die Neoprenanzüge von seinen Beinen weg und ging dann in die Hocke, die Hände auf die Schenkel gelegt. Es war alles schneller gegangen, als er erwartet hatte – kurz, aber heftig. Und doch war etwas Befreiendes in dieser Heftigkeit gewesen. Jetzt wartete er ab, ob Frank weitermachen wollte.

Frank blieb einen Augenblick länger auf dem Boden, dann rollte er sich in die entgegengesetzte Richtung und setzte sich schließlich langsam auf, die Arme hinter sich ausgestreckt. Das Komische war, auch jetzt sah er noch nicht wütend aus. Er hob die Hand zum Gesicht und faßte sich an die Lippe, die aufgeplatzt war und zu schwellen anfing. »Shit, du bist immer noch ein mieser kleiner Punk«, sagte er. Er atmete schwer, und die Worte kamen stoßweise heraus. »Und ja, ich hab ihm ein paar Sachen über die Ranch erzählt.« Er hielt inne, um wieder Luft zu bekommen, und schüttelte den Kopf. »Aber ich hab ihn in keine Falle gelockt. Ich wußte nicht, was da oben vor sich ging, bis es passiert war.« Er verstummte und spuckte etwas Blut auf den Boden.

Ike war selbst noch außer Atem. Er beugte sich jetzt vor, die Knie in dem feinen grauen Staub, der den Boden bedeckte, die Hände immer noch auf den Beinen. »Was hast du ihm erzählt?«

»Ach, komm, Mann. Was soll der Scheiß? Willst du mir erzählen, das wüßtest du nicht? Du warst bei ihm, soweit ich gehört hab.«

»Sag mir einfach, was du Preston erzählt hast.«

»Shit.« Frank schüttelte wieder den Kopf. »Sagen wir einfach, Preston und ich haben Geschichten ausgetauscht. Er ist eines Nachts hier aufgekreuzt, da draußen in der Gasse.« Er zeigte mit dem Kopf zum Hintereingang des Ladens. »Jesus, ich hatte seit Jahren nicht mit dem Typ geredet. Hat mir eine Heidenangst eingejagt, wenn du's genau wissen willst. Er hat behauptet, er würde versuchen, etwas über diese Mieze namens Ellen rauszufinden, und er wollte mit mir tauschen. Die Geschichte, was mit Ellen passiert war, gegen seine Version der Geschichte, was mit Janet Adams passiert war.«

Ike war einen Moment lang still. »Aber du warst doch dabei«, sagte er. »Du hast es mir selbst erzählt. Du hast das verdammte Foto gemacht, erinnere dich.«

»Am Tag, bevor ich abgehauen bin.« Er hielt inne und sah Ike an, und Ike merkte ihm an, daß er versuchte, einen Entschluß zu fassen. Er wandte den Kopf und schaute hinüber ans andere Ende des Ladens, und als er Ike wieder anblickte, hatte sich sein Gesichtsausdruck etwas verändert, als hätte er darüber nachgedacht und sich entschieden.

»Ich war der jüngste«, sagte Frank. »Jünger als Hound oder Preston, ein Jahr jünger als Janet. Milo konnte ich nie leiden. Die ganze Sache fing an, mir unheimlich zu werden. Lauter abartige Sachen. Und Drogen. Ich hab Angst gekriegt und bin abgehauen. Ich hab so getan, als hätte ich einen Anruf von zu Hause gekriegt. Preston wußte, daß es nicht stimmte, aber er hat mitgespielt, hat ihnen sogar erzählt, er wär mit mir an Land gewesen, als ich den Anruf kriegte. Später hab ich versucht, Janet zu überreden, daß sie mit mir kommt. Sie ist geblieben. Ich bin zurückgefahren und hab gewartet. Dann sind sie ohne sie zurückgekommen.« Er machte eine Pause. »Du hast sie nicht gekannt«, sagte er. »Sie war was Besonderes. Ich hab nie erfahren, was wirklich passiert war. Ich meine, ich hatte Hounds Version gehört. Aber irgendwie hab ich immer gewußt, daß Prestons Version sich anders anhören würde, wenn er darüber geredet hätte. Nach dem Mexiko-Trip hat er einfach seine Sachen gepackt, sich bei der Marine gemeldet und war abgehauen.«

Aber Ike hatte im Moment Mühe, sich auf Franks Geschichte zu konzentrieren. Etwas anderes nahm ihn gefangen, ein langsames, schmerzliches Wiedererkennen, das sich zögernd einen Weg in sein Bewußtsein bahnte. Mit einemmal wußte er, warum Preston so seltsam gewirkt hatte, als Ike zum erstenmal wiederholt hatte, was der Junge in dem weißen Camaro ihm erzählt hatte, und auch, warum er zu Frank Baker gegangen war. Es war nicht nur so, wie Ike einmal geglaubt hatte, daß die beiden Geschichten ähnlich waren. Sie waren identisch.

»Es war deine Geschichte«, sagte Ike. Einen Moment lang sah Frank verblüfft aus. Dann lächelte er. Seine geschwollene Lippe machte es zu einem schiefen Lächeln. »Preston ist zu dir gekommen, weil er wissen wollte, warum irgendein Junge in der Wüste deine Geschichte erzählt.«

Frank faßte sich noch einmal an die Lippe. »Komisch, wie sich das entwickelt hat, was? Aber es war nicht wirklich meine Geschichte. Sie hörte sich am Ende nur so an.«

»Und der Junge?«

Frank zuckte die Achseln. »Er war scharf auf deine Schwester. Als sie dann übers Wochenende mit Hound weggefahren ist und nicht zurückkam, hat es ihn tierisch aufgeregt. Hound hat ihm gesagt, sie wäre alleine weitergefahren und damit wäre die Sache erledigt. Er hat's ihm nicht abgekauft, und schließlich fing er davon zu spinnen an, er würde Ellens Bruder holen. Ich war's, der ihm gesagt hat, sie wären nach Mexiko gefahren. Ich hab ihm ebenfalls gesagt, daß sein Plan bescheuert wäre, aber wenn er damit Ernst machen würde, sollte er sich drauf einrichten, länger wegzubleiben.«

»Du hast es ihm gesagt?«

Frank breitete die Hände aus. »Was sollte ich machen? Das Arschloch war mein Bruder.«

»Aber er sagte, du wärst einer von denen, mit denen sie gefahren ist.«

»Wie ich schon sagte, er ist ein Arschloch. Außerdem war er verliebt. Verstehst du, was ich meine? Er dachte, ich würde ihn anlügen wie alle andern auch.«

»Aber warum dein Name und nicht Milos?«

»Jesus, begreifst du denn nicht? Er wußte einen Scheißdreck über Milo Trax oder die Ranch oder sonstwas. Es war besser so für ihn. Sollte er doch glauben, es wären Terry und Hound, sogar ich. Sollte er doch Ellens Bruder holen. Wen kümmerte das? Hound wäre schon damit fertiggeworden.«

Okay, dachte Ike, der Kreis hatte sich geschlossen, sie waren wieder bei dem, was Frank Preston erzählt hatte. Aber er hatte einen dumpfen Schmerz im Magen, als er noch einmal fragte, was Frank über Ellen gewußt hatte.

Frank erwiderte seinen Blick. »Du warst doch dort«, sagte er.

»Sag mir einfach, was du ihm erzählt hast.«

»Ich hab ihm erzählt, es würde Gräber auf der Ranch geben.«

»Gräber.« Ike wiederholte das Wort langsam, seine Stimme kaum mehr als ein Flüstern.

»Gerüchte«, sagte Frank, aber er wirkte plötzlich zum erstenmal wütend. »Wer weiß, was von dem Scheiß zu halten ist. Ich wußte nicht sicher, was da oben vor sich ging, und ich wollte es auch nicht wissen. Ich hatte nur bestimmte Dinge gehört.«

»Zum Beispiel?«

»Zum Beispiel, daß Milo sich mit irgendeinem Kult eingelassen hätte – reiche Wichser, Leute, die auf reichlich abgedrehtes Zeug stehen und die bereit waren, einen Haufen Kohle dafür rauszurücken, daß sie sein Land benutzen durften. Milo hatte nicht mehr viel übrig, mußt du wissen. Er war eine Weile im Knast gewesen. Das meiste von dem Geld von seinem Alten hatte er verschleudert.«

»Was ist mit den Filmen?«

»Hounds?« Frank zuckte die Achseln. »Hound hat die Dinger gedreht, um sie an die Kanaken zu verkaufen, aber soweit ich weiß, hat er dabei auch immer Ausschau gehalten nach Leuten, die für Milo und seine Leute in Frage kamen.«

»Aber Milo hat diesen Scheiß auf seiner Ranch ebenfalls gefilmt.«

»Ich sagte doch schon, Mann, ich weiß nichts darüber. Ich will auch nichts darüber wissen. Vielleicht war's nur, damit seine Freunde zwischendurch was zum Aufgeilen hatten. Oder vielleicht hatte er einen Perversen gefunden, der sie gekauft hat. Wer weiß? All das ist jetzt jedenfalls vorbei.«

Ike war einen Augenblick still. »Und du hast Preston davon erzählt.«

»Yeah«, sagte Frank, »ich hab's ihm erzählt.« Es war etwas Verteidigendes an der Art, wie er es sagte. »Ich hab's dem Arschloch erzählt, und ich hab dick aufgetragen, und es war nicht deshalb, weil ich Angst hatte – nicht wirklich –, und es war auch nicht deshalb, weil ich die Sache über Janet erfahren wollte. Ich wollte einfach, daß er's hört, Mann. Ich wollte, daß er Bescheid weiß.« Er hielt inne und schüttelte den Kopf, und als er wieder sprach, war eine Dringlichkeit in seiner Stimme, die Ike vorher nicht bemerkt hatte. »Ich war hier«, sagte Frank, »von Anfang an.« Er zeigte mit einer raschen ruckhaften Bewegung auf den Beton unter ihnen. »Diese beiden Typen hatten was, Mann. Nicht bloß Kohle. Einen verdammten Lebensstil – darum drehte sich's damals. Und diese beiden dummen Kerle hatten es. Sie brauchten keinen Milo Trax. Aber sie haben's versaut, und niemand wußte das besser als Preston. Shit, er ist nie darüber weggekommen, was mit Janet passiert war. Ich wollte ihm zeigen, wie weit es gekommen war. Ich hab's ihm nicht erzählt, weil ich ihn in irgendeine Falle locken wollte. Ich hab's ihm erzählt, weil er verdient hatte, es zu hören. Ich war nicht mal sicher, ob er mir glauben würde.« Frank machte eine Pause. »Aber das war auch, bevor ich seine Version von Mexiko gehört hatte.«

Ike wartete. Er fragte sich, ob er auch danach würde bohren müssen, aber Frank war jetzt in Fahrt gekommen; er ließ alles raus. »Er sagte, Milo hätte da unten jemand umgebracht. Irgendeine mexikanische Hure, die er mit runter zum Strand genommen hatte. Sie waren alle stoned, und Milo hat einfach ein Messer gezückt und es getan. Janet hat's gesehen. In derselben Nacht hat sie sich eine Überdosis gesetzt.« Frank hielt inne. »Aber dir hat er von dem ganzen Scheiß nie was erzählt, oder? Sag mir also eins. Was zum Teufel hast du geglaubt, was du auf der Ranch machst, als du mit ihm zusammen raufgefahren bist?«

Ike fühlte sich mit einemmal total erschlagen. Sein Kopf fing an, sich geschwollen und etwas aus der Form geraten anzufühlen. »Surfen«, sagte er. Das Wort hatte einen merkwürdigen Klang in der Leere des Ladens.

»Surfen? Du meinst, ihr beide habt da oben wirklich gesurft? Preston hat gesurft?«

»Es war am Ende von diesem guten Swell. Er hat nie einen Ton über irgendwelche Gräber gesagt. Er hat gesagt, er wollte mir zeigen, wie Surfen sein könnte. Er wollte mich davon abbringen, noch länger in Huntington Beach zu bleiben.«

Frank schüttelte erneut den Kopf. Er faßte sich prüfend mit dem Finger an die Lippe. »Wie Surfen sein könnte, was? An der alten Quelle, ging's darum?« Doch er fuhr fort, bevor Ike etwas erwidern konnte. »Yeah, echt cool. Echt cool. Aber willst du wissen, was das Komische daran ist, an diesem ganzen Scheiß von wegen an der Quelle? Es war weder Hound noch Preston, der sich das ausgedacht hat. Es war Janet. Und es ging um Dope. Das war die einzige Quelle, die sie im Kopf hatte, Brother. Anständiges Gras, Pilze, pures Kokain, guter Shit. Und als Milo dann die Fäden in der Hand hielt, war die Versorgung gesichert, und sie waren voll an der Quelle. Am Anfang haben's Hound und Preston alleine betrieben, bloß ein kleines Geschäft so nebenbei, ein bißchen Gras, das sie mit ihren Wagen über die Grenze geschafft haben. Es war Milo, der ein großes Unternehmen draus gemacht hat. Und es war Janet, die das Motto erfunden hat. An der Quelle. Hound und Preston sind drauf eingestiegen. Sie haben vorausgesehen, wie die Leute es aufnehmen würden und daß es so was wie ein Insider-Witz werden würde. Sie haben's nur ungefähr ein Jahr lang auf den Boards verwendet. Dann ist Janet gestorben, und Preston ist verschwunden, und ich nehme an, sogar Hound fand's danach nicht mehr so lustig.« Er hielt einen Moment lang inne, dann fuhr er mit etwas leiserer Stimme fort. »Mach dir nichts vor, Mann. Hound mag vielleicht eine Menge abgedrehtes Zeug im Kopf gehabt haben, aber er wußte, daß sie Scheiße gebaut hatten. Ganz gleich, was er gesagt hat, sie wußten's beide. Sie sind nur auf verschiedene Art verrückt geworden.«

Danach blickten sie sich sehr lange, wie es schien, schweigend an. Ike hatte nicht den Eindruck, daß es noch viel zu sagen gab. Er mußte die ganze Zeit daran denken, daß Hound Adams diese Schlucht hinaufgestiegen war, um Preston Marsh das Tor zu öffnen. »Woher wußte Preston von Milos Party?« fragte Ike schließlich. »Hast du ihm auch davon erzählt?«

Frank lächelte. »Ich hab ihm eine Einladung geschickt.«

»Und deshalb bist du von dort abgehauen?«

Franks Lippe war schließlich völlig aufgeplatzt und fing zu bluten an. Er tat nichts dagegen, und das Blut färbte sein Lächeln rot. »Ich sagte doch schon, Mann, ich bin immer abgehauen. Aber in dieser Nacht hatte ich so eine Ahnung.«

48

Er wußte nicht, wie lange sie schon in dem Laden waren – nur daß er das Gefühl hatte, daß zwischen ihnen etwas entstanden war, daß sie beide Teil von etwas gewesen waren, das geendet hatte, und daß mit dem Ende ihres Gesprächs alles vorbei wäre und keiner von ihnen mehr auf dieselbe Weise davon sprechen würde. Und merkwürdigerweise hatte er den Eindruck, daß Frank genauso empfand. Er hatte nichts aus ihm herausgeprügelt. Es hatte alles lange Zeit in ihm gebrodelt, aber es war schwer gewesen, es herauszulassen. Irgendwie war die Schlägerei Teil dieses Herauslassens gewesen. Und wem außer Ike hätte er es erzählen können?

Es war Frank, der schließlich vom Boden aufstand. Er machte einen ziemlich halbherzigen Versuch, sich den Staub von der Hose zu wischen, dann ging er zur Kasse und nahm sich eine der Fotografien, die dort lagen. Er hielt sie hoch, und Ike sah, daß es die Aufnahme von Hound, Preston und Janet war. »Die neuen Besitzer ziehen morgen ein«, sagte Frank. »Scheißpunks von dem Laden ein Stück die Straße runter. Ich will nicht, daß sie's in die Finger kriegen.«

»Was ist mit all den andern?«

Frank zuckte die Achseln. »Scheißerinnerungen«, sagte er. »Wenn's hier irgendwas gibt, das du haben willst, nimm's dir. Schließ nur die Tür ab, wenn du rausgehst.«

Ike war jetzt ebenfalls aufgestanden und bewegte die Beine, um die Verspannungen loszuwerden. Er sprach Frank noch einmal an, als Frank an ihm vorbei zur Tür ging. »Wirst du sonst noch jemand davon erzählen, von den Gräbern?«

»Ich weiß nicht. Von dem Ärger mit den Bullen mal abgesehen, und das kümmert mich wirklich keinen Dreck mehr, bin ich mir nicht sicher, ob die Leute überhaupt was davon wissen wollen. Deine Schwester könnte dort oben sein. Willst du's wissen?«

»Ich weiß nicht.«

»Da hast du's.« Er ging zur Tür und blieb noch einmal stehen. »Sieht man dich noch?«

»Ich glaube nicht.«

»Irgendwelche Pläne?«

»Eigentlich nicht, bloß von hier weggehen.«

Frank nickte. »Was ich hätte tun sollen«, sagte er. »Vor langer Zeit.« Er zuckte mit den Schultern. »Man merkt nicht, wie die Zeit vergeht.« Er drehte Ike den Rücken zu und ging hinaus auf die Gasse. Ike hörte die Tür des Lieferwagens zuschlagen. Er hörte den Motor laufen und schließlich in die Nacht hinaus verschwinden. Dann war er allein in dem leeren Laden, mit nichts als dem gelegentlichen Geräusch eines vorbeifahrenden Wagens und dem fernen gedämpften Lärmen der Brandung.

Er blieb lange dort. Er ging auf und ab und dachte nach, schaute sich die Surfer-Relikte an, die immer noch die Wände schmückten. Die Boards, die er und Preston auf der Ranch benutzt hatten, standen noch in einem Gestell. Er zog sie heraus und legte sie auf den Boden. Komisch, wie er gedacht hatte, man könnte mit etwas fertig sein, mit der Wüste, mit Huntington Beach. Er dachte an die grünen Hügel über der Landspitze, so still wie die Wüste im ersten Licht. Er dachte an Frank Baker, der so lange ausgeharrt hatte. Vielleicht hätte er noch mehr fragen sollen. Aber alles in allem, so nahm er an, wußte er doch genug.

Einerseits hätte er gerne eins der Boards mitgenommen. Andererseits schien es ihm richtiger, es nicht zu tun. Schließlich entschied er sich für einen einzigen Gegenstand – die oftmals von ihm bewunderte Fotografie von Preston Marsh, wie er aus dem dunklen Face einer großen Huntington-Beach-Welle seinen Rückhand-Bottom-Turn hobelte. Als er jedoch das Foto von der Theke nahm, bemerkte er direkt darunter ein anderes Foto, eins, das er schon gesehen, aber nie sonderlich beachtet hatte. Es war das Foto einer Welle, ungeritten und dunkel. Das Bemerkenswerteste an dem Bild war die Art, wie das Sonnenlicht im Kamm der Welle spielte, wie es dort zu schweben und sich hell über den feinen weißen Sprühregen, der von der Welle aufstieg, auszubreiten schien. Was jetzt seine Aufmerksamkeit erregte, war die Tatsache, daß der Rahmen, in dem das Foto steckte, auseinanderging, so daß ein Stück des Kartons dahinter herausgerutscht war, und daß sich zwischen dem Karton und dem Foto ein weiteres Stück Papier befand. Er klemmte sich das Foto von Preston unter den Arm und zog das Papier, das vergilbt und spröde war, hinter dem Foto hervor.

Das Stück Papier war beschrieben und von einer Reihe kleiner Zeichnungen in schwarzer Tinte bedeckt. Es war etwas Elegantes und eindeutig Feminines an den Zeichnungen, dachte er, und dann wurde ihm mit pochendem Herzen klar, daß sie bestimmt von ihr stammten. Und er sah sie vor sich, wie sie an jenem Tag in Mexiko ausgesehen hatte, die Arme über die Schultern von Hound und Preston gelegt, während ihr feines helles Haar im Wind wehte, und er erinnerte sich, was für ein Gefühl ihm das Foto vermittelt hatte, als er es zum erstenmal sah, wie die Tatsache, daß er sich damit begnügen mußte, es nur anzusehen, dazu geführt hatte, daß er sich einsam und von irgend etwas ausgeschlossen vorkam. Und plötzlich begriff er, daß in diesem Foto alles ausgedrückt, alles eingefangen war. Das Versprechen. Der Rausch. Und er dachte sich, daß er jetzt begriff, wie Frank Baker so lange hatte ausharren können, wie es einfach nichts gegeben hatte, wo er hätte hingehen können. Und es schien ihm jetzt, in der Stille des Ladens, daß ein geisterhafter Wind an der Tür zur Gasse rüttelte, ein Wind, der nicht von der See kam, sondern einer, der heiß und trocken war, durchsetzt mit Sand und hergeweht über die Salzsteppen von San Arco. Und es kamen Namen mit dem Wind: Janet Adams, Ellen Tucker, und wie viele noch dazwischen? Im Geiste sah er die kühlen grünen Hügel der Ranch vor sich, wie sie brachen und sich in den Pazifik ergossen und ihr Geheimnis unter sich begruben. Das vergilbte Papier zitterte leicht zwischen seinen Fingern, während er ihre Zeichnungen betrachtete – die kleinen flüchtigen Skizzen von Wellen, die von Mal zu Mal immer stilisierter wurden, bis sie schließlich mit einem Kreis endeten, in dessen Mitte die Silhouette einer sich überschlagenden Welle mit flammendem Kamm prangte.

Er wollte das Blatt Papier zuerst mitnehmen, aber dann fing er einem plötzlichen Impuls folgend an, nach Streichhölzern zu suchen. Er fand welche in der Schublade unter der Kasse. Er hielt das vergilbte brennende Papier über die Glastheke, bis die Flammen seine Finger erreichten. Was noch übrig war, brannte auf dem Glas weiter, bis nichts mehr da war als ein knittriges bißchen Asche, und als er darauf blies, zerbrach es und fiel zu Boden. Dann nahm er das Foto von Preston und ging hinaus auf die Gasse.

Er mußte wesentlich länger in dem Laden geblieben sein, als er gedacht hatte, denn als er die Mündung der Gasse erreichte, sah er, daß die Straßen schwarz und verlassen dalagen und auf ihre stille Weise diese bestimmte Stunde kurz vor dem ersten Licht ankündigten. Weit entfernt, am dunklen Ende der Main Street, konnte er noch die kleinen gelben Lichtpunkte des Piers erkennen. Der Rest der Stadt hatte sich zur Ruhe begeben. Sogar die purpurrote Neonschrift über dem Club Tahiti stand dunkel und kalt gegen den Himmel. Es war ein sonderbarer Moment, und doch vertraut, beherrscht von einer überwältigenden Stille und durchsetzt mit dem Geruch der See, wo früher der Geruch der Wüste gewesen war, und dann begriff er, was es war, wie alles zu diesem besonderen Zeitpunkt hindrängte, sich zu einem Schweigen steigerte, das so vollständig war, daß der Boden selbst es würde brechen müssen, um in einer geheimen Sprache von einer geheimen Sache zu sprechen. Oder vielleicht, so dachte er, hatte er es bereits viele Male getan, hatte immer wieder sein Geheimnis offenbart, doch die Menschen hatten verlernt zuzuhören. Und zum erstenmal hatte er nicht das Bedürfnis, davor zu fliehen. Denn dieses Geheimnis war es, worum sich alles drehte, dachte er. Und das Streben danach, dieses Geheimnis zu fassen, es zu ergründen, war alles, worauf es ankam.

Er klemmte sich das Foto unter den Arm und ging die Gasse hinunter zurück, um ein letztes Mal den Surf-Shop zu betreten. Er erinnerte sich von den Fotos in Barbaras Album her, wie der Laden früher ausgesehen hatte, daß die Backsteinmauer, die nun die beiden Räume teilte, früher die Vorderseite des Gebäudes gewesen war, und er erinnerte sich auch, was darauf gemalt gewesen war. Unter der Theke fand er ein paar Würfel farbiges Wachs, und während er sich auf der weißen Backsteinmauer an die Arbeit machte, fragte er sich, wie viele Farbschichten ihn vom Original trennen mochten. Er wußte, daß seine Arbeit nicht so ausgefeilt werden würde wie ihre, aber er machte sich trotzdem auf seine eigene unbeholfene Weise daran – für sich selbst, und um den neuen Besitzern etwas zum Nachdenken zu geben. Er mußte mit aller Kraft drücken, um das Wachs so zu führen, wie er es wollte, und seine Hand zitterte von der Anstrengung. Er zeichnete einen ungelenken Kreis, und in seine Mitte malte er die Silhouette einer hohlen, sich überschlagenden Welle mit flammendem Kamm und darunter die Worte: An der Quelle.

Literatur bei DuMont

SASCHA ANDERSON. SASCHA ANDERSON.
2002, 304 Seiten mit 20 Fotos

JOHN BARKER. TERMINGESCHÄFTE.
Roman. 2001, 431 Seiten

MARCEL BEYER. SPIONE.
Roman. 2000, 308 Seiten

MIRKO BONNÉ. DER JUNGE FORDT.
Roman. 1999, 277 Seiten

MIRKO BONNÉ. EIN LANGSAMER STURZ.
Roman. 2002, 173 Seiten

JAMES BUCHAN. MEINE PERSISCHE BRAUT.
Roman. 2001, 366 Seiten

CHRISTINA CHIU.
SCHWARZE SCHAFE UND ANDERE HEILIGE.
2002. 304 Seiten

JAMES COLTRANE. ORTEGAS FINALE.
Roman. 2000, 239 Seiten

GYÖRGY DALOS. SEILSCHAFTEN.
Roman. 2002, 359 Seiten

VASILIJ DIMOV.
DIE VIER LEBEN DES HEILIGEN POSSEKEL.
Roman. 1999, 220 Seiten

JOHN VON DÜFFEL. EGO.
Roman. 2001, 281 Seiten

JOHN VON DÜFFEL. VOM WASSER.
Roman. 1998, 288 Seiten

JOHN VON DÜFFEL. WASSER UND ANDERE WELTEN.
Geschichten vom Schwimmen und Schreiben. 2002, 140 Seiten

JOHN VON DÜFFEL. ZEIT DES VERSCHWINDENS.
Roman. 2000, 206 Seiten

GERHARD FALKNER. ALTE HELDEN.
Schauspiel und deklamatorische Farce. 1998, 60 Seiten

GERHARD FALKNER. DER QUÄLMEISTER.
Nachbürgerliches Trauerspiel. 1998, 90 Seiten

ALICE FERNEY. LIEBENDE.
Roman. 2001, 303 Seiten

ARIS FIORETOS. DIE SEELENSUCHERIN.
Roman. 2000, 357 Seiten

JULIA FRANCK. BAUCHLANDUNG.
Geschichten zum Anfassen. 2000, 120 Seiten

JULIA FRANCK. LIEBEDIENER.
Roman. 1999, 238 Seiten

LAVINIA GREENLAW. DIE VISION DER MARY GEORGE.
Roman. 2001, 369 Seiten

THOMAS HETTCHE. ANIMATIONEN.
1999, 200 Seiten mit 30 Abbildungen

THOMAS HETTCHE. DER FALL ARBOGAST.
Roman. 2001, 352 Seiten

THOMAS HETTCHE. LUDWIG MUSS STERBEN.
Roman. 2002, 184 Seiten

THOMAS HETTCHE. NOX.
Roman. 2002, 140 Seiten

MICHEL HOUELLEBECQ. ELEMENTARTEILCHEN.
Roman. 1999, 360 Seiten

MICHEL HOUELLEBECQ. GEGEN DIE WELT, GEGEN DAS LEBEN. H. P. LOVECRAFT.
2002, 116 Seiten

MICHEL HOUELLEBECQ. LANZAROTE.
Erzählung und Fotografien. 2000, je 80 Seiten Foto- und Textband in Kassette

MICHEL HOUELLEBECQ. PLATTFORM.
Roman. 2002, 352 Seiten

MICHEL HOUELLEBECQ. DIE WELT ALS SUPERMARKT.
Essays. 1999, 120 Seiten

DAS PHÄNOMEN HOUELLEBECQ.
Hg. von Thomas Steinfeld. 2001, 270 Seiten

JORGI JATROMANOLAKIS. BERICHT VON EINEM VORBESTIMMTEN MORD.
Roman. 1998, 268 Seiten

JORGI JATROMANOLAKIS. EROTIKON.
2001, 256 Seiten

VIKTOR JEROFEJEW (HG.). VORBEREITUNG FÜR DIE ORGIE.
Junge russische Literatur. 2000, 336 Seiten

THOMAS KLING. BOTENSTOFFE.
2001, 249 Seiten

MARTIN KLUGER. ABWESENDE TIERE.
Roman. 2002, etwa 1040 Seiten

JAN KONEFFKE. PAUL SCHATZ IM UHRENKASTEN.
Roman. 2000, 276 Seiten

JUDITH KUCKART. LENAS LIEBE.
Roman. 2002, 303 Seiten

MARIANA LEKY. LIEBESPERLEN.
Erzählungen. 2001, 108 Seiten

CHRISTIAN LINDER. DIE BURG IN DEN WOLKEN.
Blicke ins Rheintal und anderswohin.
Reiseerzählungen. 2001, 269 Seiten mit 93 Fotogafien

CARLO LUCARELLI. DER GRÜNE LEGUAN.
Roman. 1999, 208 Seiten

CARLO LUCARELLI. DER KAMPFHUND.
Roman. 2002, 301 Seiten

CARLO LUCARELLI. SCHUTZENGEL.
Roman. 2001, 180 Seiten

JAN LURVINK. WINDLADEN.
Roman. 1998, 190 Seiten

CHRISTIAN MÄHR. DIE LETZTE INSEL.
Roman. 2001, 215 Seiten

STEPHAN MAUS. ZITATSALAT.
VON HINZ UND KUNZ.
Handverlesenes aus dem Zettelkasten. 2002, etwa 120 Seiten

MULTATULI.
DIE ABENTEUER DES KLEINEN WALTHER.
Roman. 1999, 958 Seiten

HARUKI MURAKAMI. GEFÄHRLICHE GELIEBTE.
Roman. 2000, 230 Seiten

HARUKI MURAKAMI. MISTER AUFZIEHVOGEL.
Roman. 1998, 684 Seiten

HARUKI MURAKAMI. NAOKOS LÄCHELN.
Roman. 2001, 428 Seiten

HARUKI MURAKAMI. SPUTNIK SWEETHEART.
Roman. 2002, etwa 240 Seiten

HARUKI MURAKAMI. TANZ MIT DEM SCHAFSMANN.
Roman. 2002, 461 Seiten

GERT NEUMANN. ANSCHLAG.
Roman. 1999, 271 Seiten

GERT NEUMANN. ELF UHR.
Roman. 1999, 432 Seiten

NULL. LITERATUR IM NETZ.
Hg. von Thomas Hettche und Jana Hensel. 2000, 406 Seiten

KEM NUNN. WO LEGENDEN STERBEN.
Roman. 2001, 393 Seiten

KEM NUNN. WELLENJAGD.
Roman. 2002, 368 Seiten

GUNDEGA REPŠE. UNSICHTBARE SCHATTEN.
Roman. 1998, 212 Seiten

ARNE ROSS. FRAU ARLETTE.
1999, 176 Seiten

GARY SCHWARTZ. LIEBE EINES KUNSTHÄNDLERS.
Roman. 2000, 287 Seiten

CLAUDE SIMON. GESCHICHTE.
Roman. 1999, 387 Seiten

CLAUDE SIMON. JARDIN DES PLANTES.
Roman. 1998, 368 Seiten

CLAUDE SIMON. DIE TRAMBAHN.
Roman. 2002, 113 Seiten

CLAUDE SIMON. DER WIND
Roman. 2001, 270 Seiten

VLADIMIR SOROKIN. DER HIMMELBLAUE SPECK.
Roman. 2000, 440 Seiten

VLADIMIR SOROKIN. NORMA.
Roman. 1999, 380 Seiten

ARNOLD STADLER. ERBARMEN MIT DEM SEZIERMESSER.
Über Literatur, Menschen und Orte. 2000, 218 Seiten

ARNOLD STADLER. SEHNSUCHT.
Versuch über das erste Mal. Roman. 2002, etwa 250 Seiten

THOMAS STEINFELD. RIFF.
Tonspuren des Lebens. 2000, 275 Seiten

TOHUWABOHU. HEILIGES UND PROFANES.
Gelesen und wiedergelesen von Arnold Stadler nach dem 11. September 2001. 2002, etwa 300 Seiten

JEAN-PIERRE VERNANT. GÖTTER UND MENSCHEN.
Jean-Pierre Vernant erzählt griechische Geschichte von den Ursprüngen. 2000, 225 Seiten

ALINA WITUCHNOWSKAJA. SCHWARZE IKONE.
Gedichte und Prosa. 2002, etwa 120 Seiten

ZENTRALE RANDLAGE. LESEBUCH FÜR STÄDTEBEWOHNER.
Hg. von Jochen Schimmang. 2002, 243 Seiten